Riptide

Du même auteur
aux Éditions J'ai lu

Le fiancé infidèle, *J'ai lu* 4506
Impulsion maudite, *J'ai lu* 4590
Arabella, l'infidèle, *J'ai lu* 4849
Éducation amoureuse, *J'ai lu* 5829
Esclave du Viking, *J'ai lu* 4023

Catherine Coulter

Riptide

Traduit de l'américain
par Violaine Doret

Titre original :

RIPTIDE
First published by G.P. Putnam's Sons, New York

Toute mon affection
à Iris Johansen et Kay Hooper,
et un salut spécial
à Linda Howard.

C.C.

1

New York
le 15 juin

Becca regardait à la télévision un *soap* de l'après-midi, qu'elle suivait de loin en loin de puis son enfance. Elle se demandait si son prochain drame personnel serait d'ordre médical ou sentimental.

Le téléphone sonna.

Elle se leva d'un bond, puis s'arrêta net, les yeux rivés sur l'appareil. Derrière elle, sur l'écran, une voix mâle se lamentait : la vie n'était pas juste. Mais qu'est-ce qui était juste ?

Elle ne fit pas un geste et se contenta de rester là, debout, à écouter, à contempler le téléphone qui carillonnait. À la cinquième sonnerie, finalement, parce que sa mère gisait dans le coma à l'hôpital de Lenox Hill, et aussi parce que ce miaulement strident lui tapait sur les nerfs, elle se secoua et souleva le combiné.

Sa bouche s'ouvrit pour articuler péniblement un :

— Allô.

— Salut, Rebecca. C'est ton petit ami. Je te fais si peur que ça, qu'il faut que tu te forces pour répondre ?

Elle ferma les yeux tandis que cette voix détestée, basse, caverneuse, la tétanisait, pénétrait en elle, la terrifiait au point qu'elle tremblait de tous ses membres. Une voix qui n'avait ni les intonations traînantes d'Atlanta, ni les voyelles pointues de New York, ni les « r » adoucis des gens de Boston. Une voix d'homme cultivé, à la diction claire et aisée, peut-être avec un soupçon d'accent britannique. Était-il vieux ? Jeune ? Aucune idée. Surtout ne pas perdre ses moyens, écouter attentivement, mémoriser sa façon de parler, les mots qu'il choisissait. « Vous y arriverez. Serrez les dents. Encouragez-le à bavarder, à s'épancher ; on ne sait jamais, il pourrait en sortir quelque chose. » C'était ce que lui avait conseillé le psychologue de la police d'Albany quand elle l'avait consulté à l'époque des premiers appels. « Écoutez. Ne vous laissez pas effrayer. Gardez le contrôle. C'est vous qui devez mener la danse, pas lui. » Becca passa la langue sur ses lèvres gercées par la chaleur et la sécheresse qui pesaient comme une chape de plomb sur Manhattan depuis une semaine ; un temps exceptionnel pour la saison, à en croire la météo. Ensuite elle entama sa litanie de questions en s'efforçant de garder une voix posée, détachée, responsable, comme si de rien n'était.

— Vous ne voulez pas me dire qui vous êtes ? J'ai vraiment envie de le savoir... Nous pourrions peut-être discuter pour essayer de comprendre pourquoi vous n'arrêtez pas de m'appeler. C'est possible ?

— Tu ne pourrais pas changer de disque, Rebecca ? Après tout, ça fait une bonne dizaine de fois que je t'ai au bout du fil. Et tu me serines toujours les mêmes âneries. Ah ! c'est à cause du psy, hein ? On t'a dit de me poser toutes ces questions pour me faire baisser la garde et lâcher le morceau ? Mais, désolé, ça ne marchera pas !

Elle-même n'avait jamais cru à l'efficacité de ce stratagème. Non, ce type savait ce qu'il faisait, c'était un expert. Elle brûlait de le supplier, de l'implorer ; qu'il la laisse tranquille ! Mais c'était inutile. Du coup elle se montra hargneuse. En fait, elle perdit tout bonnement son sang-froid. Impossible de contenir plus longtemps la colère sourde qui couvait sous la peur. Elle serra de toutes ses forces le combiné dans son poing et hurla :

— Écoutez-moi bien, pauvre connard ! Vous allez

arrêter de dire que vous êtes mon petit ami. Vous me faites vomir. À mon tour maintenant de poser des questions : pourquoi vous n'allez pas au diable ? Allez vous faire pendre ! Ce ne sera pas une grosse perte pour le genre humain. Et ne m'appelez plus, espèce de minable ! Ou je vous mets les flics au cul ! Mon téléphone est sur écoute, vous m'entendez ? Ils vous auront ! Ils vous feront cracher le morceau !

J'ai réussi à le prendre au dépourvu, jubila-t-elle intérieurement, sous l'effet d'une formidable décharge d'adrénaline. Mais, après un bref laps de temps, son persécuteur recouvra ses esprits. D'un ton égal, raisonnable, il déclara :

— Voyons, Rebecca, mon chou, tu sais aussi bien que moi que les flics ne croient pas un mot de ton histoire quand tu leur racontes qu'un maniaque t'appelle jour et nuit pour te foutre la trouille. Tu as bricolé ton téléphone toi-même, parce qu'ils refusaient de le mettre sur écoute. Mais je ne resterai jamais assez longtemps en ligne pour que le vieux machin que tu as installé puisse repérer quoi que ce soit. Je te préviens, Rebecca, tu m'as insulté, alors tu vas payer, et cher !

Elle raccrocha d'un coup sec. Et appuya longtemps de tout son poids sur le récepteur, comme pour arrêter une hémorragie, comme si sa détermination allait empêcher cet individu de recomposer son numéro, comme si elle pouvait ainsi le tenir à distance. Puis, peu à peu, elle retira sa main. Un personnage féminin du *soap* suppliait son mari de ne pas la plaquer pour sa jeune sœur. Becca avait besoin de prendre l'air. Elle sortit sur le petit balcon qui donnait sur Central Park et regarda distraitement vers la droite et le Metropolitan Museum. Assis sur les marches, des hordes de gens en short, des touristes pour la plupart, lisaient, riaient, bavardaient, mangeaient les hot-dogs du marchand ambulant Teodolpho ; on y fumait sans doute des joints, on y volait à la tire. Deux agents de la police montée s'attardaient non loin de là. Leurs chevaux hochaient la tête avec une nervosité que rien ne semblait justifier. Un soleil de plomb étincelait sur l'asphalte. On était seulement à la mi-juin, mais la canicule refusait de lâcher prise. Pourtant, dans l'appartement, il faisait quinze degrés de moins. Un froid polaire, en tout cas pour elle, et elle avait beau activer le thermostat, on se serait toujours cru dans un réfrigérateur.

La sonnerie du téléphone émit de nouveau sa plainte exaspérante. Elle l'entendit à travers la porte-fenêtre à moitié fermée.

Becca pivota si vivement sur elle-même qu'elle trébucha et dut se rattraper à la balustrade. Elle n'avait pourtant aucune raison d'être aussi surprise. Seulement tout avait l'air si paisible, dehors, qu'elle en avait presque oublié ses ennuis.

À contrecœur, elle retourna dans le salon. Sur la table basse, en verre, à côté du canapé, le téléphone blanc l'appelait impitoyablement. *Dring. Dring. Dring.*

Elle laissa sonner six fois. Puis elle se dit qu'elle n'avait pas le choix. C'était peut-être au sujet de sa mère, pour lui annoncer qu'elle était à l'agonie. Mais, au fond d'elle-même, Becca savait très bien que c'était lui. Avait-il deviné la raison qui la poussait chaque fois à décrocher ? Il paraissait au courant de tout le reste, mais il n'avait rien dit à propos de celle qui attendait la mort sur son lit d'hôpital. Elle répondit à la dixième sonnerie.

— Rebecca, retourne sur ton balcon. Regarde du côté des flics à cheval. Tout de suite, Rebecca !

Elle obtempéra. Déposant l'écouteur sur la table, elle sortit en laissant la porte-fenêtre ouverte derrière elle. Les agents de la police montée étaient toujours là. Elle les fixa, hypnotisée. Quelque chose d'horrible était sur le point de se passer, elle le pressentait, et pourtant elle ne pouvait rien faire, sinon regarder, attendre, regarder...

Elle patienta trois minutes. Et, à l'instant où elle songeait que, tout bien considéré, il s'agissait sans doute d'une nouvelle tactique pour la terroriser, une explosion secoua bruyamment les vitres de l'immeuble.

Elle vit les deux chevaux se cabrer. L'un des policiers fit un vol plané pour atterrir dans un buisson, lequel fut aussitôt englouti, comme le reste du décor, par un énorme nuage de fumée noire.

Au bout d'un moment, la fumée se dégageant, elle vit le corps d'une vieille dame allongé sur l'asphalte. Une SDF sans doute ; le chariot couché sur le flanc à côté d'elle avait répandu à la ronde tout un bric-à-brac. Des papiers gras, comme entraînés par un puissant courant d'air, couraient le long du trottoir marqué de profondes traînées noires. Une grosse bouteille de *ginger ale*, brisée, déversait son liquide pétillant sur les tennis en loques de la malheureuse. Le temps semblait s'être arrêté, puis, subitement, tout se mit à bouger très vite. Les touristes assis sur les marches du musée se ruèrent comme un seul homme vers la victime.

Les policiers furent cependant les premiers à se pencher sur elle ; celui des deux que sa monture avait envoyé dans les buissons était accouru en traînant la patte. Ils criaient l'un et l'autre, agitaient les bras dans tous les sens – pour exprimer leur désarroi ou éloigner la foule, Becca n'aurait su le dire. Un peu à l'écart, leurs chevaux secouaient la tête en roulant des yeux affolés, terrifiés par les épaisses volutes de fumée et l'atroce odeur de brûlé. Becca, clouée sur place, retenait son souffle. Le corps de la vieille dame était inerte.

Becca savait qu'elle était morte. Le type qui la traquait avait posé une bombe et tué une innocente.

Pourquoi ? Pour resserrer autour d'elle, Becca, l'étau de la terreur ? Elle avait déjà tellement peur qu'elle parvenait à peine à raisonner normalement. Qu'est-ce qu'il voulait encore ? Elle avait quitté Albany, quitté les bureaux du gouverneur du jour au lendemain sans prévenir, elle n'avait même pas passé un coup de fil pour donner de ses nouvelles.

D'un pas de somnambule, au ralenti, elle retourna

au salon en prenant soin de fermer la porte-fenêtre derrière elle. Elle contempla le téléphone et entendit cette voix maudite prononcer son nom, « Rebecca, Rebecca », sans arrêt. Alors, très doucement, elle raccrocha le combiné. Puis, rapide comme l'éclair, elle se laissa tomber à genoux pour arracher la fiche de la prise murale. Le téléphone de la chambre se mit alors à retentir : elle laissa sonner.

Toujours accroupie, recroquevillée sur elle-même, elle se serra contre le mur, les mains plaquées sur les oreilles. Elle devait faire quelque chose. Appeler la police. Rappeler, plutôt. Maintenant qu'il y avait eu un mort, ils allaient sûrement la prendre au sérieux ; ils n'allaient plus mettre en doute le fait qu'un maniaque la persécutait, la traquait, était capable de commettre un crime rien que pour lui prouver qu'il ne plaisantait pas.

Cette fois, ils seraient bien obligés de la croire.

Six jours plus tard,
Riptide, Maine

Elle s'arrêta à une station-service Texaco et adressa un signe de la main au préposé, dans sa guérite de verre, avant de se servir elle-même du super à la pompe. Elle était arrivée à la périphérie de Riptide, une petite ville pittoresque de la côte qui étendait ses rues de part et d'autre d'un port où mouillaient aussi bien des canots à moteur et des voiliers de plaisance que des bateaux de pêche. Du homard, pensa-t-elle. Et elle se mit à respirer avec délice les odeurs de saumure, d'algues et de poisson auxquelles se mêlait un frais parfum de fleurs sauvages apporté par la brise marine.

Riptide, Maine.

Autant dire nulle part. Car personne ne connaissait Riptide, hormis une poignée de vacanciers qui n'y séjournaient qu'en été. Becca se trouvait à moins de cinquante kilomètres au nord de Christmas Cove, la petite ville côtière où elle avait vécu à une époque de son enfance, avec sa mère.

Pour la première fois depuis deux semaines et demie, elle se sentait en sécurité. L'air salé lui picotait agréablement la peau, le vent doux et tiède comme une caresse balayait ses cheveux contre sa joue.

Elle était de nouveau maîtresse de son destin.

Et le gouverneur Bledsoe ? Tout allait bien pour lui, forcément. La police le protégeait ; elle lui brossait les dents, veillait sous son lit (même quand il était en compagnie) et avait établi une planque dans le cabinet de toilette de son énorme bureau où trônait une table en acajou.

Non, aucun souci à se faire : ce fou furieux qui la terrorisait six jours auparavant ne pourrait pas approcher le gouverneur.

La rue principale de Riptide portait le nom de West Hemlock. Curieusement, il n'y avait nulle part d'East Hemlock, sans doute pour la bonne raison que, plus à l'est, on ne trouvait que l'océan Atlantique. Et presque au bout de cette longue rue se trouvait un *bed and breakfast* : le « Errol Flynn's Hammock », une vieille maison victorienne avec un belvédère cerné d'un garde-fou noir. Becca compta en tout six couleurs différentes dans la peinture de la façade. L'endroit idéal.

— J'aime beaucoup le nom de votre établissement, le « hamac d'Errol Flynn », dit-elle au vieux monsieur assis à la réception.

— Ouais ! fit-il en poussant vers elle son registre. Moi aussi. J'ai toujours été un fan. Allez, moussaillon, une petite signature ici et je vous montre votre cabine.

Elle sourit et signa Becca Powell. Elle avait toujours admiré Colin Powell. Le grand soldat ne lui en voudrait pas pour ce petit emprunt. Temporaire, naturellement. Mais pour l'instant il valait mieux pour Becca Matlock qu'elle se fasse oublier.

Elle était enfin en sécurité.

Mais pourquoi, bon sang, pourquoi la police avait-elle refusé de la croire ? Au moins elle avait obtenu une protection pour le gouverneur, c'était déjà ça.

Mais pourquoi, encore une fois...

2

New York
le 15 juin

Ils firent asseoir Becca sur une chaise inconfortable et bancale. La main posée à plat sur le bois usé de la table, elle fixa la femme et les deux hommes qui lui faisaient face en se disant qu'ils devaient la croire folle, au mieux.

Trois autres types se trouvaient dans la pièce, alignés contre le mur à côté de la porte. Personne ne les lui présenta. Elle se demanda si c'étaient des agents du FBI. Sans doute, puisqu'elle leur avait parlé des menaces proférées contre le gouverneur, et puis ils étaient tous trois en costume noir, chemise blanche et cravate bleue. En tout cas, ils avaient la gueule de l'emploi.

L'inspecteur Morales, mince, l'œil de braise, beau gosse, déclara tranquillement :

— Bon, et si on essayait de tirer cette affaire au clair ? Vous dites qu'il a assassiné cette vieille pour que vous fassiez attention à lui ? Mais pour quelle raison ? Pourquoi vous ? Qu'est-ce qu'il veut, enfin ? Qui est-il ?

Elle dut leur répéter son histoire, mot pour mot, en articulant soigneusement pour qu'ils comprennent bien. Devant leurs visages de marbre, elle se pencha en avant et joignit les mains sur la table maculée de restes de purée.

— Je ne sais pas qui il est. Je sais que c'est un homme, mais je ne peux même pas vous dire s'il est jeune ou vieux. Il n'arrête pas de me téléphoner. Il a commencé à me poursuivre à Albany et il a retrouvé ma trace ici, à New York. Je ne l'ai jamais vu à Albany et je n'ai fait que l'apercevoir ici, trois fois, de tellement loin qu'il serait impossible à identifier, mais je reste convaincue qu'il s'agissait de lui. Je suis d'ailleurs venue vous le signaler il y a huit jours, inspecteur Morales.

— En effet, admit l'inspecteur McDonnell, qui avait le regard d'un flic ayant cuisiné un bataillon de suspects pour son petit déjeuner.

Et le dénommé McDonnell, un grand échalas dont le corps osseux flottait dans un costume chiffonné, ajouta d'un ton glacial :

— On sait déjà tout ça. Et on a pris des mesures. J'ai parlé à la police d'Albany après nos recherches infructueuses, ici, à New York. On a discuté de votre cas.

— Que pourrais-je vous dire d'autre ?

— Vous dites qu'il vous appelle Rebecca et qu'il n'emploie jamais votre diminutif, intervint le beau Morales.

— Oui, inspecteur. Toujours Rebecca, et il se prétend chaque fois mon « petit ami » !

Les deux hommes échangèrent un regard lourd de sous-entendus. Pensaient-ils qu'il pouvait s'agir d'un amant éconduit et assoiffé de vengeance ?

— Je vous répète que je ne connais pas cette voix. Je n'ai jamais vu cet homme, jamais. J'en suis certaine.

L'inspecteur Letitia Gordon, la seule autre femme présente dans la pièce, était grande, la bouche large, les cheveux coupés très courts, bourrée de complexes. Elle énonça d'un ton encore plus réfrigérant que son collègue McDonnell :

— La vérité est toujours bonne à dire. J'en ai assez de ces sornettes ! Vous mentez ! L'inspecteur Morales, évidemment, a fait tout son possible. On a tous fait de notre mieux pour vous croire, au départ, mais voilà : il n'y avait personne. On a perdu trois jours à vous prendre en filature, tout ça pour rien. Et deux jours à enquêter sur les balivernes que vous nous avez servies, et là encore, rien ! Mais qu'est-ce que vous avez ?

Letitia Gordon se frappa la tempe avec deux doigts extrêmement longs :

— Vous marchez à la coke, ou quoi ? Vous avez besoin d'attention ? Votre papa ne vous en pas assez donné quand vous étiez petite ? C'est pour ça que vous avez inventé ce type qui se prétend votre petit ami ?

Becca se retint de gifler Gordon. Cette dernière était sans doute capable de la pulvériser : alors, prudence. Elle devait faire preuve de sang-froid, actionner ses petites cellules grises. C'était elle qui détenait la vérité. Elle leva le menton et défia l'autre femme du regard :

— Pourquoi tant de hargne ? Je ne vous ai rien fait. J'essaye seulement d'obtenir un peu d'aide. Maintenant il a tué cette vieille dame. Il faut que vous l'empêchiez de nuire. Non ?

Les deux inspecteurs de sexe masculin échangèrent des regards interrogateurs. Leur collègue féminine secoua la tête avec une moue de dégoût. Puis elle se leva en repoussant brutalement sa chaise en arrière. Penchée en avant, appuyée au bois de la table, à un centimètre du reste de purée séché, elle rapprocha son visage de celui de Becca. Cette dernière respira une odeur d'orange.

— Vous avez tout inventé, hein ? Personne ne vous a téléphoné, personne ne vous a ordonné d'aller à la fenêtre. Quand cette clocharde a sauté sur une bombe posée par un psychotique, vous avez ressorti votre soi-disant « petit ami » du placard pour lui coller cette histoire d'attentat sur le dos. Voilà. Vous allez consulter notre psychiatre. Tout de suite. Vous avez eu votre quart d'heure de célébrité, maintenant il est temps de retomber sur terre.

— Il n'est pas question que je voie un psy !

— Vous avez le choix : vous acceptez ou nous vous arrêtons.

C'est un cauchemar, pensa-t-elle. *Me voilà au quar-*

tier général de la police, de mon propre gré, en train de leur raconter tout ce que je sais, et ils me prennent pour une dingue !

Tout haut, regardant droit dans les yeux l'inspecteur Gordon, elle demanda :

— Pourquoi ?

— Vous êtes un danger public. Vous déposez des plaintes mensongères, et vos mensonges nous font perdre un temps précieux. Je vous trouve très antipathique, sachez-le. Si ça ne tenait qu'à moi, vous seriez déjà dans une cellule. Mais allez donc parler à notre psy. Il arrivera peut-être à vous remettre un peu de plomb dans la cervelle. Parce que vous en avez sacrément besoin.

Becca se leva lentement et déclara en les considérant tous les trois tour à tour :

— Je vous ai dit la vérité. Il y a un maniaque en liberté quelque part et je ne sais pas qui c'est. Je vous ai vraiment tout raconté. Il a menacé le gouverneur. Il a assassiné une pauvre vieille devant le musée. Je n'invente rien. Je ne suis ni cinglée ni droguée.

Sa tirade tomba à plat : ils ne la croyaient pas.

Les trois hommes en noir alignés contre le mur ne prononcèrent pas un mot. L'un d'eux se contenta d'adresser un discret signe de tête à l'inspecteur Gordon tandis que Becca sortait.

Trente minutes plus tard, Becca Matlock se retrouvait assise dans un fauteuil très confortable, au milieu d'un petit bureau éclairé par deux fenêtres étroites qui donnaient sur le mur d'en face, lui aussi percé de deux fenêtres étroites. De l'autre côté de la table, le Dr Burnett, la quarantaine dégarnie. Derrière les verres de ses lunettes qui portaient la griffe d'un styliste renommé, ses yeux semblaient curieusement à la fois pétillants et blasés.

— Ce que je ne comprends pas, dit Becca en se redressant, c'est pourquoi la police refuse de me croire.

— On va y venir. Il paraît que vous ne vouliez pas me parler ?

— Je suis sûre que vous êtes très gentil, mais je n'ai pas besoin de votre aide, de votre aide professionnelle.

— C'est ce que les inspecteurs mettent en doute. J'aimerais que vous m'en disiez un peu plus long sur vous et sur le moment où ce maniaque est apparu dans votre vie.

Encore, songea-t-elle. Elle prononça donc pour la énième fois les mêmes mots, d'une voix neutre, dépourvue d'émotion :

— Je suis la conseillère en communication du gouverneur Bledsoe. J'habite un appartement très agréable sur Oak Street, à Albany. Voilà deux semaines et demie, j'ai reçu un premier appel. Pas le genre appel cochon avec respiration bruyante ou insultes sexuelles, non. Il m'a juste dit qu'il m'avait vue en train de jogger dans le parc ; il avait envie de faire ma connaissance. Il a refusé de me donner son nom. Il m'a assuré que nous allions finir par être intimes. Il a ajouté qu'il avait envie de devenir mon petit ami. Je lui ai demandé de me laisser tranquille et je lui ai raccroché au nez.

— Vous en avez parlé à des amis ou au gouverneur ?

— Seulement après le troisième appel. Quand il m'a ordonné d'arrêter de coucher avec le gouverneur. Il se prétendait mon petit ami et répétait qu'il ne voulait pas que je lui sois infidèle. D'une voix très calme, il m'a promis, au cas où je continuerais à partager le lit du gouverneur, de le tuer purement et simplement. Évidemment, dès que j'en ai informé le gouverneur, ça a été le branle-bas de combat. Tout le monde sur le pont...

Becca eut un imperceptible haussement d'épaules.

— Ils ont mis tout de suite mon téléphone sur écoute, poursuivit-elle. Mais je ne sais pas comment il a réussi à le savoir. Ils n'ont pas pu le localiser. D'après eux, il se servait d'un appareil électronique qui brouillait la ligne et donnait de fausses indications.

Après un temps de pause, le psy interrogea :

— Et vous couchez avec le gouverneur Bledsoe ?

Ce n'était pas la première fois non plus qu'on lui posait cette question ridicule. Letitia Gordon, en particulier, s'était montrée très curieuse sur ce point.

— À vrai dire, non. Vous avez peut-être remarqué qu'il est assez vieux pour être mon père.

— Nous avons eu un Président assez vieux pour être votre père, et une jeune fille plus jeune que vous, pour qui cette délicate question d'âge n'a pas posé de problème.

Becca se demanda comment le gouverneur Bledsoe supporterait que le monde entier ait les yeux fixés sur sa braguette.

— Alors, mademoiselle, êtes-vous la maîtresse du gouverneur ?

Elle avait découvert que, dès qu'il était question d'histoires de fesses, tout le monde (journalistes, policiers, amis) tombait dans le panneau. La question en soi avait encore le pouvoir de l'offenser, mais elle y avait déjà tant de fois répondu que ce pouvoir s'était émoussé. Elle haussa de nouveau les épaules, de manière bien visible, et rétorqua :

— Non, je n'ai jamais couché avec le gouverneur Bledsoe. Je n'ai même jamais pensé à faire une partie de jambes en l'air avec lui. J'écris ses discours, de très bons discours, du reste. Je ne suis pas et n'ai jamais été sa maîtresse. J'écris parfois les discours de Mme Bledsoe. Et je ne couche pas non plus avec elle. Et je ne sais pas non plus pourquoi ce type s'imagine que je suis la Monica Lewinski du gouverneur. Et, même si c'était le cas, qu'est-ce que ça pourrait lui faire ? Pourquoi le gouverneur ? Parce que je travaille pour lui ? Parce que c'est un homme puissant ? Je n'en ai pas la moindre idée. La police d'Albany n'a rien trouvé sur mon persécuteur jusqu'ici. N'empêche qu'ils n'ont pas mis en doute ma parole, eux, ce n'est pas comme les flics d'ici. À Albany, j'ai même rencontré un psy des services scientifiques qui m'a conseillée sur la façon dont je devais le manipuler lors de ses appels.

— Je suis au regret de vous apprendre que nos services d'Albany ne vous croient plus. Au début, oui, ils vous ont crue. Mais maintenant, non. Continuez...

Continuer ! Il venait de lui révéler que la terre entière ne croyait pas un mot de ce qu'elle expliquait, et il voulait qu'elle continue !

— Que voulez-vous dire ? articula-t-elle lentement, avec précaution. Ce n'est pas l'impression qu'ils m'ont donnée.

— C'est pour cela qu'on vous a envoyée chez moi. Parce que nos inspecteurs ont parlé à leurs collègues d'Albany. Personne n'a rien trouvé sur votre homme invisible. Ils pensent là-bas que vous battez un peu la campagne. Vous avez peut-être une fixation amoureuse sur le gouverneur et vous essayez d'attirer son attention sur vous...

— Ah, je vois. Le genre *Liaison fatale !*

— Non, pour la bonne raison que, si c'était le cas, vous n'en auriez pas parlé comme ça. C'est beaucoup trop tôt.

— Trop tôt pour quoi ? Pour poser votre diagnostic ?

Elle eut le plaisir de voir passer une lueur de colère dans le regard indéchiffrable du psy.

— Continuez... reprit-il. Non, vous n'avez rien à m'expliquer. Du moins pour l'instant. D'abord, exposez-moi toute la situation. J'ai besoin de comprendre. Ensuite, on pourra tous les deux déterminer ce qu'il en est.

Il rêvait ! se dit-elle. Elle, amoureuse du gouverneur ! Bledsoe était un chaud lapin, prêt à trousser une bonne sœur si l'occasion se présentait. À côté de lui, Bill Clinton aurait eu l'air aussi puritain qu'Eisenhower... à moins que Ike n'ait eu lui aussi une maîtresse ? Les hommes et le pouvoir... C'était toujours la même chanson, une chanson lubrique. Et jusqu'ici, Bledsoe avait eu, il fallait bien l'admettre, une veine de pendu : il n'était jamais tombé sur une petite ambitieuse du style Monica, le genre qui refuse de se fondre dans le paysage une fois qu'elle a perdu les faveurs du grand homme.

— Très bien, dit-elle. Je suis venue à New York pour semer ce maniaque. J'étais... je suis toujours terrifiée, par lui, par ce qu'il risque de faire. Ma mère vit à New York, vous comprenez, et elle est très malade. Je suis aussi venue pour être avec elle.

— Vous habitez chez elle, n'est-ce pas ?

— Oui, dans son appartement. Elle se trouve en ce moment à l'hôpital de Lenox Hill.

— De quoi souffre-t-elle ?

Becca ouvrit la bouche pour répondre, mais aucun son n'en sortit. Elle se racla la gorge et finit par énoncer péniblement :

— Cancer, phase terminale.

— Je suis désolé.

Après un temps infime, il ajouta :

— Vous dites que cet homme vous a suivie jusqu'ici ?

Becca acquiesça :

— C'est ici que je l'ai vu pour la première fois, juste après mon arrivée à New York, sur Madison Avenue, presque à l'angle de la Cinquantième. Il se faufilait dans la foule à ma droite. Il portait un coupe-vent bleu et une casquette de base-ball. Comment je sais que c'était lui ? C'est une impression indéfinissable. Mais j'en suis sûre. Au fond de moi, je sais que c'était lui. De son côté, il sait que je l'ai vu, j'en suis convaincue. Hélas, je n'ai fait que l'apercevoir, mon impression est trop vague.

— C'est-à-dire ?

— Il est grand, mince. Jeune ? Je n'en sais rien. Sa casquette dissimulait ses cheveux et il avait des lunettes teintées d'aviateur, aux verres d'un noir opaque. Il portait un jean banal et un coupe-vent bleu très ample.

Elle marqua une pause avant de préciser :

— J'ai raconté tout cela à la police un nombre incalculable de fois. Qu'est-ce que tout ça peut bien vous faire ?

Le regard dont il la gratifia était sans ambiguïté. Manifestement, il voulait voir jusqu'où elle poussait le soin du détail et si elle avait enrichi sa description de son cher « maniaque ». Bien entendu, l'ensemble sortait tout droit de son imagination perverse.

Mais elle ne se laissa pas démonter. En le voyant hésiter, elle spécifia :

— Il s'est esquivé quand je me suis tournée vers lui. Ensuite, les appels ont repris. Je sais qu'il est à mes trousses. Il est au courant de tout, de là où je suis, de ce que je fais. Je sens sa présence.

— Vous avez déclaré aux inspecteurs qu'il refusait de vous dire ce qu'il voulait.

— En effet. Sauf en ce qui concerne le gouverneur, qu'il menace de tuer si je refuse de rompre. Quand je lui ai demandé pourquoi il ferait une chose pareille, il s'est contenté de répondre qu'il me voulait tout à lui. Il se prétend mon « petit ami », c'est le terme qu'il emploie. Et le plus curieux, c'est qu'il a proféré cette menace de mort d'un ton dégagé, comme des paroles en l'air. Pourquoi agit-il de cette manière ? Je n'en ai pas la moindre idée. Pour être franche, docteur, je ne suis pas folle, je suis terrifiée. Si c'est ce qu'il veut, eh bien il a réussi son coup. Je ne vois pas comment la police peut tout me mettre sur le dos, c'est ridicule : je ne vais pas inventer de toutes pièces un maniaque pour je ne sais quelles obscures raisons, quand même ! Alors, vous me croyez maintenant ?

En bon psy, le Dr Burnett éluda habilement la question.

— À votre avis, pourquoi cet homme vous harcèle-t-il ? Ces coups de téléphone... Pourquoi ne le croyez-vous pas sincèrement désireux d'avoir une liaison avec vous ? Pourquoi repoussez-vous l'idée qu'il puisse être amoureux fou de vous ?

Elle ferma les yeux. Elle avait tourné et retourné cette éventualité dans son esprit, mais rien n'était sorti de ses réflexions. Pourquoi l'avait-il choisie, elle ? Elle secoua la tête :

— Au début, il prétendait vouloir me connaître. Qu'est-ce que ça veut dire ? S'il était sincère, pourquoi ne pouvait-il pas m'aborder et se présenter ? Si vos collègues de la criminelle ont envie de vous envoyer un cinglé, pourquoi ne le recherchent-ils pas, lui ? Moi, j'ignore ce qu'il veut. Si j'en avais la moindre idée, je vous jure que je vous en ferais part. Mais cette histoire de petit ami, non, je n'y crois pas une minute.

Son interlocuteur se pencha en avant, les coudes sur la table, les mains jointes. Il la dévisageait si intensément qu'elle se sentit au bord de la panique. Que voyait-il ? Que pensait-il ? Qu'elle était folle à lier ? Sans doute, car aussitôt il énonça d'une voix presque suave à force d'être douce :

— Il va falloir que nous parlions un peu de vous, mademoiselle.

À cet instant, elle comprit qu'elle avait perdu la partie : il ne la croyait pas, n'avait sans doute pas cru un mot de ce qu'elle lui avait raconté. Il poursuivit de la même voix mielleuse :

— On a un gros problème, voyez-vous, et si l'on n'intervient pas, il va faire boule de neige et nous n'arriverons plus à nous en sortir. C'est ce qui m'inquiète. Mais vous consultez peut-être déjà l'un de mes confrères ?

Un gros problème ? Elle se leva en s'appuyant des deux mains sur la table :

— Vous avez raison, docteur, j'ai en effet un gros problème. Seulement, vous ne savez pas en quoi il consiste. Ou bien vous refusez de l'admettre. C'est plus facile, je suppose.

Là-dessus, elle s'empara de son sac à main et prit la porte. Elle entendit la voix d'une douceur répugnante s'élever dans son dos :

— Vous avez besoin de moi. Vous avez besoin de mon aide. Vous prenez le mauvais chemin. Revenez, qu'on bavarde encore un petit peu...

Elle rétorqua par-dessus son épaule, sans s'arrêter dans son élan :

— Vous êtes un imbécile, docteur. Quant à votre objectivité, vous devriez consulter le code d'éthique de votre profession.

Dès qu'elle l'entendit se lever, elle claqua la porte derrière elle et enfila le couloir miteux en quatrième vitesse.

3

Becca poursuivit son chemin au pas de course, tête baissée. Elle sortit de l'immeuble les yeux fixés sur ses escarpins à talons plats. Devant le One Police Plaza, l'immeuble des services centraux de la police, elle vit du coin de l'œil un homme se détourner vivement, trop vivement. Elle se trouvait au milieu de la foule new-yorkaise : des milliers de personnes hâtaient le pas vers une destination connue d'elles seules ; en tout cas ces passants n'avaient pas une minute à perdre. Mais cet homme-là, il la guettait, elle en aurait mis sa main à couper. C'était lui, forcément. Si seulement elle avait pu l'approcher, afin de voir son visage... Où était-il passé ?

Là, à côté d'une poubelle. Il portait des lunettes de soleil, les mêmes que l'autre fois, des lunettes d'aviateur aux verres opaques, et une casquette de base-ball « Braves », rouge vif cette fois, vissée à l'envers sur sa tête, la visière sur la nuque. C'était lui le méchant, pas elle ! Laissant soudain exploser une colère trop longtemps contenue, elle se mit à vociférer :

— Ne bougez pas ! Espèce de lâche, vous n'allez pas ficher le camp !

En se frayant un passage à coups de coude dans la cohue, elle fonça vers l'endroit où elle venait de l'apercevoir. Là-bas, près de cet immeuble, vêtu d'un sweat-shirt bleu marine ; pas de coupe-vent, cette fois. Elle ne se laissait arrêter ni par les injures ni par les heurts des passants. D'une certaine manière, elle était devenue, l'espace d'un éclair, une New-Yorkaise pure et dure qui ne reculait devant rien pour obtenir ce qu'elle voulait. Mais quand enfin elle toucha au but, plus de sweat-shirt bleu. Plus de casquette rouge. Elle resta là, sur le trottoir, les bras ballants, à bout de souffle.

Pourquoi la police ne la croyait-elle pas ? Qu'avait-elle bien pu faire pour mériter d'être traitée de menteuse ? Qu'est-ce qui avait pu inciter la police d'Albany à mettre en doute sa parole ? Et maintenant, il avait tué cette pauvre vieille devant le musée.

Il avait encore réussi à la semer, se dit-elle en reprenant son souffle, vaguement consciente de la foule qui se fendait autour d'elle comme l'océan autour d'un écueil.

Quarante-cinq minutes plus tard, Becca se trouvait à l'hôpital de Lenox Hill, au chevet de sa mère, qui gisait dans un demi-coma, bourrée de drogues, incapable de reconnaître sa propre fille. Becca lui tenait la main et lui parlait, pas à propos du maniaque, mais du discours qu'elle avait écrit pour le gouverneur sur le contrôle des armes à feu, texte à propos duquel elle avait à présent des doutes.

— Dans chacune des cinq agglomérations concernées, la loi concernant le contrôle des armes à feu est très stricte. Tu sais ce qu'un armurier m'a dit ? Qu'à New York, si tu veux un pistolet, tu dois te poster à un coin de rue sur une jambe et tendre la main.

Elle marqua une pause. Pour la première fois de sa vie, elle brûlait de posséder une arme de poing. Hélas, elle n'arriverait jamais à s'en procurer une assez vite. Elle avait d'abord besoin d'un permis, puis il lui faudrait attendre quinze jours après l'achat du pistolet, puis encore six mois pour que les autorités vérifient si elle n'avait rien à se reprocher. Cela relevait presque de la mendicité. Elle déclara à sa mère, ou plutôt au corps inerte de sa mère :

— Je n'ai jamais eu envie d'avoir un pistolet, maman, mais qui sait maintenant si je n'en aurai pas besoin ? Le crime est partout.

Le temps qu'elle parvienne à mettre la main sur un

pistolet, le maniaque l'aurait sans doute déjà tuée. Elle avait l'horrible sensation d'être prise au piège, impuissante devant les événements qui se profilaient à l'horizon. Et personne pour venir à son secours. Elle était seule, et si elle voulait un pistolet, elle n'avait qu'une solution : la rue. La seule idée d'avoir à aborder un groupe de loubards lui donnait des sueurs froides.

— C'était un super-discours, maman. Il a fallu que le gouverneur prenne parti, c'est sûr, mais j'ai quand même réussi à lui faire dire qu'il ne voulait pas interdire les armes à feu, seulement s'assurer qu'elles ne tombent pas entre de mauvaises mains. J'ai analysé le pour et le contre de la proposition du gouvernement concernant la loi.

Et elle parlait, elle parlait, et elle caressait inlassablement les mains de sa mère en prenant bien garde à ne pas lui arracher ses cathéters.

— Tes amies sont toutes venues te voir. Elles se font un sang d'encre pour toi. Elles t'aiment de tout leur cœur...

Sa mère était en train de mourir, c'était un fait, un fait atroce auquel personne ne pouvait rien. Pourtant, au fond d'elle-même, elle était révoltée à la pensée de perdre celle qui avait toujours été là pour elle, depuis la nuit des temps. La perspective d'un avenir sans celle qui l'avait bercée lui semblait inconcevable. Des larmes brouillèrent sa vue, des larmes qu'elle s'empressa de ravaler en serrant les dents.

— Maman, murmura-t-elle en posant la joue sur le bras de la mourante, je ne veux pas te perdre, mais je sais combien ce cancer te fait souffrir, d'une douleur insupportable...

Et tout à coup, sa voix se fit forte, vibrante :

— Je t'aime, maman. Je t'aime plus que tu ne le penses. Si tu m'entends, si tu comprends ce que je te dis... tu as toujours été la personne la plus importante de ma vie. Merci d'avoir été ma mère.

Elle n'avait plus de mots pour le reste. Elle se tut. Une demi-heure s'écoula ainsi. La jeune femme contemplait le visage aimé, encore si plein de vie quelques semaines plus tôt, un visage qui savait si bien exprimer les émotions ; chacune de ses expressions resterait gravée dans la mémoire de Becca. C'était la fin, et elle n'y pouvait rien.

— Je reviens dans un petit moment, maman. Repose-toi. Je t'aime.

Elle savait qu'il aurait été plus avisé de prendre la fuite, car ce type allait tôt ou tard la coincer, la tuer. C'était inévitable, si elle restait là. La police n'allait pas lever le petit doigt. Mais, d'un autre côté, il n'était pas question d'abandonner sa mère à l'agonie.

Becca se pencha pour déposer un baiser sur la joue pâle et douce de la malade. Elle passa la main sur les cheveux jadis abondants, aujourd'hui clairsemés. Les médicaments, avait dit l'infirmière. Sa mère qui avait été si belle, si grande, si blonde, d'une blondeur extraordinaire... Pourtant, sa mère était encore belle, mais affreusement immobile, déjà dans un autre monde. Non, Becca ne pouvait pas la laisser. Ce type allait devoir la tuer s'il voulait la séparer de celle qui lui avait donné le jour.

Elle ne se rendit compte des larmes qui roulaient sur ses joues qu'au moment où l'infirmière lui fourra un Kleenex dans la main.

— Merci, souffla-t-elle sans quitter des yeux celle qui dormait sur l'étroit lit blanc.

— Rentrez chez vous, prenez un peu de repos, conseilla l'infirmière d'une voix sereine. Je veillerai sur elle. Allez dormir.

Je n'ai personne d'autre au monde, songea Becca en sortant de l'hôpital. *Je serai seule quand maman mourra*.

Sa mère mourut dans la nuit. Elle s'éteignit doucement, lui rapporta le médecin, sans souffrir, sans s'apercevoir de rien. Elle était partie sur la pointe des pieds.

Dix minutes après l'appel de l'hôpital, le téléphone sonna de nouveau.

Cette fois, elle ne répondit pas. Elle mit en vente l'appartement de sa mère dès le lendemain, passa la nuit dans un hôtel sous un nom d'emprunt et organisa les funérailles. Elle téléphona aux amies de sa mère pour les inviter au service religieux qui allait se dérouler dans la plus stricte intimité.

Deux jours plus tard, Becca jetait la première poignée de terre sur le cercueil. Le noir de la terre se mêla au rouge sang des roses sur le couvercle de bois. Becca ne pleura pas au milieu des amis en larmes. Chacun la prit dans ses bras. Il régnait encore une chaleur étouffante à New York, trop violente pour la mi-juin.

Lorsqu'elle rentra à l'hôtel, le téléphone sonnait dans sa chambre. Sans réfléchir, elle souleva le récepteur.

— Tu as essayé de m'échapper, Rebecca. Je n'aime pas ça du tout.

C'en était trop ! Il y avait des limites, quand même, et là, elles étaient dépassées ! Sa mère était morte, elle n'avait plus rien à perdre.

— Je vous ai presque attrapé l'autre jour devant le One Police Plaza, pauvre lâche. Espèce d'imbécile, vous vous êtes demandé ce que je fichais là, peut-être ? Je vous dénonçais, vous et votre meurtre. Oui, je vous ai vu. Vous portiez une ridicule casquette de base-ball et un sweat-shirt bleu. La prochaine fois, je vous aurai, je vous tirerai une balle pile entre vos deux yeux de cinglé !

— C'est toi que les flics croient cinglée. Je n'apparais même pas sur leurs radars. Pour eux, c'est simple, je n'existe pas.

D'une voix plus caverneuse, plus dure aussi, il ajouta :

— Arrête de coucher avec le gouverneur, ou je le tuerai comme j'ai tué cette loque humaine. Ça fait je ne sais pas combien de fois que je te le répète, et tu ne m'écoutes pas. Je sais qu'il t'a rendu visite à New York. Tout le monde le sait. Cesse de coucher avec lui.

Et soudain, elle se mit à rire, un rire affreux, qui

n'en finissait pas. Elle ne s'arrêta qu'en l'entendant hurler à l'autre bout du fil, la traitant de pute, de salope et de toutes sortes de noms d'oiseaux plus vicieux les uns que les autres.

Elle hoqueta :

— Coucher avec le gouverneur ? Vous avez toute votre tête ? Il est marié. Il a trois enfants, dont deux sont plus âgés que moi.

Puis, parce que rien ne lui importait plus, parce que de toute façon il n'existait peut-être même pas, elle conclut :

— Le gouverneur couche avec toutes celles qu'il parvient à entraîner dans la petite pièce à côté de son bureau. Si je voulais être parmi les heureuses élues, il faudrait que je prenne un numéro, comme à la Sécurité sociale. Vous voulez empêcher toutes ces femmes de coucher avec lui ? Ça vous occupera jusqu'à la fin des temps.

— Non, seulement toi, Rebecca. Tu dois arrêter de coucher avec lui.

— Écoutez-moi bien, espèce de connard ! Je n'accepterais de me farcir le gouverneur que si la paix mondiale en dépendait ! Et même dans ce cas, je n'en suis pas si sûre !

Le maniaque eut le culot de soupirer :

— Ne mens pas, Rebecca. Arrête, c'est tout ! Compris ?

— Je ne peux pas arrêter de faire une chose que je n'ai jamais faite.

— Dommage, repartit son tortionnaire.

Pour la première fois, il lui raccrocha au nez.

Cette nuit-là, le gouverneur fut atteint d'une balle dans le cou devant l'hôtel Hilton, où il assistait à une soirée de gala, au bénéfice de la recherche contre le cancer. Il eut de la chance dans son malheur. Il tomba au milieu d'une centaine de médecins, qui parvinrent à lui sauver la vie. D'après la presse, la balle avait été tirée à grande distance par un homme masqué, sans doute un tireur d'élite. Aucune piste à signaler.

En apprenant la nouvelle, Becca ne put s'empêcher de lancer au Superman de dessin animé qui s'agitait sur le petit écran :

— Il était prévu qu'il se rende à une soirée de gala au bénéfice des espèces menacées.

Ce fut à cet instant précis qu'elle résolut de s'enfuir. Sa mère était morte, rien ne la retenait nulle part.

Le Maine serait son sanctuaire.

Riptide, Maine,
le 22 juin

Becca déclara :

— D'accord.

Rachel Ryan lui adressa un sourire éblouissant, puis presque aussitôt fit machine arrière en disant :

— Vous prenez une décision peut-être un peu précipitée. Ne préféreriez-vous pas réfléchir avant de me donner votre réponse ? Je ferai nettoyer la maison, elle est vieille, y compris l'installation électrique et la salle de bains. Bien entendu, elle est louée meublée, mais les meubles n'ont rien d'extraordinaire. La maison n'a pas été habitée depuis quatre ans... depuis la mort de Jacob Marley.

— Vous m'avez déjà dit tout cela. Je vois bien qu'elle n'est plus toute jeune, cette maison. Mais elle me plaît, je la trouve charmante. Et elle est assez grande. C'est très important pour moi, l'espace. Et puis elle est isolée au bout de son allée. J'apprécie la discrétion plus que tout.

C'était peu dire.

— Jacob Marley ? reprit-elle.

— Oui. Il avait quatre-vingt-sept ans quand il est mort, dans son lit, de sa belle mort. Une sorte d'ermite pendant les trente dernières années de sa vie. Son père avait fondé la ville vers 1907, ses immeubles de Boston étant partis en fumée par une nuit d'été caniculaire. On a raconté que l'incendie était volontaire... Des ennemis... Marley père n'était guère aimé. C'était l'un de ces barons de l'industrie... Mais il avait oublié d'être bête. Il a décidé qu'il valait mieux quitter Boston, et il est venu s'installer ici. C'était un petit village de pêcheurs, à l'époque. Il en a fait sa ville et l'a rebaptisée.

Becca donna une petite tape amicale sur l'épaule de l'agent immobilier :

— C'est tout réfléchi. Je vous paierai par mandat, je n'ai pas encore de compte en banque ici. Cela ne vous dérangerait pas de faire faire le ménage aujourd'hui, de façon que je puisse emménager dès demain ?

— Promis, même si je dois mettre moi-même la main à la pâte. Mais ce ne sera pas la peine. Une chance : c'est le début les grandes vacances. Je vais lancer là-dessus l'une de mes équipes de lycéens, vous verrez, vous pourrez manger par terre ! Ne vous inquiétez pas... Au fait, il y a un charmant gamin qui vit à deux pas d'ici, sur Gum Shoe Lane. Il m'appelle « tante Rachel », même si nous n'avons aucun lien familial. Il se nomme Sam. Je l'ai vu naître. Sa mère était ma meilleure amie et je...

Comme l'aimable dame laissait sa phrase en suspens, Becca la considéra d'un air surpris, pour en déduire qu'elle devait en avoir assez dit.

— Bien, enchaîna Rachel, je vous revois dans deux jours. Téléphonez-moi si vous avez le moindre problème.

Affaire conclue, donc. Becca était l'heureuse locataire d'un bijou de l'architecture victorienne : huit chambres, trois salles de bains spacieuses, une cuisine qui avait été dernier cri vers les années 1910, et dix cheminées. Et, comme elle l'avait fait remarquer judicieusement à Rachel Ryan, cette belle demeure était isolée tout au bout de Belladona Drive. Pas de voisins : exactement ce qu'elle cherchait. La maison la plus proche se situait à un bon kilomètre. La propriété était bordée de trois côtés par un épais rideau d'érables et de conifères. Et, pour couronner le tout, la vue sur l'océan, du haut du belvédère, était à couper le souffle.

Elle chantonnait en emménageant le jeudi après-midi. Elle était en nage. Même si elle n'avait pas l'intention d'occuper toutes les chambres, elle tenait à ce qu'elles soient toutes propres. Tout cet espace la grisait. Jamais plus elle ne vivrait dans un appartement !

Becca avait finalement réussi à acheter un pistolet, à un type qu'elle avait rencontré dans un restaurant de Rockland, Maine, emplette qui n'avait pas été sans risques, mais tout s'était bien passé. Le pistolet était une vraie merveille : un 357 magnum automatique Coonan. Son vendeur s'était contenté de l'emmener à côté, chez un « Tout pour la chasse » équipé d'un petit stand de tir, pour lui apprendre les rudiments de l'art. Ensuite il avait demandé de l'accompagner à l'hôtel. Un jeu d'enfant à côté du maniaque de New York. Il avait suffi de dire « non » d'un ton ferme. Pas besoin de le menacer de son pistolet.

Elle déposa délicatement le Coonan dans le tiroir du haut de sa table de chevet – une antiquité aux gonds grinçants. En refermant le tiroir, tout d'un coup, elle se rendit compte qu'elle n'avait pas pleuré à la mort de sa mère. Ni à l'enterrement. Mais, tandis qu'elle plaçait une photographie de sa mère sur le petit meuble d'acajou, elle sentit les larmes lui brûler les joues. Elle resta là, à contempler l'image de celle qu'elle avait tant aimée : un cliché pris vingt ans plus tôt, montrant une ravissante jeune femme, si blonde, si fine, qui serrait en riant la petite Becca contre elle. Becca ne se souvenait pas du lieu où elles se trouvaient, peut-être dans le nord de l'État de New York. Elles y avaient vécu quand Becca avait entre six et sept ans.

— Oh, maman, si tu n'avais pas ligoté ton cœur à la tombe d'un mort, si tu l'avais ouvert à l'amour d'un autre, tu serais peut-être encore là... Tu avais tant à offrir, tant d'amour à donner... Dieu, que tu me manques !

Elle s'abandonna à la douceur moelleuse du lit,

serra un oreiller dans ses bras et laissa le chagrin l'envahir jusqu'à ne plus avoir de larmes pour pleurer. Puis elle se leva et essuya du plat de la main la légère couche de poussière sur le verre de la photo.

— Je suis en sécurité maintenant, maman. Je ne sais pas ce qui se passe, mais au moins, pour le moment, je ne crains rien. Ce type ne me trouvera jamais ici. Comment le pourrait-il ? Personne ne m'a suivie.

Elle prit conscience, tout en parlant à l'image de sa mère, que le souvenir d'une autre personne chère la taraudait : celui de son père, qu'elle n'avait pas connu. Thomas Matlock, mort au combat, au Viêt-Nam, voilà longtemps, alors qu'elle était encore bébé. Un héros. Sa mère ne l'avait jamais oublié. C'était son nom qu'elle avait chuchoté avant de sombrer dans le coma. « Thomas, Thomas. »

Il était mort depuis plus de vingt-cinq ans. Autrement dit, des siècles. Le monde avait changé, mais pas les gens, non, les gens étaient comme ils étaient depuis toujours, bons, méchants, bons et méchants, ils s'entre-déchiraient pour obtenir une part du gâteau. Avant de mourir, il avait vu sa toute petite fille, lui avait raconté sa mère, il l'avait tenue dans ses bras, il avait eu le temps de l'aimer. Mais Becca, elle, ne se souvenait de rien.

Elle rangea ses vêtements, installa ses affaires de toilette dans la salle de bains désuète où trônait une baignoire à pattes de lion. Les lycéens avaient même frotté entre les griffes. Bravo.

On frappa à la porte. Becca, clouée sur place, laissa échapper la serviette qu'elle tenait à la main.

On frappa de nouveau.

Ce n'était pas lui. Il ne pouvait pas savoir où elle était. Ce n'était pas possible. Sans doute l'électricien, venu vérifier la bonne marche du seul climatiseur de la maison, vissé à une fenêtre du salon. Ou bien l'éboueur, ou bien encore...

— Ne deviens pas parano, dit-elle tout haut à l'adresse de la serviette bleue qu'elle prit soin de ramasser et de suspendre au porte-serviettes de bois. Tu te rends compte aussi que tu as une fâcheuse tendance en ce moment à parler à toute seule ? Et en plus, tu ne m'as pas l'air très maligne.

Mais qui se serait formalisé de la voir parler à un porte-serviettes ? pensa-t-elle en descendant le vieil escalier qui craqua atrocement sous ses pas.

Elle contempla bouche bée le grand jeune homme qui se tenait sur son seuil. Elle n'en croyait pas ses yeux : Tyler ! Son ancien camarade d'université. Lui, le grand dadais renfrogné qui faisait fuir les filles... Mais, maintenant, il n'avait plus l'air ni dadais ni renfrogné. Fini les grosses lunettes, fini le stylo à la poche de sa veste. Fini les épaules affaissées, fini le pantalon trop court qui laissait voir des chaussettes trop blanches. Il portait un jean qui le moulait juste comme il fallait, il avait laissé pousser ses cheveux, et ses épaules, plus du tout tombantes, étaient assez larges et carrées pour faire se pâmer les plus exigeantes. Il était bronzé à souhait et donnait tous les signes d'une santé éclatante. Bref, l'image même du beau garçon. Incroyable ! Elle le fixa en battant des cils et en répétant :

— Tyler ? Tyler McBride ? Pas possible ! Excuse mon ahurissement, mais tu as tellement... changé ! Pourtant c'est toi, c'est bien toi. Et, pour tout t'avouer, je te trouve plus sexy comme ça.

Un large sourire éclaira le visage hâlé par le soleil. Il lui prit la main chaleureusement.

— Becca Matlock, comme je suis content de te voir ! J'étais venu faire un saut pour dire bonjour à ma nouvelle voisine. Je n'avais pas pensé une seconde que ce serait toi ! Alors, tu t'appelles Mme Powell, maintenant ? Et que viens-tu faire dans ce bled perdu ? Enfin, quoi qu'il en soit, bienvenue à Riptide !

4

Elle éclata de rire et lui serra les mains en s'exclamant :

— Ça alors, tu n'as plus l'air d'un potache, ma parole ! Écoute, Tyler, c'est à cause de toi que je suis ici. J'aurais dû te téléphoner. J'allais le faire. Mais je n'en ai pas encore eu le temps. C'est vraiment un coup de bol invraisemblable que nous soyons voisins !

En guise de réponse, il lui sourit très gentiment. Avait-il porté un appareil dentaire, jadis ? Elle n'arrivait pas à se souvenir. Peu importait, d'ailleurs. Il avait aujourd'hui une denture superbe. Quelle différence ! Elle n'en croyait toujours pas ses yeux.

— Tout le monde est voisin de tout le monde à Riptide, reprit-il enfin. Je vis dans la rue d'à côté, sur Gum Shoe Lane.

Elle lâcha à regret ses mains pour l'inviter à entrer :

— Tout est vieux ici, même les meubles, mais les ressorts du canapé sont encore en assez bon état. Cette bonne Mme Ryan a envoyé une armée d'ados jouer les tornades blanches. Ils ont pas mal bossé. Allez, entre donc.

Elle prépara du thé, sur l'antique cuisinière, sous l'œil attentif de Tyler, assis à la table de la cuisine.

— Pourquoi as-tu dit que tu étais venue ici à cause de moi ?

Becca trempa le sachet de thé dans les deux tasses d'eau bouillante.

— Pour la bonne raison que je me suis rappelé les

histoires que tu me racontais sur ta ville natale. Tu disais que Riptide était ton refuge.

Elle marqua une pause, le regard perdu dans les profondeurs de sa tasse, puis enchaîna :

— Je n'oublierai jamais le mot que tu avais employé : « bled perdu ». Un endroit loin de tout, où on oubliait le reste du monde. Au bord de l'océan, à l'écart du tourbillon de la civilisation. Tu disais aussi que c'était à Riptide que le soleil se levait en premier aux États-Unis. Tu décrivais le soleil comme une grosse boule orange suspendue au-dessus d'une mer en feu.

— J'ai dit ça, moi ? Je ne me savais pas poète.

— Presque mot pour mot, et c'est à cause de ces mots que je suis là aujourd'hui... C'est incroyable ce que tu as changé, Tyler !

— Tout le monde change, Becca. Même toi. Tu es plus belle qu'à la fac. Tes cheveux ont foncé, et j'avais oublié que tu avais les yeux noisette et que tu portais des lunettes, mais sinon je t'aurais reconnue n'importe où.

Reconnue n'importe où ! Cela ne faisait pas son affaire, hélas ! se dit-elle en remontant les lunettes qui avaient glissé sur son nez.

Il prit la tasse de thé qu'elle lui tendit et ne prononça plus un mot jusqu'à ce qu'elle se fût assise à la table, en face de lui. Alors il questionna dans un sourire :

— Pourquoi as-tu besoin d'un refuge ?

Que pouvait-elle lui donner comme explication ?

Que le gouverneur avait reçu une balle dans la gorge à cause d'elle ? Non, non, elle refusait de se culpabiliser. Le cinglé avait tiré sur le gouverneur, point final.

La voyant hésitante, il reprit :

— Tu t'es installée à New York, ou je me trompe ? Tu écrivais, non ? Que faisais-tu exactement ?

— J'écrivais des discours, répondit-elle, soulagée par le tour que prenait la conversation. Pour des huiles, dans des grosses entreprises. Je n'arrive pas à croire que tu te rappelais que j'étais partie pour New York !

— J'ai une très bonne mémoire quand il s'agit des gens auxquels je tiens. Pourquoi as-tu besoin d'un refuge ?

Non, attends, si ce n'est pas mes oignons, tu n'es pas obligée de répondre. C'est juste que je me fais du souci pour toi.

Elle n'était pas très douée pour le mensonge, mais là, elle n'avait pas le choix.

— Je n'ai rien à cacher. Je cherche à m'éloigner de quelqu'un.

— Ton mari ?

Encore une fois, elle se trouvait au pied du mur.

— Oui, mon mari. Il est très possessif. Je voulais le quitter, mais lui refusait de me laisser partir. J'ai pensé à Riptide et à tout ce que tu m'avais raconté...

Elle répugnait à lui parler de la mort de sa mère. Mêler son chagrin à un mensonge, c'était trop pour elle. Avec un haussement d'épaules, elle heurta sa tasse contre celle de son invité.

— Merci, Tyler, d'avoir été à la fac avec moi et de m'avoir parlé aussi sincèrement de ta ville natale.

— Je suis content de te savoir ici, rétorqua-t-il en la dévisageant avec gravité... Si ton mari te recherche, comment peux-tu être sûre qu'il ne t'a pas suivie à l'aéroport ? Je sais que la circulation à New York est infernale, mais ce n'est pas si dur que ça de prendre quelqu'un en filature, si tu le veux vraiment.

— Je bénis tous les romans d'espionnage et les films policiers que j'ai dévorés...

Elle lui raconta qu'elle avait changé trois fois de taxi en route pour Kennedy Airport.

— ... Et quand je suis arrivée au terminal, je pouvais jurer que je l'avais semé. Mon dernier taxi appartenait à une espèce en voie de disparition : un New-Yorkais pure souche qui connaissait le Queens aussi bien que l'amant de sa femme, en tout cas c'est ce qu'il m'a dit. Personne ne me talonnait, je peux te l'assurer. J'ai pris l'avion pour Boston, puis un vol pour Portland, Maine, où je me suis acheté une Toyota d'occasion chez Big

Frank. Et voilà, maintenant je suis ici, et il ne me retrouvera jamais !

Croyait-il à son histoire ? Difficile à dire. En tout cas, la partie concernant sa fuite était vraie. Le mensonge portait uniquement sur l'identité de son poursuivant.

— Tu as sûrement raison. N'empêche que je vais te couver, Becca Powell.

Elle le fit parler de sa propre vie. Consultant en informatique, il intervenait en cas de panne et créait des programmes sur mesure pour des experts-comptables et des agents immobiliers.

— Des programmes pour se faire des clients et du blé, précisa-t-il en riant. Tu sais, Becca, c'est bien agréable de réussir dans ce qu'on fait. Tu étais la seule nana à l'université à ne pas te ficher de moi. D'accord, tu me traitais de potache et de grand dadais, mais je ne t'en voulais pas : après tout, c'était vrai. Tu sais qu'on a un gymnase à Riptide ? J'y vais trois fois par semaine. Je m'aperçois que, si j'arrête le sport, je redeviens tout maigre et je n'ai plus d'énergie, je n'ai plus qu'à me promener avec un pistolet paralysant dans la poche.

— En tout cas, tu n'es plus maigre du tout.

— Tu trouves ? fit-il avec un large sourire.

En le raccompagnant à la porte un quart d'heure plus tard, Becca se demanda s'il l'avait crue à propos de son prétendu mari. Elle aimait bien Tyler ; cela ne l'avait pas enchantée de lui raconter ces sornettes. Sa présence la rassurait. Au moins, elle n'était pas dans une solitude absolue. Elle le regarda monter dans sa Jeep. Il lui adressa un grand signe de la main et fit demi-tour. Il habitait la rue voisine, Gum Shoe Lane, mais la distance obligeait à s'y rendre en voiture.

Elle était chez elle. Sensation délicieuse. Elle referma doucement la porte d'entrée et se retourna pour contempler les meubles anciens qui encombraient l'entrée. Sa mère aurait été aux anges, elle qui adorait chiner chez les brocanteurs.

Maintenant qu'elle était installée, que ses deux valises étaient rangées au fond du placard de sa chambre, elle se sentait prête à explorer la ville. Elle verrouilla la porte d'entrée et, au volant de sa Toyota, descendit West Hemlock Street. En passant devant l'une des six églises à clocher blanc, elle songea que c'était en effet une ville pleine de charme, loin de tout, préservée du stress de la vie moderne. Le simple fait de se trouver dans ce lieu pittoresque lui donnait un sentiment de sécurité.

En débouchant sur Poison Oak Circle, dix minutes plus tard, elle décida de faire une halte au supermarché. Il y régnait une ambiance amicale, et c'est avec un sourire d'une gentillesse désarmante que la vendeuse lui tendit la plus belle laitue du linéaire. Becca s'arrêta longuement devant l'étal de poissons, fascinée par la taille gigantesque des homards. Elle avait hâte de goûter à tout.

La soirée fut paisible. Appuyée au garde-fou du belvédère, elle contempla longuement l'océan dans les lueurs chatoyantes du crépuscule. Une eau calme. Des vaguelettes frangeaient d'écume les rochers coiffés de conifères. Elle se demanda pourquoi Marley père avait appelé la ville « Riptide ». Ce mot qui évoquait des marées turbulentes, et s'appliquait aussi bien à la mer qu'aux situations humaines, tranchait sur l'atmosphère paisible de cet endroit ! À moins que la côte ne recèle quelque courant traître qui entraînait les imprudents vers le large ? Elle se promit de s'en enquérir. Mais cette idée lui faisait peur. Un jour, elle s'était laissé prendre par un courant sous-marin, à l'âge de dix ans. Un maître nageur aussi fort que Godzilla avait réussi à la ramener, en lui ordonnant de nager parallèlement à la plage jusqu'à ce que faiblisse la force du courant.

Cependant elle ne risquait plus d'être happée par quoi que ce soit, à présent, elle n'allait pas plonger dans les abysses d'une mort affreuse. Non, elle s'en était tirée saine et sauve, comme quand elle avait dix ans. Seulement, cette fois, elle avait réussi sans l'aide de personne. Comme l'océan par cette magnifique soirée, sa vie était de nouveau d'un calme plat. Elle était en sécurité.

Becca porta ses regards à main gauche, vers une douzaine de bateaux de pêche qui regagnaient le port. En ce début d'été, quelques vacanciers avaient sorti leurs voiliers pour profiter de la brise du soir. L'odeur douceâtre de la saumure imprégnait l'air. Elle respira profondément. Oui, elle ne craignait rien ici.

On devait venir installer le téléphone le lendemain. Elle avait longuement hésité à demander une ligne, en changeant d'avis au moins dix fois. Puis, en fin de compte, elle avait décrété que, n'ayant plus rien à craindre du maniaque, elle n'allait pas se couper du monde.

Le lendemain, peu après neuf heures, Tyler surgit de nouveau sur son seuil. Un petit garçon l'accompagnait. Il lui tenait la main.

— Bonjour. Je te présente mon fils, Sam.

Son fils ? Becca contempla le petit visage levé vers elle. Il ne ressemblait pas du tout à Tyler. Costaud, râblé, la tignasse presque noire, des yeux d'un bleu ravissant, très clairs. Un peu comme les siens, songea-t-elle. Il n'avait pas l'air très heureux de la voir. Elle ouvrit en grand la porte-moustiquaire et s'effaça pour leur laisser le passage.

— Entrez donc tous les deux, Tyler, Sam...

L'enfant paraissait craintif, méfiant même. Avait-il peur ? Ou était-ce autre chose ? Était-ce le jeune Sam dont lui avait parlé Rachel Ryan, ce petit garçon qu'elle paraissait adorer ? Elle lui sourit en s'agenouillant pour être à sa hauteur.

— Je m'appelle Becca. C'est un plaisir de faire ta connaissance, Sam.

Elle lui tendit la main.

— Sam, dis bonjour à Becca.

La voix de Tyler était tendue. Pourquoi ? se demanda-t-elle.

— Ce n'est pas grave, Tyler. Sam a le droit de se taire. Je n'étais guère bavarde, moi non plus, quand j'avais son âge.

— Ce n'est pas ça, fit Tyler en considérant son fils sévèrement.

Le petit garçon se contentait de la fixer, impassible, d'une immobilité presque inquiétante. Elle garda le sourire.

— Tu veux un verre de citronnade, Sam ? Je fais la meilleure citronnade à l'est des Rocheuses !

— D'accord.

Il avait une toute petite voix timide. Heureusement, elle avait pensé à acheter des biscuits. Même les gamins craintifs aiment les biscuits.

Elle le fit asseoir à la table de la cuisine et l'interrogea :

— Tu connais Rachel, Sam ?

— Rachel, répéta Sam, et son visage s'éclaira d'un large sourire. Ma tante Rachel.

Sam ne prononça plus un mot, mais il dévora trois biscuits et vida deux grands verres de citronnade. Puis il s'essuya la bouche avec le dos de la main. Un vrai petit mec, pensa Becca. Pourtant, quelque chose clochait ; mais quoi ? Pourquoi ne parlait-il pas ? Et cet air absent, comme ailleurs...

— Tu reviendras, j'espère, Sam. Il y aura toujours des biscuits pour toi.

— Quand ?

— Demain, répondit-elle. Je serai là toute la matinée.

— Qu'est-ce que tu fais dans l'après-midi ? intervint Tyler en prenant la petite main de l'enfant dans la sienne.

— Je vais rendre une visite au *Riptide Independent* pour voir s'ils n'ont pas besoin des services d'une pigiste.

— Alors tu rencontreras Bernie Bradstreet. À la fois le propriétaire et la plume principale du canard. Il n'est plus tout jeune, mais il sait tout ce qui se passe en ville. Il va tomber à la renverse... Eh bien, on dirait que tu as l'intention de t'installer.

— C'est possible.

— Bon, je te verrai peut-être plus tard, quand Sam ira chez sa tante Rachel. Ce n'est pas vraiment sa tante. Une amie. Et aussi sa baby-sitter.

5

Becca fit glisser les poils de sa brosse dans l'épaisseur soyeuse de ses cheveux bruns. Elle les avait laissés pousser, et ils lui arrivaient maintenant aux épaules. Elle se fit une queue de cheval, puis se regarda dans la glace. La jeune femme ne s'était pas coiffée ainsi depuis ses treize ans. À l'époque, elle ignorait le vice. *Non, ne pense surtout pas à lui !* Il ne la retrouverait jamais. Elle examina de nouveau son reflet. Les lunettes lui donnaient une autre tête, tout comme ses sourcils teints dans une couleur plus foncée.

Elle jeta un coup d'œil à l'écran de sa petite télévision portative en se disant qu'on n'allait pas tarder à diffuser une photo d'elle. Voilà, c'était fait. Celle qui figurait sur son permis de conduire. Une chance qu'ils n'aient pas mis la main sur un cliché plus récent ! Elle ne ressemblait pas tellement à la jeune fille patibulaire de la photo, sauf peut-être quand elle était mal lunée. Grâce aux légères modifications qu'elle avait fait subir à son apparence, elle était à peu près certaine qu'aucun habitant de Riptide ne le reconnaîtrait. Sauf Tyler, mais elle avait l'impression qu'elle pouvait lui faire confiance. Maintenant qu'on parlait d'elle sur CNN, elle serait obligée de lui avouer la vérité. Elle aurait dû le faire tout de suite, mais cela avait été plus fort qu'elle, elle n'avait pas pu. Désormais, cela ne dépendait plus d'elle.

Tyler, d'ailleurs, fut plus rapide qu'elle. Un quart d'heure ne s'était pas écoulé, après le flash de CNN, que la sonnette retentit.

— Tu m'as menti !

C'était bien lui. Sur le seuil, son ami tremblait presque de rage.

— Oui, je suis désolée, Tyler, mais je t'en prie, entre. Je vais tout te raconter.

C'est ce qu'elle fit, stupéfaite de constater à quel point ce déballage la soulageait.

— Je n'ai pas encore compris pour quelle raison les flics ont refusé de me croire. Mais ce n'est pas d'eux que je me cache. Je ne veux pas que ce cinglé, ce maniaque continue de me terroriser. Il a peut-être l'intention de me tuer...

En hochant la tête, elle répéta plusieurs fois de suite :

— Je n'arrive pas à croire qu'il a tiré sur le gouverneur. Il lui a tiré dessus !

— La police pouvait te protéger, quand même, remarqua Tyler, qui s'était calmé et la considérait avec un regard apaisé.

— Oui, sans doute, mais d'abord, il aurait fallu qu'ils me croient. Qu'ils croient que j'étais la victime d'un maniaque. C'est ça, le problème.

Tyler se tut. Il sortit de la poche de son pantalon un bout de bois sculpté, en forme de pyramide, qu'il fit tourner entre ses doigts.

— Ça ne me dit rien qui vaille.

— Non. C'est le tombeau de Ramsès II que tu tiens là ?

— Quoi ? Oh, ça ? Non. J'ai gagné un concours de géométrie quand j'étais au lycée... Tu as pris le nom de Powell ?

— Oui. Tu es le seul à savoir la vérité, toute la vérité. Crois-tu que tu puisses garder mon secret ?

— Tu n'es pas mariée, alors ?

Elle fit non de la tête :

— Et j'aurais pris la fuite plus tôt s'il n'y avait pas eu ma mère. Elle était mourante. Le cancer. Après sa mort, rien ne me retenait plus.

— Je suis désolé. Ma mère est morte quand j'avais seize ans. Je me souviens. Je comprends.

— Merci.

Elle était au bord des larmes. Mais non ! Elle n'allait pas pleurer ! Elle posa distraitement les yeux sur une boîte à cigares dans un coin de la pièce. Et soudain, comme mue par un ressort, elle bondit sur ses pieds. Qu'avait-elle fait ?

— Oh, non ! Je suis une imbécile ! J'ai fait une énorme connerie. Écoute, Tyler, oublie tout ce que je t'ai dit. Je ne sais pas ce qui va se passer. Je ne veux pas qu'il t'arrive malheur à cause de moi. Je viens de penser à Sam. Imagine qu'il s'en prenne à lui. C'est trop risqué. Ce maniaque est prêt à tout, j'en suis convaincue. Et il y a les flics. Je ne voudrais pas qu'ils t'arrêtent pour complicité, pour ne pas m'avoir dénoncée. Je vais plier armes et bagages, et trouver un autre coin où disparaître de la surface de la terre. Je suis désolée d'avoir vidé mon sac devant toi.

Tyler se leva et déplia son grand corps ; il la dépassait d'une tête. Sa colère était retombée, cédant la place à une calme détermination.

— Ne t'inquiète donc pas. Je suis à cent pour cent de ton côté. Je ne vais pas t'abandonner. À mon avis, ils ne te retrouveront jamais.

Il marqua un temps, les yeux posés sur la petite pyramide au creux de sa main gauche.

— En fait, reprit-il, j'ai déjà annoncé à quelques copains en ville que mon ancienne camarade d'université Becca Powell s'était installée chez nous. Même si l'un d'eux trouve que tu ressembles à la Rebecca Matlock de la télé, ils ne tireront pas de conclusion. Je me suis porté garant de toi, et ça leur suffit. Et je dois avouer que tu n'es plus la même avec ces lunettes. Tu les portes, en général ? Et tes yeux, ils ne sont pas vraiment noisette ?

— Gagné. Je porte des verres de contact teintés. Les verres de mes lunettes ne sont pas correcteurs, et je me suis teint les cheveux et les sourcils en châtain.

Il acquiesça de la tête, puis esquissa un sourire presque attendri :

— Oui, je me rappelle maintenant, tu étais blonde, blonde comme les blés. Tous les mecs voulaient sortir avec toi, mais tu n'étais pas partante.

— J'étais en première année, trop jeune pour savoir ce que je voulais, surtout en matière de mecs.

— Ils pariaient pour savoir qui allait te fourrer dans son pieu en premier.

— Ça alors, première nouvelle ! dit-elle en réprimant un gloussement de rire. Les mecs ne pensent qu'à ça !

— Tout à fait, et de ce côté je ne faisais pas exception à la règle, sauf que je n'étais pas très doué... à l'époque, s'entend. Au fond de moi, je priais pour que tu jettes ton dévolu sur moi, mais j'avais la trouille de faire le premier pas. Tu vois, Becca, tu peux compter sur moi. Tu n'es plus seule...

Stupéfaite de la confiance qu'il lui témoignait et de la solidarité dont il faisait preuve, elle se pressa un instant contre lui en murmurant :

— Merci, Tyler, merci...

Les bras de Tyler resserrèrent leur étreinte autour d'elle. Il y avait longtemps qu'elle ne s'était sentie aussi bien, à l'abri de tout... Non, pas à l'abri de tout. Mais plus si seule.

Quand elle se détacha de lui, quelques instants plus tard, il déclara :

— Ce ne serait peut-être pas mal que tu te montres un peu en ma compagnie, en ville. Tu sais, pour endormir les soupçons, si jamais il y en a. Comme je suis un gars du pays, personne n'ira chercher la petite bête. Et je t'appellerai toujours Becca. Ça ne sonne pas du tout comme Rebecca. Je crois que les journalistes n'ont pas prononcé un autre nom.

— À ma connaissance, non.

Tyler remit délicatement sa pyramide en bois dans la poche de son jean et reprit Becca dans ses bras en chuchotant à son oreille :

— J'aurais préféré que tu me dises la vérité tout de suite, mais je comprends. Ça ne va pas durer. Je leur donne trois jours pour ne plus parler de l'affaire. Ensuite, on oubliera tout ça.

En s'écartant de lui, elle se prit à souhaiter de tout son cœur qu'il dise vrai. Mais comment était-ce possible ? Celui qui avait tenté d'assassiner le gouverneur de l'État de New York était encore en liberté. On n'allait pas classer le dossier aussi facilement. D'un autre côté, elle n'avait aucune information supplémentaire à donner aux autorités. À quoi servirait-il de téléphoner à l'inspecteur Morales pour lui annoncer qu'elle ne savait rien de plus et qu'elle leur avait déjà tout dit ?

Après le départ de Tyler, Becca retourna dans le salon et, obéissant à une force supérieure à la sienne, se dirigea vers le téléphone. Il fallait qu'elle essaye au moins de le convaincre. Elle avait du mal à évaluer le degré d'efficacité de leur table d'écoute. Oh, elle ne serait pas longue, une minute à peine, ils n'auraient pas le temps de localiser l'appel. Elle ne tarda pas à avoir Morales au bout du fil, ce qui en soi relevait du miracle.

— Inspecteur Morales, ici Becca Matlock. Écoutez-moi, je suis cachée, vous ne me trouverez pas. Et vous n'avez aucune raison de me rechercher, ce n'est pas de vous que je me cache. Mais de ce dangereux maniaque qui, non content de me terroriser, a tiré sur le gouverneur. Vous me croyez, maintenant ? Ce n'est pas moi qui ai tiré.

— Pourquoi ne venez-vous pas nous voir, pour discuter de tout ça tranquillement ? On n'est guère avancés pour le moment. Seulement on tient une piste et vous pouvez peut-être nous donner un coup de main...

Elle articula lentement entre ses dents :

— Je ne peux pas vous en apprendre plus que ce que je vous ai déjà expliqué. Je vous ai dit la vérité. Je ne comprends toujours pas pourquoi aucun d'entre vous ne m'a crue, mais tout ce que je vous ai raconté est vrai. Je ne peux pas vous aider pour votre prétendue piste. C'est un piège, n'est-ce pas ? Vous feriez n'importe quoi pour m'attirer dans vos pattes. Mais pourquoi ?

Après une pause, comme il ne répondait pas, elle ajouta :

— Vous ne me croyez toujours pas ? Vous pensez que j'ai tiré sur le gouverneur ?

— Non, pas vous en personne, mademoiselle, mais nous devrions en discuter plus sérieusement. Si vous ne voulez pas revenir à New York, je peux passer vous voir.

— Ce n'est pas une bonne idée. Le temps presse ; je ne veux pas être repérée. J'ajouterai ceci, pourtant : le malade qui a tiré sur le gouverneur court toujours, et je vous ai dit tout ce que je savais sur lui. Tout ! Je ne vous ai jamais menti ! Jamais ! Au revoir.

— Un instant, attendez...

Elle raccrocha d'un coup sec, le cœur battant à se rompre. Voilà. Elle avait accompli son devoir. Il n'y avait rien d'autre à faire pour les aider.

Pourquoi ne la croyaient-ils pas ?

Ce soir-là, elle dîna avec Tyler McBride chez Pollyanna, un restaurant au bout de West Hemlock, au fond d'une petite impasse en forme de coude qui portait le nom de Black Cabbage Court.

Alors qu'ils prenaient l'apéritif, Becca ne put s'empêcher de commenter :

— L'« impasse du chou noir »... Pourquoi les rues portent-elles des noms aussi étranges ?

Il rit en empalant sur sa fourchette une grosse crevette qu'il trempa ensuite dans l'épaisse sauce au raifort.

— Tu veux vraiment le savoir ? Dans les années 1912, les mauvaises langues racontaient que Marley père, ayant découvert que sa femme le trompait avec le drapier, l'avait empoisonnée. Et c'est la raison qui l'avait poussé à rebaptiser les principales artères de la ville avec des noms de plantes toxiques.

— C'est incroyable. On a des preuves ?

— Non, mais ça fait une bonne histoire. Le vieux Marley était peut-être une sorte de Borgia, au fond. Je crois que ma préférée est Foxglove Avenue... tu sais, la digitale pourprée qui fournit la digitaline. Elle est parallèle à West Hemlock.

— Comme c'est drôle ! Quelles sont les autres ?

— Oh, il y a Venus Fly Trap Boulevard : c'est une plante carnivore, la dionée, et le boulevard est aussi parallèle à West Hemlock, au nord. Et Night Shade Alley, un autre nom pour la belladone, là où se trouve mon club de gym. Et Poison Ivy Lane, peut-être parce qu'on y trouve plus de sumac vénéneux qu'ailleurs, je ne sais pas.

— Dis-moi, et le supermarché, il n'est pas sur Poison Oak Circle ?

— Si. Moi, comme je vis juste à la périphérie de la ville, j'ai seulement droit à Gum Shoe Lane. Toi, en revanche, étant donné que tu habites la Maison Marley, tu as la pièce de résistance : Belladona Drive. En plus, tu n'es pas au milieu de nous autres, péquenauds. Non, toi, tu vis dans un splendide isolement, entourée d'arbres centenaires.

— Pourquoi a-t-il appelé sa propre rue Belladona ? interrogea Becca en riant.

— Apparemment, c'est le poison dont il se serait servi pour tuer son épouse infidèle. Le restaurant où nous sommes se situe dans Black Cabbage Court. C'est le nom d'un poison d'Indonésie, un poison foudroyant. Les victimes ont tendance à ne pas se méfier, car il a une odeur et un goût sucrés.

À cet instant, un homme s'approcha de leur table et s'adressa à son compagnon.

— Salut, Tyler. Qui est ton amie ?

Becca leva les yeux sur un intrus ventripotent, aux cheveux blancs, dont le sourire amical s'effaça en la voyant.

— Dites-moi, votre visage me dit quelque...

— Bernie, je connais Becca depuis dix ans, coupa Tyler. Nous étions à la fac ensemble. Elle en a eu marre de la foire d'empoigne de New York. Elle est journaliste. Tu veux l'engager à l'*Independent ?*

Elle n'avait pas rendu visite comme prévu à Bernie Bradstreet, pour la simple raison qu'elle s'était souvenue qu'elle n'avait pas de pièce d'identité à son nouveau nom ; en outre, les nouvelles télévisées montraient sa photo à tout bout de champ. Elle resta donc assise là, à sourire bêtement. Elle avait oublié de parler de ce problème à Tyler. Quelle idiote !

Sans la quitter de ses yeux gris perçants, le journaliste lui tendit une large main aux doigts courts.

— Je me présente : Bernie Bradstreet.

— Becca Powell.

— Vous couvrez quoi ? Les faits divers ? Les mariages ? Les ventes de charité ? La nécro ?

— Rien de tout cela. Je me spécialise dans les reportages sur des choses étranges et merveilleuses. J'essaye d'amuser les lecteurs et de leur donner un autre point de vue sur la vie. Je coûte très cher et je ne rapporte rien, surtout à un petit journal de province comme le vôtre.

Elle avait intrigué son interlocuteur, lequel s'enquit :

— Vous pouvez me donner un exemple ?

— Eh bien, pourquoi croyez-vous que la feta et les noix de pécan glacées sont si succulentes dans une salade aux épinards ?

— Vous faites des recherches sur les traditions régionales et auprès des nutritionnistes ?

— Exactement. Dans ce cas particulier, le mélange de feta, de noix de pécan et d'épinard donne une réaction chimique qui fouette les papilles gustatives.

Contrairement à ce qu'elle espérait, elle avait réussi à captiver Bernie Bradstreet. Tyler, la voyant se recroqueviller sur elle-même, les yeux baissés sur la serviette qu'il venait de plier à côté de son assiette, vola à sa rescousse :

— Un dessert, Becca ?

Becca releva vivement la tête pour regarder M. Bradstreet avec un large sourire :

— Exactement ! C'est exactement ce que je suis pour un journal : un dessert, quelque chose dont on peut très bien se passer.

— Je veux parler d'un vrai dessert, fit Tyler. Tu veux un dessert, Bernie, ou un café ?

Bernie s'excusa : sa femme l'attendait à l'autre bout de la salle, en compagnie de l'un de ses petits-enfants.

— Ils font de très bons hot-dogs, ici, pour les mômes...

Il enchaîna tout à trac :

— Je vous invite à m'apporter quelques-uns de vos articles. Celui concernant la feta m'intéresse tout particulièrement.

— Je ne les ai hélas pas avec moi, se défendit Becca.

Tyler lui jeta un regard en coulisse. Il ne dit rien, mais elle vit à ses yeux qu'il avait enfin compris qu'elle n'avait pas besoin de ce genre de publicité en ce moment. Bon, songea-t-elle avec soulagement, un soulagement de courte durée, puisque Bernie avança aussitôt :

— Qu'à cela ne tienne, écrivez-en un, sur le sujet de votre choix... pas plus de cinq cents mots. Et on verra.

Elle acquiesça, regrettant que ce type ne soit pas plus coriace. Après l'avoir suivi des yeux tandis qu'il retournait à sa table en s'arrêtant à trois reprises çà et là pour saluer des gens de connaissance, elle se tourna vers Tyler et leva la main pour le faire taire :

— Non, je ne peux pas travailler pour lui. Je n'ai pas de papiers. Et je doute qu'il accepte de me payer au noir.

— Oh, merde ! s'exclama Tyler. Je n'avais pas pensé à ça. Et puis je viens de penser : plus il te voit, plus il risque de faire le lien avec ta photo aux news.

— Ce n'est pas dramatique. Je vais lui torcher un article ou deux. Il pourra les tester auprès de ses lecteurs, et ensuite on verra. Du temps aura passé, il ne pourra plus se douter de rien. De toute façon, je n'ai pas besoin d'argent, je ne vais pas mourir de faim. Et ça me fera du bien d'activer un peu mes petites cellules grises.

— Tu t'y connais en informatique ?

— Je sais que je suis un génie, mais avec les ordinateurs j'ai le bonnet d'âne.

— Dommage ! Comme je suis indépendant, je ne peux pas me permettre de me planter en t'engageant.

La nuit était claire et chaude, une brise légère soufflait de l'Atlantique. Becca, à côté de la Jeep de Tyler, renversa la tête en arrière pour regarder le ciel piqueté d'étoiles scintillantes.

— Elles ne brillent jamais autant à New York. Tyler, je ne vais bientôt plus pouvoir me passer de cet endroit. Dommage qu'on ne voie pas l'océan d'ici ! Le vent sent à peine la mer.

— Tu comprends maintenant pourquoi j'avais le mal du pays. Je n'ai pas tenu plus de deux ans loin d'ici, après ma maîtrise. De plus en plus, les jeunes s'en vont pour ne jamais revenir. Je me demande si Riptide sera encore là dans vingt ans.

— Le tourisme, ça ne fait pas tourner l'économie locale ?

— Tu as raison, sauf que l'ambiance n'est plus du tout la même à cause de cela. Dans un sens, on peut dire que c'est le progrès...

Il marqua une pause, le regard perdu dans la Voie lactée, et ajouta :

— Après la disparition d'Ann, j'ai voulu quitter Riptide pour de bon, tu sais, tous les souvenirs, je voulais leur tourner le dos. Puis je me suis rendu compte que Sam avait tous ses copains ici, tous les gens qui avaient connu sa mère. Les souvenirs ont du bon. Je peux trouver du travail où bon me semble, alors j'ai choisi de rester, décision que je n'ai jamais regrettée. Je suis content de t'avoir ici. Tout va s'arranger, tu vas voir. La seule chose un peu dure, c'est l'hiver. Riptide, ce n'est pas marrant en janvier, je peux te le garantir.

— Janvier à New York, ce n'est pas non plus très rigolo. On verra bien, d'ici janvier... Je ne comprends pas, Tyler. Ta femme... elle est... morte ?

Elle n'avait pas plus tôt prononcé ces paroles qu'elle se mordit les lèvres devant l'expression douloureuse de son ami, sa bouche serrée, son regard subitement vide.

— Pardonne-moi, j'ai parlé sans réfléchir.

— Non, bien sûr, c'est tout naturel. D'ailleurs, tout le monde en ville est curieux de savoir ce qu'il lui est arrivé.

— Que veux-tu dire ?

— Ma femme n'est pas morte. Non, elle a disparu, un point c'est tout. Elle m'a quitté. D'un jour à l'autre. *Pfft !* Comme ça. Pas un mot, pas une lettre, rien. Cela fait quinze mois, deux semaines et trois jours maintenant. Elle est classée parmi les personnes disparues.

— Je suis désolée, Tyler.

— Moi aussi. Et son fils aussi. Mais on s'en sort. De mieux en mieux à mesure que le temps passe, je dois avouer.

Curieuse façon de présenter les choses, se dit Becca. Sam n'était-il pas son fils, à lui ?

— Les gens d'ici sont comme partout. Ils n'arrivent pas à croire qu'Ann ait simplement plié bagage. Ils me soupçonnent du pire.

— C'est ridicule !

— Tout à fait d'accord... Tu n'as pas à t'inquiéter pour moi. J'ai le chic pour me sortir des situations les plus délicates, et en ce moment, de ce côté-là, je suis servi.

Becca songea à part elle qu'il avait bien du courage. Ils se donnèrent rendez-vous le lendemain au gymnase. Elle était bouleversée à l'idée qu'il avait été laissé seul avec son petit garçon par sa femme, une femme qui était partie, comme ça, en abandonnant son enfant. C'était cruel. Comment les gens pouvaient-ils penser une seconde qu'il l'avait tuée ?

Trois jours plus tard, ou plutôt trois nuits, Becca était plantée devant son petit poste de télévision, non pas pour voir son visage apparaître dans l'affaire du gouverneur Bledsoe, mais pour consulter la météo. Une tempête menaçait, la plus violente sur les côtes du Maine depuis quinze ans. On prévoyait des vents d'une violence inouïe, des pluies torrentielles, des dégâts matériels considérables. La population était invitée à se rendre aux abris, ce que Becca avait été tentée de faire. Mais non, elle n'allait pas prendre ce risque. Les gens pouvaient la reconnaître à force de l'avoir là, sous leurs yeux. De toute manière, les habitants du Maine étaient sans doute trop aguerris pour quitter leur logis par gros temps.

Becca arpenta le belvédère, l'œil fixé sur l'horizon qui s'enténébrait rapidement ; les étoiles s'éteignaient à mesure que s'amoncelaient les nuages. Dans le port en contrebas, les bateaux dansaient sur les vagues de plus en plus fortes. Tout d'un coup, le vent se mit à gémir et à siffler dans les branches des arbres. Il faisait soudain aussi froid qu'un matin de janvier. La pluie se mit à cingler les murs de la maison. Becca s'empressa de rentrer. Il était presque dix heures du soir.

Les lumières clignotèrent. La jeune femme avait pris soin d'acheter des bougies et des allumettes, qu'elle avait posées sur sa table de chevet. Elle s'immobilisa pour mieux écouter le rugissement des éléments déchaînés qui frappaient les rochers du littoral. À la télévision, le présentateur annonçait la destruction des bateaux à homards et des voiliers qui n'avaient pas été convenablement amarrés. Elle imaginait le tohu-bohu dans le port, sous ses fenêtres, les petites embarcations prises dans le bouillonnement d'écume, se fracassant les unes contre les autres.

Avec un frisson, elle enfila un pull-over et se lova dans son lit, bien au chaud. Tout en écoutant d'une oreille la chaîne météo, elle contempla le spectacle son et lumière à la fenêtre de sa chambre. Le fracas du tonnerre lui déchirait les tympans. La maison tremblait sur ses fondations.

Le présentateur météo évaluait à plus de cent kilomètres-heure la force du vent. Il conseillait à la population de se rendre dans les abris et de ne pas rester sur la côte. Bizarrement, il donnait l'impression d'être euphorique. Becca n'avait toujours pas l'intention de partir. Cette vieille demeure avait dû essuyer bien des tempêtes au cours de son histoire, autant que le phare au bout de la rue. Et tous deux avaient survécu. Elle ne doutait pas une seconde que le bâtiment résisterait à celle-ci. Ce qui ne l'empêchait pas de serrer les dents chaque fois qu'elle sentait les murs gémir et craquer autour d'elle.

Et puis, brusquement, le tonnerre retentit à l'instant même où la foudre blanchissait la chambre. Toutes les lumières s'éteignirent.

6

Il ne fit pas noir pas trop longtemps. La foudre illumina le monde pendant encore cinq bonnes minutes, sans interruption. Becca n'avait aucune difficulté à distinguer les aiguilles de sa montre. Il était un peu plus d'une heure du matin. Finalement, n'y tenant plus, elle tendit la main vers le téléphone pour appeler Tyler. La ligne était coupée. Elle fixa l'appareil, puis le ciel zébré d'éclairs. Il lui sembla que le roulement du tonnerre ébranlait chaque fibre de son être. Non, la maison n'allait pas s'effondrer. Ce n'était qu'une tempête, comme souvent dans le Maine. Cela faisait partie de la vie du pays, au même titre que les nuages de moustiques qui s'abattaient de temps à autre sur une ville. Il n'y avait rien à craindre.

Allongée dans la grande maison vide, les yeux tournés vers la fenêtre blanchie par l'orage, Becca eut la nette sensation que le vent gagnait en force. Les murs tremblaient, à tel point qu'à un moment donné elle songea que le bâtiment entier allait être soulevé par l'ouragan. Une plainte déchirante la fit se dresser sur son séant. Non, ce n'était rien. Était-elle venue jusqu'ici pour mourir dans une tempête ? Dire qu'un peu plus tôt elle avait regretté ne pas se trouver plus près du ressac qui mugissait dans les anfractuosités des falaises couronnées de conifères... Les arbres devaient plier sous les rafales.

Maintenant, elle n'éprouvait plus aucun regret. Elle préférait même ne pas entendre le bruit des vagues. Elle continua à regarder les éclairs sillonner le ciel, illuminant la nuit comme en plein jour. Elle sentait le fracas du tonnerre vibrer jusqu'au bout de ses orteils. C'était impressionnant, presque affolant.

À bout de nerfs, elle alluma ses trois précieuses bougies et les colla avec un peu de cire au fond de trois tasses à café, après quoi elle ramassa le roman de Steve Martini qu'elle était en train de lire avant la tempête.

Les mots vacillèrent devant ses yeux, elle était incapable de retrouver le fil du récit. Cela ne servait à rien. Elle reposa le livre sur sa table de chevet et prit le *New York Times*, qu'on ne trouvait que chez le petit buraliste de Poison Ivy Lane. Elle ne put naturellement s'empêcher de lire tout ce qui concernait la tentative d'assassinat contre le gouverneur. C'était fou ce que cette affaire pouvait faire couler d'encre... Et son nom à elle était mis à toutes les sauces.

Le roulement du tonnerre accompagnait sa lecture : « La police recherche activement Rebecca Matlock, l'ancienne conseillère en communication du gouverneur qui, d'après le FBI, détiendrait des informations concernant la tentative de meurtre sur la personne de M. Bledsoe. »

Ainsi, elle était désormais l'*ancienne* conseillère du gouverneur ? se dit-elle, piquée au vif. Mais après tout, elle était partie sans laisser d'adresse. C'était de bonne guerre.

Il était près de deux heures du matin.

Soudain, un furieux coup de vent ébranla la vieille demeure et lui dressa les cheveux sur la tête. Une étrange lumière bleutée brilla à travers la fenêtre. Elle se mordit les lèvres presque jusqu'au sang, les yeux braqués sur le gigantesque sapin dont la silhouette se profilait derrière la vitre, oscillant sur sa base, puis se brisant en un hurlement strident. Sa masse s'abattit lourdement sur le sol, sans toucher la maison, mais les branches du haut heurtèrent la fenêtre de la chambre, qui explosa avec une telle violence que Becca bondit hors de son lit pour courir s'enfermer dans le placard. Elle se recroquevilla entre un tricot jaune et un jean, le souffle suspendu, attendant la suite, qui ne vint pas. Il ne se passerait rien de plus. Elle retourna sur la pointe des pieds à la fenêtre.

Quelques ramures arrachées par la puissance du choc gisaient par terre, sur le tapis bleu pâle. Mais surtout la pluie giclait dans la chambre, entre les aiguilles vertes et luisantes qui obstruaient à moitié la fenêtre éventrée. Devant le spectacle de cette énorme branche qui avait pénétré dans son refuge, tandis que le fracas de l'orage secouait les vieux murs, elle en eut assez : elle ne voulait plus rester seule.

Elle s'habilla en hâte et descendit chercher quelque chose pour boucher la fenêtre. Tout ce qu'elle trouva, ce fut une pile de torchons décorés d'un phare. En fin de compte, elle fourra son oreiller entre les branches. Cela suffirait pour le moment.

Becca verrouilla la porte d'entrée avant de se lancer dans le vent et la pluie battante. Elle n'avait pas franchi trois pas qu'elle était trempée jusqu'aux os. Vite, elle courut jusqu'à la Toyota et, étourdie par la force de l'ouragan, elle dut s'accrocher à la poignée afin d'introduire la clé dans la serrure. Finalement, elle se glissa au volant et mit le moteur en marche. Ou plutôt, elle le fit toussoter, car il refusait de démarrer. Elle n'osait insister, de peur de le noyer. Il valait mieux attendre quelques instants. Au deuxième essai, la Toyota accepta de s'ébranler. Tyler habitait à un kilomètre de chez elle, première rue à droite, Gum Shoe Lane.

Dans le rayonnement cadavérique de l'éclair, elle regarda la Maison Marley. On aurait dit un vieux manoir anglais de style néogothique, qui donnait une impression d'irrémédiable tristesse, comme hanté par de mélancoliques fantômes. Le bâtiment avait l'air menaçant, même en l'absence des ombres inquiétantes de la brume. Un éclair trancha l'épaisseur de la nuit comme une lame d'argent. La maison eut l'air de frissonner, à croire qu'elle était mortellement blessée. On aurait dit que les dieux s'efforçaient de la déchirer.

Becca se sentir soulagée d'en être sortie. Le vieux Marley avait peut-être vraiment empoisonné son épouse et le Tout-Puissant avait décidé de le punir.

— Merci d'avoir attendu mon arrivée ! hurla-t-elle en brandissant le poing vers le ciel. Il suffit que je mette le pied ici, et tu décides de brandir le glaive de la justice ! Tu ne crois pas que c'est un peu tard ?

Le sapin géant, qui aurait aisément pu écraser un pan de la toiture, gisait anéanti le long du mur ouest. À la pensée qu'une de ses branches avait pénétré dans sa chambre par la fenêtre, telle une grande main cherchant à se saisir d'elle, Becca fut parcourue d'un frisson. Le monde tout à coup lui parut un lieu maléfique qui resserrait autour d'elle son étau, le même étau de terreur dans lequel le maniaque avait tenté de l'enfermer en la harcelant, en tuant cette pauvre vieille, en tirant sur le gouverneur. Soudain, elle le sentit proche, horriblement proche.

Arrête ! Elle conduisit avec d'infinies précautions le long de l'allée étroite, jonchée de débris végétaux, d'arbres à demi couchés dont les ramures gémissaient contre son pare-brise et dont les branches raclaient la carrosserie. La tempête ballottait son véhicule, elle allait y laisser sa peau ! Elle dut freiner et sortir deux fois pour soulever des branches en travers du chemin. Le vent chargé de pluie soufflait si fort qu'à peine parvenait-elle à tenir debout, et encore moins à marcher. C'était un miracle si le pare-chocs tenait encore à la voiture. Sa compagnie d'assurance allait l'encenser. Sauf qu'elle n'était pas assurée ! Eh oui, pour souscrire, il fallait être quelqu'un qui avait sa place dans la société, présenter ses papiers, et pour l'instant elle n'était personne.

Brusquement, les faisceaux de deux phares percèrent l'opaque tourbillon de pluie, à une dizaine de mètres devant elle. Ils avançaient dans sa direction, vite, trop vite. Et voilà, elle allait mourir dans Belladona Drive ! Le sort avait de ces ironies ! Elle qui était venue se réfugier dans cette ville, elle avait été chassée de chez elle par une branche et maintenant elle allait être tuée parce qu'elle n'avait pas supporté l'idée d'être enterrée vivante sous les ruines de la Maison Marley. Elle appuya comme une folle sur le klaxon, tourna son volant vers la gauche, mais les phares continuaient inexorablement à foncer vers elle. Elle mit en marche arrière, sans résultat : sa retraite était barrée par quantité de nouvelles branches. Alors elle freina d'un coup sec, coupa le moteur et sortit à toute vitesse de la voiture pour se ruer au bord du chemin, où les phares parurent la traquer, à tel point qu'elle se demanda si le maniaque ne l'avait pas retrouvée et ne s'apprêtait pas à l'envoyer dans l'autre monde. Pourquoi avait-elle quitté la maison ? Qu'est-ce que ça lui faisait, après tout, une branche mouillée sur le tapis de sa chambre ? Au moins elle était en sécurité, tandis qu'ici, au milieu de la tempête qui tourbillonnait autour d'elle comme un derviche dément cherchant à la soulever dans les airs, avec cette voiture assoiffée de sang qui la poursuivait...

Tout à coup, comme par miracle, les phares s'immobilisèrent à quelques pas de sa voiture. La pluie redoubla à cet instant, transformant l'éclat des phares en flaques de lumière jaunâtre. Becca resta là, debout, se balançant dans le vent, le souffle rauque, trempée jusqu'aux os. Quel genre de cinglé allait sortir de cette voiture ? Pouvait-il la voir sous le couvert des arbres éreintés par l'ouragan ? Voulait-il la tuer de ses propres mains ? Et pourquoi ? Mon Dieu, pourquoi ?

C'était Tyler McBride. Il hurlait :

— Becca ! Bon sang, c'est toi ?

Il braqua le faisceau d'une lampe de poche sur elle. Éblouie, elle se cacha les yeux avec le dos de la main.

Elle ouvrit la bouche pour lui répondre, mais il n'en sortit que des sons incompréhensibles. Elle se rua vers lui et le prit par le bras.

— C'est moi ! cria-t-elle. C'est moi ! Je venais chez toi. La branche d'un sapin est entrée dans ma chambre et j'avais l'impression que la maison allait s'écrouler.

Il la prit par les épaules et lui répondit d'une voix calme :

— J'apercevais vaguement des lumières, mais je ne pensais qu'à arriver jusqu'à toi. Je n'avais pas vu tes phares. Ne t'inquiète pas. Cette vieille baraque est comme un roc, elle ne s'écroulera pas. Tu n'as aucune raison d'avoir peur. Mais viens, on va aller chez moi. J'ai laissé Sam tout seul. Il dort mais on ne sait jamais. Je ne voudrais pas qu'il se réveille et se retrouve seul dans la maison.

À ces mots, elle se ressaisit. Après tout, elle n'était plus une enfant, elle avait plus de ressources que Sam. Le vent faisait claquer son coupe-vent autour d'elle comme un drapeau, la pluie était si forte qu'elle lui faisait mal, son jean trempé semblait peser une tonne. Mais peu importait. Elle n'était plus seule. Tyler n'était pas le maniaque de New York. Elle prit une profonde inspiration et se laissa conduire jusqu'à Gum Shoe Lane. Il fallut encore dix minutes pour atteindre la petite maison de bois, au milieu de sa pelouse plantée d'épicéas et de grands sapins du Canada. Becca bondit de la voiture et courut jusqu'à la porte d'entrée en criant :

— Gum Shoe ! Quel nom merveilleux !

Et, dans une sorte d'ivresse, elle se mit à rire en répétant :

— Gum Shoe Lane ! Gum Shoe Lane !

— Tout va bien, on est arrivés. Enfin !... Bon sang, je n'ai jamais vu une tempête pareille. À la radio, ils disent qu'on n'en a pas eu une comme ça depuis 1978. Je m'en souviens vaguement, j'étais gamin, j'ai eu une peur bleue. Je dois avouer que tu as bien choisi ton moment pour venir visiter notre petit coin de paradis, juste avant l'ouragan.

Il lui jeta un coup d'œil presque tendre et ajouta à voix basse :

— Ça me rappelle le virus Mancini, l'année dernière : tous les ordinateurs de la petite compagnie de software appelée Tiffany sont tombés en panne. Ils m'ont appelé à la rescousse. Quel boulot, je ne te dis pas !

Becca, au milieu de l'entrée, le considéra d'un air surpris. Manifestement, il essayait de lui changer les idées pour la détendre.

— Ah, ces informaticiens, quel humour ! fit-elle tandis qu'il fonçait à la salle de bains chercher des serviettes de toilette.

Quelques instants plus tard, dans le séjour, un éclair illumina les fenêtres et éclaira une pile de journaux par terre, à côté du canapé.

— Ça va mieux, dit-elle à Tyler, qui commençait à lui masser le dos.

Il s'écarta et lui sourit :

— Je sais, tu es une dure à cuire.

Sam dormait dans sa chambre, en chien de fusil, la tête posée sur sa main gauche. Le monde était en train d'exploser et l'enfant rêvait sans doute à son dessin animé du matin. Elle remonta la couverture jusqu'à son petit menton et chuchota à l'adresse de Tyler, debout derrière elle :

— Quel ange !

— Oui, souffla-t-il.

Elle brûlait de lui demander pourquoi Sam ne parlait pas plus, pourquoi il se montrait si timide, mais quelque chose dans la façon dont il avait prononcé ce « oui » l'en empêcha. Y avait-elle décelé une rancœur, de la colère ? Parce que sa femme l'avait quitté ? l'avait abandonné sans un mot d'explication ? sans un regret ? C'était compréhensible, sans doute. Elle regarda le petit Sam, puis sortit de la chambre, Tyler sur ses talons. Il lui prêta une robe de chambre qui avait appartenu à sa femme, rose et confortable, mais qui avait déjà fait bon usage ; Becca se demanda quel style de femme avait pu être Ann McBride. Et pourquoi n'avait-elle pas emporté sa robe de chambre ? Il n'était pas question de poser la question à Tyler. Le vêtement lui allait bien. Et elle se sentait mieux, au chaud, enveloppée dans cette étoffe moelleuse. Elle et Ann McBride avaient en tout cas la même taille.

Ils burent du café brûlant, que Tyler prépara sur un réchaud à gaz qu'il avait remonté de la cave. Elle n'avait jamais bu un aussi bon café, lui confia-t-elle. Le jean de Becca, que Tyler lui lança peu après, tout juste sorti du séchoir, était doux et chaud, si serré qu'elle put à peine le fermer. Ensuite, elle s'endormit sur le vieux canapé recouvert de chintz, enveloppée dans de chaudes couvertures.

Le soleil brillait d'un éclat presque insupportable quand elle rouvrit les yeux, comme si la tempête avait aboli la poussière des arbres, des rues, des maisons, comme si le vent avait nettoyé le ciel.

La petite voix de Sam l'avait réveillée en sursaut.

— Tu as apporté des biscuits ? fit-il à brûle-pourpoint.

Une phrase, il venait de prononcer une phrase entière ! Peut-être avait-il seulement peur des gens qu'il ne connaissait pas. Peut-être la considérait-il à présent comme une amie. Toujours est-il qu'elle lui répondit par un sourire avant d'ajouter :

— Désolée, Sam, pas de biscuits cette fois.

Le petit garçon se tenait à côté du canapé, serrant une couverture contre lui, le pouce dans la bouche. Il la contemplait les yeux ronds, sans un mot.

Puis il articula :

— Maison hantée.

Tyler, occupé à verser des céréales dans un bol pour son fils, regarda Becca.

— Tu as peut-être raison, Sam, répondit la jeune femme. L'orage a été terrible et la vieille maison a grincé horriblement. J'ai eu très peur.

Sam s'assit sagement devant le bol de Cap'n Crunch que Tyler avait posé à sa place sur la table.

— Sam est trop jeune pour avoir peur, déclara Tyler.

L'enfant ne leva pas le nez de son assiette.

Il était près de onze heures du matin quand Becca

retourna à la Maison Marley. La vieille bâtisse avait perdu l'aspect effrayant de la nuit précédente. Elle avait plutôt l'air un peu vétuste, quoique très propre, et le pauvre sapin avec sa branche arrachée qui sortait de la fenêtre du premier étage n'avait plus son allure de spectre. Il n'était plus que ce qu'il était : un grand arbre mort. Becca sourit en faisant le tour de la maison pour évaluer l'étendue des dégâts. Il n'y avait pas grand-chose en réalité, seulement une fenêtre cassée. Et il faudrait débiter l'arbre.

Elle téléphona à l'agent immobilier, d'une cabine publique devant le supermarché. L'aimable Mme Ryan lui promit qu'elle allait prévenir la compagnie d'assurance et s'occuper de faire évacuer l'arbre.

Becca retourna à la maison et effectua une tournée d'inspection à l'intérieur. L'électricité revint par à-coups, et finalement, juste avant midi, le courant se rétablit. Le réfrigérateur se mit à ronronner. Tout redevenait normal. Puis, sans crier gare, les lumières de l'entrée et du salon s'éteignirent brutalement. Le disjoncteur devait avoir sauté, se dit-elle en essayant de se souvenir de l'endroit où se trouvait le compteur. Logiquement, dans la cave. De toute façon, elle n'avait pas encore vérifié si tout était en ordre en bas. Elle alluma l'une de ses bougies et ouvrit, dans le fond de la cuisine, la porte de l'escalier qui menait à la cave. Des marches de bois se perdaient dans d'épaisses ténèbres.

Bravo, songea-t-elle, *c'est le pompon, maintenant me voilà obligée de descendre un escalier qui est un véritable casse-cou !* En fin de compte, les marches étaient assez larges et solides, elle ne risquait pas grand-chose. Elle compta une douzaine de marches. Le sol de la cave, en ciment, était inégal, froid et humide. Elle leva sa bougie. Apercevant une ficelle qui pendait du plafond, elle tira dessus. Un déclic se produisit, mais pas de lumière. Elle dépendait sans doute du même circuit électrique. Becca se rendit à tâtons à la droite de l'escalier, levant sa bougie pour éclairer le mur.

Il ruisselait. Une forte odeur de moisi lui serra la gorge. Ses chaussures se remplirent d'eau. Oh ! flûte ! Une fuite ! À force de chercher, elle finit par trouver le compteur, en face de l'escalier, à côté d'une pile de vieilles boîtes en carton rongées par l'humidité. Elle appuya sur le disjoncteur et aussitôt l'ampoule au plafond brilla de ses cent watts, mettant au jour un tas de vieux meubles, la plupart datant des années 1940, dans le coin opposé. Plus des quantité de caisses, en majorité assez grandes, étiquetées.

Becca se pencha pour regarder une étiquette de plus près et tenter de déchiffrer l'écriture pâlie, quand un grondement sourd se fit entendre tout près. Elle s'arrêta net, parcourue d'un frisson de terreur. D'où ce bruit pouvait-il venir ? Les cauchemars de la nuit s'emparèrent à nouveau d'elle. Les mots de Sam lui revinrent à l'esprit : « maison hantée ». Tout ce noir, la cave pleine d'ombres, l'odeur de moisi...

Un grand fracas retentit derrière elle, à l'autre bout du sous-sol. Elle pivota vivement pour voir le mur opposé se gonfler comme sous la pression d'une force herculéenne, puis répandre des briques sur le sol pour laisser apparaître un grand trou noir.

Sidérée, elle contempla l'ouverture ténébreuse. Les maisons anciennes possédaient en général une ossature solide, elles étaient construites pour durer. Alors pourquoi, tout à coup... ça ? Les tempêtes, au fil des années, avaient-elles affaibli ce mur en particulier et, l'humidité aidant, le déluge de la nuit avait-il achevé l'œuvre du temps ?

Becca se dirigea vers le trou béant, écarta au passage des caisses et une énorme malle qui semblait dater des années 1920. La lumière de l'ampoule laissait ce coin dans l'ombre. Elle leva sa bougie et regarda dans le trou.

Et hurla.

7

La maçonnerie du mur de la cave avait accouché d'un squelette au milieu d'un flot de gravats. Un nuage de poussière se déposa lentement sur le sol.

La main du squelette touchait presque son pied. Becca laissa tomber sa bougie par terre et fit un bond en arrière, croisant les bras sur sa poitrine. La chose par terre, devant elle, c'était... non, pas une chose, une femme, une morte. Une malheureuse morte qui ne pouvait plus faire de mal à personne.

Un jean jadis blanc et un débardeur rose recouvraient les ossements, ou plutôt les tenaient ensemble, car sans les vêtements ils auraient sans doute été éparpillés par la force de l'explosion. Une basket tenait encore à son pied gauche, accrochée à une chaussette moisie. Le bras gauche pendait, à moitié arraché. Quant à la tête, elle avait roulé dans la poussière, à quelques centimètres de la colonne vertébrale.

Becca, stupéfiée par l'horreur du spectacle, resta là à contempler cette pauvre chose en se disant que naguère encore c'était sans doute une jeune femme qui riait et se demandait ce que le lendemain lui réservait. Car elle avait été jeune, cela ne faisait aucun doute. Mais qui était-elle ? Et que faisait-elle murée dans la cave de la Maison Marley ?

Quelqu'un l'avait forcément cachée là en espérant que personne ne viendrait l'y dénicher. Et maintenant, elle n'était plus qu'un tas d'ossements dans un suaire blanc et rose.

D'un pas de somnambule, Becca remonta les marches

poussiéreuses. Son cœur battait à se rompre. Elle n'arrivait pas à penser à autre chose qu'à cette tête de mort, à ce regard vide qui s'était fixé sur elle. Elle s'en souviendrait sans doute jusqu'à son dernier jour. Becca savait ce qu'il lui restait à faire. Elle téléphona au bureau de police, sur West Hemlock, et demanda à parler au shérif en personne.

— Ella à l'appareil...

La voix était grave et profonde, presque une voix d'homme, une voix de fumeuse.

— ... Donnez-moi vos coordonnées, expliquez-moi ce que vous voulez, et je vous dirai si vous avez besoin d'Edgar.

Edgar ! Becca haussa les sourcils : on n'était pas à New York ! Elle se racla la gorge avant de préciser :

— Voilà, je m'appelle Becca Powell et je viens d'emménager, depuis une semaine, dans la Maison Marley.

— Je vous connais déjà, mademoiselle Powell. Je vous ai vue chez Pollyanna avec Tyler McBride. Qu'est-ce que vous avez fait du petit Sam pendant que vous vous tapiez la cloche, tous les deux, dans le meilleur restaurant de Riptide ?

Becca ne put s'empêcher de rire, un rire qui se termina en hoquet. Des larmes lui brûlèrent les paupières. On nageait en plein délire. Mais elle se contenta de répondre :

— Il était avec Rachel Ryan. Il l'aime beaucoup.

— Bon, alors ça va. Rachel et Ann - feue Mme McBride - étaient les meilleures amies du monde. Sam adore Rachel, et réciproquement, Dieu merci, étant donné que sa maman est morte...

— Je croyais qu'Ann McBride avait disparu, qu'elle avait abandonné sa famille et qu'on ne l'avait jamais revue à Riptide.

— C'est ce qu'il raconte, mais personne ne le croit. Qu'est-ce que vous voulez, mademoiselle ? Soyez brève, s'il vous plaît, n'essayez pas de m'amadouer avec vos histoires. Ici, on traite d'affaires sérieuses !

— Il y a un squelette dans ma cave.

Pour la première fois depuis le début de la conversation, son interlocutrice resta muette, mais bientôt elle s'enquit :

— Ce squelette qui, d'après vous, est dans votre cave, comment est-il arrivé là ?

— Le mur s'est éboulé, il s'est écroulé avec la maçonnerie. Sans doute la tempête de cette nuit...

— Bon, eh bien, je vais vous passer Edgar. Le shérif Gaffney. Il est très occupé avec les dégâts dus à la tempête, vous savez, il est sollicité de tous les côtés, mais on ne peut pas remettre un squelette au lendemain, hein ?

— Certainement pas, approuva Becca, qui réprimait un fou rire nerveux.

Elle essuya les larmes qui lui brouillaient la vue et se rendit compte qu'elle tremblait de tous ses membres. Elle n'avait jamais été dans un état pareil.

Une voix d'homme, forte et autoritaire, résonna bientôt à son oreille.

— Ella me dit que vous avez un squelette dans votre cave. Ce n'est pas quelque chose qui arrive tous les jours, dans le coin. Vous êtes bien certaine qu'il s'agit d'un squelette ?

— Bien sûr, quoique, franchement, ce soit la première fois que j'en vois un à mes pieds.

— Bon, j'arrive. Ne quittez pas, surtout.

La seconde d'après, la voix grave et éraillée d'Ella prit la relève :

— Edgar m'a demandé de vous parler pour vous empêcher de piquer une crise. Les femmes qui pleurent le rendent fou. Curieux que vous ayez craqué avec lui, vu la façon dont vous bavardiez de choses et d'autres avec moi tout à l'heure.

— C'est très gentil à vous. Mais je ne suis pas du tout hystérique, pas encore, du moins. Comment le shérif a-t-il pu deviner que je suis prête à craquer ? Je ne lui ai rien dit.

— Edgar a un sixième sens, répondit Ella d'un ton satisfait. C'est pourquoi je vais continuer à vous parler jusqu'à ce qu'il arrive. Ma mission est de vous aider à garder votre sang-froid.

Becca n'en prit pas ombrage. Pendant les dix minutes qui suivirent, elle écouta le récit de la disparition d'Ann McBride, du jour au lendemain, sans même une lettre d'explication, et ce récit collait avec celui de Tyler. En revanche, elle apprit qu'il n'était pas le père, mais le beau-père du petit Sam. Le vrai père s'était lui aussi volatilisé sans laisser de trace. Curieux, non ? Tous les deux... Bien sûr, le père de Sam était un bon à rien, toujours à se plaindre de tout, et il n'avait pas non plus envie de rester moisir dans ce trou. Son départ n'avait étonné personne. Mais Ann, ce n'était pas pareil, elle ne pouvait pas être partie comme ça...

Ella enchaîna avec l'histoire de ses chiens et de ses chats, dont le nombre était impressionnant. Enfin, Becca entendit le bruit d'une voiture.

— Le shérif vient d'arriver. Je promets de ne pas pleurer.

Elle raccrocha avant que la brave dame lui donne la recette de sa mère contre la nervosité. De toute façon, elle avait cessé de trembler en apprenant les petites manies du cinquième chien de Mme Ella, qui s'appelait Butch.

Le shérif Gaffney avait déjà aperçu plusieurs fois la jeune Mlle Powell en ville, même s'il ne lui avait pas été présenté officiellement. Elle lui avait paru inoffensive, songeait-il en se rappelant la façon dont elle tâtait les melons au supermarché la première fois qu'il l'avait vue. Et plutôt jolie, sauf qu'aujourd'hui elle était aussi blanche que sa chemise, la veille, avant qu'il attaque son plat de spaghettis.

Elle avait ouvert la porte d'entrée de la vieille maison et, dressée sur le seuil comme une statue, le considérait sans un mot.

— Je suis le représentant de la loi, plaisanta-t-il à moitié tout en enlevant poliment son chapeau.

Il y avait pourtant quelque chose qui clochait, chez elle, et ce n'était pas la pâleur de son teint. Bon, mais la découverte d'un squelette avait de quoi troubler n'importe qui. Si seulement elle cessait de le regarder avec ces yeux vides... Il était terrifié à l'idée qu'elle puisse éclater en sanglots, il était prêt à tout pour éviter ce désastre. Il redressa les épaules et tendit à la jeune femme une énorme main.

— Shérif Gaffney, à votre service. Qu'est-ce que c'est que cette histoire de squelette ?

— C'est une femme, shérif.

Il prit sa main frêle dans la sienne, soulagé de constater qu'elle gardait son sang-froid et que sa lèvre inférieure ne tremblait pas. Ses yeux avaient l'air secs, du moins d'après ce qu'il pouvait en voir à travers les verres de ses lunettes.

— Montrez-moi ce squelette qui selon votre œil profane serait une femme, dit-il. Et on verra si vous avez raison.

Je suis où, là ? songea Becca en conduisant le shérif dans la cave. Ce représentant de la loi lui semblait fou à lier. Ou jouait-il la comédie pour la rassurer ?

Elle le laissa passer devant elle. La soixantaine adipeuse, c'était un véritable infarctus ambulant, avec son ventre protubérant, si serré dans sa chemise de shérif qu'on aurait dit les boutons prêts à sauter. Sa grosse ceinture en cuir noir équipée d'un holster et d'une matraque disparaissait presque dans les plis graisseux de son abdomen. Un reste de cheveux gris ourlait l'arrière de son crâne, et ses yeux étaient d'un gris très clair. Elle faillit se cogner contre lui quand il s'immobilisa brusquement au pied de l'escalier de la cave pour renifler l'air.

— Mmm... C'est bon signe. Pas d'odeur. Il doit être vieux.

Elle réprima un haut-le-cœur et resta quelques pas en arrière pour le laisser inspecter tranquillement les ossements.

— Je pensais que c'était sans doute une femme, une jeune fille même, étant donné le débardeur.

— Excellente déduction. Le squelette doit être là

depuis un certain temps, mais, après tout, on ne peut pas vraiment dire. Dix ans, quinze jours... Un cadavre peut se décomposer très rapidement, ça dépend de l'endroit où il se trouve. Dommage qu'il n'ait pas été sous vide derrière ce mur. On aurait pu trouver plus de restes. Les asticots ont dû se régaler. Dites-moi, regardez, là, on dirait que la personne qui l'a emmuré lui a d'abord donné un bon coup sur la tête.

Becca se pencha à regret pour regarder le pauvre crâne couché contre un morceau de brique. Elle ne voyait rien.

Le shérif, à genoux, prit le crâne et le fit tourner doucement entre ses mains.

— Regardez bien, continua-t-il. Quelqu'un lui a enfoncé la boîte crânienne, non pas par-derrière, mais par-devant. Un coup vicieux. Oui, violent, très violent. La personne qui a fait ça était folle de rage, elle a frappé de toutes ses forces, en plein visage. Je me demande qui c'était. Pauvre petite... D'abord, on va commencer par analyser toutes les disparitions qui datent d'un certain temps. Curieux, j'ai passé presque toute ma vie ici, et je ne me rappelle pas une seule gamine dont on ait signalé la disparition. Mais je ferai ma petite enquête. Les gens se souviennent de ces choses-là. Je suppose qu'elle a fait une fugue. Jacob Marley, celui qui habitait la maison avant vous, n'aimait guère les étrangers, quels que soient leur sexe ou leur âge. Il l'aura sans doute trouvée en train de fourrer son nez près du garage ou même d'essayer d'entrer chez lui. Et, sans se poser de questions, il lui aura donné un coup sur la tête. À vrai dire, il n'aimait ni les étrangers ni les autres, bref il détestait tout le monde.

— Vous dites que le coup a été violent, et assené par-devant. Pourquoi ce Jacob Marley aurait-il été aussi furieux de trouver une gamine dans son jardin ?

— Je ne sais pas. Elle l'a peut-être insulté. Jacob ne supportait pas qu'on lui réponde.

— C'est un Calvin Klein, shérif.

— Vous pensez que c'est un homme, maintenant ?

— Non, c'est la marque du jean. Ces jeans coûtent une petite fortune. Ça ne colle pas avec votre histoire d'adolescente qui fugue.

— Vous savez, la plupart des fugueurs appartiennent aux classes moyennes, énonça le shérif en se relevant péniblement. C'est curieux, mais les gens ne le savent pas. Très peu de gamins qui fuguent sont des cas sociaux. Vous avez raison, la tempête a dû faire bouger le briquetage...

Tout en parlant, le gros shérif inspecta le mur.

— ... On dirait bien que Jacob a fait le coup. En tout cas, celui qui a fait ça n'était pas un maçon. Le mortier est mélangé n'importe comment à la brique. Pourtant, le mur n'aurait pas dû s'écrouler comme ça.

— Jacob Marley était un psychopathe ?

— Quoi ? fit-il en se retournant. Oh, non ! Mais il n'aimait pas qu'on vienne traîner chez lui. C'était un ermite, en quelque sorte, depuis la mort de Miranda.

— Qui était Miranda ? Sa femme ?

— Oh, non ! Son labrador. Il avait enterré sa femme il y a si longtemps que je ne me souviens même plus d'elle. Elle a vécu un peu plus de treize ans, et puis un beau jour elle a clamsé.

— Sa femme avait treize ans quand elle est morte ? s'étrangla Becca.

— Non, son labrador, Miranda. Elle est tombée raide morte. Jacob ne s'en est jamais remis. La perte d'un être cher, paraît-il, ça peut vous bousiller un bonhomme. Ma Maude a toujours juré qu'elle m'enterrerait, alors je n'ai pas trop de souci à me faire de ce côté-là.

Becca emboîta le pas au shérif, qui remonta au rez-de-chaussée. Elle jeta un bref coup d'œil par-dessus son épaule, sur l'innommable chose en jean Calvin Klein et débardeur rose. Pauvre fille. Cela lui faisait penser au *Cœur révélateur,* d'Edgar Poe. Elle souhaita que la malheureuse n'ait pas été emmurée vivante.

Le shérif avait placé le crâne sur le thorax du squelette.

Une heure et demie plus tard, Tyler se trouvait auprès d'elle, dans un coin de la vaste véranda qui faisait le tour de la maison. Ils regardèrent le petit Dr Baines, sec comme un coup de trique et affublé de grosses lunettes, sortir de la maison au galop, avec sur ses talons deux jeunes gens en blanc qui transportaient le squelette sur une civière.

— Je ne pensais pas que Jacob Marley était capable de tuer quelqu'un, énonça le médecin en avalant la moitié de ses mots.

Il poursuivit à voix basse, comme pour une confidence :

— C'est drôle, hein, la vie ? Des années passent sans que rien transpire. Personne ne s'en était douté.

Sur ce, il remonta ses grosses lunettes sur son long nez, salua d'un signe de tête Becca et Tyler, puis se tourna pour donner ses instructions aux jeunes brancardiers qui s'employaient à hisser la civière dans la camionnette.

Le véhicule blanc disparut, suivi par la voiture du médecin.

— Le Dr Baines est le médecin de Riptide, expliqua le shérif. Dès que je lui ai téléphoné à propos du squelette, il a téléphoné au médecin légiste à Augusta, qui lui a dit tout ce qu'il fallait faire, n'est-ce pas, comme si nous ne le savions pas, alors que lui est toubib et moi représentant de la loi. Évidemment que j'allais veiller à ne pas toucher au squelette et à prendre des photos sous tous les angles avant de le bouger !

Becca se rappela l'avoir vu poser précautionneusement le crâne sur la cage thoracique de la morte.

Le shérif ajouta :

— En tout cas, le Dr Baines se charge de l'acheminer à Augusta, chez le légiste. On verra bien.

Avec un hochement de tête, il fit signe au petit attroupement de curieux qui s'était formé sur la pelouse et demanda à tout ce joli monde de se disperser. Comme il fallait s'y attendre, personne ne fit mine de bouger. Ils continuèrent à bavarder en montrant du doigt la maison... et Becca.

— Ils ne vont pas tarder à rentrer chez eux, promit le policier. Ils sont curieux, c'est tout. Je sais que vous êtes bouleversée et que vous avez les nerfs fragiles, comme toutes les femmes, comme ma femme, mais, je vous en prie, restez calme encore un moment.

Son père, s'il avait vécu, aurait eu le même âge que le shérif Gaffney, songea Becca en souriant au gros policier, qui, elle le voyait bien, était animé des meilleures intentions du monde.

— Je ferai de mon mieux, shérif. Vous n'avez pas de fille, n'est-ce pas ?

— Non, juste une bande de garnements qui tiennent tête à leur père et ne peuvent pas sortir de la maison sans revenir couverts de boue. Pas du tout comme des filles. Ma Maude aurait donné n'importe quoi pour avoir une fille, mais le Seigneur ne nous a envoyé que des petits voyous crottés...

Après une pause, il reprit plus gravement :

— Le Dr Baines va voir le médecin légiste à Augusta, c'est notre capitale, comme vous le savez. Ils vont pratiquer une autopsie, si on peut employer ce terme à propos d'ossements. Ils sont très qualifiés à Augusta, ils ont tout ce qu'il faut. Ils vont confirmer ce que je vous ai dit sur le fait que le vieux Jacob ou je ne sais qui lui a défoncé le crâne par-devant. Vous verrez, ils diront comme moi : un meurtre effrayant, vraiment vicieux... En attendant, il faut que nous cherchions à identifier la victime. Elle n'avait aucun papier sur elle. Vous avez des idées ?

— Les jeans Calvin Klein ont été très à la mode à partir du début des années 1980. Ce qui signifie qu'elle n'a pas été assassinée et emmurée avant 1980.

Le shérif nota consciencieusement ce que Becca venait d'avancer. Il fredonnait tout en écrivant. Il ouvrit ensuite la bouche pour parler puis se ravisa. Ce qui ne l'empêcha pas d'envelopper Tyler d'un long regard pensif avant de jeter un :

— On s'appelle !

Sur ce, il leur tourna le dos et se dirigea vers sa voiture, une Ford marron équipée d'un gyrophare. En ouvrant la portière, il se retourna l'espace d'une seconde, les sourcils froncés. Becca laissa échapper un soupir : au moins il ne l'avait pas interrogée, au moins il ne la soupçonnait pas dans cette affaire qui ne pouvait la concerner en rien. Qui elle était ? D'où elle venait ? Ce qu'elle faisait dans la vie ? Cela ne pouvait pas se révéler du moindre intérêt pour l'enquête...

— Il est vraiment folklo, le shérif de Riptide ! s'exclama-t-elle en regardant la voiture de police s'éloigner. Dommage qu'il n'ait pas de fille, ça lui ferait du bien.

Comme Tyler restait muet, elle se tourna vers lui : la tête baissée, il fixait le bout de ses baskets. Elle frôla son bras du bout des doigts.

— Qu'est-ce que tu as ? Tu es comme le shérif, tu as peur que j'aie une crise de nerfs ?

— Non, tu as vu l'attitude de Gaffney, il n'a rien dit, mais on voyait bien ce qu'il avait en tête.

— Je ne comprends pas. Qu'est-ce qui se passe, Tyler ?

— Tu as vu sa tête : juste avant de monter dans sa voiture, il s'est dit que le squelette pouvait être celui d'Ann...

Becca le considéra, bouchée bée.

— Ma femme. Elle portait des jeans Calvin Klein.

8

Le lendemain matin, Becca entra dans la grande pharmacie de Riptide, située au milieu de Foxglove Avenue, pour constater, à sa grande stupeur, que tous les regards convergeaient vers elle. Pour quelqu'un qui voulait passer inaperçu, elle n'avait pas réussi son coup. Elle ne pouvait aller nulle part sans être observée, abordée, présentée aux parents, aux amis. Elle était « celle qui avait trouvé le squelette ». À la station-service de Poison Oak Circle, le gamin qui s'occupait de la pompe se précipita pour lui nettoyer son pare-brise et vérifier le niveau d'huile de la Toyota. Au supermarché, le gérant lui demanda un autographe. Trois clientes lui avouèrent que son visage leur disait quelque chose.

Hélas, il était trop tard pour teindre ses cheveux en noir. Becca rentra chez elle et ne mit plus le nez dehors. Ce jour-là, elle reçut au moins vingt appels téléphoniques. Elle ne vit pas Tyler ; il ne s'était pas trompé sur les arrière-pensées du shérif, car en ville son nom était sur toutes les lèvres. Tyler le savait, bien sûr, mais il n'en laissa rien paraître quand il passa la voir, le soir même. Il avait l'air serein, stoïque. Elle aurait eu envie de hurler qu'ils se trompaient, que Tyler était un type formidable, qu'il n'aurait pas fait de mal à une mouche, et encore moins à sa femme, mais elle s'était mordu les lèvres : elle ne pouvait prendre le risque de trop attirer l'attention sur elle. Alors elle avait dû écouter les gens parler d'Ann, l'épouse de Tyler, la mère de Sam, qui avait disparu quinze mois plus tôt sans prévenir ni ses amis, ni son mari ni son fils. La mère d'Ann, une dénommée Mildred Kendred, apprit Becca, étant morte deux ans plus tôt, la jeune femme n'avait pas d'autre famille que Tyler et son fils, et personne n'avait harcelé Tyler pour savoir ce qu'il avait fait de son épouse. Sam avait sans doute été le témoin de quelque chose, tout le monde en était sûr. Le fait qu'il n'eût pas l'air d'avoir peur de son beau-père signifiait sans doute qu'il avait perdu en partie la mémoire de ce qui s'était passé.

Car personne n'en doutait une seconde : Tyler avait assassiné Ann d'un coup sur la tête et l'avait murée dans la cave de Jacob Marley. Et le petit Sam savait quelque chose, parce qu'il avait changé dès le lendemain de la disparition de sa mère.

Tyler resta stoïque encore quelques jours, se taisant à propos des ragots qui allaient bon train, ignorant les regards obliques de ses amis d'hier. Il vaquait à ses occupations comme si de rien n'était.

En réalité il était malheureux comme les pierres. Becca l'avait bien deviné, mais tout ce qu'elle pouvait faire, c'était de lui répéter :

— Tyler, je sais que ce n'est pas Ann. Ils vont trouver que c'est quelqu'un d'autre, tu verras.

— Comment ?

— Ils finiront par le savoir, ensuite ils consulteront les dossiers des personnes disparues. Ils vont faire un test d'ADN. Et après, ils vont tous venir à genoux te demander pardon.

Il la regarda sans un mot.

Le lendemain, Becca prit la précaution de sortir faire ses courses au supermarché à huit heures du soir, en espérant trouver les lieux vides ou presque. Elle arpenta en toute hâte les travées entre les linéaires. Il ne lui restait plus qu'un dernier article sur sa liste : le beurre de cacahouète. Elle s'empara d'un petit pot, mais, s'apercevant que le verre était craquelé, elle était sur le point d'interpeller un employé quand le récipient explosa littéralement dans sa main ; avec un cri, elle le lâcha. Après avoir rebondi parmi les pots de confiture, le pot s'écrasa par terre à ses pieds. Elle contemplait la flaque poisseuse et jaunâtre quand une voix profonde s'éleva derrière elle :

— Moi aussi je l'aime cent pour cent naturel, et sans sucre ajouté.

Elle pivota sur elle-même, si vite qu'elle glissa sur le beurre de cacahouète et manqua de tomber sur une pyramide de soupes en boîte. L'inconnu la prit par le bras pour l'aider à retrouver son équilibre.

— Désolé, je n'avais pas l'intention de vous faire peur. Je vais vous donner un autre pot. Regardez, voilà un jeune homme bien serviable avec une serpillière. Vous devriez lui demander d'essuyer le bout de votre basket pendant qu'il y est.

Elle n'avait jamais vu cet homme, songea-t-elle en l'observant soigneusement, mais cela ne voulait rien dire ; après tout, elle ne connaissait pratiquement personne dans cette ville. Il était vêtu d'un coupe-vent noir, d'un jean foncé et d'une paire de Nike. Manifestement, il prenait garde à ne pas poser le pied dans la flaque. Un homme de haute stature, tout en muscles : un dur. Des cheveux plutôt longs, aussi noirs que ses yeux.

— L'ennui, avec ce beurre de cacahouète biologique, c'est qu'il faut le touiller avant de le remettre au frigo, et on s'en met plein les mains, continuait l'inconnu avec un sourire que démentait la glace de son regard sombre, à croire qu'il ne voyait en elle, comme chez les autres en général, que les faiblesses cachées.

Becca n'aimait pas être regardée ainsi. Il avait des yeux indiscrets. Elle n'avait aucune envie de lui parler, elle n'avait qu'une idée : sortir de là !

— Oui, oui, je sais, dit-elle en reculant d'un pas.

— Mais c'est tellement meilleur que l'autre ! continua-t-il. Je ne peux plus manger de l'autre...

— Moi non plus, approuva-t-elle un peu trop vivement, en reculant encore d'un pas.

Qui était ce type ? Pourquoi se montrait-il si prévenant avec elle ?

— Mademoiselle Powell, fit à cet instant le jeune homme à la serpillière, Young Jeff, à votre service. Vous connaissez mon père : Old Jeff. C'est le gérant. Ne bougez pas, je vais vous nettoyer votre basket.

D'un geste, il lui souleva le pied en lui tordant à moitié la cheville, manquant de lui faire perdre l'équilibre. L'inconnu la soutint pendant que Young Jeff passait un bout de serviette en papier sur la semelle de sa basket. Il était d'une force peu commune, elle le sentait rien qu'à la pression de ses mains sous ses aisselles.

— Ça me fait drôlement plaisir de vous voir, reprit Young Jeff. Vous allez pouvoir me dire si ce pauvre squelette est Mme McBride. Il paraît que ça ne peut être personne d'autre, vu la façon dont elle s'est volatilisée il n'y a pas si longtemps que ça, après tout. Il paraît que vous savez que c'est elle. Mais comment ? Vous la connaissiez ?

Là-dessus, enfin, il lui lâcha le pied. Becca s'écarta et de Young Jeff et du colosse aux mains d'acier. Elle avait froid, elle grelottait. Elle croisa les bras et se frotta les mains sur ses épaules.

— Non, Jeff, je n'ai jamais eu le plaisir de rencontrer Ann McBride. Voilà encore quelques jours, je ne connaissais même pas son existence. Il serait prématuré de tirer des conclusions. Pour ma part, je parie qu'on ne va pas tarder à prouver que la pauvre morte ne peut pas être Ann McBride. Et, vous entendez, je vous donne le droit de répéter ce que je viens de dire à qui veut l'entendre !

— Je n'y manquerai pas, mais ce n'est pas l'avis de Mme Ella. Pour elle, c'est Ann McBride, pour sûr.

— Croyez-moi, Jeff, j'étais là, j'ai vu le squelette. Mme Ella, elle, n'a rien vu. Bon, désolée d'avoir sali votre lino. Et merci pour ma basket !

Le colosse la prit vivement par le bras pour l'aider à franchir le tapis de verre pilé.

— Ce Young Jeff est un ado aux hormones en furie, souffla-t-il sans se démonter quand Becca le repoussa presque brutalement. Je crains qu'il ne se soit pris d'affection pour vous.

Elle tressaillit :

— Vous voulez dire que tout le monde me regarde en ce moment comme une bête curieuse, rien de plus, et Young Jeff ne fait pas exception à la règle.

Elle s'arrêta, réalisant que ce n'était pas la faute de cet homme si elle était à cran. Elle lui adressa son plus large sourire en déclarant :

— Il me reste encore quelques emplettes à faire, monsieur... ?

— Carruthers, Adam Carruthers, répondit-il en lui tendant la main.

Une grande main costaude, à l'image du reste de sa colossale personne. Elle aurait parié tout ce qu'elle avait que même la plante de ses pieds était musclée. Cet homme était tout entier fait d'acier. Animé d'une volonté de fer, il était aussi discipliné que déterminé, un peu comme un soldat, ou un gangster, ajouta-t-elle à part elle, soudain si terrifiée qu'elle eut envie de déguerpir en quatrième vitesse. Ce qui était en soi stupide. En tout cas, une chose était sûre : il valait mieux ne pas tomber entre ses pattes ! Sauf qu'elle n'allait sans doute plus jamais le revoir de sa vie, ce qui lui convenait fort bien.

— Je ne vous avais jamais aperçu à Riptide, monsieur Carruthers, lança-t-elle.

— Et pour cause : je ne suis arrivé qu'hier. Et voilà que j'apprends qu'on a trouvé un squelette. Et que ce squelette appartient à la femme de votre voisin, Tyler McBride, et que vous êtes copains tous les deux. Intéressant, non ?

Un reporter, se dit-elle aussitôt. Un journaliste ? Et si des paparazzi avaient réussi à la pister jusqu'ici ? Sa vie dans le meilleur des mondes océaniques allait s'achever avant d'avoir commencé. Ce n'était pas juste. D'instinct, elle marcha à reculons.

— Vous êtes sûre que ça va ?

— Mais oui. J'ai une foule de choses à faire, c'est tout. J'ai été très heureuse de vous rencontrer. Au revoir.

Sur ce, elle fila dans la travée des pains de mie, brioches et muffins.

Il se contenta de la suivre des yeux. Elle était plus grande qu'il ne se l'était figuré, et beaucoup trop maigre. Bon, mais c'était normal, avec tout ce qu'elle avait enduré, de perdre du poids. Il l'avait trouvée, c'était le principal. Un amateur, même très futé, ne disparaissait pas aussi facilement que cela. En se remémorant la façon dont il s'y était pris pour lancer le FBI sur une fausse piste, il ne put s'empêcher de sourire : un sourire qu'il adressa aux pots de confiture. Le système des fédéraux était truffé d'un si grand nombre de procédures, vérifications et validations qu'on l'aurait dit conçu par le cerveau d'un criminel dans le but avoué de faciliter sa propre fuite. En outre, ils ne bénéficiaient pas de ses contacts.

C'est en sifflotant qu'il présenta sa boîte de café moulu à la caisse. Il la vit monter dans sa Toyota vert foncé et sortir du parking.

Il retourna à sa chambre, au premier étage de l'Errol Flynn's Hammock, ouvrit son portable et rédigea un brcf e-mail :

Je suis tombé sur elle et un pot de beurre de cacahouète au supermarché. En bonne santé, mais un paquet de nerfs. Rien de plus normal. Incroyable mais vrai : elle est mêlée à une affaire de meurtre, ici, à Riptide. Un squelette est tombé du mur de sa cave. Tout le monde pense qu'il s'agit de la femme d'un voisin, une jeune femme qui a disparu il y a un peu plus d'un an. Voilà où on en est. Je te tiens au courant. Adam.

Il se renfonça dans son fauteuil et huma avec délice l'arôme que dégageait la machine à café qu'il s'était procurée dès son arrivée en ville.

Il avait impressionné cette jeune femme, il lui avait peut-être même fait peur. Ce n'était pas tellement étonnant : une armoire à glace qui vous aborde au supermarché alors que vous avez découvert un squelette dans votre cave, pendant que vous fuyez le FBI, la police de New York et un maniaque. Elle n'avait pas trouvé drôles ses plaisanteries sur le beurre de cacahouète. Preuve de plus qu'elle n'était pas une imbécile.

Il se versa une tasse de café, but une gorgée et poussa un soupir d'aise en se calant dans le gros fauteuil marron qu'il trouvait étonnamment confortable. Planté en hauteur dans un coin de la chambre, le poste de télévision, allumé, produisait un agréable bruit de fond. Il ferma les yeux et se repassa le film de sa rencontre avec Becca Matlock.

Non, Becca Powell désormais. C'est sous ce nom qu'elle avait loué, sans perdre de temps, la Maison Marley et trouvé un squelette dans la cave après cette tempête exceptionnelle qui avait balayé les côtes du Maine.

C'était bien sa veine !

Maintenant, tout ce qu'il lui restait à faire, c'était de gagner sa confiance.

Et ensuite, peut-être, il lui dévoilerait la surprise qu'il lui réservait.

Mais d'abord, une opération de reconnaissance s'imposait. La précipitation était déconseillée en toutes circonstances, se rappela-t-il.

Le lendemain, Adam se contenta de passer sa matinée à observer de loin la maison. Il vit Tyler McBride et l'enfant, le petit Sam, qui passèrent la voir vers onze heures. Un adorable gamin, extraordinairement calme pour son âge. Les gens avaient-ils raison d'affirmer qu'il avait assisté au meurtre de sa mère par son beau-père, ou n'étaient-ce que des racontars ?

Adam se demandait s'il y avait quelque chose entre eux, entre Tyler McBride et Becca Matlock-Powell. Il vit ensuite le shérif arriver en voiture, il les entendit, lui et Becca, parler sur le pas de la porte ; leurs voix résonnaient sous la vaste véranda autour de la maison.

— Des nouvelles du médecin légiste, shérif ?

— Demain, si tout va bien. Je voudrais jeter encore un coup d'œil à la cave, voir si on n'aurait pas laissé échapper quelque chose. Mes hommes n'ont trouvé aucune empreinte digitale, mais on ne sait jamais. Oh, j'oubliais ! Rachel Ryan m'a prié de vous dire qu'elle envoie dès aujourd'hui des gars pour vous débarrasser de l'arbre et réparer votre fenêtre.

Le shérif partit une heure plus tard, un cookie au chocolat à la main. C'était une odeur qu'Adam aurait reconnue entre mille, même de loin. L'eau lui vint à la bouche.

Il envoya un e-mail après le déjeuner et, une heure plus tard, il savait que Becca Matlock et Tyler McBride s'étaient rencontrés à Dartmouth College. Des amoureux ? Peut-être. Intéressant, en tout cas. Tout le monde pensait que le squelette appartenait à la femme de Tyler, Ann McBride. Il lui fallait maintenant enquêter sur Tyler. Le destin, lui semblait-il, montrait dans cette affaire une certaine ironie. Et si elle n'avait réussi à échapper aux griffes d'un maniaque que pour retomber sur un autre genre de forcené, un type qui avait tué sa femme ?

Oui, décidément, elle avait une drôle de veine.

Le moment n'était pas encore venu de l'approcher, elle était trop perturbée. Mais il la surveilla le soir. Elle resta enfermée chez elle. Le jour se prolongeant tard en été, dans ce pays du nord, il ne fut pas étonné de voir cinq gaillards débarquer pour enlever l'immense sapin du Canada qui gisait contre le mur ouest. Ils scièrent la branche coincée dans la fenêtre du premier étage. Ils dépouillèrent ensuite l'arbre de ses branches et traînèrent le tronc avec de lourdes chaînes derrière un tracteur.

Pendant ce déploiement d'activités, Becca demeura sous la véranda, assise dans un vieux fauteuil à bascule, plongée dans un livre. À force de la regarder se balancer, il fut pris d'un léger mal au cœur. Mais il resta jusqu'au bout.

Elle monta se coucher de bonne heure.

Le lendemain, vers midi, Becca remercia le vitrier qui avait remplacé les carreaux à la fenêtre de sa chambre. Une demi-heure plus tard, à peine, Tyler et Sam firent leur apparition, munis de sandwiches au thon qu'ils consommèrent sur la table de la cuisine.

— On ne va pas tarder à recevoir des nouvelles du shérif, Tyler, dit-elle. Ils ne sont pas pressés, à Augusta. Mais après, tout sera rentré dans l'ordre.

Tyler ne répondit pas tout de suite. Il mastiqua son sandwich, aida Sam à manger le sien proprement, puis soupira, avec dans la voix une pointe de rancœur qui étonna Becca :

— Tu es optimiste.

Elle ne pensait pas au squelette, à cet instant. Elle se demandait pourquoi cet homme – cet Adam Carruthers – surveillait la maison. Elle le voyait posté à droite, parmi les épicéas, à quelques mètres de là. Ce n'était pas le maniaque. Ce n'était pas sa voix, de cela elle était sûre. La voix du maniaque était sans âge, d'une suavité ignoble. Elle aurait reconnu cette voix n'importe où. Celle de Carruthers n'avait rien à voir. Et puis il était beaucoup trop grand, une vraie armoire à glace. Ce n'était pas lui qu'elle avait aperçu devant le One Police Plaza, à New York. Mais qui était-il ? Et pourquoi s'intéressait-il tant à elle ?

Adam s'étira. Il fit quelques mouvements de taekwondo pour relaxer ses muscles engourdis par l'immobilité. Le bras droit tendu, il était sur le point de lever lentement sa jambe gauche quand une voix féminine résonna dans son dos :

— Descendez un peu votre bras. Baissez votre coude et tendez le poignet, voilà, et étendez un peu plus les doigts. C'est mieux. Maintenant, au premier geste, je vous loge une balle dans la tête.

Elle n'avait jamais imaginé qu'un être humain puisse se mouvoir avec une telle célérité. Pourtant, elle braquait droit sur lui son 357 magnum automatique chargé. Mais, l'instant d'après, il parut se dissoudre dans les airs ; une silhouette floue s'agita à toute allure sous ses yeux tandis que, d'un coup de pied, il la désarmait. De sa main gauche, il la frappa si brutalement à l'épaule qu'elle tomba à la renverse. Elle atterrit sur le dos.

Becca reprit son pistolet, qui avait glissé à deux pas d'elle, mais un nouveau coup de pied l'envoya valdinguer. Une douleur fulgurante lui traversa le poignet, puis elle ne sentit plus rien.

— Désolé, dit-il en se penchant vers elle. Je ne suis pas très aimable quand on braque une arme sur moi. J'espère que je ne vous ai pas fait mal.

Il eut le culot de lui tendre une main secourable pour l'aider à se relever. La respiration rauque, l'épaule endolorie, le poignet anesthésié, elle recula en titubant, pivota sur elle-même, prête à prendre la fuite. Mais elle ne fut pas assez rapide. Il la retint d'une poigne d'acier.

— Non, attendez, je ne vous veux pas de mal.

Elle ne se débattit pas, mais resta là, la tête basse, anéantie, résignée. Il sut alors qu'elle s'avouait vaincue, que son épaule l'élançait et qu'elle était inquiète pour son poignct.

— Votre poignet n'a rien, vous verrez, les sensations ne vont pas tarder à revenir. Ça vous brûlera un peu et ensuite vous n'y penserez plus.

D'un ton lugubre, elle répliqua :

— Je ne pensais pas que ça pouvait être vous. Votre voix ne colle pas. J'aurais pu le jurer... Et pourtant, je me suis trompée.

Elle le prenait pour le maniaque, ce dément qui avait tué une pauvre vieille devant le Metropolitan, puis avait tenté de mettre fin à la vie du gouverneur Bledsoe. Sans réfléchir, il la relâcha.

— Écoutez, je vous prie de m'excuser...

Mais il parlait dans le vide : elle avait pris ses jambes

à son cou dès qu'il l'avait lâchée. Elle filait à présent entre les épicéas, en direction la maison.

Il la rattrapa en quelques foulées, l'agrippa fermement par le bras et l'obligea à faire volte-face. Mais cette femme, c'était du vif-argent. Elle lui assena un coup de poing sur le menton. Il sentit son cou craquer sous la force du choc. Elle était d'une force surprenante. Il la saisit par les deux bras, sentit qu'elle levait le genou. Heureusement, ses réflexes étaient encore bons, il esquiva le coup, qu'il reçut dans le haut de la cuisse. Ce qui n'était pas indolore non plus, mais enfin, pas aussi radical que dans l'entrejambe. Il ne lui aurait plus resté qu'à se recroqueviller par terre en pleurant. Il la serra contre lui très fort, immobilisant ses bras sur le côté. Elle respirait bruyamment, ses muscles se tendaient et se détendaient. Malgré sa terreur, elle restait capable de s'enfuir s'il relâchait un tant soit peu son étreinte. Il n'avait jamais vu ça. Enfin, elle était sa prisonnière.

— Je ne sais pas comment vous m'avez retrouvée, dit-elle d'une voix haletante. J'ai fait tout mon possible pour ne laisser aucune trace.

— Cela m'a pris deux jours et demi pour remonter jusqu'à Portland, dans le Maine, plus longtemps que prévu.

Elle se tordit le cou pour le regarder :

— Salaud ! Lâchez-moi !

— Non, pas encore. Je tiens à rester entier. Dites-moi, vous vous débrouillez pas mal pour un amateur.

— Lâchez-moi !

— À condition que vous me promettiez d'arrêter toute cette violence. Je déteste la violence. Ça m'énerve.

Il vit non sans satisfaction la stupéfaction se peindre sur son visage. Après un moment d'hésitation, elle acquiesça :

— D'accord.

Il la lâcha et recula d'un pas, les yeux fixés sur le genou droit de Becca.

Et elle partit comme une flèche. Cette fois, il n'essaya même pas de la rattraper. Elle courait comme une gazelle, il l'avait lu dans son dossier. Elle l'avait repéré faisant le planton sous les épicéas. C'était incroyable. Lui si précautionneux, d'une immobilité aussi absolue que les arbres autour de lui... Il ne comptait plus le nombre de fois où sa vie avait dépendu de sa faculté de se fondre dans son milieu environnant. Pourtant elle avait compris que quelqu'un était là et que ce quelqu'un la guettait.

Certes, un maniaque l'avait poursuivie pendant plus de trois semaines à New York. Il y avait de quoi vous aiguiser les sens, vous mettre sans cesse sur le qui-vive. Qu'elle ait peur, cela ne faisait aucun doute, mais elle avait bravé sa peur. Elle était quand même sortie le débusquer. Il sifflota en marchant, se penchant au passage pour ramasser le Coonan. Un beau pistolet. La forme particulière de sa culasse le rendait particulièrement véloce. Son frère en avait un, et Dieu sait s'il s'en vantait. Une arme stable, fiable, mortelle, pas du tout courante. Il se demanda comment elle supportait la force du recul. Il laissa tomber les balles dans le creux de sa main et les fourra dans sa poche. Puis il marqua un temps, se demandant s'il n'était pas plus sage de déposer le pistolet dans la boîte aux lettres ou de le glisser sous la porte.

Elle ne devait pas se sentir en sécurité sans son arme.

Il vit Tyler McBride et son fils partir environ dix minutes plus tard. Il la vit dire au revoir de la main, sous la véranda. Il la vit regarder du côté où il se tenait, sûrement invisible sous le couvert de la végétation. Après le départ de la voiture de Tyler McBride, elle rentra dans la maison. Il attendit.

Trois minutes plus tard, elle ressortait. Sous la véranda, elle se tourna vers lui. Il devinait qu'elle réfléchissait, pesait le pour et le contre. Et, en fin de compte, elle traversa la pelouse au pas de course.

Elle avait du cran.

Il n'esquissa pas un geste et se contenta d'attendre,

de l'observer tandis qu'elle s'avançait à sa rencontre. Quand elle fut à une dizaine de pas, il s'aperçut qu'elle avait serré dans son poing un grand couteau de boucher.

Il sourit. Elle était bien la fille de son père.

9

Lentement, il sortit le pistolet de la poche de son pantalon et le braqua sur elle.

— Votre couteau de cuisine ne fait pas le poids avec ce Coonan que vous avez acheté dans un restaurant de Rockland. Le pauvre bougre a été fichtrement déçu que vous refusiez la petite partie de jambes en l'air qu'il vous proposait...

Avec un large sourire, il ajouta :

— Je vous félicite, vous avez eu ce que vous vouliez.

— Comment savez-vous tout ça ? Oh, et puis, qu'est-ce que ça peut me faire ? Mon couteau n'a rien à craindre du Coonan, maintenant que vous lui avez enlevé toutes ses munitions.

Le sourire d'Adam s'élargit. Il lui tendit le pistolet, crosse en avant.

— Il me servira à quoi ? s'exclama-t-elle. C'est vous qui avez les balles. Rendez-les-moi.

Il sortit les balles de sa poche et les lui tendit avec l'arme.

Elle contempla un instant le pistolet et les munitions, puis recula d'un pas :

— Non, c'est un piège. Si je m'approche, vous allez m'arracher mon couteau d'un coup de pied. Vous êtes trop rapide pour moi. Je ne suis pas idiote.

— Très bien, fit Adam.

Pas folle, la guêpe ! se dit-il. Il plaça les balles et le pistolet par terre avant de reculer à son tour d'une dizaine de pas.

Il déclara d'un ton enjoué :

— Une arme efficace, ce Coonan, mais parmi les pistolets lourds, je préfère mon colt Delta Elite.

— On se croirait dans un western.

Il ne put s'empêcher d'éclater de rire :

— Vous n'allez pas reprendre votre bien ?

Elle fit non de la tête, sans bouger d'un pouce. Elle brandissait son énorme couteau comme une psychopathe dans un film d'horreur, le coude replié en arrière, la pointe de la lame en avant, prête à frapper. La lame avait l'air bien effilée. Il se sentait capable de la désarmer, mais il avait peur de la blesser, ou de se blesser. Aussi resta-t-il coi. En outre, il était curieux de voir ce qu'elle allait faire.

— Expliquez-moi ce que vous fichez ici. Pourquoi m'avez-vous abordée au supermarché ? Pourquoi me surveillez-vous ?

— Je préfère vous réserver la surprise pour plus tard... Je suis très étonné que vous m'ayez repéré. En général, personne ne me voit.

Il eut soudain l'air si dégoûté, non pas par elle, mais par lui-même, qu'elle réprima un sourire. Elle serra plus fort le manche de son couteau.

— Dites-le-moi tout de suite.

— Bon, si vous y tenez. Je fais un sondage sur les femmes qui se teignent les cheveux.

Elle se retint pour ne pas se ruer sur lui avec son couteau. La moutarde qui lui monta au nez lui fit oublier jusqu'à sa terreur.

— Espèce de connard, vous allez vous coucher par terre avec les mains dans le dos ! Maintenant !

— Non, mon coupe-vent est tout neuf. Et je trouve qu'il me va plutôt bien, dans le genre ténébreux et sexy... Vous ne trouvez pas ? Les femmes préfèrent le noir, ai-je entendu dire. Alors, je n'ai pas tellement envie de le salir.

— J'ai téléphoné au shérif Gaffney. Il sera là d'une minute à l'autre.

— Le bluff, ça ne marche pas avec moi. Le shérif ! C'est bien la dernière personne que vous ayez envie de voir ! Si je vendais la mèche, il serait obligé de prévenir les flics de New York et le FBI.

Elle devint si blanche qu'il crut qu'elle allait tomber dans les pommes. Sa main trembla de façon inquiétante, puis elle recouvra son sang-froid et dit :

— Vous savez tout, hein ? Je ne pense pas que vous soyez le maniaque ; vous n'avez pas sa voix et vous êtes trop grand. Mais vous savez tout sur lui, non ?

— Si. Maintenant, écoutez-moi. Je ne suis pas venu en ennemi. Je suis ici pour... Vous pouvez me considérer comme votre ange gardien.

— Vous êtes tellement brun, vous ressemblez plutôt au diable, sauf qu'à mon avis Satan est plus petit. Et puis, contrairement à lui, vous n'avez aucun charme. Alors, reporter ou échotier ?

— Vous allez me vexer.

Elle réprima un gloussement de rire. Attention. Il ne fallait pas oublier que cet homme était redoutable, d'une rapidité époustouflante. Non, elle ne pouvait se permettre de le prendre à la légère. De toute façon, l'effroyable peur qui lui donnait des frissons d'angoisse l'aurait empêchée de rire. Il tentait de lui faire baisser la garde, voilà tout. Dieu merci, il ne pouvait pas se servir de son pistolet. Et il était trop loin pour lui envoyer un coup de pied. Toutefois il était vif. Il avait de longues jambes. Elle recula d'un pas pour s'assurer qu'elle restait bien hors de sa portée.

Elle agita son couteau vers lui :

— J'en ai assez ! Dites-moi qui vous êtes. Dites-le-moi ou je serai obligée de vous faire mal. Ne me sous-estimez pas, je suis forte. Plus que cela, même. Je suis au-delà de la peur. Je n'ai plus rien à perdre.

Il la regarda : pâle, les traits de son beau visage tirés, maigre, si tendue qu'il percevait chez elle un tremblement continuel. Il prononça lentement, d'une voix aussi peu menaçante que possible :

— Pour me faire mal, il faudra vous approcher de plus près. Et vous n'êtes pas folle. Vous êtes peut-être forte, je n'aurais peut-être pas envie de vous rencontrer au coin d'un bois, mais vous avez tort au moins sur un point : tout le monde a quelque chose à perdre, et vous aussi. Vous êtes un peu débordée par les événements, voilà tout.

— Débordée par les événements, répéta-t-elle en éclatant d'un rire sonore, un rire presque hystérique. Vous ne savez pas de quoi vous parlez.

Elle resta là à brandir son couteau comme si elle allait le frapper, et ce en dépit des courbatures qui lui tiraillaient le bras. Elle se demandait ce qu'elle devait faire : le croire, tout en sachant qu'elle commettait une erreur monumentale ?

— Vous vous trompez. Ce que je voulais dire, c'est que la presse tout entière est à vos trousses, mais que normalement vous n'avez rien à craindre ici.

— Vous m'avez bien trouvée, vous !

— Oui, mais moi je suis tellement meilleur que les autres que je m'étonne parfois moi-même.

Elle brandit son couteau un peu plus haut. Elle sentait la caresse du soleil entre ses omoplates. C'était une journée magnifique, une journée de cauchemar. Qu'est-ce que c'était que cette histoire d'ange gardien, encore ? Ses muscles étaient si douloureux qu'ils menaçaient de la trahir.

Il ouvrit la bouche pour ajouter quelque chose, puis y renonça. C'était l'expression du visage de Becca qui l'avait incité à se taire. On aurait cru que le temps venait de s'arrêter. Et, l'instant d'après, elle lui causa la surprise de sa vie. Elle jeta le couteau par terre et s'avança vers lui. Elle s'arrêta à un pas, leva vers lui un regard pensif, lui tendit la main. Il la prit dans la sienne, abasourdi, tandis qu'elle déclarait :

— Si vous êtes mon ange gardien, téléphonez donc au médecin légiste d'Augusta pour voir depuis combien de temps cette pauvre femme était dans le mur de ma cave.

Elle était grande, presque aussi grande que lui.

— Bon, fit-il simplement.

Elle claqua des doigts sous son nez :

— Comme ça ? Vous avez tellement de pouvoir que vous pouvez vous procurer une réponse d'une minute à l'autre ?

— En l'occurrence, oui. Vous ne ressemblez pas beaucoup à votre mère.

Il sentit sa main se raidir dans la sienne, mais elle ne la retira pas. Au lieu de quoi, elle énonça d'une voix calme :

— Non, en effet. Maman me disait toujours que j'étais le portrait de mon père. Mon père est mort au Viêt-Nam. En héros. Ma mère l'a beaucoup aimé, peut-être trop.

— Oui, acquiesça-t-il. Je sais.

— Comment ?

— Peu importe pour le moment. Il suffit que vous me croyiez.

Elle ne le croyait pas, bien entendu, mais pour l'instant elle avait décidé de ne pas insister.

— J'ai vu un jour une photo de lui, reprit-elle, une vieille photo instantanée. Il avait l'air si jeune, si heureux ! Il était très beau, très grand, avec une de ces carrures...

Sa voix s'étrangla d'émotion tandis qu'elle poursuivait :

— J'étais trop petite quand il est mort pour me souvenir de lui, mais maman disait toujours qu'il m'avait tenue bébé dans ses bras, que j'étais sa petite fille chérie. Ensuite il est parti pour ne plus jamais revenir.

— Je sais.

Elle pencha la tête de côté.

— Quand je vous ai vu pour la première fois au supermarché, j'ai pensé que vous étiez en acier, j'aurais juré que vous ne souriiez presque jamais et que vous mangiez des clous à la sauce piquante pour votre quatre-heures. Et que vous deviez pouvoir être méchant quand vous le vouliez, cruel même... Vous avez toujours l'air méchant, d'ailleurs. Vous me faites l'effet d'être quelqu'un de dangereux ; j'en suis persuadée, ce n'est pas la peine de le nier. Qui êtes-vous, en réalité ?

— Adam Carruthers. Je vous l'ai dit. C'est mon nom, mon vrai nom. Maintenant, si vous vouliez bien m'emmener chez vous, j'ai un coup de téléphone à passer. On ne saura sans doute pas à qui appartient ce squelette, mais on aura au moins une estimation du temps qu'il a passé dans le mur de cette cave. Il leur faudra pratiquer des tests d'ADN ; ça prend un certain temps. On ne peut pas aller plus vite que la musique.

Cela lui prit en tout et pour tout onze minutes et deux appels téléphoniques. Lorsqu'il raccrocha, à la fin du second coup de fil, il se tourna vers elle et lui sourit :

— Ce ne sera pas long.

Trois secondes plus tard, l'appareil se mit à sonner. Il lui fit signe de s'écarter et souleva l'écouteur.

— Oui, ici Carruthers.

Après avoir écouté, il griffonna quelque chose sur un bout de papier.

— Merci beaucoup, Jarvis, je te revaudrai ça. Ouais, ouais, tu sais bien que je renvoie toujours l'ascenseur. Demain peut-être. Tu sais où me joindre. Bon, merci. Au revoir.

Il reposa soigneusement l'écouteur.

— Ce n'est pas Ann McBride, si c'est ce qui vous inquiète.

— Non, bien sûr, ce n'est pas la femme de Tyler. J'étais sûre et certaine que ce ne pouvait pas être elle. C'est un camarade de fac, j'avais dix-huit ans quand je l'ai connu, et il n'était pas plus vieux que moi. Il n'y a pas plus gentil que Tyler, je vous assure.

En réalité, elle tremblait d'un soulagement d'autant plus vif que son angoisse avait été cuisante. Ce fut au tour d'Adam de laisser passer. Elle s'empressa d'ajouter :

— Je n'aurais pas supporté l'idée que Tyler soit un monstre. Pour moi, c'était intolérable.

— Votre copain est blanchi. Le squelette a été

emmuré il y a au moins dix ans, sinon plus. Elle avait dix-sept ou dix-huit ans quand elle a été tuée d'un coup au visage, sur le front précisément. La personne qui a fait ça devait être fichtrement en colère. Jarvis dit qu'elle est morte sur le coup.

— On dirait que Jacob Marley est peut-être coupable, finalement.

Adam haussa les épaules :

— Qui sait ? De toute façon, ce n'est pas notre problème, Dieu merci.

— C'est le mien, puisqu'elle est tombée du mur de ma cave. Je n'arrive pas à imaginer qu'on puisse tuer une gamine parce qu'elle rôde autour de chez vous, et d'une manière aussi atroce.

L'instant d'après, le téléphone sonna. C'était Bernie Bradstreet, le propriétaire et rédacteur en chef du *Riptide Independent*, qui venait aux renseignements.

— Je sais que le shérif veut la jouer discrète, mais...

Elle lui raconta toute l'affaire, omettant seulement l'information qu'Adam Carruthers venait de lui transmettre, en provenance du bureau du médecin légiste. Elle ne pensait pas que le shérif apprécierait de se voir voler l'exclusivité sur ce point. Ensuite Bernie Bradstreet l'invita à dîner, avec son épouse, s'empressa-t-il d'ajouter quand elle laissa sa question sans réponse. Elle refusa poliment. Lorsqu'elle raccrocha, Adam s'enquit :

— Un journaliste ? Vous vous en êtes bien sortie. Maintenant, il faut que vous appeliez le shérif. Ne lui dites pas que vous connaissez déjà la réponse, amenez-le seulement à téléphoner au légiste. D'après Jarvis, ils ne sont pas encore prêts à rendre la chose officielle, mais, si le shérif les pousse dans leurs retranchements, ils lui diront. Oh, et puis, si le shérif fait un saut ici, dites-lui que je suis votre cousin de Baltimore. D'accord ?

— Cousins ? Mais nous ne nous ressemblons même pas !

Il lui adressa un sourire en coin :
— Il ne manquerait plus que ça !

Le shérif fit la grimace en apprenant les premiers résultats de l'autopsie. Il aimait les réponses claires, les puzzles où chaque pièce trouvait sa place. Mais cette affaire, quel méli-mélo ! Un vieux squelette sans identité emmuré dans la cave de Jacob Marley après un meurtre affreux. Même s'il ne souhaitait pas la mort d'Ann McBride, il fallait bien avouer que ç'aurait été beaucoup plus simple. Il jeta un regard en coulisse à Tyler McBride. Il avait l'air calme. Soulagé ? Impossible de le dire. Tyler n'était pas le genre de type à montrer ses sentiments. D'ailleurs, il était redoutable au poker, au point que personne n'aimait jouer avec lui. Curieux, songea le shérif, il aurait pourtant parié que Tyler avait liquidé son épouse. Il le garderait quand même à l'œil... si jamais il commettait une bévue, se rendre sur une tombe creusée dans la nature, ou quelque chose comme ça. Bon, ce n'était pas la première fois qu'il se trompait. Sans doute que Tyler n'avait rien à se reprocher. Cela ne lui faisait pas plaisir, mais l'erreur est humaine, après tout, ça arrivait à tout le monde de se fourvoyer, même à lui, le shérif Gaffney.

Le policier examina le « cousin » de Becca de la tête aux pieds : un grand gaillard qui ne craignait ni Dieu ni diable, celui-là. Un paquet de muscles... Un sportif ? Mais il avait en même temps l'air d'une infinie patience, comme un homme habitué à attendre dans l'ombre, un prédateur... Gaffney secoua la tête. Maude avait raison, il devait arrêter de lire tous ces polars.

Il regarda ensuite Becca Powell, une jolie jeune femme. Dieu merci, elle n'était plus aussi pâle que l'autre jour, quand il avait cru qu'elle allait piquer une crise d'hystérie. L'effet bénéfique de la présence de son cousin, sans doute. Il se prit à observer de nouveau Carruthers. Brun, très brun, depuis les cheveux aile-de-corbeau – trop longs – jusqu'à ses yeux, presque noirs dans la pénombre du salon de Jacob Marley, en cette fin d'après-midi. De grands pieds chaussés de vieilles boots en cuir noir, souple, des boots avec lesquelles il avait sans doute guetté souvent une proie dans l'ombre, sans un bruit. Il se demanda ce que cet homme faisait dans la vie. Rien de banal, en tout cas, il en aurait mis sa main au feu. Mais peut-être préférait-il ne pas le savoir.

Le shérif promena son regard autour de la pièce. Toutes ces vieilleries. On aurait dit un musée ou un tombeau. Pourtant, ça ne sentait ni le vieux ni le moisi, mais le citron, comme chez lui.

Il avait conscience que les regards étaient braqués sur lui, dans l'expectative. Il adorait ça : provoquer du suspense. Il les tenait dans le creux de sa main. Sauf que ceux-là ne semblaient ni apeurés, ni inquiets ni même nerveux. En fait, il les trouvait plutôt relax.

Ce fut Becca qui, en fin de compte, rompit le silence :

— Vous ne voulez pas vous asseoir, shérif ? Vous avez quelque chose à nous annoncer ?

Il s'installa dans le vieux fauteuil qu'elle lui avait indiqué, se racla la gorge. Maintenant, il était prêt à lâcher le morceau :

— Bon, eh bien, il semblerait que ce squelette ne soit pas celui de ton épouse, Tyler.

La nouvelle fut accueillie par un long silence, mais, à la grande déception du shérif, personne ne trahit la moindre surprise.

— Merci de m'en avoir informé aussi rapidement, répondit enfin Tyler. Si ç'avait été elle, cela aurait voulu dire qu'elle avait été tuée, et certainement pas par moi. Je ne souhaite qu'une chose à Ann : qu'elle soit en bonne santé et heureuse, où qu'elle se trouve.

Gaffney remarqua cependant que Tyler n'avait pas l'air étonné le moins du monde. À croire qu'il était déjà au courant. Et puis merde ! Si Tyler n'avait pas tué Ann, il savait que ce squelette n'était pas le sien, et si ç'avait été elle, eh bien, ce n'était pas lui qui l'avait mise là... La tête du policier était sur le point d'exploser.

— Ça, je ne peux pas vous le dire, répliqua le représentant de la loi. J'ai pris contact avec mes collègues des autres comtés pour qu'on vérifie les dossiers de toutes les jeunes filles qui ont disparu il y a dix ou quinze ans. On finira par la trouver. Elle ne devait pas avoir plus de dix-neuf ans. Ce qui fait la balance en faveur de la théorie de la fugue. Quant à la question du meurtre, eh bien, c'est un gros problème, mon problème...

— Est-ce qu'il est possible qu'elle ait été du coin, shérif ? questionna Becca.

Le policier fit non de la tête :

— Si une gamine avait disparu dans la région, on le saurait. Non, ça ne peut être une jeune fille de Riptide. Les gens d'ici ont la mémoire longue.

Adam Carruthers se pencha en avant sur son fauteuil et, joignant les mains entre ses genoux, dit :

— Vous pensez que c'est ce vieux monsieur le coupable ? Jacob Marley ?

Il était assis dans le gros fauteuil préféré du vieux Jacob, songea le shérif, subitement irrité de voir ce malabar à cette place, comme si c'était lui le chargé d'enquête ! De toute façon, ce type était trop jeune pour occuper un poste de responsabilité. Quoi, il ne devait pas avoir plus de trente ans, le même âge que le neveu de Maude, Frank, ce bon à rien qui purgeait sa peine à Folsom, en Californie, pour avoir signé des chèques en bois. Frank n'avait jamais été franc du collier, même enfant. Peut-être que ce type était un flemmard, comme Frank ? Pourtant il avait l'air tout sauf flemmard...

— Shérif ?

— Ouais ? C'est possible. Comme je le disais à mademoiselle, le vieux Jacob n'aimait pas qu'on vienne fourrer son nez dans ses affaires. Il avait un caractère de cochon. Il est possible qu'il ait pu frapper quelqu'un.

Adam haussa un sourcil en signe d'étonnement :

— Avoir un caractère de cochon ne signifie pas qu'on soit capable de frapper une jeune fille au visage avec un objet contondant puis de l'emmurer dans sa cave juste parce qu'on est furieux de l'avoir surprise dans son jardin !

— Un objet contondant, répéta le shérif d'un ton ironique. En réalité, le médecin légiste ne sait pas avec quoi elle a été frappée, peut-être un pot en terre cuite, ou bien un serre-livres, un truc dans ce genre. Est-ce Jacob le coupable ? C'est à voir...

— C'est la seule explication logique, fit Tyler en se levant brusquement pour arpenter le grand salon.

Toute sa musculature semblait vibrer sous l'effet d'une tension insupportable. Il avait pourtant un corps athlétique, apprécia le shérif en se rappelant l'époque où, beau, mince et vigoureux, il était lui-même la coqueluche des femmes. Tyler pivota sur lui-même, manquant de renverser une lampe à pied.

— Vous ne comprenez donc pas ? s'écria Tyler. La personne qui l'a tuée a forcément eu accès à la cave de Jacob. Jacob a forcément entendu des bruits. On ne défait pas et on ne refait pas un mur en silence. Et puis il aura fallu faire descendre le corps. Toute une affaire ! Ce ne peut être que Jacob. Sinon, ça n'a pas de sens.

Adam, qui s'était renfoncé dans le gros fauteuil en cuir, les jambes étendues devant lui, croisées aux chevilles, déclara en joignant les doigts sous son menton :

— Attendez ! Vous voulez dire que Jacob Marley ne quittait jamais cette maison ?

— Pas dans mon souvenir, repartit Tyler. Il se faisait même livrer ses courses. Bien sûr, je suis parti quatre ans à l'université. À l'époque, il n'était peut-être pas aussi sauvage, peut-être sortait-il davantage.

Le policier intervint d'une voix grave :

— Il y a deux choses sur lesquelles on pouvait toujours compter avec le vieux Jacob : il était toujours chez lui et il était toujours d'une humeur de chien.

Sur ces paroles, il se leva vivement, trop vivement pour un homme de sa corpulence, car il se figea aussitôt : un bouton de chemise, le premier au-dessus de sa large ceinture de cuir, venait de sauter. Il regarda, paralysé, le bouton rouler sur le parquet encaustiqué pour s'arrêter pile devant le gros orteil du pied droit d'Adam Carruthers. Le shérif rentra le ventre, ignorant la morsure de son ceinturon dans ses chairs. Sans prononcer un mot, il se contenta de tendre la main, la paume vers le ciel.

Adam Carruthers lui lança le bouton. Sans sourire. Le shérif l'attrapa de justesse. Peut-être ferait-il bien de réfléchir à cette histoire de régime avec laquelle le tannait toujours Maude.

Becca fit semblant de n'avoir rien remarqué. Elle se leva à son tour et serra la main du shérif.

— Merci d'être venu nous annoncer la nouvelle de vive voix. Quand vous saurez qui est cette malheureuse, n'oubliez pas de nous prévenir.

— *Était* cette malheureuse, corrigea-t-il. Oui, heureusement que je les ai appelés. J'ai eu du mal à leur tirer les vers du nez, mais finalement j'ai réussi à parler au patron, un type pas commode du nom de Jarvis. Et il a fini par me dire ce qu'il savait...

Gaffney salua d'un signe de tête Tyler McBride, qui paraissait défait, comme si on l'avait passé à la moulinette, puis Adam Carruthers ; pour qui il se prenait, celui-là ? Il n'avait même pas souri quand son bouton avait sauté !

— Je vais vous raccompagner, shérif, proposa Becca en lui emboîtant le pas.

Ils n'étaient pas plus tôt sortis du salon qu'Adam se tourna vers Tyler :

— Becca m'a raconté toute l'affaire. C'est une chance que je sois passé par là et que j'aie pu faire quelque chose.

Tyler dévisagea le nouveau venu. Il n'avait pas eu le

temps de l'interroger avant l'arrivée du shérif. Et voilà qu'il pouvait enfin prononcer la phrase qu'il avait en tête depuis le début :

— Je ne savais pas que Becca avait un cousin. Qui êtes-vous ?

10

Adam répondit de l'air le plus naturel du monde :

— La mère de Becca est ma tante, était ma tante plutôt, elle est morte d'un cancer il n'y a pas longtemps. Ma mère à moi vit à Baltimore, avec mon beau-père. Un type super, fanatique de pêche.

La jeune femme revint juste à temps au salon pour entendre ces mots. Décidément, cet homme avait des nerfs d'acier. Et il mentait comme il respirait. Elle était presque prête à le croire elle-même ! En fait, sa mère était fille unique, de parents depuis longtemps disparus. Son père lui aussi était enfant unique, et ses parents étaient morts. De toute façon, qui était cet Adam ?

Tyler se tourna aussitôt vers Becca et lui dit d'une voix qui sembla à la jeune femme avoir des intonations beaucoup trop intimes :

— J'espère que Sam pourra avoir une belle-mère aussi formidable que votre beau-père, Adam.

Becca sentit sa gorge se serrer. Elle en avait le souffle coupé. C'était donc ainsi que Tyler la voyait ? Une future belle-mère pour Sam ? Elle se racla la gorge deux fois avant de pouvoir parler. D'accord, elle le connaissait depuis toujours mais ce n'était qu'un ami, et il ne serait jamais qu'un ami pour elle, ce qui était déjà bien, vu la vie qu'elle menait en ce moment.

— Il se fait tard. Adam, si...

— Tu n'as pas besoin de me le rappeler, Becca, l'interrompit-il à sa manière toujours décontractée en se levant avec souplesse. Je reviens dans un moment.

Il faut que j'aille chercher mes affaires à l'Errol Flynn Hammock. Un endroit incroyable, au fait, ce Scottie est impayable. Tu veux qu'on sorte dîner ce soir ?

Il la tutoyait maintenant ? Naturellement, puisqu'ils étaient cousins ! Becca ne savait plus où elle en était.

Tyler s'empressa de protester :

— Becca et moi devions dîner à l'Errol Flynn's Barbecue ce soir.

Il se leva lui aussi et fit face à Adam, le menton relevé, l'œil flamboyant, prêt à se battre. Comme un coq se dressant sur ses ergots devant un renard pour défendre la basse-cour, songea Adam, qui grimaça un sourire :

— Bonne idée, j'adore les grillades. Tu emmènes Sam. On se dit « tu », n'est-ce pas, tu es un bon copain de Becca. J'aimerais bien faire la connaissance du petit.

— Sam vient, bien sûr, assura Becca avec la voix ferme d'une cheftaine menant une dizaine de jeunes scouts. Dans quelle rue se trouve ce restaurant de grillades, Tyler ?

— Foxglove Avenue, juste en face de la boutique de lingerie « Chez Sherry ». J'ai entendu dire que Mme Ella raffole de ce magasin, elle y passe presque tous les jours à l'heure du déjeuner, dit Tyler en secouant la tête d'un air affligé. Ça fait peur.

— Je n'ai pas encore rencontré Ella, déclara Becca sans relever la remarque un peu méchante de Tyler, mais contente de voir qu'il avait repris ses esprits et retrouvé son sens de l'humour.

Se tournant vers Adam, elle précisa :

— Mme Ella est l'assistante, la téléphoniste et la nounou de notre shérif. Je ne l'ai jamais vue, mais je connais le nom de tous les chiens qu'elle a eus depuis cinquante ans. Elle était chargée de m'empêcher de piquer une crise de nerfs en attendant l'arrivée du shérif.

— Et ça a marché ? s'enquit Adam.

— Oui. Je ne pensais plus qu'à ce pauvre beagle

appelé Turnip qui est mort en tombant d'une falaise parce qu'il avait loupé un virage en poursuivant une voiture.

Les deux hommes rirent de bon cœur, et la rivalité qui avait électrifié l'air quelques minutes plus tôt était oubliée. Pour le moment. Elle allait devoir parler à Tyler, au cas où il se ferait des idées sur leurs relations, ce qui semblait être le cas. D'un autre côté, sa parenté avec Adam – n'étaient-ils pas cousins germains ? – n'aurait-elle pas dû le rassurer ? Oh, et puis elle en avait assez de cette histoire de jalousie absurde. En plus de tout le reste ! Elle n'avait pas besoin de ça ! Enfin, elle pouvait quand même sortir manger des grillades avec eux. Surtout s'il y avait Sam. Dieu merci, Sam serait là !

Sam n'avait pas encore trop de testostérone.

Il était juste après minuit. Tyler McBride s'attardait encore sur le seuil, tandis que Sam dormait dans la voiture, son tee-shirt bleu et son jean noir maculés par la sauce des succulents travers de porc grillés dont ils s'étaient régalés. L'enfant n'avait pas dit grand-chose. Sans doute était-il timide, avait pensé Adam, mais il avait bon appétit. Il s'était contenté de prononcer le nom d'Adam en attaquant un grand bol de salade de pommes de terre.

Ce type n'allait donc jamais se décider à partir ? Adam était sur le point de le pousser dehors quand il entendit Tyler déclarer tranquillement à Becca :

— Je n'aime pas l'idée de te savoir seule avec lui. Il ne m'inspire pas confiance.

La voix de Becca s'éleva, calme et apaisante. Il l'imaginait touchant doucement le bras de Tyler :

— Adam est mon cousin germain. On ne s'est jamais très bien entendus, tous les deux. Quand j'étais petite, il était toujours en train de me taper dessus sous prétexte que j'étais une fille. Maintenant, c'est un macho comme il y en a peu. Mais il est grand et costaud. En plus, il est entraîné au combat, je ne sais plus ce qu'il a fait dans l'armée, les forces spéciales ou quelque chose comme ça. En tout cas, je suis bien contente qu'il soit là.

— Ça ne me dit rien.

— Écoute, plus on est nombreux, mieux c'est. Et puis je n'ai rien à craindre. D'après son beau-père, il serait homo...

Adam n'entendit pas le reste, car elle s'était mise à chuchoter, mais un fou rire irrésistible le secoua, à tel point qu'il dut mettre la main sur sa bouche pour ne pas s'esclaffer. L'instant d'après, il avait retrouvé son calme habituel, et n'avait plus qu'une envie : mettre la main autour de son maigre cou et le serrer !

La voix de Tyler résonna de nouveau à son oreille :

— Oui, bien sûr. Un gars comme lui ? Homo ? Tu ne me feras pas croire ça ! Pourquoi tu ne viens pas dormir à la maison avec Sam et moi ?

— Non, tu sais que je ne peux pas, répondit-elle avec une grande douceur.

Tyler traînassa encore pendant quelques minutes, puis Becca ferma la porte d'entrée à clé. Adam s'approcha par-derrière :

— Je ne suis pas un macho ! lança-t-il tout à trac.

Elle se tourna vers lui avec un large sourire :

— Ha ! ha ! Alors on écoute aux portes maintenant ! Je me disais bien que tu devais ronger ton frein pour ne pas jeter Tyler dehors.

— Je l'aurais fait si tu n'avais pas trouvé les bons arguments pour te débarrasser de lui. Et, pour ta gouverne, je n'ai jamais tapé sur aucune petite fille quand j'étais môme. Ce n'est pas mon style.

— Tu te prends à ton propre jeu, Adam. Moi aussi, j'ai le droit de mettre mon grain de sel dans ton scénario, après tout.

— Je ne suis pas pédé, non plus.

Elle lui rit au nez.

Il la prit alors par les épaules et, l'attirant vers lui, l'embrassa brièvement mais intensément. Après quoi il murmura tout contre sa bouche :

— Je ne suis pas pédé, d'accord ?

Elle le repoussa, puis, immobile comme une statue, le dévisagea en s'essuyant la bouche sur le dos de sa main.

Il ébouriffa ses cheveux noirs d'un geste las et soupira :

— Pardonne-moi. Je ne sais pas ce qui m'a pris. C'était plus fort que moi. Je ne suis pas homo, point final.

Elle hocha la tête, et, tout aussi subitement, la renversa en arrière et partit d'un grand rire. Elle n'arrivait plus à s'arrêter.

Un beau rire, songea Adam, qui se disait qu'elle n'avait pas dû avoir l'occasion de beaucoup le faire entendre ces derniers temps. Elle hoqueta finalement :

— Je te pardonne. Seulement tu as de drôles de façons. Je sais que tu voulais seulement prouver ta virilité. Je t'ai bien eu cette fois, non ?

Adam se rendit compte qu'elle lui avait tendu un piège, et qu'il avait sauté dedans à pieds joints. Il n'y avait pas de quoi être fier. Il contempla les ongles de sa main droite, puis les polit légèrement sur sa manche de chemise.

— En fait, reprit-il, j'aurais dû te dire que je n'étais pas encore sûr que j'étais homo. Que je réfléchissais. T'embrasser était un test, en réalité. Ouais, eh bien, ce n'était pas concluant : je ne sais pas encore si je suis à voile ou à vapeur. Le test était un peu léger.

Adam se tut. La riposte n'était pas géniale, mais c'était déjà quelque chose. Elle passa devant lui pour se rendre à la cuisine. Il la suivit. Après avoir mis en route la machine à café, elle se tourna vers lui :

— J'aimerais te connaître mieux, c'est vrai. Maintenant, il ne faut pas me mentir. Je ne supporterais pas d'autres mensonges. Je t'assure.

— Bon, donne-moi une bonne tasse de café et je vais tout te raconter, y compris ce que je fais ici.

Pendant qu'elle remplissait les tasses, il se balança sur sa chaise et commença :

— Comme tu n'es pas une professionnelle, j'ai adopté un point de vue différent. N'empêche que tu t'es débrouillée comme un chef, je te l'ai déjà dit. Tu n'as commis qu'une seule erreur : le vol de Washington à Boston, destiné à semer tes éventuels poursuivants, puis le vol pour Portland, dans le Maine. Autre chose : j'ai consulté tous tes relevés de carte bancaire. Eh bien, tu n'empruntes jamais qu'une seule compagnie : United Airlines. Et, comme tu es un amateur, tu n'as pas eu l'idée d'en prendre une autre.

— J'y avais pensé, mais j'ai voulu aller aussi vite que possible et je connaissais exactement la marche à suivre avec United Airlines. Je ne me rendais pas compte que...

— Je sais. C'est tout à fait compréhensible dans ces circonstances. Je ne suis même pas allé voir du côté des autres compagnies.

— Mais comment t'es-tu procuré mes relevés de carte bancaire ?

— Aucun problème. Rien de plus facile que d'avoir accès à ce genre de renseignement. Heureusement, la loi oblige les flics à convaincre d'abord le juge de leur accorder un mandat, ça prend du temps : bonne chose pour toi. Mais moi, en plus, j'ai une équipe du tonnerre de Zeus, pleine d'imagination, j'en suis moi-même baba, quelquefois...

Il marqua une pause pour lui adresser un gentil sourire :

— Ne fais pas cette tête-là. Nous avons été très discrets. Alors voilà, on a trouvé seulement soixante-huit billets achetés par des femmes voyageant seules au cours des six heures avant le vol que tu as pris pour Washington. On avait évalué un temps de trois heures, mais on voulait être sûrs. Et, de fait, il s'est avéré que tu as réservé ta place seulement deux heures et cinquante-quatre minutes avant le décollage. Tu as été très rapide, je dois dire. Ça n'a pas traîné une fois que tu as décidé de ficher le camp de New York. Ensuite, tu devais acheter un billet pour Boston, puis pour

Portland, Maine, à ton arrivée à Washington. Tu ne voulais pas les acheter à New York, évidemment. Tu t'es précipitée aux réservations, sachant très bien que le prochain vol pour Boston décollait dans douze minutes. Tu cherchais à te tirer de la ligne de mire et à atteindre ta destination le plus vite possible. Il y avait un vol Washington-Boston dans les quarante-cinq minutes, mais tu as refusé. Tu n'avais pas de bagage à enregistrer, c'était trop risqué : tu avais tout prévu. L'employée des réservations t'a reconnue sur la photo que je lui ai présentée. Elle avait peur que tu rates ton avion, et elle a insisté pour que tu attendes le prochain vol. Elle ne comprenait pas pourquoi tu étais aussi impatiente, vu que le prochain était si proche. Elle t'a dit que tu risquais fort de le rater...

— Je l'ai eu de justesse, acquiesça Becca. J'ai dû courir comme une folle. Ils avaient déjà terminé l'embarquement, je ne sais plus ce que je leur ai raconté.

— Je suis au courant. J'ai parlé à l'hôtesse de l'air qui s'occupait de l'embarquement. D'après elle, tu avais l'air morte d'inquiétude.

Avec un soupir d'exaspération, Becca croisa les bras sur sa poitrine et le fixa d'un air sévère :

— Vas-y, continue.

— Je n'ai pas mis longtemps à trouver que tu avais pris ensuite un vol pour Portland. Ta fausse identité était un truc d'amateur. Je parie qu'ils étaient fichtrement occupés aux comptoirs de la United à New York et à Washington pour laisser passer un machin pareil. Au moins, tu as été assez maligne pour ne pas te servir de ton faux permis de conduire pour louer une voiture. Tu as attendu une heure à Boston un vol pour Portland, et ensuite tu as pris un taxi qui t'a emmenée en ville. Oui, l'un de mes fins limiers a retrouvé le chauffeur de ce taxi et s'est assuré que c'était bien toi. Il t'a déposée devant chez Big Frank, le vendeur de voitures d'occasion de Blake Street. Tu avais l'intention de t'acheter une voiture. Ce qui m'a fait penser que tu savais déjà où tu allais. Tu avais en tête l'endroit où tu comptais te planquer pour de bon. Big Frank m'a donné tous les renseignements dont j'avais besoin, y compris le numéro d'immatriculation, le modèle et la couleur de ta Toyota. J'ai téléphoné à un copain de la police de Portland pour lui demander de lancer un avis de recherche radio. J'ai eu ma réponse une journée et demie plus tard. Tu te rappelles avoir pris de l'essence quand tu es arrivée à Riptide ?

Elle avait payé en liquide. Pas de trace. Pas de piste.

— Mais je n'ai commis aucune erreur !

— Non, mais le jeune pompiste qui t'a servie est un radio amateur qui a une phénoménale mémoire des chiffres. Il a entendu l'avis, s'est rappelé ta plaque et a téléphoné. Je n'ai pas eu à attendre longtemps. Ne t'inquiète pas, j'ai tout de suite annulé l'avis de recherche. Inutile de dire que je dois une fière chandelle au commissaire Aronson, à Portland. J'ai parlé aussi au gamin qui a fait le plein de la Toyota à Riptide, je lui ai assuré qu'il s'agissait d'une grossière erreur, et je crois qu'il a été content que je lui glisse un billet de cinquante dollars pour le remercier. Mais j'ai bien rigolé en voyant le nom que tu t'étais choisi pour ton faux permis de conduire : Nancy Clinton. Ha ! Un beau mélange de noms présidentiels !

— Moi aussi, je me suis bien amusée, admit Becca.

— Au moins, ta Nancy était jeune et avait des cheveux châtain clair. Tu l'as trouvé où, ce permis ? Dans la rue à New York ?

— J'en ai vu six avant d'en dégoter un dont la photo me ressemblait un peu. Et puis le nom me plaisait. Quand es-tu arrivé à Riptide ?

— Il y a deux jours. Je suis allé directement au seul *bed and breakfast*. Bien entendu, on m'a confirmé que tu y avais passé une nuit, la première. Scottie m'a aimablement informé que tu avais loué cette vieille baraque, conclut Adam en ouvrant les mains. Et voilà, c'est tout.

— Pourquoi n'es-tu pas venu me voir tout de suite ?

— Je voulais tâter le terrain, t'observer un peu, sentir d'où soufflait le vent, voir à qui tu parlais, des petites choses de ce style. Je procède toujours de cette manière. Je ne suis pas un adepte de la précipitation, si je peux me le permettre, évidemment.

— Ça t'a été si facile ! Cela signifie sans doute qu'il faut que je m'attende à trouver le FBI sur le pas de ma porte d'une minute à l'autre.

— Non, ils ne sont pas aussi malins que moi.

Elle fit mine de lui jeter son café à la figure, mais la tasse était vide.

En un clin d'œil, il lui arracha la tasse des mains et la reposa sur le bois de la table. Il avait d'excellents réflexes. Incroyablement rapides.

— Heureusement que je ne t'ai pas approché de plus près, tout à l'heure, avec mon couteau. C'est moi qui me le serais pris, non ?

— Tu crois ça ? Je n'ai pas fait tout ce chemin pour te poignarder. Je suis là pour te protéger.

— Mon ange gardien.

— Exact.

— Pourquoi es-tu si sûr que les flics et le FBI ne vont pas me retrouver tout de suite ?

— Ils sont ralentis par toutes sortes de procédures compliquées, expliqua-t-il.

Il marqua une pause, puis, avec un sourire, précisa :

— Et puis je me suis débrouillé pour les envoyer sur une fausse piste. Je te donnerai les détails plus tard.

— Bon. Mais j'en ai assez de tourner autour du pot : si tu n'es pas un flic, qui es-tu, et qui t'a demandé de venir m'aider ?

— Pour le moment, je n'ai pas le droit de te le dire. Sache seulement que quelqu'un tient à te sortir du merdier dans lequel tu t'es fourrée.

— Mais je n'ai rien fait ! protesta-t-elle. C'est ce... ce maniaque qui a commencé. À moins que... que tu sois comme les flics à New York et à Albany. Tu ne me crois pas ?

— Mais si. Je te crois tout à fait. Voudrais-tu savoir pourquoi les flics de New York et ceux d'Albany ne t'ont pas crue ? Pourquoi ils t'ont prise pour une timbrée ?

Elle en tomba presque à la renverse, mais, comme elle était assise, il n'y avait aucun risque.

— Ça, c'est trop fort ! s'exclama-t-elle. Tu sais des choses que les flics ignorent ? Ils m'ont prise pour une folle ou je ne sais quoi, une nymphette attirée par le gouverneur. Allez, dis-moi ce que tu sais.

— Ils étaient convaincus que tu mentais pour la simple raison qu'une personne dans l'entourage du gouverneur leur avait raconté que tu étais une mythomane et une obsédée sexuelle. Quand les flics de New York ont appelé Albany, c'est ce qu'on leur a répondu. Ensuite, quand les menaces contre le gouverneur se sont avérées fondées, lorsqu'on lui a tiré dessus, tout bêtement, eh bien, ils ont dû revoir leur copie.

— Mais qui, dans le bureau du gouverneur, a pu dire une chose pareille sur moi ? Arrête de me regarder comme ça ! J'ai le droit de savoir qui m'a trahie !

— Bien sûr. Je suis désolé, Becca. C'était Dick McCallum, l'alter ego du gouverneur lui-même.

Elle en resta tellement sidérée qu'elle crut un instant qu'elle allait s'évanouir.

— Oh, non, pas Dick McCallum ! Ça n'a aucun sens... Pas Dick !

Elle était devenue si blême qu'Adam se pencha vers elle d'un air inquiet. Elle secouait la tête, comme si elle préférait continuer à nier.

— Mais pourquoi ? reprit-elle enfin. Dick n'a jamais montré la moindre antipathie envers moi. Il ne m'a jamais draguée non plus, donc je peux en déduire qu'il n'avait aucune raison de m'en vouloir. Je ne le menaçais en aucune manière. J'étais convaincue au contraire que j'étais dans ses petits papiers. J'écrivais seulement les discours du gouverneur ! Je n'étais pas là à diriger quoi que ce soit. Je ne jouais aucun rôle politique ou stratégique. Je ne lui ai jamais mis des bâtons dans les roues. Pourquoi aurait-il fait une chose pareille ?

— Je l'ignore pour l'instant. Mais, comme je suis réaliste, je pencherais plutôt pour l'argent. Quelqu'un l'a payé, et payé très cher, pour balancer sa petite histoire. D'après un flic d'Albany, c'est lui qui est venu les trouver ; il leur a fait tout un baratin sur ses sentiments de culpabilité à l'idée de te dénoncer, il leur a dit qu'il n'avait pas le choix, parce qu'il avait peur que tu t'en prennes au gouverneur. Je te promets qu'on finira par trouver le pourquoi de son mensonge. C'est la clé de cette affaire, je le sens.

Becca articula lentement, comme si elle pensait à voix haute :

— Si Dick McCallum a raconté tous ces bobards sur moi, il devait être au courant pour le maniaque. Il sait peut-être de qui il s'agit et pourquoi il m'a choisie pour victime. Dick sait peut-être même qui essaye d'éliminer le gouverneur !

— Oui, c'est possible. Nous verrons.

— Par « nous », tu veux dire toi et moi ?

— Non.

— Je vais rappeler les flics. Je vais leur dire que je sais ce que Dick McCallum leur a raconté. Je vais leur dire qu'il a menti. Ils seront bien obligés de l'interroger, non ?

— Non, Becca, c'est trop tard pour ça. Je suis désolé.

— Qu'est-ce que ça veut dire, trop tard ? Je peux parler à l'inspecteur Morales quand je veux !

— Il faut s'y prendre autrement. Mais nous finirons par savoir pourquoi Dick McCallum a fait ça et qui lui a versé un paquet d'argent pour ses mensonges.

Becca se figea, hocha la tête, refusant d'abandonner la lutte alors qu'une ouverture venait de s'offrir à elle. Adam ajouta :

— Je suis désolé, Becca, mais Dick McCallum s'est fait renverser par une voiture devant son immeuble, à Albany. Il est mort.

L'esprit de la jeune femme se vida d'un seul coup ; ses oreilles se mirent à bourdonner.

— Ils pensent que tu es peut-être dans le coup, poursuivit Adam encore plus doucement. Ils sont comme fous. En fait, ils ne savent plus où donner de la tête depuis qu'on a tiré sur le gouverneur. La balle a été tirée de loin, c'était au-delà de leur compréhension. Non, ils sont décidés à t'arrêter et à te cuisiner jusqu'à ce que tu leur dises ce que tu sais. Mais j'ai planté de faux indices qui vont les entraîner sur une mauvaise piste. Pour l'instant, tu n'as rien à craindre.

Il croisa les bras sur la table et lui assura en lui adressant un curieux sourire, à la fois ironique et affectueux :

— Ils ne vont pas te trouver de sitôt, tu peux me croire.

11

Elle le regarda fixement.

— Bon, dit-elle enfin. Tu es le meilleur. Maintenant, tu peux me décrire la façon dont tu as procédé pour les induire en erreur.

— Merci. En fait, tout était déjà en place avant la mort de Dick McCallum. Plus précisément, j'ai commencé à monter le coup juste après l'attentat contre le gouverneur. Je devais m'assurer de bien fermer les robinets avant qu'ils les ouvrent en grand.

« Ils ont tout de suite organisé une traque. Tu es recherchée par toutes les agences du FBI aux États-Unis. Ils ont suivi ta trace depuis New York, tout comme moi, et puis... il s'est produit un miracle. Ils se sont soudain mis dans la tête que tu avais embarqué à bord d'un car Greyhound et que tu étais partie pour la Caroline du Nord, probablement affublée d'une perruque noire et de verres de contact marron. Tout ce qu'ils avaient sur toi, c'était la photo de ton permis de conduire. C'était mince, il faut bien avouer. Ils ont fouillé l'appartement de ta mère, mais tu avais fait le ménage à fond. Ils sont encore en train de chercher l'entrepôt où tu as bien pu envoyer tout ce qui témoigne de ta vie passée, les albums de photos et tutti quanti. Je suppose que tu as pris un garde-meubles ? Où ça ?

— Dans le Bronx. Sous un nom d'emprunt. À vrai dire, je n'ai pas eu le temps de trier les affaires de maman. J'ai tout entassé dans des boîtes en carton que j'ai emportées au fin fond du Bronx. Mais comment ont-ils pu croire que je descendais en Caroline du Nord ?

— Tu ne connais pas mes dons de prestidigitation ?

— Tu veux dire que tu les as roulés ?

— Dans la farine. Ce sont des talents très utiles aux escrocs... comme aux flics, d'ailleurs.

— Tu te fiches de moi ? Tu ne leur as quand même pas donné toi-même de faux tuyaux !

— Non. Mais j'ai envoyé quelqu'un planter quelques trucs aux bons endroits. Comme ça, ils pouvaient foncer sans se poser de questions. Dans ton appartement, par exemple, à Albany. Je voulais leur montrer combien tu étais savante sur tout ce qui touchait à la Caroline du Nord. Tu avais passé des vacances sur les Outer Banks, dans ta ville préférée : Duck. Quatre heures après, Duck grouillait d'agents du FBI à ta recherche.

— Mais je connais Duck ! J'ai même séjourné au Sanderling Inn !

— Je sais. C'est la raison pour laquelle j'ai choisi Duck.

— Mais je n'ai rapporté aucun souvenir de là-bas, même pas un guide.

— Oh, mais si, tu as la mémoire courte. Tu ne te rappelles pas ces deux tee-shirts, et ces gros coquillages avec « Duck » écrit dessus, et les stylos Duck, et la jolie assiette décorative, décorée de canards ? Maintenant, le FBI va passer au peigne fin tout l'archipel jusqu'à Ocracoke. Tu sais que le phare du cap Hatteras est en train d'être déplacé ?

— Oui. Encore un peu de café ?

— Volontiers. Becca, tu peux me donner l'adresse de ton garde-meubles et ton nom d'emprunt ? Je vais récupérer toutes tes affaires et les transférer en lieu sûr.

Elle claqua des doigts sous son nez :

— Tu peux donc faire les choses comme ça ?

— Je peux toujours essayer, dit-il d'un air faussement modeste. Quel nom as-tu donné et comment s'appelle le garde-meubles ?

— P and F Storage, dans le Bronx. Et mon nom : Connie Pearl.

Il la regarda se lever et marcher jusqu'à l'évier pour rincer la cafetière sous le robinet. En se retournant pour prendre la boîte à café, elle pencha la tête de côté. Adam cilla des paupières. Cette attitude lui était familière. Le père de Becca faisait exactement la même chose. Il l'avait vu pencher la tête quelques jours plus tôt... Adam se prit soudain à admirer son économie de mouvements, sa grâce aérienne, son élégance. Il aimait la façon dont elle bougeait. Elle avait aussi hérité cela de son père, l'un des hommes les plus chics qu'Adam eût jamais rencontrés. Il croisa les doigts derrière sa nuque, ferma un instant les yeux et se reporta six jours en arrière, le 24 juin, en compagnie de Thomas Matlock.

Washington
Sutter Building

— Elle te croit mort.

— Bien sûr. Même quand Allison était sur le point de mourir, nous avons décidé de ne rien dire à Becca. Trop dangereux.

Au moins, pensa Adam, Thomas avait été proche de sa femme depuis l'apparition de l'e-mail. Ils avaient communiqué tous les soirs par courrier électronique, jusqu'à l'hospitalisation.

— Je ne suis pas d'accord, insista Adam. Tu aurais dû prendre contact avec elle quand sa mère était dans le coma. Elle avait besoin de toi, comme elle a toujours besoin de toi, d'ailleurs.

— Tu sais bien que c'est trop risqué. Je ne sais pas où se trouve Krimakov. Il a disparu juste après que j'ai tiré sur sa femme. J'ai vite compris qu'il me faudrait le tuer si je voulais protéger ma famille, mais il s'est volatilisé, avec l'aide du KGB, c'est sûr. Non, je ne voudrais pas que Krimakov apprenne son existence. Il lui trancherait la gorge. Et ensuite il me téléphonerait pour me rire au nez ! Non ! Pour elle je suis mort depuis vingt-quatre ans. Ce n'est pas le moment de me ressusciter. Allison partageait mon opinion : tant que Krimakov est de ce monde, je ne peux pas être vivant pour ma fille.

Thomas poussa un soupir et ajouta :

— Ça a été très dur pour nous deux, je ne te le cache pas. À mon avis, si Allison n'avait pas sombré dans le coma, elle l'aurait dit à Becca, elle n'aurait pas résisté. Pour que notre fille sache qu'elle n'était pas seule.

La peine assourdissait la voix de Thomas. Adam se tut, puis, son esprit pratique reprenant le dessus, il avança :

— Tu ne peux plus faire le mort maintenant. Tu ne regardes pas CNN ?

— C'est la raison pour laquelle tu es là, Adam. Arrête de me regarder de cet air sévère. Verse-toi une tasse de café et viens donc t'asseoir. J'ai beaucoup réfléchi. J'ai un service à te demander.

Adam Carruthers se versa un café bien noir, bien fort, fort à réveiller un mort, se dit-il en s'étalant dans l'immense fauteuil devant le non moins immense bureau d'acajou. Un ordinateur, une imprimante, un fax, un épais sous-main en cuir occupaient leurs places assignées. Pas de bloc-notes, pas de dossiers, pas même un bout de papier, non, la table était une vitrine de la technologie moderne. Adam savait que cet ordinateur ne recelait aucun fichier secret dans ses entrailles électroniques, c'était un simple camouflage. Mais s'il y en avait eu, ils auraient été si bien protégés que même lui aurait eu du mal à les ouvrir. Thomas Matlock avait réussi à rester parmi les meilleurs.

— Le gouverneur de l'État de New York a été atteint d'une balle dans le cou avant-hier soir, énonça Adam. Heureusement qu'il y avait tous ces toubibs autour de lui, et qu'il venait de promettre que l'État allait verser des millions de dollars pour la recherche sur les maladies cardiaques, sinon ils l'auraient peut-être laissé saigner comme un poulet.

— Que tu es cynique !

— Ah bon, tu viens de t'en apercevoir ? Ça fait dix ans qu'on se connaît...

Adam but une gorgée de café. Un frisson le parcourut de la tête aux pieds. Au moins en voilà un qui était assez serré !

— Tout le monde est à ses trousses, surtout le FBI, poursuivit-il. Elle se planque. Ils ne sont pas encore parvenus à la trouver. Elle est fichtrement maligne, il faut l'avouer. Ce n'est pas donné à tout le monde de disparaître comme ça, en faisant la nique aux fédéraux. Tel père, telle fille, hein ? Elle a ça dans ses gènes, l'astuce et la sournoiserie.

Thomas Matlock ouvrit un tiroir du bureau et en sortit une photographie en couleur dans un cadre d'argent.

— Seules quatre personnes sur cette planète savent qu'elle est ma fille, et tu es l'une d'elles. Regarde, sa mère m'a envoyé ça il y a tout juste huit mois. Elle s'appelle Becca, comme tu le sais, diminutif de Rebecca – c'était le nom de ma mère. Elle mesure un mètre soixante-treize, plutôt mince, soixante kilos tout au plus. Et plutôt sportive. Elle joue au tennis comme une reine et adore le foot. C'est une fan des Giants.

« Je voudrais, Adam, que tu la retrouves. Je ne sais pas si Krimakov fera le lien avec moi. Sans doute sait-il depuis le départ pour ma femme et ma fille. On ne peut pas enterrer le passé. Et on ne voulait pas non plus du programme de haute protection réservé aux témoins. Mais tu sais quoi ? Je n'ai pas la moindre idée de ce qu'il est devenu depuis vingt ans. Je ne sais pas où il a vécu, ce qu'il a fait. Alors que j'ai des tentacules partout dans le monde, je n'arrive pas à le localiser. J'ai augmenté la mise, mais rien n'y fait.

Après une pause, Thomas conclut :

— Tu sais qu'il est tout le temps aux aguets. À l'instant où il entendra le nom « Matlock », il va foncer. La situation de ma fille est encore pire qu'elle ne se l'imagine. Les flics et le FBI, c'est de la bibine à côté de ce qui lui pend au nez.

— Ne t'inquiète pas. Je vais la trouver. Je la protégerai du maniaque et de Krimakov.

— C'est justement là le problème. Ce maniaque m'ennuie beaucoup, vraiment. Quelles chances y a-t-il pour qu'un malade s'en prenne à Becca ? Elles sont grandes, je le crains. Mais je ne peux m'empêcher de me demander si Krimakov ne l'a pas déjà retrouvée. Et si c'était lui le maniaque ?

— Tu es sérieux ? Si c'est lui le maniaque, cela signifierait qu'il l'a retrouvée avant la mort de ta femme.

— Oui, et c'est ce qui me terrifie, figure-toi.

— Rien n'indique qu'il s'agisse de Krimakov... Ne mettons pas la charrue avant les bœufs. Il faut d'abord que je lance le FBI sur une fausse piste une bonne fois pour toutes.

— Tu as déjà commencé à la chercher, alors ? fit Thomas.

— Bien entendu. Dès que j'ai entendu prononcer son nom, j'ai mis mes hommes dessus. Qu'est-ce que tu crois ? Toi, tu as toujours besoin de dresser un tableau d'ensemble de la situation avant d'agir. Pas moi. Je vais tout de suite téléphoner à ce bon Hatch pour lui annoncer que tu donnes ton feu vert.

— Et si je ne t'avais pas fait signe ?

— Je me serais quand même occupé d'elle, répondit Adam en décrochant le téléphone. Elle est ta fille.

Adam sentit le poids du regard de Thomas Matlock pendant qu'il composait son numéro. Thomas s'était rongé d'inquiétude, avait tenté de prendre la mesure de la situation, de déterminer ce qu'il y avait de mieux à faire. Adam, en revanche, n'avait pas hésité une seconde à protéger la jeune femme d'un maniaque qui pouvait être, certes, Krimakov, quoique dans son esprit cet individu eût depuis longtemps quitté ce bas monde. Mais c'était une piste, après tout. Et aucune piste n'était à négliger.

Thomas aurait dû savoir qu'il n'avait rien à demander, se dit Adam. Mais il devait quand même être fichtrement soulagé.

À cet instant, il vit le visage de son aîné se décomposer sous l'effet d'une douleur intense. Allison. C'était à cause de sa femme. Il n'avait pas pu être à son chevet pendant ses dernières heures. Alors qu'il le voulait tellement... Mais Becca se trouvait là en permanence. Il ne pouvait pas prendre ce risque. Le chagrin et la culpabilité le déchiraient sans doute.

Adam se jura à cet instant de faire tout ce qui était en son pouvoir pour sauver la fille de Thomas.

Dans les années 1970, une unique erreur avait coûté à Thomas Matlock l'avenir qu'il s'était tracé. En un instant, il avait tranché le fil de sa vie et s'était retrouvé seul sur terre, pour toujours. Il n'avait gardé son poste dans les services de renseignement que pour mieux surveiller Krimakov, au cas où ce dernier resurgirait.

La Maison Marley

Adam ouvrit les yeux. Il se trouvait dans la même pièce que la fille d'Allison et de Thomas Matlock, et elle le regardait avec un curieux mélange de détresse et de lassitude. Incroyable comme elle ressemblait à son père ! Hélas, il ne pouvait pas le lui dire. Tout haut, il prononça dans un bâillement :

— Pardon, je crois que je me suis un peu endormi.

— Il est tard. Tu es sans doute fatigué après tout cet espionnage que tu as pratiqué dans mon jardin. Je vais monter me coucher. Il y a une chambre au bout du couloir, en haut. Je ne sais pas ce que vaut le lit, mais je vais t'aider à le faire. Viens.

Le matelas était dur comme de la pierre, ce qui convenait à Adam. Et puis, il n'avait pas les pieds qui sortaient, ce qui était déjà quelque chose. Il la suivit des yeux tandis qu'elle s'éloignait dans le couloir, marquait un temps d'arrêt, se retournait pour le regarder. Elle leva la main en guise d'au revoir. La porte de sa chambre se referma derrière elle.

Becca Matlock occupa un long moment ses pensées. Il se demandait comment elle était, si elle était heureuse, amoureuse peut-être, prête à se marier... Il songea à tout cela, allongé sur son matelas rigide, les mains derrière la nuque, les yeux au plafond. Tout ce qu'il savait, c'était que quelqu'un avait placé Becca au centre de sa vie et que maintenant ce quelqu'un s'efforçait de l'éliminer. De la tuer ? Peut-être.

Ce quelqu'un était-il Vassili Krimakov ? Il l'ignorait, mais aucun élément n'était à négliger.

Adam se réveilla vers quatre heures du matin. Impossible de se rendormir. Finalement, il alluma son ordinateur portable et rédigea un e-mail :

Je lui ai parlé de McCallum. Elle ne sait strictement rien. Moi non plus, pour le moment. Tu as peut-être raison. Il y a une chance pour que Krimakov soit le maniaque qui la harcèle et a tiré sur le gouverneur.

Il éteignit son ordinateur et se rallongea, le bras replié sous sa tête. À ses yeux, Krimakov avait tout du croquemitaine, du monstre qu'on invente pour faire peur aux enfants. Ce personnage était sans consistance, même s'il avait vu des preuves concrètes de son existence dans des dossiers confidentiels. Mais toutes ces preuves dataient de plus de vingt-cinq ans, que diable ! Rien n'avait transpiré depuis lors à son sujet.

Il y avait vingt-cinq ans que Thomas Matlock avait accidentellement tué la femme de Krimakov. Autant dire une éternité, d'autant plus que le drame s'était déroulé dans une région sans accès à la mer, au nord de l'Ukraine, à l'est de la Pologne : la République de Biélorussie, État souverain depuis 1991.

S'il connaissait cette histoire, c'était parce qu'un jour – cela n'était arrivé qu'une seule fois – Thomas Matlock avait bu plus que de raison (c'était l'anniversaire de son mariage). D'après ce qu'il avait raconté, dans les années 1970 il avait joué au chat et à la souris avec un agent secret soviétique, Vassili Krimakov. Et puis, un beau jour, au milieu d'une échauffourée stupide, il avait sans le vouloir tiré sur l'épouse de Krimakov. Ils se trouvaient alors au sommet d'une montagne, la Dzershinkskaya, oh, une toute petite montagne, mais tout de même le point culminant du pays. Elle était morte et Krimakov avait juré qu'il le tuerait, et non seulement lui, mais son épouse et tous ceux qu'il aimait. Il l'avait voué à tous les feux de l'enfer. Thomas Matlock n'avait pas pris ses paroles à la légère.

Le lendemain matin de cette soirée, Thomas s'était contenté de regarder Adam en disant :

— Seules deux personnes au monde savent toute la vérité, et l'une d'elles est ma femme.

Si l'histoire avait d'autres prolongements, Adam ne les connaissait pas.

Il s'était toujours demandé qui était l'autre personne dans le secret, mais il n'avait jamais osé poser la question. Et maintenant, à cet instant même, que pouvait bien faire Thomas Matlock ? Était-il, lui aussi, tenaillé par l'insomnie, en train de se dire qu'il aurait bien aimé savoir ce qui se passait ?

Chevy Chase, Maryland

Une lourde pluie d'été s'était abattue dans la nuit, une pluie lente, chaude, pénétrante, qui allait arroser les jardins. Ce soir-là, la lune ne brillait pas à travers la fenêtre du bureau faiblement éclairé. Thomas Matlock, penché sur son ordinateur, n'entendait même pas le soupir prolongé de l'averse au-dehors. Il venait de recevoir un e-mail d'un de ses anciens agents doubles, qui vivait à Istanbul. Celui-ci lui annonçait qu'il venait d'apprendre de la bouche d'un contrebandier grec que Vassili Krimakov avait péri dans un accident de la route non loin d'Agios Nikolaos, un petit village de pêcheurs sur la côte nord-est de la Crète.

Krimakov avait vécu tout ce temps en Crète ? Depuis que Thomas avait appris l'existence de ce maniaque qui harcelait sa fille, et surtout quand ce dernier avait assassiné la vieille dame, il avait exigé qu'on retrouve Krimakov. Qu'on ratisse toute la planète ! s'était-il exclamé. Il devait bien être quelque part. En fait, il se trouvait peut-être sous son nez !

Et voilà qu'après toutes ces années de malheur, il l'avait retrouvé ? Sauf qu'il était mort. C'était trop. Son implacable ennemi était mort. Parti. Seulement, hélas, il était trop tard, parce que Allison était morte, elle aussi. Beaucoup trop tard.

S'agissait-il vraiment d'un accident ?

Krimakov, c'était certain, avait des ennemis. Il avait eu des années pour en récolter, comme lui-même, songea Thomas. Au début, il recevait des messages de Krimakov, lui assurant qu'il n'oublierait jamais. Lui jurant qu'il trouverait sa femme et sa fille – oui, il parviendrait à les dénicher où que Thomas les ait cachées.

Thomas avait vécu dans la terreur. Et pourtant il avait fait quelque chose d'absurde. Il avait accompagné une très jolie jeune femme, l'une de ses secrétaires, à une soirée à l'ambassade d'Italie, puis, un autre jour, à une exposition au Smithsonian. Ensuite, la troisième fois où il s'était trouvé seul avec elle, alors qu'il se contentait de la raccompagner à sa voiture en sortant du bureau, un homme avait bondi devant eux et avait abattu la jeune femme, d'une balle entre les deux yeux. Thomas ne l'avait pas rattrapé. Il savait que c'était Krimakov avant même d'avoir reçu sa lettre : *Ta maîtresse est morte. Amuse-toi bien. Quand j'aurai trouvé ta femme et ton enfant, elles subiront le même sort.*

C'était dix-sept ans plus tôt.

À présent, Thomas se renfonçait dans son siège. Il lut l'e-mail d'Adam. Krimakov. Il pensait qu'il y avait une chance pour que ce soit Krimakov.

Krimakov mort et enterré. Le Russe était sorti de sa vie, pour toujours. Ils auraient finalement pu être réunis, Allison et lui. Mais c'était trop tard. Et maintenant, un sinistre individu terrorisait Becca. Il n'y comprenait plus rien. Si seulement il pouvait en apprendre davantage à propos de Dick McCallum... Jusqu'ici, personne n'avait rien remarqué qui sorte de l'ordinaire. Pas de dépôt de grosses sommes à la banque, pas de nouveau compte, pas de dépenses somptuaires sur son relevé de carte de crédit, pas de nouvelles fréquentations, rien de suspect ou d'inattendu dans son appartement. Rien, absolument rien.

Thomas se rappela avoir dit à Adam qu'il n'y avait que deux personnes à savoir toute la vérité. Sa femme et Buck Savich, aujourd'hui morts l'un et l'autre. Buck avait succombé à une crise cardiaque quelque six années plus tôt. Mais Buck avait laissé un fils, et Thomas se rendit compte qu'il avait besoin de lui.

Le fils de Buck savait tout sur les monstres. Il saurait retrouver celui-là.

Quartier de Georgetown,
Washington

Dillon Savich, directeur de la Criminal Apprehension Unit du FBI, ouvrit son ordinateur portable MAX pour constater qu'il avait reçu un e-mail d'un expéditeur inconnu. Il fit passer Sean, six mois, sur son autre épaule et cliqua sur le message.

Son fils émit un rot.

— Bravo, dit Savich en massant doucement le dos du bébé, qui mit son pouce dans sa bouche et se détendit sur l'épaule de son père.

Savich lut :

Votre père était un grand ami et un homme remarquable. J'avais en lui une confiance absolue. Il pensait que vous alliez révolutionner les méthodes d'investigation policière. Il était très fier de vous. J'ai désespérément besoin de votre aide. Thomas Matlock.

Sean se jeta en arrière et se mit à tripoter les moustaches de son père avec des doigts tout collants. Savich les lui essuya sur sa chemise.

— Voilà quelque chose de bien mystérieux, dit-il tout haut à son fils. Qui peut bien être ce Thomas Matlock ? Comment connaissait-il mon père ? Un grand ami ? Je ne me souviens pas d'avoir jamais entendu mon père prononcer son nom.

S'adressant à son ordinateur, il ajouta :

— MAX, tu vas mc rcnscigncr là-dcssus.

Il appuya sur plusieurs touches, s'adossa à sa chaise, laissa Sean s'agiter pendant qu'il fixait l'écran.

Savich essuya le filet de bave qui coulait de la minuscule bouche du bébé.

— Tu fais tes dents. Ça ne va pas être joli à voir pendant quelques mois, d'après ce qu'en dit le bouquin. Tu n'as pas l'air d'avoir trop mal. Et, crois-moi, c'est une bénédiction pour toi comme pour moi.

Sean gargouilla quclquc chosc à son oreille.

Il contempla l'enfant. Sean avait les cheveux brun foncé, pas l'ombre d'une boucle rousse. Quant aux yeux, ils étaient aussi noirs que ceux de son père, alors que sa mère avait des yeux d'un bleu vif.

— Tu sais quoi ? Il est quatre heures du matin. À nous voir debout tous les deux à une heure pareille, maman va nous croire fous !

Sean ouvrit une bouche immense pour bâiller, puis fourra trois doigts dans sa bouche. Savich déposa un baiser sur son front et se leva en serrant le petit corps contre son épaule.

— Je sens que tu es prêt à retourner au dodo.

Dans la chambre de son fils, il baissa l'intensité de

la lumière. Il coucha le bébé sur le dos et le couvrit de la petite couverture jaune duveteuse.

— Tu vas dormir maintenant. Je vais te chanter ma chanson préférée. Je fais toujours rire maman avec celle-là.

Il fredonna doucement sa chanson, une histoire de cow-boy qui aimait tellement sa Chevy qu'il s'était fait enterrer avec le moteur et les quatre enjoliveurs. Sean eut l'air captivé pas la voix basse et vibrante de son père. Il ferma les yeux au deuxième couplet. Ce qui était bien avec ce style de chansons, c'est qu'elles n'en finissaient pas. Savich attendit quelques instants, sourit au petit bout d'homme endormi, qui, aussi incroyable que cela puisse paraître, était la chair de sa chair, comme lui-même avait été la chair de la chair de son propre père. Subitement, son cœur se serra. Son père lui manquait. Sa mort avait laissé en lui un vide que rien ne viendrait jamais combler.

Qui était ce Thomas Matlock, qui prétendait avoir connu son père ?

Il retourna à son bureau.

MAX émit un bip au moment où il pénétrait dans la pièce.

— Mes félicitations, dit Savich. Alors qu'est-ce qu'on a sur Thomas Matlock ?

12

— Tu veux dire qu'ils ont abandonné la traque sur les Outer Banks ? s'exclama Adam.

Adam s'imaginait Hatch, terré au fond d'une cabine téléphonique au milieu de nulle part, les lunettes de soleil si proches de ses yeux que ses cils s'emmêlaient au risque de lui faire attraper l'une de ces conjonctivites dont il était coutumier.

— Oui. Comme ils n'ont rien d'autre à se mettre sous la dent, ils sont de plus en plus convaincus que Becca est la clé de toute cette affaire, qu'elle connaît l'identité de celui qui a tiré sur le gouverneur. Ils sont prêts à remuer terre et ciel pour la retrouver. L'agent Ezra John dirige les opérations ici. D'après ce que j'ai entendu dire, il ne décolère pas. Il fulmine contre elle, il dit : autant essayer d'attraper une ombre. Mais attends, ce n'est pas tout. Il paraît qu'il a décrété que l'insaisissable Mlle Matlock était beaucoup plus futée qu'il ne le pensait au départ. S'il savait que tu étais derrière tout ça, il deviendrait fou ! Il n'aurait plus qu'une envie : avoir ta tête.

— Merci du compliment.

— De rien, reprit Hatch, je savais que ça te plairait. Toi et Ezra, votre inimitié, ça ne remonte pas à hier, hein ?

À avant-hier, oui, songea Adam, qui cependant se contenta de rétorquer :

— C'est vrai. En d'autres termes, Ezra a fini par se rendre compte qu'elle l'avait berné ? Qu'elle n'est pas du tout dans ce coin des États-Unis ?

— Exact.

— Bon, mais je ne crois pas que j'aie besoin d'en faire plus pour l'instant. Trop de temps s'est écoulé pour qu'ils retrouvent sa trace maintenant. À mon avis, la voie est libre... pour le moment.

Silence.

— Hatch, je sais ce que tu es en train de faire. Et dans une cabine, en plus ! Éteins tout de suite cette cigarette, ou je te sacque !

Silence.

— Elle est éteinte ?

— Oui. Je te le jure. J'ai même pas pris une bouffée.

— Bon, tes poumons peuvent me remercier. Et qu'est-ce qui se passe du côté de la police de New York ?

— Ils ont mis en alerte tous les commissariats du pays, comme le FBI. Mais là aussi... Rien, *nada !* Cet inspecteur Morales est une loque humaine, il n'a pas dormi depuis trois jours. Tout ce qu'il sait faire, c'est répéter comme un disque rayé qu'elle lui a téléphoné, lui a assuré qu'elle lui avait tout dit et qu'il n'a pas réussi à la persuader de se rendre. Et puis il y a cet autre flic, Letitia Gordon : celle-là, elle ne peut pas voir Mlle Matlock en peinture. Elle la traite de menteuse, de cinglée, et sans doute de meurtrière. Elle a vraiment envie de la coincer. Elle tanne tout le monde pour qu'on lui colle le meurtre de la vieille dame du Metropolitan Museum sur le dos. Tu sais, l'attentat qu'a signalé Mlle Matlock. Celui que le maniaque a perpétré pour attirer son attention.

— Oui, je sais.

— Les autres, ses collègues, ne sont pas complètement aveugles. Ils voient bien qu'elle manque un peu d'objectivité, quand même...

— Que cette Gordon soigne son urticaire si elle est allergique, on se contrefiche de ce qu'elle pense. Ni Thomas ni moi nous n'avons un instant envisagé qu'elle soit accusée de meurtre. Et tu sais aussi bien que moi que les flics sont incapables de la protéger contre ce maniaque. Ça, c'est notre boulot. Alors, tu as du neuf sur McCallum ?

Comme Adam n'attendait rien de ce côté-là, il ne fut pas étonné quand Hatch soupira :

— Non, rien encore. Une opération menée de main de maître...

— Hélas, pas celle de Krimakov, parce que Thomas a découvert qu'il vit en Crète, ou plutôt qu'il y vivait, car il est mort. Je ne sais pas trop quand. En tout cas avant que McCallum se fasse renverser à Albany. Peut-être y était-il pour quelque chose, mais ce n'est certainement pas lui le maître d'œuvre. Et Krimakov, c'est bien connu, ne supportait pas de ne pas être le grand manitou. Mais, si Krimakov était mêlé à cette affaire de près ou de loin, cela signifierait qu'il savait que Becca était la fille de Matlock. Bon Dieu, c'est à devenir dingue !

— C'est Becca Matlock qui paye les pots cassés.

— Non, je ne suis pas d'accord. Cela fait partie d'un complot, il n'y a pas d'autre solution. Beaucoup de gens sont concernés. Mais pourquoi s'en prendre à Becca ? Pourquoi la jeter au milieu de tout ça ? Je ne peux m'empêcher de revenir à Krimakov, alors que, logiquement parlant, ça ne peut pas être lui. Quelqu'un pourtant est obligatoirement aux commandes... Comment va le gouverneur ?

— Il a mal au cou, mais il est content d'être en vie. Il ne sait rien de rien, d'après lui. Et il est bouleversé au sujet de McCallum.

Adam ne fit aucun commentaire. Décidément, il ne comprenait rien à toute cette histoire. Une foule de questions se pressaient dans son esprit, sans réponse.

Silence. Puis :

— Éteins ta clope, mon vieux. Je suis au courant pour ta copine. Elle est folle de lingerie fine et de restaurants. Tu ne peux pas te permettre de perdre ton boulot.

— OK, patron.

Adam sourit en entendant des bruits de papier froissé et quelques jurons étouffés.

— Quoi d'autre ?

— On n'a rien non plus sur l'identité de ce squelette qui est tombé du mur de la cave. C'était sûrement une gamine. Morte à la suite de ses blessures à la tête il y a dix ans ou plus. Mais j'ai quand même quelque chose d'intéressant pour toi.

— Oui ?

— Il y a bien une jeune fille de dix-huit ans qui a disparu du jour au lendemain de Riptide. Drôle de coïncidence, hein ?

— Quand ?

— Il y a douze ans.

— Et on n'a plus entendu parler d'elle ? questionna Adam.

— Je ne suis pas sûr. Si elle n'a pas donné de nouvelles, ils feront sûrement un test d'ADN sur les os.

— Il faudra qu'ils aient quelque chose : un cheveu ramassé sur une brosse, une vieille enveloppe avec sa salive. Et puis un membre de sa famille devra accepter une analyse sanguine.

— Oui, et en plus ça prendra du temps, deux semaines au moins. Personne n'a l'air très pressé.

— Ça ne me dit rien qui vaille. On a déjà cette énorme histoire sur les bras, et voilà ce squelette qui a la fichue idée de sortir de sa cachette dans la cave de Becca !

— Arrête donc de te plaindre. Tu vas finir par trouver. Tu trouves toujours. Dis, au fait, il paraît que le Maine est superbe.

Il se plaignait ? Adam jugea les propos de Hatch plutôt désobligeants. Il répondit un peu sèchement :

— J'ai pas le temps d'en profiter.

Puis il hurla dans le téléphone :

— Il est interdit de fumer ! Si tu fumes, je le saurai ! Rappelle-moi demain à la même heure.

— Bien, patron.

— Pas de cigarette !

Silence.

Becca dit très doucement :

— Qui est Krimakov ?

Adam se retourna lentement. Elle se tenait devant la porte de la chambre où il avait passé sa première nuit dans la Maison Marley. Il n'avait pas entendu le battant s'ouvrir. Il devenait vieux, ou quoi ?

— Qui est Krimakov ? répéta-t-elle.

— Un trafiquant de drogue qui travaillait pour le cartel de Medellín, en Colombie. Il est mort.

— Qu'est-ce que ce... Krimakov a à voir avec tout ça ?

— Je n'en sais rien. Pourquoi es-tu entrée sans frapper ?

— Je t'ai entendu parler au téléphone. Je voulais savoir ce qui se passait. Tu ne m'aurais rien dit, de toute façon. Et puis j'étais montée t'annoncer que le petit déjeuner est prêt. Mais je vois que tu me mens toujours. Ce Krimakov... ce n'est pas un dealer.

Adam se contenta de hausser les épaules.

— Si j'avais encore mon couteau, tu verrais ! s'écria-t-elle, furieuse.

— Tu voudrais me découper en rondelles ? Allons, soyons sérieux ! Pourquoi n'acceptes-tu pas l'idée que je suis là pour te protéger ? Allez, arrête de jouer les chats en colère.

Il se leva ; elle recula d'un pas. Elle avait encore peur de lui, même après la soirée qu'ils venaient de passer ensemble, alors qu'il s'était montré si gentil au restaurant avec le petit Sam.

— Je te répète que je ne te ferai aucun mal.

En prononçant ces mots, il se rendit compte qu'il était torse nu. Cela expliquait son air effarouché : elle redoutait un nouvel affrontement. C'est vrai qu'il avait eu un réflexe stupide la veille au soir, un réflexe d'adolescent qui veut prouver qu'il aime les filles. Avec des gestes d'une lenteur calculée, il ramassa sa chemise sur le dossier d'une chaise et tourna le dos à la jeune femme pour se rhabiller.

— Qui es-tu ?

En guise de réponse, Adam se dirigea vers son lit pour remettre un peu d'ordre dans les couvertures et redresser son oreiller qui sentait bizarrement la violette. Quand, enfin, il se tourna vers Becca, elle avait disparu. Elle l'avait entendu prononcer le nom de Krimakov. Peu importait. Elle ne le réentendrait plus jamais. Le salopard était mort. Enfin. Enfin mort, et Thomas Matlock enfin libre. Libre de venir enfin embrasser sa fille.

Tiens, se dit-il, pourquoi Thomas n'avait-il pas parlé de cela ?

Quelques minutes plus tard, il la rejoignit à la cuisine. Des pancakes aux myrtilles et au sirop d'érable, du bacon croustillant comme il l'aimait. Le café était noir, le melon (qu'elle avait découpé en quartiers) fondant et sucré.

— Dis donc, qu'est-ce que tu as ? fit Adam, la bouche pleine. Pas de questions ? de revendications ? Tu boudes ?

Il avait tapé dans le mille. Elle réagit comme il l'avait prévu.

— Tu veux vraiment que je te verse ce délicieux sirop dans le dos ?

Il grimaça un sourire et leva sa tasse de café comme pour porter un toast.

— Non, je n'y tiens pas du tout. Mais je suis enchanté d'entendre de nouveau ta voix. Écoute, j'essaye seulement de savoir ce qui se passe. Tout le monde agite des idées en l'air, on cite des noms à droite et à gauche. Et maintenant, on a ce squelette sur les bras.

Ce fut au tour de Becca de faire la grimace. Il n'y en avait pas deux comme lui pour prendre la tangente. Mais elle était tenace.

— À qui disais-tu de ne pas fumer ?

— À Hatch. Mon assistant. Il a plus de contacts

qu'un mille-pattes, il parle six langues et il ne sait résister ni à une cigarette ni à une greluche. C'est comme ça que je garde le contrôle sur lui. Je le paye très cher et je le menace de le virer s'il se remet à fumer.

— Je t'ai entendu lui dire d'éteindre sa cigarette. Manifestement, il fume toujours. Et il savait en plus que tu pouvais l'entendre.

— Oui. En fait, c'est devenu une espèce de jeu entre nous. Il en allume une juste pour me faire pester.

— Il a découvert quelque chose sur le squelette ? Et ce test d'ADN ? Ils savent qui était cette pauvre fille ?

Adam s'étira avec nonchalance, posa sa tasse sur la table et se leva.

Elle bondit sur ses pieds. L'instant d'après, elle se dressait devant lui, hors d'elle. En tout cas, pour une rapide, c'était une rapide, se dit Adam au moment de recevoir son poing dans le ventre. Le visage de Becca avait viré au rouge vif.

— Tu te prends pour qui ? siffla-t-elle. Tu ne peux pas me traiter comme une potiche ! Qui es-tu ?

Il la prit fermement par le poignet.

— Pas mal. Non, j'en ai eu assez. J'ai mangé trop de pancakes, tu vois.

— Ah oui ? dit-elle.

Elle écrasa son autre poing dans son rein gauche.

Il lui prit les deux poignets. Et, comme il redoutait un coup de genou, il la fit pivoter sur elle-même et la tint prisonnière, serrée contre sa poitrine. Il maintenait ses bras très fort contre ses côtes.

— Tu es sûrement mieux en blonde. En général, les femmes ont des racines plus claires. Avec toi, c'est drôle, c'est l'inverse. Tu as les cheveux qui repoussent clairs.

Elle se débattit. Il poussa un grognement et s'assit sans la lâcher, la forçant à s'asseoir sur ses genoux. Elle ne pouvait pas bouger d'un pouce.

— Désolé d'avoir à jouer selon mes règles, mais c'est

comme ça, et ce sera comme ça pour la suite, sauf contrordre.

— Tu as besoin de te raser. Tu ressembles à un forçat.

— Tu as des yeux derrière la tête, peut-être ?

— Tu as autant de poils sur la figure que sur la poitrine.

— Ah, oui ? Eh bien, tu t'es bien rincé l'œil là-haut, tout à l'heure.

— Va te faire voir !

Le téléphone portable d'Adam sonna.

— Tu peux me laisser répondre sans m'arracher les yeux ? questionna-t-il.

— Si tu veux la vérité, je ne veux même plus te voir !

— Parfait.

Il la lâcha. Elle bondit sur ses pieds. Il ouvrit le minuscule boîtier.

— Oui ?

— Adam. C'est Thomas Matlock. Becca est avec toi ?

— Oui.

— Bon, alors, écoute. J'ai envoyé un e-mail à Dillon Savich. C'est un as de l'informatique qui bosse au siège du FBI à Washington. Je connaissais très bien son père. En fait, Buck Savich était la seule autre personne qui savait ce qui s'était passé avec Krimakov. Il est mort il y a un bout de temps. J'ai envoyé un appel au secours à son fils. Son boulot consiste à trouver des psychopathes à l'aide de son ordinateur. Il est vraiment bon. Et il a accepté de me rencontrer.

— Je pense que c'est une erreur, énonça Adam. À mon avis, nous n'avons besoin de l'aide de personne d'autre. Il ne faudrait pas que les choses déraillent.

— Fais-moi confiance en ce qui le concerne. On a besoin de lui. Il a beaucoup de contacts et il est vraiment très très malin. Ne t'inquiète pas. Il ne parlera pas. Becca n'a rien à craindre. Il ne dira rien. Et de ton côté, tu as du neuf ?

— Rien dans le dossier McCallum. Le gouverneur affirme qu'il ne sait rien. Et toi, tu sèches aussi ?

— Oui, mais je pense que Dillon Savich va nous donner un sacré coup de main. Il trouve tout ce qu'on veut sur son ordinateur.

— On n'a besoin de personne d'autre, Thomas...

Il n'avait pas plus tôt prononcé ce nom qu'il releva la tête. Becca le fixait, les yeux plissés. Il se racla la gorge.

— Ça risque de tout embrouiller encore plus, poursuivit-il le plus naturellement possible. C'est trop dangereux. Tu augmentes les risques de fuite. Et Becca pourrait être repérée...

— Tu as gaffé, j'ai compris, dit Thomas à l'autre bout du fil. Elle est là ?

— Tout va bien.

Du moins l'espérait-il. Adam ajouta :

— Tu pourrais peut-être juste l'utiliser pour quelques recherches précises.

— C'est un spécialiste, comme toi. Bon. On verra. Je déciderai sur le moment. Il n'aura peut-être pas envie de se joindre à nous, ou pas le temps. Je voulais juste te tenir au courant. Veille bien sur elle.

— Ouais.

Becca hocha la tête quand elle le vit replier son téléphone. Elle savait que ce n'était même pas la peine de l'interroger : elle n'en tirerait qu'un ramassis de mensonges. N'empêche qu'elle était furieuse, frustrée, et, curieusement, rassurée. Quand il fit mine de dire quelque chose, elle lui sourit en lançant un :

— Non, ne prends pas cette peine.

L'Egret Bar & Grill
Washington

Thomas Matlock se leva très lentement de sa chaise. Il resta sans voix. Savich n'était pas seul.

Savich sourit en posant les yeux sur l'homme dont

il n'avait jamais entendu parler jusqu'au matin même, à quatre heures. Il lui tendit la main :

— Monsieur Matlock ?

— Oui. Thomas Matlock.

— Je vous présente mon épouse et coéquipière, Lacy Sherlock Savich. Tout le monde l'appelle Sherlock. Elle appartient aussi au FBI, à la crème du FBI !

Thomas serra à regret la main d'une jolie jeune femme, plutôt petite, à l'épaisse chevelure rousse et au sourire désarmant. Avant même qu'elle n'eût ouvert la bouche, il sut qu'il avait devant lui quelqu'un d'extrêmement dur, probablement plus dur et plus retors que son conjoint au physique de lutteur. Pour un as de l'informatique, Savich n'avait pas la tête de l'emploi.

— Ainsi, dit Thomas, vous êtes le fils de Buck.

— Oui. Je sais ce que vous pensez. Papa était blond, un vrai aristocrate, le nez droit et les pommettes saillantes. Je tiens plutôt de ma mère. Il ne s'en est jamais remis. Je n'ai pas le bagou de papa, non plus. Il ne s'en est jamais remis, non plus.

— Votre père avait un charme diabolique. C'était un homme comme il y en a peu, et un grand ami, déclara Thomas en dévisageant le jeune homme. Je ne m'attendais pas que vous veniez à notre rendez-vous accompagné.

Comme Savich ne répondait pas, Thomas se racla la gorge et poursuivit :

— Ce que j'ai à vous dire est très confidentiel. Une vie est en jeu, et...

— Sherlock et moi sommes inséparables. Comme les oiseaux. Vous voulez qu'on continue, ou nous pouvons prendre congé ?

La jeune femme n'avait toujours pas ouvert la bouche. Et son visage n'avait pas changé d'expression depuis le début. La tête aimablement penchée, elle attendait en silence, très tranquillement. Une professionnelle jusqu'au bout des ongles, jugea Thomas, tout comme son mari.

— Sherlock est votre vrai nom ? interrogea enfin Thomas.

— Oui, répondit-elle en riant d'une voix claire et chaude. Mon père est juge fédéral à San Francisco. Vous imaginez ce qui se passe dans la tête d'un truand quand il comparaît devant un président qui s'appelle maître Sherlock ?

— Je vous en prie, asseyez-vous tous les deux. Je vous remercie d'être venu, monsieur Savich.

— Savich tout court, ça ira très bien.

— Bon. Si j'ai bien compris, vous êtes à la tête de la CAU, la Criminal Apprehension Unit du FBI. Je sais que vous vous servez de logiciels que vous avez vous-même programmés. Avec un succès incontestable. Naturellement, je ne m'entends guère à toutes ces histoires d'informatique. Que voulez-vous boire ?

Un serveur attendait la commande.

Pour Dillon Savich, ce fut un thé glacé. Après le départ du serveur, il se pencha en avant :

— Tout comme la Profiling Unit, ou ISU, où travaillent les profileurs, nous traitons avec des agences locales qui estiment avoir besoin d'un avis extérieur. En général une affaire de meurtre. Et comme l'ISU, nous n'intervenons que lorsque nous sommes demandés. Mais, contrairement à l'ISU, nous sommes totalement informatisés. Nous nous servons de programmes spéciaux pour examiner les crimes de sang sous différents angles. Les logiciels mettent en rapport la totalité des données sur des crimes apparemment commis par la même personne. Notre logiciel principal s'appelle le PAP, le programme analogique prévisionnel. Il n'invente rien, tout dépend de ce que nous mettons dedans. Voilà, rien de neuf, comme vous le voyez.

Sherlock prit alors le relais :

— C'est le bébé de Dillon, ce logiciel. C'est lui qui l'a écrit et qui a établi tous les protocoles. C'est fascinant de voir combien un ordinateur a la faculté de concocter des modèles de comportement et de mettre les choses en rapport les unes avec les autres d'une manière qui dépasse notre entendement humain. Bien sûr, comme le dit si bien Dillon, il faut rentrer les données en suivant une certaine logique pour que la machine détecte les liens et les anomalies qui peuvent orienter dans telle ou telle direction. Cela nous offre un point de départ, et selon les indications que la machine donne, on peut agir... Vous dites que vous étiez un ami de Buck Savich. Comment le connaissiez-vous ?

— Merci pour toutes ces explications. C'est fascinant, en effet, d'autant qu'il serait temps que la technologie aide les honnêtes gens à arrêter les criminels au lieu d'aider les criminels à arnaquer les honnêtes gens.

Thomas marqua une pause avant de préciser :

— Buck Savich était un homme exceptionnel. Nous nous sommes connus au FBI. Il était dur, intelligent, courageux. Ses blagues avaient le chic pour faire hurler de rage et de rire les patrons. Sa mort m'a bouleversé.

Savich se contenta d'acquiescer, dans l'expectative.

Thomas Matlock but un peu de thé glacé. Il fallait absolument qu'il en sache plus sur ces deux-là. Tout haut, il dit d'un ton dégagé :

— Je me rappelle l'affaire du tueur à la corde. Vous avez fait de l'excellent boulot.

— Oui, l'affaire était atypique, opina Savich. Mais on a eu le coupable. Il est mort. On tourne la page.

À ces mots, il jeta un coup d'œil à la femme à ses côtés, sa compagne, et subitement, Thomas prit conscience de l'extraordinaire lien qui les unissait. Une lueur de terreur s'était allumée au fond des prunelles noires de Savich, supplantée aussitôt par une expression de profonde gratitude qui était allée droit aux tripes de Thomas. Un lien semblable aurait dû exister entre lui et Allison. Une balle, en se logeant dans le crâne d'une malheureuse, avait mis fin pour toujours à ce rêve.

Thomas se racla la gorge. Sa décision était prise. Il avait en face de lui deux jeunes agents aussi brillants qu'assidus. Et il avait besoin d'eux.

— Merci de m'avoir fourni toutes ces explications sur les méthodes de travail de votre section. Je suppose qu'il ne me reste plus qu'à vous exposer les raisons de ma démarche. Je ne vous demande qu'une chose, mais il faut que j'aie votre accord là-dessus : si vous préférez ne pas m'aider, aucun de vos collègues ne doit être mis au courant de cette conversation. Ce qui est dit ici reste ici, dans cette salle.

— C'est illégal ?

— Non. J'ai toujours pensé qu'être malhonnête devait être très fastidieux. Je préfère faire de la voile dans Chesapeake Bay plutôt que d'être en éternelle cavale. Cela dit, le FBI est impliqué, ce qui risque de vous poser quelques problèmes.

— Vous avez beaucoup de pouvoir, monsieur, répondit Savich. MAX a mis près de quatorze minutes pour me sortir que vous étiez un dignitaire hautement protégé des services de renseignement. Il a mis une heure de plus, sans compter les deux coups de fil que j'ai passés, pour découvrir que vous êtes l'un des Shadow Men. Je ne vous fais pas confiance.

Sherlock pencha la tête de côté :

— Les Shadow Men ?

Ce fut Thomas qui répondit :

— C'est le nom que la CIA a donné dans les années 1970 à ceux d'entre nous qui ont droit à un traitement de haute sécurité. Nous travaillons dans la plus grande discrétion, toujours en arrière-plan, dans l'ombre. Les Shadow Men. Ceux qui font des choses que l'on préfère ne pas voir. Tout ce qu'on voit, ce sont les résultats.

— Un peu comme dans *Mission impossible ?*

— Non, rien d'aussi parfaitement huilé, rétorqua Thomas. Je n'ai jamais brûlé une bande d'enregistrement.

Thomas sourit à Sherlock, un sourire qui plut à cette dernière. D'ailleurs, se dit-elle, il était bel homme. Bien bâti, un physique soigné. Un peu plus jeune que son propre père, mais pas de beaucoup. Sauf que ses yeux... ses yeux avaient un regard sombre, voilé, cachant non seulement de noirs secrets mais des abîmes d'une souffrance ancrée dans les replis de son âme. Un homme complexe, un grand solitaire. C'était clair. Un solitaire traqué par une peur tapie au fond de lui. Elle ne pensait pas que le fait de compter parmi les Shadow Men expliquait entièrement cette mélancolie qu'elle lisait dans ses yeux.

— C'est drôle, ce nom, les Shadow Men, dit-elle. Ça me fait penser à un film d'espionnage pendant la guerre froide.

— L'espionnage a encore peut-être de beaux jours devant lui, qui sait ? repartit Thomas. En fait, pendant la guerre froide, la situation était beaucoup plus simple. On savait qui était l'ennemi. On savait comment il opérait, ce qu'il pouvait nous réserver. Alors qu'aujourd'hui les choses sont beaucoup plus floues. Rien n'est blanc ou noir comme dans cette série dont vous parliez, *Mission impossible*.

Il prit une inspiration avant de poursuivre :

— Dans mon secteur, il y a rarement les bons d'un côté et les méchants de l'autre, quoique Kadhafi ait l'air d'être à l'affiche pour un bout de temps. Notre ennemi juré d'hier peut fort bien devenir notre allié d'aujourd'hui. Et vice versa, hélas...

Un mince sourire plissa ses lèvres. Il continua :

— Il y a tant de tyrans à trois sous et de despotes qui cherchent à dominer sinon le monde, du moins un plus gros morceau que celui qu'ils ont déjà entre les griffes ! La Chine est un poing géant, plus effrayant que n'a jamais été l'URSS. Une population immense, des ressources naturelles sans fin, un potentiel inimaginable.

Les yeux fixés par-dessus l'épaule de Sherlock, Thomas contemplait à la fois le passé et l'avenir. Il ajouta :

— Il y aura toujours des échecs, des erreurs, des vies perdues pour rien. Mais nous faisons de notre mieux. Heureusement, nous avons à notre actif quelques victoires, et le monde est peut-être, grâce à nous, un peu plus sûr. Mais, dans l'ensemble, nous ne sommes pas très sympathiques. Votre mari a raison de ne pas me faire confiance, voyez-vous, madame. Pourtant, l'objet qui nous occupe aujourd'hui n'a rien à voir avec tout ça. Il s'agit d'une affaire personnelle. C'est un SOS que je vous lance.

La jeune femme baissa la tête et se mit à jouer avec un petit paquet de sucrettes. Puis, relevant le front, elle planta le regard droit dans le sien, ramassa son verre de thé glacé, et le levant comme pour boire à sa santé, lui jeta :

— Pourquoi ne m'appelez-vous pas Sherlock ?

Thomas fit cliqueter son verre contre le sien. Il savait que, d'une façon ou d'une autre, les époux s'étaient consultés et mis d'accord pour entendre ce qu'il avait à dire.

— Sherlock. Quel prénom charmant ! Et qui va très bien avec Savich.

— Venons-en au fait, monsieur, intervint Dillon Savich. Nous vous donnons notre parole : rien de cette conversation ne transpirera à l'extérieur. Nous sommes conscients, c'est entendu, que nous risquons de nous retrouver dans un conflit d'intérêts.

Thomas ressentit le même soulagement intense que le jour où Adam lui avait déclaré qu'il avait déjà commencé à protéger Becca. Il sourit :

— Pourquoi ne m'appelez-vous pas Thomas ?

13

Le shérif laissa tomber :

— On a du nouveau, un renseignement anonyme.

— C'est plutôt bizarre, vous ne trouvez pas, shérif ?

Les bras croisés, Adam s'adossait à la moustiquaire de la véranda de la Maison Marley. Gaffney avait l'air fatigué, se dit-il, le visage un peu pâteux. Il lui aurait bien dit de perdre vingt-cinq kilos et de se mettre à faire de l'exercice.

— Non, monsieur, pas du tout. Les gens n'aiment pas être impliqués. Ils préfèrent rapporter discrètement plutôt que de se mettre en avant et de dire ce qu'ils savent. Parfois, il faut bien l'admettre, les gens sont vraiment pénibles.

Il n'avait pas tort, songea Adam.

— Vous dites que le nom de la fille était Melissa Katzen ?

— C'est exact. C'est une femme qui parlait d'une voix faible, comme un chuchotement, qui nous a dit que c'était Melissa. Elle n'a pas voulu décliner son identité. Elle a ajouté que tout le monde croyait à l'époque que Melissa voulait fuguer juste après la fin du lycée. Alors, quand elle a disparu brusquement, les gens ont cru qu'elle avait fait sa fugue. Mais maintenant, avec le squelette, notre informatrice pense que Melissa n'est allée nulle part.

— Qui était son petit copain ? demanda Adam.

— Nul ne le savait puisque Melissa ne voulait le dire à personne. Ses parents sont tombés des nues quand elle a disparu. Ils n'avaient jamais entendu parler de fugue, ça a été un choc pour eux. Moi, je subodore que c'est l'une des cousines ou tantes de Melissa qui nous a renseignés, ou alors une copine. Et cette copine estime qu'elle serait en danger si elle nous révélait son identité... Si le squelette est bien celui de Melissa Katzen, on ne peut pas dire qu'elle a fait une fugue. Elle est restée ici et elle s'est fait assassiner.

— Peut-être a-t-elle décidé de ne plus fuguer, après tout, intervint Becca, et que le garçon l'a tuée.

— C'est possible, admit le shérif. Triste façon d'en finir.

Il n'y avait rien à redire à cette théorie.

Gaffney ajusta le ceinturon de cuir qui lui sciait le ventre et ajouta en soupirant :

— Avec le temps, tout le monde a fini par l'oublier. On a pensé qu'elle s'était installée dans un autre État et qu'elle avait six enfants, depuis le temps. Et c'est peut-être vrai. On finira par le savoir. On interroge tous les gens qui se souviennent d'elle, ses anciens camarades de classe, on fait ce qu'il faut.

— Vous n'avez aucune idée sur la personne qui vous a appelés, shérif ?

— Négatif. C'est mon assistante qui a répondu. Selon elle, c'était quelqu'un qui semblait parler la bouche pleine. Mme Ella suppose que c'est quelqu'un de la famille, ou alors une amie.

— Vous allez faire des tests d'ADN, maintenant ?

— Dès qu'on aura localisé les parents de Melissa et qu'on saura s'ils ont encore quelque chose à elle qui nous permette de comparer l'ADN avec celui des ossements. Ça va prendre un certain temps. La technologie – toutes ces nouvelles méthodes à la mode –, c'est assez incertain, à mon avis. Regardez ce brave O.J. Simpson, qu'on a presque envoyé en taule à cause de ces prétendues preuves à l'ADN. Les jurés, eux, ont été plus finauds. Ils n'ont pas cru une minute à ces fadaises. Enfin, il faut en passer par là. On aura une idée dans une quinzaine de jours.

— Shérif, répondit Becca, l'ADN est l'outil scientifique le plus fiable dont puisse disposer la police aujourd'hui. Ce n'est pas du tout incertain. Cela permet de mettre des innocents hors de cause et, espérons-le, dans la plupart des cas, d'envoyer les monstres en prison.

— C'est votre opinion, mademoiselle, mais vous m'obligez à dire que ce n'est pas celle d'un professionnel. Mme Ella n'aime pas beaucoup ces méthodes modernes, elle non plus. Mais elle croit qu'il est tout à fait possible que ce squelette soit celui de la pauvre petite Melissa, même si elle se souvient d'elle comme d'une fille timide, si mignonne et si calme qu'elle faisait plutôt penser à un petit fantôme. Qui aurait voulu tuer une gamine aussi gentille ? Même pas ce vieux Jacob Marley, qui pourtant n'aimait personne !

Adam secoua la tête :

— Je ne sais pas, shérif. Pour moi, c'est le petit ami. Bon, au moins, vous avez un fil conducteur, maintenant. Vous voulez entrer ?

— Non. Je voulais juste vous mettre au courant, vous et Mlle Powell. Il faut que je parle aux gens de la compagnie d'électricité. Il paraît qu'ils ont accidentellement percé une conduite d'égout. Ça serait plutôt embêtant. Faut espérer que le vent ne soufflera pas dans cette direction. Alors, vous allez rester encore un peu ici, chez votre cousine ?

— Oui, répondit Adam sans embarras, en scrutant Becca.

La jeune femme n'avait pas dit un mot depuis que le policier, le bouton de sa chemise parfaitement recousu, s'était lamenté sur le sort du pauvre O.J. Simpson.

— Elle est encore un peu sur les nerfs, ajouta Adam. Elle sursaute au moindre craquement, dans cette vieille baraque. Vous savez comment sont les femmes, tellement sensibles qu'elles rendent les hommes désireux de les protéger jusqu'à ce que la tempête se calme et que le soleil se remette à briller.

— Bien dit ! fit le représentant de la loi. Aujourd'hui, c'est une journée d'été parfaite ! Sentez-moi cet air ! Le goût salé de l'océan, les fleurs sauvages, cette odeur de soleil... Incomparable.

Puis, passant d'un ton rêveur à des intonations joviales, il s'exclama :

— Ah, voilà Tyler et le petit Sam. Bonjour ! On énumère les hypothèses sur le squelette découvert par Mlle Powell. Ce serait peut-être Melissa Katzen. J'imagine que ce n'est pas toi qui as pris une voix de femme pour nous donner ce renseignement ?

— Certainement pas, shérif, dit Tyler, levant un sourcil. Qui, dites-vous ? Melissa Katzen ?

— Exact. Tu te souviens d'elle ? Tu n'étais pas à l'école avec elle ? Vos âges correspondent à peu près.

Tyler se baissa doucement pour poser Sam par terre sous la véranda, puis regarda l'enfant se diriger vers une table basse qui accueillait une pile de livres, dont certains paraissaient très vieux.

— Melissa Katzen, répéta Tyler. Oui, je me souviens d'elle. Une fille vraiment gentille. Je pense qu'elle était peut-être dans ma classe, ou la classe au-dessus. Je ne me rappelle plus exactement. Elle n'était pas vraiment jolie, mais sympa, elle ne disait jamais du mal de personne, je m'en souviens. Vous pensez vraiment que ce pourrait être son squelette ?

— On ne sait pas. On a reçu un renseignement anonyme à ce sujet.

Tyler fronça les sourcils :

— Je crois me souvenir qu'elle était sur le point de faire une fugue, oui, c'est ça. Elle est partie et personne n'a plus jamais entendu parler d'elle.

Le shérif répondit :

— Oui, c'est ce qu'on a l'air de croire. Maintenant, c'est l'ADN qui nous le dira, du moins si ce que prétendent ces labos est bien vrai. Bon, il faut que je m'occupe de la compagnie d'électricité. Ensuite, j'appellerai ce type, Jarvis, à Augusta, pour voir où ils en sont.

Le petit Sam tenait un livre de poche dans sa main.

Adam se mit à genoux et regarda l'ouvrage illustré sur la couverture par un hélicoptère d'attaque impressionnant. Il dit :

— C'est le *Guide Jane de reconnaissance des avions*. Je me demande ce que faisait Jacob Marley avec un livre des éditions Jane.

— Jane ? s'étonna Sam.

— Oui, je sais, c'est un prénom de fille. Mais ce sont des Anglais, Sam. On peut s'attendre qu'ils fassent des choses bizarres.

Becca intervint pour proposer :

— Sam, tu veux un verre de citronnade ? Je viens d'en faire ce matin.

Sam leva le visage vers elle, ne répliqua rien d'abord, puis acquiesça.

Tyler ajouta, le menton relevé, d'un ton un peu agressif :

— Sam adore la citronnade de Becca.

— Nous sommes deux, répondit Adam en se tournant vers la jeune femme. Bon, je m'en vais. Je serai là ce soir.

Elle brûlait de lui demander où il allait, à qui il allait parler, mais elle ne pouvait rien dire devant Tyler.

— Bonne journée, finit-elle par dire.

Elle vit Adam marquer un arrêt, mais il ne se retourna pas.

— Je ne l'aime pas, déclara Tyler à voix basse quelques minutes plus tard, dans la cuisine.

Il gardait un œil sur Sam, qui buvait sa citronnade et lorgnait les biscuits dans la boîte que Becca lui avait tendue.

— Il n'y a rien à craindre de lui, répondit Melissa. Rien du tout. Je suis sûre qu'il est homo. Alors, tu connaissais cette Melissa Katzen ?

Tyler acquiesça et se resservit de la citronnade.

— Comme je l'ai dit au shérif, elle était très gentille. Pas vraiment la plus admirée, pas la plus intelligente, mais sympa. Elle jouait au football. Je me souviens qu'une fois elle m'a battu au poker. C'était un strip-poker. Je crois que j'ai été le premier garçon qu'elle ait jamais vu en caleçon.

— Rachel fait une bonne citronnade, décréta Sam.

Les deux adultes le regardèrent pleins d'admiration. Il avait prononcé cinq mots, et en avait fait une phrase.

Becca lui tapota amicalement le visage.

— Je suis sûre que Rachel est formidable. C'est elle qui m'a loué cette maison, tu sais.

Sam opina et but une autre gorgée de citronnade.

Dix minutes après, Tyler et l'enfant étaient partis faire les courses. Becca nettoya la cuisine et monta dans sa chambre. Elle rangea la pièce. Elle ne voulait rien avoir de commun avec Adam Carruthers mais elle se dirigea vers sa chambre. Le lit était fait, impeccable. Rien ne traînait sur les meubles. Elle s'approcha de la commode et ouvrit le tiroir du haut. Sous-vêtements, tee-shirts, deux chemises en coton, bien pliées. Rien d'autre. Elle tira le sac de voyage de dessous le lit. Elle le posa sur le lit et commença à ouvrir la longue fermeture Éclair.

À l'instant même, le téléphone sonna. Elle sursauta. La sonnerie retentit une seconde fois.

Elle dut descendre quatre à quatre l'escalier, car il n'y avait qu'un poste dans la maison. Son téléphone portable n'avait plus de batterie, il était en charge. Elle souleva le combiné au sixième coup.

— Allô ?

Des respirations. Lentes, profondes.

— Allô, qui est là ?

— Allô, Rebecca. C'est ton petit ami.

Tous ses neurones se figèrent. Elle regarda le téléphone, éberluée, refusant d'y croire. C'était lui, le maniaque, l'homme qui avait tué la pauvre vieille, l'homme qui avait atteint le gouverneur d'une balle dans le cou.

Il l'avait retrouvée... Finalement, il avait retrouvé sa trace. Elle répondit :

— Le gouverneur est bien vivant. Vous n'êtes pas si

formidable, après tout ! Vous ne l'avez pas tué. Vous étiez si mal informé que vous ne saviez même pas qu'il y aurait tous ces médecins autour de lui.

— Peut-être que je ne voulais pas vraiment le tuer.

— Mais oui, c'est ça.

— D'accord, ce connard est toujours en vie. Du moins, il ne viendra pas se jeter dans ton lit avant un bout de temps. J'ai appris qu'il avait beaucoup de mal à parler et à manger. De toute façon, il fallait qu'il maigrisse un peu.

— Vous avez tué Dick McCallum. Vous l'avez forcé à mentir à mon sujet et vous l'avez tué. Combien l'avez-vous payé ? Ou avez-vous menacé de le descendre s'il ne faisait pas ce que vous vouliez ?

— Où as-tu obtenu toutes ces informations, Rebecca ?

— C'est la vérité.

Silence.

— Personne ne pouvait me trouver. Le FBI, la police de New York, personne. Comment avez-vous fait ?

Il s'esclaffa. Un rire onctueux, riche, qui lui donna envie de vomir. Quel âge pouvait-il avoir ? Impossible de savoir. *Réfléchis*, se dit-elle. *Écoute et réfléchis. Fais-le parler. Utilise ton intelligence. Est-il jeune ou vieux ? Quel type d'accent ? Tends l'oreille pour trouver des indices. Fais-lui admettre qu'il a tué Dick.*

— Je te dirai quand je te verrai, Rebecca.

Elle répliqua posément :

— Je ne veux pas vous voir. Je veux vous savoir loin et mort. Ça, ou vous vous rendez à la police. Ils vous feront passer sur la chaise électrique. C'est ça que vous méritez. Pourquoi avez-vous tué Dick McCallum ?

— Et toi, tu crois que tu mérites quoi ?

— En tout cas, pas vos saloperies. Vous allez réessayer de tuer le gouverneur ?

— Je n'ai pas encore pris de décision. Je sais maintenant qu'il ne couche plus avec toi, mais seulement parce qu'il ne sait pas où tu es. Un vieux cochon pareil !

Tu devrais avoir honte, Rebecca ! Tu te souviens de Rockefeller claquant dans les bras de sa maîtresse ? Ça pourrait t'arriver à toi et au gouverneur. Vaut mieux que tu ne rebaises pas avec lui. Mais t'es une petite pute, non ? Oui, tu vas sûrement l'appeler, pour qu'il vienne ici, coucher avec toi.

Pourquoi n'avait-elle pas fait mettre sa ligne sur écoute ? Parce que ni elle ni Adam n'avaient pu imaginer qu'il la retrouverait ici, à Riptide.

— Vous avez tué Dick McCallum, non ? Pourquoi ?

— Sûre de toi, hein ? Tu as réussi à m'échapper pendant quinze jours à peine et tu as déjà retrouvé ta forme. Fais pas trop la fière, Rebecca. Je vais venir te voir très bientôt.

— Écoutez, espèce d'ordure ! Vous approchez de moi et je vous fais exploser la tête !

Il se mit à rire. Un ricanement profond, graveleux, satisfait. Était-il jeune ? Peut-être, mais elle ne pouvait en être certaine.

— Tu peux essayer, si tu veux. Ça pimentera un peu la chasse. Mais on va se voir bientôt, très bientôt. Tu peux compter là-dessus.

Il raccrocha avant qu'elle ait pu ajouter un mot. Elle resta là, plantée, à fixer le vieux téléphone noir, le regard vide, en sachant au fond d'elle-même que tout était fini. Ou que ce serait bientôt fini. Comment quelqu'un pouvait-il la protéger d'un malade mental ?

Comment avait-il réussi ? Avait-il un carnet d'adresses aussi fourni qu'Adam Carruthers ? C'était une évidence. Non, elle n'allait pas abandonner. Elle allait se battre.

Becca posa le combiné sur l'appareil et s'éloigna du salon. Elle était fatiguée, extrêmement fatiguée. Elle n'allait pas rester là, plantée dans cette vieille maison qui craquait de partout, elle ne pouvait pas. Elle sentait des démangeaisons dans tout son corps, elle avait froid, très froid. Elle était paralysée.

La jeune femme chargea son 357 magnum automatique Coonan, le glissa dans la poche de sa veste et se dirigea vers les bois, là où elle avait affronté Adam deux jours auparavant. Deux jours seulement ? Elle s'assit sous l'arbre où il faisait ses exercices de taekwondo, regarda l'endroit où elle s'était postée pour pointer son pistolet vers lui. Elle avait la gorge serrée au point de s'étrangler. Elle n'avait même pas eu le temps de tirer. Il avait fait gicler le pistolet de sa main en un éclair. Elle ferma les yeux, s'adossa au tronc. Le maniaque parviendrait-il à la maîtriser aussi facilement qu'Adam ? Probable.

Becca ferma les yeux, et elle revit sa mère qui riait avec elle ; elle n'avait pas plus de sept ans et essayait de faire un numéro de majorette. Sa mère lui avait montré comment s'y prendre, et c'était merveilleux, parfait. Le rire de sa mère, si agréable, qui l'emplissait de plaisir, qui lui donnait tant de chaleur et de bonheur... Elle se frotta le poignet là où Adam l'avait frappée pour qu'elle lâche son arme. Elle n'avait pas mal, mais elle ressentait encore la froide anesthésie qui avait duré cinq bonnes minutes. Où était-il allé ? Pourquoi était-il parti ?

De retour dans la maison, Adam fut pris d'une telle peur, pendant un moment, qu'il devint incapable de penser. Becca avait disparu. La porte était restée ouverte : plus personne. Deux lampes brillaient à l'intérieur, mais la jeune femme était absente. Le maniaque avait réussi à l'avoir. Non, ne pas céder au ridicule. Lui seul, Adam, était capable de la retrouver.

Il inspecta chaque pièce. Il aperçut son propre sac de voyage sur son lit. On aurait pu croire qu'elle avait commencé à l'ouvrir et que, pour on ne sait quelle raison, elle avait quitté la pièce, et l'avait laissé là, ostensiblement, pour qu'il le voie.

Pourquoi ? Où était-elle partie ?

Pas de panique. Becca avait reçu un coup de fil, quelque chose d'urgent. Elle avait filé chez Tyler. Il devait s'agir de Sam. Le petit était malade, bien sûr, c'était ça.

Mais elle ne s'y trouvait pas, et Adam n'y rencontra personne. Il se rendit au supermarché, à la station-service, à l'hôpital. Bon sang, il pouvait sillonner toute cette fichue ville sans la retrouver.

Il rentra en roulant lentement vers la Maison Marley. Il coupa le contact et resta assis dans sa Jeep noire, le front appuyé au volant.

Où es-tu, Rebecca ?

Sans raison, il leva la tête en direction des bois. Par pur instinct. À ce moment-là, il comprit qu'elle était là. Mais pourquoi ? Il lui fallut trois minutes pour l'apercevoir.

Becca dormait. Il s'approcha d'elle au pas de course. La jeune femme ne bougea pas. Elle était appuyée contre le tronc d'arbre, la main droite sur les jambes. Elle tenait le Coonan, dont la surface polie scintillait dans les rayons de soleil qui passaient à travers les branches.

Avait-il remarqué les reflets métalliques ? Il se demandait encore comment, mais il avait su aussitôt qu'elle était là. Pourquoi n'avait-il pas eu cette intuition géniale avant d'éprouver une peur d'enfer ?

Il se baissa, la regarda en se demandant ce qui avait bien pu l'inciter à venir ici. Il observa des traces de larmes séchées le long de ses joues. Elle en avait subi un peu trop : pas étonnant. Elle était pâle, trop maigre. Il remarqua ses doigts crispés sur le Coonan, ses ongles trop courts et abîmés. Il lui effleura la joue. Sa peau était douce. Il la caressa. Puis, lentement, lui secoua les épaules.

— Becca, allez, réveille-toi.

Elle ouvrit les yeux au son de cette voix d'homme, le Coonan dressé, prête à tirer. Elle l'entendit jurer, puis sentit le pistolet sauter de sa main, son poignet brusquement paralysé.

— Ah non, encore !

— Merde, tu as failli me tirer dessus.

C'était Adam. Elle leva les yeux vers lui et sourit.

— J'ai cru que c'était *lui*. Désolée.

Son pouls commença à ralentir. Il se laissa tomber à côté d'elle.

— Qu'est-ce qui se passe ?

— Quelle heure est-il ?

— Presque quatre heures de l'après-midi. Je n'arrivais pas à te trouver. J'ai failli devenir fou à te chercher. Tu m'as fait une peur bleue, Becca. J'ai cru qu'il t'avait emmenée.

— Non, je suis là. Excuse-moi. Je n'ai pas réfléchi. Alors, comment m'as-tu retrouvée ?

Il secoua la tête, sans lui avouer qu'il avait deviné l'endroit exact où elle se tenait. Il aurait eu l'air d'un fou. Elle n'avait pas besoin d'un dingue de plus à ses côtés.

— Combien de temps mon poignet restera-t-il anesthésié, cette fois ?

— Pas plus de cinq minutes. Arrête de geindre. Tu croyais que j'allais te laisser me tirer dessus ?

— Non, bien sûr.

— Tu as l'air épuisée. Il aurait été plus sage de faire la sieste dans ton lit, au lieu d'aller ronfler sous cet arbre. Ce n'est pas très prudent.

— Pourquoi ? Le seul qui ait rôdé dans ces parages, c'est toi, et tu ne rôdes plus dans les parages. Tu t'es carrément installé dans la maison. Je ne sais pas pourquoi je suis venue ici. Je ne pouvais plus supporter de rester seule dans cette vieille baraque.

— Tu m'as vraiment inquiété, répéta-t-il d'un ton de reproche. Ne me refais pas un coup pareil sans me laisser un mot !

Elle leva les yeux vers lui, livide, et lui dit d'une voix soudain étranglée :

— Il m'a retrouvée. Il a téléphoné.

— Quoi ?

Elle n'eut pas besoin d'en dire plus ; il savait. Oh oui, le maniaque l'avait retrouvée, et Adam n'aimait pas ça du tout. Il le craignait depuis le début, tout en sachant que c'était inévitable. Ce type-là était fort. Trop fort. Il avait des relations. Il connaissait des gens, savait comment les utiliser pour obtenir ce qu'il voulait. Adam était certain qu'il était sur sa piste depuis qu'elle avait quitté New York. Et pourtant, il était surpris. Plus encore, cela lui mettait la peur aux tripes. Comme s'il sentait déjà la chaleur d'un incendie qui se rapprochait à la vitesse d'un cheval au galop.

— Bon, d'accord, il a appelé. Ressaisis-toi.

Il marqua une pause avant de corriger avec un sourire :

— C'est à moi que je m'adresse, pas à toi. Alors, qu'est-ce qu'il a dit ? A-t-il expliqué comment il t'avait trouvée ? A-t-il dit quelque chose qui pourrait nous aider à le localiser ?

Il avait dit « nous ». Ce mot tout simple, tout bête, lui avait instantanément rendu son courage. « Nous. » Elle n'était plus toute seule.

— Je suis contente que tu sois là, Adam.

— Oui, répliqua-t-il. Moi aussi.

— Bien que tu sois homo ?

Il regarda sa bouche, puis se leva d'un bond, en jugeant plus prudent de mettre un peu de distance entre eux. Il lui tendit la main.

— Oui, bien sûr... Il est temps de rentrer à la maison. Je veux que tu écrives sur le papier tout ce qu'il a dit et dont tu peux te souvenir. D'accord ?

Elle prit une expression dure, froide et déterminée. Bien, pensa-t-il, elle n'allait pas laisser ce salaud la traiter comme une bête.

— C'est comme si c'était fait, Adam.

Ils gravirent côte à côte les marches de la véranda. Devant la porte, Adam allait se résoudre une fois de plus à lui prouver sa virilité, quand un coup de feu retentit. Un morceau de bois acéré comme une lame de couteau sauta brusquement du montant de la porte à moins de cinq centimètres du visage de Becca, avant d'aller se ficher dans le bras nu d'Adam.

14

Adam tourna la poignée, poussa la porte, précipita Becca dans l'entrée en un éclair – une fraction de seconde qui leur parut durer une éternité. Une autre balle toucha le linteau, juste au-dessus de sa tête, envoyant des échardes dans toutes les directions. Cette fois, aucune ne l'atteignit. Il pivota sur lui-même et claqua la porte, attrapa le bras de Becca et l'entraîna hors de la ligne de tir.

Il se retrouva à quatre pattes à côté d'elle.

— Désolé de t'avoir malmenée comme ça. Tout va bien ?

— Oui, ça va. Ce fumier, il est horrible ! C'est un monstre, il est dingue ! Ça suffit, Adam. Il faut faire quelque chose.

Il la regarda sortir son Coonan de sa poche de veste et ramper vers l'une des fenêtres. Il se tenait juste derrière.

— Becca, non, attends une minute. Je ne veux pas que tu bouges. C'est mon boulot.

— C'est à moi qu'il en veut, pas à toi, dit-elle avec calme.

Lentement, très prudemment, elle se pencha pour s'approcher du coin de la fenêtre. Il crut qu'il allait s'évanouir tellement il avait peur pour elle.

Deux autres balles passèrent au niveau du cœur à travers la porte d'entrée, envoyant une volée d'échardes dans tout le hall. Puis une autre. Becca vit l'éclair du coup de feu. Elle n'hésita pas, elle tira les sept coups de son pistolet. Il entendit les *clic, clic, clic* quand le chargeur fut vidé.

Il s'ensuivit un silence de mort. Adam se tenait à genoux, juste derrière elle, furieux contre lui-même parce que son Delta Elite était resté dans son sac de voyage, au milieu de sa chambre.

— Becca, je veux que tu restes ici. Ne bouge pas. Il faut que je récupère mon arme. Reste couchée.

— Vas-y, ne t'inquiète pas. On va s'en sortir. Je l'ai touché, je le sais, Adam.

— Reste à plat.

— Ça va.

Il la regarda sortir un autre chargeur de sa poche de veste et l'introduire lentement, calmement, dans la crosse du Coonan.

— Va chercher ton arme, dit-elle en scrutant la fenêtre, le dos tourné à Adam. Si je ne l'ai pas touché, je peux au moins le tenir éloigné de la maison.

Il n'y avait rien à ajouter. Adam grimpa l'escalier et entra dans sa chambre en trois secondes. Quand il redescendit, son pistolet au poing, Becca n'avait pas changé de place.

— Je n'ai rien vu bouger, lui cria-t-elle. Tu crois que j'ai une chance de l'avoir touché ?

— J'ai bien l'intention de le savoir. Surveille ce qui se passe dehors. Et ne me tire pas dessus !

Adam disparut. Elle l'entendit traverser la cuisine, puis la porte de derrière s'ouvrit et se ferma très discrètement. Elle espérait avoir touché son agresseur. Peut-être en plein dans la gorge, là où il avait frappé le gouverneur. Ou dans le ventre. Il méritait bien ça, pour avoir tué cette pauvre vieille. Elle attendit ce qui lui sembla des heures, immobile, cherchant Adam, son ombre, importe quel indice prouvant qu'il était encore en vie.

Le temps s'écoulait si lentement qu'elle crut que la nuit allait tomber. Et toujours rien. Soudain, elle entendit un cri.

— Sors, Becca !

Adam. C'était Adam et sa voix semblait normale. Becca passa la porte d'entrée comme un boulet, les cheveux dans la figure. Elle était en nage, grelottait de froid. Elle se mit à rire. Oui, elle riait parce qu'ils étaient sains et saufs. Ils avaient remporté cette bataille contre le monstre. Une bataille, mais pas la guerre.

Adam se tenait à l'orée du bois et lui adressait de grands signes. C'était la direction vers laquelle elle avait vidé les sept coups de son chargeur. Il attendit qu'elle se trouvât en face de lui. Il lui sourit, l'entoura de ses bras et la serra très fort.

— Tu as eu ce salopard, Becca. Viens voir.

Du sang sur les feuilles mortes. Comme des décorations de Noël : rouge sur vert.

— Je l'ai eu, dit-elle à voix basse. Je l'ai vraiment touché.

— Sans aucun doute. J'ai regardé partout, mais je n'ai rien trouvé. Dès qu'il s'est rendu compte qu'il avait perdu, il a garrotté la blessure et il a camouflé ses traces en les recouvrant pour ne laisser aucun indice.

— Je l'ai eu, répéta-t-elle avec un grand sourire qui s'évanouit dans l'instant. Bon Dieu, Adam !

— Qu'est-ce qu'il y a ?

— Ton bras.

Elle remit son Coonan dans sa poche de veste et lui prit la main.

— Ne bouge pas. Regarde, cette grosse écharde s'est plantée dans ton bras comme un couteau. Rentre à la maison et laisse-moi te l'enlever. Ça te fait mal ?

Il jeta un œil sur l'éclat de bois fiché dans son bras, à la façon d'une lame. Il ne s'en était même pas rendu compte.

— Je ne sentais aucune douleur avant de le savoir. Mais maintenant, ça fait un mal de chien. Oh, merde !

Une demi-heure plus tard, ils se disputaient.

— Non, pas question d'aller voir un médecin. La première chose qu'il ferait serait d'appeler le shérif Gaffney. Il vaut mieux éviter ça. Ça va bien. Tu as désinfecté la plaie et tu m'as fait un bandage. Tu t'es très bien débrouillée. Pas de problème. Ça suffit. Tu m'as même fait ingurgiter trois aspirines. Maintenant, il me faudrait une bonne lampée de cognac et je serais capable de chanter un air d'opéra.

Elle se figura le shérif arrivant et les bombardant de questions sur le type qui leur avait tiré dessus. « Oh là là, qui aurait bien pu vouloir faire ça, mes braves petits ? » Elle l'imaginait !

Elle donna à Adam une autre aspirine, pour faire bonne mesure, et, comme elle n'avait pas de cognac, elle lui tendit une cannette de soda.

Sur ce, ils se figèrent tous les deux. On venait de frapper à la porte.

La seconde d'après, le battant s'ouvrit brutalement et il y eut un bruit de voix basses et étouffées.

Becca serra son Coonan dans son poing et rampa jusqu'à la porte de la cuisine.

— Ne bouge pas, Adam. Je n'ai pas envie de te voir blessé une seconde fois.

— Becca, tout ira bien. Attends un instant.

Il était juste derrière elle, sa main posée sur le bras qui tenait le pistolet.

— Qui est là ? cria-t-il.

Une voix d'homme répliqua en hurlant :

— Tout va bien, là-dedans ? Cette porte, on croirait qu'une armée entière a tenté un passage à coups de fusil.

— Je ne sais pas qui ça peut être, murmura Adam à Becca. Tu reconnais sa voix ?

Elle fit non de la tête.

— Qui êtes-vous, bon sang ? Parlez, ou je vous fais sauter la tête. On est devenus un peu méfiants, ici.

— Je m'appelle Savich.

— Et moi Sherlock. C'est Thomas qui nous envoie. Il nous a dit que nous devions voir Adam et Becca, leur parler, savoir exactement ce qui se passait, analyser les faits. Ensuite, on pourra peut-être coincer ce maniaque.

— Je lui avais pourtant dit de ne rien faire ! répondit Adam.

Il posa son arme sur la table de la cuisine et passa dans le hall. Un homme corpulent l'y accueillit, avec un pistolet 9 millimètres SIG. Une femme était postée derrière lui, comme un garde du corps. À l'approche d'Adam, elle bondit auprès de son compagnon :

— Pas d'inquiétude. Nous sommes de votre côté. Comme Dillon vous l'a dit, c'est Thomas qui nous envoie. Moi, je m'appelle Sherlock et voici mon mari, Dillon Savich. Nous sommes du FBI.

C'était l'homme que Thomas avait envoyé pour sauver sa fille. Le fils de son ami. Le grand expert en informatique. Adam n'aimait pas ça, mais alors pas du tout. Il se tenait debout, inquiet, et les fixait du regard. Un homme qui embarquait sa femme dans une aventure potentiellement très dangereuse ? Quelle sorte d'idiot pouvait-il être ?

Becca s'avança.

— Vous avez un nom formidable... Sherlock. Vous êtes M. Savich ? Bonjour. Bon, je ne sais pas qui est ce Thomas, mais c'est probablement le patron d'Adam. Seulement Adam refuse de me dire qui l'a engagé et pourquoi. Je suis Becca Matlock. L'homme qui me poursuit et qui a tiré sur le gouverneur était là il y a quelques instants. Il m'a téléphoné et, ensuite, il a essayé de nous tuer. Je l'ai touché, j'en suis certaine. Adam a trouvé du sang, mais l'homme a déguerpi, il a camouflé ses traces et j'ai dû soigner Adam, et donc...

— Maintenant, on comprend tout, répondit Sherlock en souriant à la jeune femme.

Sherlock la trouvait plutôt jolie, mais donnant l'impression d'avoir été sacrément éprouvée. On lui en avait fait trop voir. Elle s'adressa au colosse, le dénommé Adam :

— Dillon est un infirmier hors pair. Voulez-vous qu'il examine votre bras ?

Adam était non seulement furieux, mais il se sentait idiot d'être aussi mécontent. Si ce type était vraiment un génie des logiciels de recherche, il pouvait peut-être se rendre utile. Il répliqua avec un hochement de tête :

— Non, ça va très bien. J'espère seulement que la fusillade ne va pas attirer le shérif ici.

— Cet endroit est très isolé, répliqua Savich. Et avec ces épais feuillages, je doute que quiconque ait pu entendre les coups de feu, à moins d'avoir été dans les proches parages.

Becca intervint en désignant Adam :

— J'espère que vous avez raison. Voici Adam Carruthers. Je le fais passer pour mon cousin. Il est là pour essayer de remettre les choses en place et pour me protéger. Comme je vous l'ai dit, je crois qu'il travaille pour ce fameux Thomas. J'ai raconté au type qui habite un peu plus bas qu'il était homo parce que j'avais peur qu'il soit jaloux, mais ce n'est pas vrai.

— Il n'est pas vraiment jaloux ? fit Sherlock.

— Adam n'est pas homo.

Savich, qui jusqu'à présent s'était tenu coi, l'air sérieux, fut pris d'un fou rire. Il ne pouvait plus s'arrêter.

D'un coup de tête, sa femme ramena en arrière sa splendide crinière rousse. Son rire s'harmonisait avec celui de son mari.

— Je suis ravie que vous ne soyez pas homo, laissa tomber Savich... Vous pensez que cet autre type est jaloux d'Adam ?

Becca acquiesça.

— Oui, c'est vraiment idiot, en fait. Toute cette histoire est une question de vie ou de mort. Qui penserait à des histoires de jalousie ou de sexe dans des moments pareils ? C'est invraisemblable.

— Tout à fait, approuva Sherlock. Personne n'aurait des idées de ce genre ! Tu ne crois pas, Dillon ?

— C'est exactement ce que j'allais dire, acquiesça son mari.

Adam le regarda remettre son SIG dans son holster. Bon, d'accord, deux de plus ne seraient peut-être pas de trop, vu les circonstances. Il attendrait de voir ce qu'ils allaient faire.

Becca expliqua :

— Adam boit un soda parce que je n'ai pas de cognac pour lui faire passer le choc de sa blessure. Glaçons ou citron vert dans les vôtres ?

Savich lui sourit :

— Mettez-moi une bonne dose de citron vert, puis Sherlock et moi irons chercher une bouteille de cognac.

Il la dévisagea longuement. Il aurait voulu lui annoncer que son père était malade d'inquiétude à son sujet, qu'elle lui ressemblait beaucoup, et que, quand tout cela serait fini, elle allait le retrouver pour de bon. Mais, pour le moment, Savich ne pouvait rien dire. Ils avaient promis à Thomas Matlock qu'il resterait dans l'ombre jusqu'à ce que l'affaire soit complètement réglée. Thomas leur avait déclaré : « Avant d'être certain que Krimakov est bien mort, je ne peux pas prendre ce risque. Et, pour que j'y croie vraiment, que j'en sois totalement persuadé, il faut que j'aie vu une photo de lui allongé dans le tiroir d'une morgue grecque. »

Sherlock avait objecté : « Mais, s'il n'est pas mort, monsieur, et qu'il orchestre toute cette affaire, il sait tout sur Rebecca et il essaie de la terroriser pour vous atteindre à travers elle. »

À quoi Thomas avait répondu : « J'en sais juste assez pour avoir une peur bleue. Je veux juste garder tout cela secret jusqu'à confirmation. En attendant, je veux la cacher de tous les flics et du FBI, car je suis sûr qu'ils ne peuvent pas la protéger de ce maniaque. »

Becca leur lança, tout en les conduisant à la cuisine :

— Avant que quiconque vienne ici, il faut me dire qui vous êtes et pourquoi vous êtes là. Comme je viens de vous l'expliquer, la couverture d'Adam, c'est qu'il est mon cousin gay.

Adam renchérit en ouvrant une cannette de soda pour Savich :

— Vous ne voulez pas être son deuxième cousin pédé ?

— Et moi, qu'est-ce que je serais ? coupa la petite rousse. Je ne peux pas m'empêcher de le tripoter. Ça ferait tout de suite voler en éclats notre couverture !

— Et si nous étions vos amis, Adam ? J'en sais pas mal sur vous et votre passé. Nous serions des camarades de collège, qu'en pensez-vous ? proposa Savich.

— Qu'est-ce que vous seriez venus faire ici, à Riptide, dans le Maine ?

Sherlock prit le verre de soda que lui tendait Becca, but une gorgée et répondit :

— Nous sommes ici à cause de ce squelette qui est tombé de votre mur, Becca. Vous aviez besoin d'aide et, comme nous habitons Portsmouth, ce n'était pas grand-chose de faire un saut.

— Comment savez-vous dans quels établissements je suis allé ? questionna Adam en fusillant Savich du regard.

— MAX m'a recomposé votre CV de A à Z. Il lui a fallu un peu plus de temps pour retracer toutes vos autres activités. Vous sortez de Yale. Pas de problème. Alors, on a fait équipe ensemble ?

Au fond, après tout, pensa Adam, c'était une bonne idée.

— Oui, répondit-il. On a fait équipe. On a même battu Harvard, cette bande de petites lavettes.

Sherlock se demanda pourquoi Adam Carruthers ne voulait ni d'elle ni de Dillon ici. Il ne se rendait donc pas compte qu'ils pouvaient lui être d'une aide précieuse ? Le maniaque se cachait à Riptide, il avait déjà essayé de les tuer.

La rousse Sherlock offrit son plus magnifique sourire à Adam :

— Pourquoi ne pas faire une petite reconnaissance dans les bois, pour essayer de retrouver les traces de ce type ?

— Bonne idée, dit Savich en se levant. Ensuite, on doit tenter de comprendre pourquoi il cherche absolument à tuer Becca. Tout cela n'a aucun sens. Apparemment, son but est de la terroriser. Pourquoi la tuer, alors, et mettre fin à son petit jeu ? Il n'aurait plus rien pour s'amuser.

— Bonne question, acquiesça Becca. Nous n'avons pas eu beaucoup de temps pour réfléchir depuis que ça s'est passé. En ce qui me concerne, je ne crois pas qu'il ait voulu nous tuer, ni l'un ni l'autre. Il voulait juste nous faire peur, juste nous annoncer qu'il était là, qu'il était prêt à faire joujou.

Becca reprit sa respiration avant d'ajouter :

— Oh, c'est vrai ! Il faut qu'on fasse réparer la porte avant que Tyler McBride ou le shérif nous rendent visite. Je ne veux pas avoir à expliquer pourquoi il y a des traces de balles sur le linteau.

— Allons d'abord trouver des indices de son passage, répondit la jolie rousse. Ensuite, Becca, vous nous direz quel genre de langage ce maniaque vous a tenu cette fois pendant qu'on se mettra tous au boulot pour réparer la porte.

Une demi-heure plus tard, Savich fit observer à Adam :

— Vous êtes un pro. Vous disiez qu'il n'avait pas laissé de traces, et c'est exact, il n'y a rien.

Adam toussota modestement :

— Allons voir un peu plus loin. Peut-être qu'on découvrira des traces de pneus.

— Aucune chance, répondit Sherlock. Le maniaque est aussi un pro, ce qui signifie que ce n'est pas un vrai maniaque. C'est une couverture. Une ruse.

— Elle a raison, acquiesça Savich. Ce n'est pas vraiment un maniaque.

Becca s'étonna :

— Qu'est-ce que vous voulez dire, exactement ?

En retournant un tapis de feuilles à trois mètres de là, Adam répondit :

— Ce n'est pas logique, tu comprends. En général, les maniaques sont des malades qui, pour des raisons bizarres, s'accrochent à une personne. C'est une obsession. Ce ne sont pas des pros. Et ce gars-là en est un. Tout était parfaitement planifié.

Savich pensa : *Si Krimakov est encore en vie, c'est une véritable campagne terroriste, et Becca n'est que le moyen d'y parvenir. Thomas Matlock a raison d'avoir peur.* La fin que prévoyait Krimakov n'était bonne ni pour le père ni pour la fille.

Becca secoua la tête :

— Il a l'air d'un malade, pourtant, chaque fois qu'il m'appelle. Il a téléphoné, il y a deux heures. Il disait à peu près la même chose. Il avait l'air surexcité, très content de lui, comme s'il ne pouvait pas attendre. Je sais qu'il s'amuse avec moi, qu'il se fait plaisir en sentant ma peur, ma colère, mon impuissance.

Elle s'arrêta un instant, regarda Adam et ajouta :

— Mais le fait est que, maintenant, je ne peux pas m'empêcher de ressentir qu'au fond de moi il est mort.

Sherlock répliqua :

— Peut-être que pour vous il est mort à l'intérieur, mais c'est de l'extérieur que nous devons nous inquiéter. Une chose dont nous sommes certains, c'est qu'il est très malin ; il sait ce qu'il doit faire, et il le fait. Il vous a trouvée, non ? Maintenant, nous devrions revenir à la maison et Becca nous racontera tout en détail. Rapportez-nous précisément ce qu'il a dit. On pourra ensuite faire travailler ensemble notre matière grise et résoudre cette sale affaire.

— Autre chose, fit Savich en brossant son pantalon noir. On ne doit pas se montrer à découvert, comme ça. Ce n'est pas malin.

Sherlock, chevelure rousse étincelante dans la lumière du couchant, les ramena vers la Maison Marley.

Ils découvrirent de l'enduit, une ponceuse électrique en état de marche et un peu de teinture à bois dans la cave, sur des étagères, près du trou dans le mur de brique.

Ils démontèrent la porte d'entrée et la placèrent à

l'intérieur. Pendant que Savich la ponçait et qu'Adam bouchait à l'enduit les impacts de balles, Becca et Sherlock montaient la garde, armes à la main, l'œil aux aguets. Très vite, Sherlock fit parler Becca, interminablement.

— ... et puis, il m'a téléphoné il y a quelques heures, en répétant le même genre d'obscénités. Que j'allais appeler le gouverneur dès qu'il irait mieux et que je lui demanderais de venir me voir.

— Tu sais, dit Adam, il ne croit pas vraiment que tu aies couché avec le gouverneur. Ça fait partie de son scénario. Il avait besoin d'un prétexte pour déclarer que tu dois être punie.

— Vous avez raison, opina Sherlock.

C'était la première fois que la petite rousse était d'accord avec lui. Adam ne savait s'il devait s'en réjouir.

— Vous avez tout à fait raison, répéta-t-elle. Continuez, Becca, que vous a-t-il dit d'autre ?

— Quand je lui ai parlé de Dick McCallum, il n'a pas voulu admettre qu'il l'avait tué, mais je sais qu'il l'a fait. Il a répondu que j'étais devenue arrogante, que j'étais trop sûre de moi, qu'il allait venir très bientôt. Je peux vous avouer que, quand j'ai raccroché, j'étais sur le point de jeter l'éponge. Il prétend être mon petit ami. C'est insupportable.

— Oui, fit Adam en levant la tête pour la regarder. Elle était prête à jeter l'éponge pendant environ trois minutes.

Se tournant vers Savich, il ajouta :

— Ensuite, elle a mis son Coonan dans sa poche et elle est partie dans les bois. Pourquoi as-tu fait cela, Becca ? Ce n'était pas très malin.

Elle se renfrogna. Tous laissèrent leurs gestes en suspens : ponçage et enduit s'arrêtèrent. Elle haussa les épaules :

— Je l'ignore. Je voulais juste aller là-bas, toute seule, et m'asseoir au soleil contre cet arbre. Cette vieille baraque qui craque me sortait par les oreilles. Il y a des fantômes là-dedans, l'atmosphère est remplie de souvenirs de ces gens qui y ont habité, des restes, peut-être, et pas tous très rassurants.

— Avant de la trouver, j'ai failli crever, dit Adam.

Il se rendit compte qu'il souriait à Savich. Et alors, pourquoi pas ? Il était là, il avait l'air compétent, du moins pour le moment.

— Bon, écoutez, je dois contacter mon équipe, reprit Adam. Le maniaque, enfin notre homme, est dans les parages. Il a déjà essayé de nous tuer, ou peut-être qu'il voulait juste s'en prendre à moi. Il faut qu'on ceinture cette ville. Et il faut surtout qu'on en finisse avec cette putain de porte avant qu'il entre ici pour nous descendre.

— Il ne pourra même pas s'approcher, fit remarquer Becca en levant son Coonan.

— C'est vrai, renchérit Savich en lançant un clin d'œil à sa femme. Tu ne veux pas expliquer à Adam comment on a couvert les lieux ?

— D'accord. Une demi-douzaine de gars envoyés par Thomas ne vont pas tarder, précisa-t-elle en consultant sa montre. Dans une heure environ, je crois. Et nous qui pensions qu'il n'y aurait pas assez pour les occuper ici ! Là, on s'est vraiment trompés.

— On est dans les temps, déclara Savich en époussetant la sciure qu'il avait sur les mains. Et ne croyez pas qu'ils vont tous débarquer en ville et s'installer à l'Errol Flynn's Hammock. Non, ils vont se faire discrets, ils vont tenir cet endroit sous haute surveillance. On commencera dès que cette porte sera finie. On va mettre le téléphone sur écoute. Il ne va sûrement pas tarder à rappeler. Et nous avons besoin d'un peu de protection autour de cette maison. Les gars vont arriver et nous allons instaurer des tours de garde. Ah, aussi, Adam, il faudra leur montrer où se trouvent les traces de sang et ils les feront analyser. Au moins pour vérifier que c'est bien du sang humain.

— Je sais que je l'ai eu.

Savich approuva :

— Oui, je suis sûr que vous l'avez touché. Nous

verrons si nous pouvons trouver quelque chose d'intéressant grâce aux analyses de sang. Et je crois qu'il vaudrait mieux que vous restiez à l'intérieur, Becca.

— S'il a essayé de tuer Adam pour se faciliter les choses, intervint Sherlock, nous sommes tous du gibier pour lui. Il serait prudent que votre ami Tyler et son fils n'approchent pas d'ici. Ils ne sont pas non plus en sûreté.

Adam pensa : *Mais où ai-je donc la tête, c'est moi qui aurais dû dire tout ça !*

Becca regarda la rousse droit dans les yeux :

— C'est vrai, je ne veux pas que Tyler ou Sam soient exposés au moindre danger. Et dites-moi, qui est ce fameux Thomas ?

— C'est le patron d'Adam, répondit Savich, conscient qu'Adam était aux aguets. Ou plutôt, c'était son patron. Adam est indépendant, maintenant. D'ailleurs, si j'ai bien compris, Adam rend un service à Thomas... Adam, un peu de teinture et cette porte aura l'air parfaite.

— J'ai laissé le pot dans la cuisine, dit Becca en se précipitant.

— J'y vais avec vous ! s'exclama Sherlock. Je crois que j'aimerais jeter encore un œil sur le trou dans la cave.

Dès que Becca fut hors de la pièce, Savich se tourna vers Adam :

— C'est évident, c'est vous qu'il voulait tuer. Il voulait se débarrasser de vous, blessé ou mort, il s'en fiche. Ce n'est pas ce qui compte pour lui.

— Oui, je sais.

— C'est elle qu'il veut. Il veut s'emparer d'elle, alors il a pensé qu'il devait vous éliminer d'abord.

— C'est ce que je me suis dit.

15

Becca tenait le pot de teinture à bois devant elle. Adam, au lieu de prendre la boîte, resta là, apathique, à regarder cette jeune femme trop maigre qui paraissait tout à coup hors d'elle.

— Je suis furieuse ! fulmina-t-elle.

Elle était rouge jusqu'aux oreilles. Il la croyait volontiers. Il lui sourit tandis qu'elle poursuivait :

— Il a tiré dans la porte de Jacob Marley. Ça dépasse les bornes !

La colère durcissait ses yeux bleus qui lançaient des éclairs. Ses cheveux teints étaient presque dressés sur sa tête.

— Je vous ai entendus tous les deux, continua Becca. Il a essayé de te tuer, Adam, pour m'avoir ! Ça aussi, ça dépasse les bornes !

Elle s'arrêta, essoufflée. Elle aurait voulu le protéger. Il lui prit le visage entre ses grandes mains. Leurs bouches allaient presque se toucher. Mais il se ressaisit aussitôt et s'empara de la boîte de teinture. Becca Matlock en furie protectrice, cela lui faisait quelque chose ! Un sentiment à la fois étrange et merveilleux lui descendait jusqu'aux pieds, ou plutôt jusqu'aux semelles de ses vieilles boots éculées.

Il contempla encore sa bouche, mais, au lieu de l'embrasser, il se mit à rire. Et plus il avait envie de l'embrasser, plus il riait.

Elle lui adressa un clin d'œil et recula d'un pas :

— Ne fais pas de taches sur tes vêtements. Ce n'est pas moi qui vais les laver.

— Quand il le faudra, c'est moi qui m'occuperai de ma lessive, répondit Adam avant d'ajouter dans un sourire : et tu me montreras comment faire marcher la machine à laver.

— Tu n'aimes pas tout ce qui est machine, hein ? Non, ne dis rien, seules les machines qui demandent du travail font peur aux hommes.

Adam aperçut la main de Savich, grommela quelque chose et lui passa la boîte de peinture. Son bras lui faisait mal et Savich le savait, le fumier. Adam ne put s'empêcher de lui lancer méchamment :

— Vous voulez savoir ? J'aimerais bien vous arranger votre belle petite gueule quand tout ça sera fini.

Savich éclata de rire :

— Si vous pensez que j'ai un joli minois, vous avez un gros problème, c'est exactement ce que je pense du vôtre.

— Merde.

— Vous voulez jouer les gros bras ? Quand vous voulez.

Pendant que Savich passait la porte au pinceau, Becca, postée à la fenêtre, son Coonan dans la main droite, scrutait dans tous les sens, comme une vraie pro. Après un moment, Adam, n'y tenant plus, prit la brosse des mains de Savich.

Savich se contenta de lui sourire. En contrepoint, Sherlock s'exclama :

— J'adore voir un vrai mec au travail.

Adam passait le vernis sur la porte, lentement, soigneusement, serrant les dents, parce que son bras lui faisait mal. Mais il n'allait pas geindre. Il sifflait doucement, entre les dents, espérant que Savich l'entendrait.

Une heure plus tard, Tyler arrivait avec Sam.

— Dis-moi, qu'est-ce que ça sent ? Qui sont ces gens ?

Becca resta un moment sans voix, puis expliqua :

— Je n'aimais pas la couleur de la porte d'entrée.

Elle était défraîchie et vieille. On vient de finir de la revernir.

Elle attendit pour voir si Tyler allait dire qu'il avait entendu des coups de feu, mais apparemment, non.

Sam la dévisagea et renifla de nouveau l'air.

— Ça sent bizarre, hein, Sam ? dit Becca. Tiens, voilà des amis d'Adam. Je te présente Sherlock et son mari, Savich.

Sherlock se baissa pour dire bonjour au petit garçon. Elle ne fit aucun mouvement pour s'approcher de lui, elle lui dit simplement, après qu'il l'eut observée un moment :

— Bonjour, tu aimes mon nom ?

Sam ne bougea pas, mais il pencha un peu la tête en arrière. Il adressa un petit sourire à la jeune femme et observa ses boucles d'or roux. Il tendit deux doigts et lui toucha le haut de la tête.

Savich s'accroupit à côté d'elle et dit à son tour :

— Nous avons un petit garçon beaucoup plus petit que toi. Il s'appelle Sean et il n'a que six mois. Il ne peut pas encore caresser le haut de la tête de sa maman. Il ne parle même pas. Mais ses dents commencent à pousser.

— Les dents, c'est utile, enchaîna sa femme. Mais elles font mal quand elles poussent.

Adam dressa l'oreille. Ces deux-là avaient un enfant ? Au fait, pourquoi s'en étonner ? La plupart des hommes de son âge étaient mariés et avaient des enfants. Il avait déjà été marié, et il voulait un enfant, beaucoup d'enfants d'ailleurs, mais Vivie disait qu'elle n'était pas prête. Il y avait longtemps maintenant, cinq ans, presque assez longtemps pour oublier son nom.

Becca intervint alors pour déclarer :

— Sam ne parle pas beaucoup. Je crois que c'est parce qu'il est toujours en train de réfléchir.

— J'aime les enfants qui réfléchissent, dit Savich. Tu viens avec moi dans la cuisine, on va trouver quelque chose à manger ?

Sam n'hésita pas, il leva aussitôt les bras. Savich le souleva et le prit sur ses épaules.

— Je ne crois pas que je te ferai sortir ton rot, Sam. Pourtant je sais très bien m'y prendre. Sean adore faire son rot.

Sam attrapa les cheveux de Savich, et Becca fut étonnée de voir un sourire éclairer son visage. Puis il tourna la tête et regarda Adam, avec son pansement au bras. Et soudain, il eut l'air effrayé.

Adam, qui avait lui aussi perçu son effroi, essaya de le rassurer :

— Ce n'est rien, Sam. Juste un bobo. Becca m'a soigné tout de suite.

— Oui, et j'ai fait ça très bien, ne t'inquiète pas, dit Becca à l'enfant.

Une fois Sam et Savich partis, Tyler s'écria :

— Que s'est-il passé ici ? Non, Becca, n'essaie pas de me mentir.

Elle s'imagina Tyler et Sam, tous deux dans la ligne de mire de ce dingue, et elle dit :

— Le maniaque m'a retrouvée. Il a tiré sur Adam et moi. Je l'ai touché, mais il s'est échappé. Tout va bien, mais je suis inquiète de vous voir ici, Sam et toi.

— Il a tiré dans la porte ? interrogea Tyler.

— Il a fait feu deux fois, il a causé pas mal de dégâts. Je ne veux pas que le shérif soit au courant. Il poserait trop de questions.

— Ne vous inquiétez pas, intervint Sherlock à l'adresse de Tyler. Nous allons tout prendre en main, mais, vous savez, Becca a raison. Il vaut mieux éloigner Sam d'ici tant que nous n'aurons pas eu ce type. Ça pourrait être dangereux jusque-là.

Tyler était à la fois furieux et déterminé.

— D'accord, fit-il. Je pars, mais je veux que Becca vienne avec Sam et moi, soit dans ma maison, soit très loin, peut-être en Californie. Je veux qu'elle se trouve en sécurité.

— Non, Tyler, répondit Becca. Nous devons régler cette affaire. Beaucoup de gens sont là pour m'aider.

Tyler se tourna vers Adam :

— Mais qui es-tu, en fait ? Et vous ? ajouta-t-il en direction de la petite rousse.

— Savich et moi sommes du FBI. Adam est en mission spéciale pour protéger Becca.

— Tu ne m'as jamais rien dit, reprocha Tyler à Becca d'un ton peiné. Tu ne me faisais pas confiance. Tu m'as raconté que c'était ton cousin. Pourquoi m'as-tu menti comme ça ?

Becca ne trouva rien à répondre. Elle ne voulait pas le vexer, ni le tenir à l'écart. Elle ne voulait pas lui donner l'impression qu'il ne comptait pas.

— N'en fais pas toute une histoire, Tyler, intercéda Adam. On n'est pas en train de s'amuser. Ce n'est pas une partie de plaisir. C'est une affaire très sérieuse. Tu n'es pas formé pour ce genre de choses. Nous sommes des professionnels. En plus, tu as Sam. C'est lui ta priorité absolue.

— Salopard, articula Tyler entre ses dents, les poings serrés. Tu n'es pas pédé, hein ?

— Pas plus que toi.

— Tu cherches à la séduire, à profiter d'elle. Elle crève de peur et tu te débrouilles pour qu'elle ne dépende que de toi. Tu n'as pas envie de me voir dans les parages.

— Écoute, McBride...

Adam était déjà sur lui. Il le renversa sur le dos, dans l'entrée. Adam, tombant sur son bras blessé, poussa un gémissement et se redressa d'un coup. Il ne voyait pas rouge, cette fois, il voyait sa cible très précisément, très clairement : en plein dans les reins de Tyler. Bon Dieu, non, il ne pouvait pas. Ce ne serait pas très élégant. Il pouvait lui faire très mal. Mais, bon.

Tyler, haletant, hors de contrôle, allait lui sauter dessus à nouveau quand la petite rousse lui tapota l'épaule. Quand il se retourna, un peu déstabilisé, elle lui coinça la mâchoire. Sa tête bascula et il trébucha. Il récupéra son équilibre et s'arrêta, la main sur la joue.

Il la scruta, stupéfait. Alors, d'une voix légère, elle lui assena :

— Désolée, monsieur, mais ça suffit. Écoutez-moi bien. C'est la vie de Becca qui compte avant tout, pas votre amour-propre. Adam ne connaissait même pas Becca il y a deux jours. Il est là pour la pro-té-ger. Maintenant, ressaisissez-vous, ou je vous fais passer par-dessus ma tête et je vous plaque au sol.

Tyler eut l'air d'avoir compris. Il se tourna pour faire face à Becca :

— Toutes mes excuses. Je n'avais pas l'intention de le frapper. Enfin, si, mais c'est juste que j'ai tellement peur pour toi... Et, brusquement, ce type fait son apparition, soi-disant ton cousin. J'étais persuadé que ce n'était pas vrai. Je ne savais pas quoi faire. Je m'inquiète pour toi, Becca. Je n'en dors plus.

La jeune femme s'approcha de Tyler et s'appuya contre lui, l'entourant de ses bras.

— Je sais, dit-elle dans un souffle. J'apprécie que tu sois là pour moi. Mais ces gens sont des pros. Ils savent ce qu'ils font et des renforts vont arriver incessamment. Nous devons arrêter ce maniaque. Maintenant qu'il est ici, je ne peux plus tout abandonner et filer. Il faut qu'on l'attrape. Il m'a retrouvée. Je ne sais pas comment, mais il m'a retrouvée. Tu ne comprends pas ? Si je pars, il finira par savoir où. J'ai toute une équipe de gens, ici, qui sont là pour me venir en aide. Tyler, dis-moi que tu comprends pourquoi j'ai gardé le silence à propos d'Adam.

Il avait la joue pressée contre ses cheveux, la serrant tellement fort qu'Adam pensa qu'il allait lui écraser les côtes. Il brûlait de l'arracher à son étreinte et de lui mettre un bon coup de poing dans les gencives.

Becca se détacha de lui. Il avait peur pour elle, elle le voyait bien, et elle ne voulait pas le vexer. Sa voix était très douce quand elle lui répéta :

— Tu comprends, Tyler ?

— Oui, bien sûr, mais je veux simplement vous aider, assura-t-il en passant le doigt sur la joue de

Becca. Je te connais depuis longtemps. Je veux participer. C'est une histoire terrifiante.

— Tu peux le dire, acquiesça-t-elle avec un pâle sourire, soudain au bord des larmes.

Quand Savich revint dans l'entrée, Tyler lui lança gravement :

— Merci de vous être occupé de Sam.

Il prit l'enfant dans ses bras et le serra presque aussi fort que Becca un moment plus tôt.

— Sam, désolé de m'être mis en colère contre Adam. Je ne voulais pas te faire peur. Ça va ?

Sam hocha sa petite tête :

— Je t'ai entendu crier.

— Je sais, soupira Tyler en lui embrassant la tempe. Tu n'as pas l'habitude de ce genre de choses, hein ? Tout le monde peut perdre son calme. Je suis désolé de l'avoir fait, et encore plus que tu aies pu l'entendre. Maintenant, il faut qu'on aille chez le droguiste acheter des joints pour le robinet de la baignoire. Tu veux bien ?

Sam acquiesça, l'air soulagé. Tyler lui fit un autre câlin.

— Dans quelle rue se trouve ce droguiste ? demanda Savich en regardant sa femme, qui se frottait les phalanges.

— West Hemlock, répondit Tyler. C'est la rue principale.

Quand Tyler McBride fut enfin parti, Adam se tourna et, voyant Sherlock et Savich qui s'entretenaient à voix basse, leur jeta agressivement :

— Vous allez vous installer ici ?

— Je crois qu'il vaut mieux, répliqua Savich. Mais d'abord, on va mettre ce téléphone sur écoute. Sherlock a insisté pour qu'on apporte notre équipement. Elle a raison dans la plupart des cas...

Savich souleva ce qui ressemblait à une minuscule valise en aluminium.

— ... C'est un système d'enregistrement, précisa-t-il. On va l'installer juste à côté du répondeur téléphonique. Je vais le relier à la ligne par l'intermédiaire du circuit de déclenchement du répondeur. Bon, branchons notre bestiole entre le combiné et la prise murale.

— Eh bien, s'exclama Becca, c'est une sacrée machine !

— Tout à fait, déclara Adam. Ça s'achète chez Radio-Shack pour à peu près vingt...

— L'enregistreur démarrera dès la sonnerie du téléphone, coupa Savich.

— Bon, le « localiseur » maintenant, dit Sherlock en sortant un petit boîtier de la taille d'un ordinateur portable. Vous voyez ça, Becca ? C'est un afficheur à diodes électroluminescentes. Quand notre ami appellera ce numéro, le nom et l'adresse de la personne où se trouve le téléphone d'appel s'afficheront ici, sur l'écran vert. C'est comme les instructions automatiques qui s'inscrivent quand on appelle la police.

— C'est terminé, Sherlock ? interrogea Savich en opinant de la tête au moment où elle appuya sur quelques boutons. Bien... Il est temps que j'aille rejoindre les gars, que j'établisse les tours de surveillance ; et que je leur explique le branchement d'écoute et la traque.

— Parfait, approuva Adam. Je viens avec vous. Je veux les rencontrer. Je ne tiens pas à ce qu'on tire sur quelqu'un par accident. De plus, il faut qu'on commence à repérer notre maniaque. Il ne peut pas être loin.

— Trois de nos gars sont déjà sur le coup. Ils vérifient toutes les stations d'essence dans les quatre-vingts kilomètres à la ronde, tous les gîtes ruraux, les auberges, les motels. Ils ont déjà établi une liste de tous les hommes seuls, de vingt à cinquante ans, qui sont arrivés à Bangor et à Portland au cours des trois derniers jours.

Sherlock bâilla :

— Becca et moi monterons la garde. Faites bien attention, messieurs ! Dites-moi, une petite sieste ne nous ferait pas de mal, après toute cette agitation.

Est-ce qu'il y a une autre chambre disponible dans cette grandiose demeure ?

Les hommes arrivèrent à la Maison Marley deux heures plus tard. Il faisait noir, il était près de neuf heures du soir. La maison était allumée à tous les étages, ainsi que tous les éclairages extérieurs. La nouvelle porte refaite à neuf resplendissait et sentait bon le vernis.

Sherlock buvait un café dans le salon, étudiant un dossier qu'elle avait apporté de Washington. Les stores étaient fermés. Becca n'était nulle part. Ils avaient déjà vérifié avec Perkins. Il n'y avait pas eu d'appel téléphonique.

Adam trouva enfin Becca dans sa chambre. Elle gisait au milieu du lit, les mains croisées sur la poitrine. Elle gardait les yeux fermés, mais il savait qu'elle ne dormait pas. Ses épaules semblaient très tendues.

— Becca ? Tu vas bien ?

— Oui.

Elle sentit le matelas s'incurver quand il s'assit à côté d'elle.

— Qu'est-ce que tu veux ? souffla-t-elle. Va-t'en. Je ne veux pas être forcée de voir ton joli minois. Est-ce que quelqu'un l'a vu, notre maniaque ?

— D'abord je n'ai pas un joli minois. C'est Savich qui est le mignon, ici. Non, aucun signe de lui jusqu'à présent, juste ce sang qu'on a trouvé dans les bois. Les gars ont prélevé des échantillons pour le faire analyser.

Elle entrouvrit l'œil gauche :

— Tout s'est passé comme il faut ? Les hommes étaient là ? Est-ce qu'ils ont découvert quelque chose ?

— Oui, les six gars sont arrivés, ils sont tous très bien entraînés. J'en connais quatre, j'ai même déjà travaillé avec deux d'entre eux, donc pas de problèmes. Ils sont tous impeccables. Ce n'est qu'une question de temps avant qu'on le repère. On nous doit un petit service quelque part. On fera appel à tout le monde si nécessaire. Tu connais la raison pour laquelle je suis ici. Je dois te protéger des flics et du FBI parce qu'on savait qu'ils ne pouvaient pas te garder de ce maniaque. Mais les choses ont changé. Le type est dans les parages et on n'a plus le choix. Il faut qu'on l'arrête, sinon tu ne seras jamais tranquille.

— Qui est ce Thomas ? Il doit détenir une position très importante pour envoyer tous ces gens ici, pour quelqu'un d'aussi insignifiant que moi.

— Tu n'es pas insignifiante.

Il s'exprimait trop durement, trop intensément.

— Écoute, reprit-il en serrant les dents, ne te soucie pas de Thomas. Il fait ce qu'il doit faire. Mais pourquoi es-tu dans ta chambre, allongée sur le lit ?

Il marqua une pause. Elle avait le regard éteint, elle était de nouveau toute pâle, et il s'inquiéta.

— D'abord, dit-il, je commence à avoir faim. Qu'est-ce qu'on fait pour le dîner ? Il est presque neuf heures. Il faudra bientôt aller se coucher. Ah oui, c'était une excellente idée de tout allumer.

— Une idée de Sherlock. Mais attends un peu... Tu penses à manger ? Maintenant ?

Il acquiesça de la tête. Il avait réussi à la faire sortir de sa léthargie. Elle attendait en le dévisageant. C'était plutôt bon signe.

— Bien sûr que j'ai faim. Alors, ce dîner ?

— Très bien, répliqua-t-elle en roulant de l'autre côté du lit. Laisse-moi me remettre un peu, je vais voir ce qu'on peut faire.

Là-dessus, elle sortit de la chambre, Adam sur ses talons, fixant l'arrière de sa tête avec un large sourire. Elle réussissait à faire bonne figure. Il valait mieux qu'elle soit furieuse. Il se sentait satisfait et soulagé. Il se rendait compte, pourtant, que ce comportement idiot était un peu trop facile pour lui.

— Alors, dit Sherlock, une demi-heure plus tard, attablée à la cuisine devant un peu de salade au thon que venait de préparer Savich, ce Tyler McBride a l'air très amoureux de vous, Becca, et il est extrêmement jaloux d'Adam. Ça pourrait poser un problème ?

— Il pose déjà un problème, coupa Adam en agitant dans les airs un cornichon à l'estragon. Ce type m'a agressé. Je ne lui faisais rien et il m'est tombé dessus à bras raccourcis.

— Vous vous êtes retenu pour ne pas le blesser, observa Sherlock. C'est ce qu'il y avait de mieux à faire. Tyler a non seulement très peur pour Becca, mais il se sent menacé par l'apparition d'un autre homme. Curieux. Il sait très bien que Becca a de graves ennuis. Il devrait se douter que, plus on est nombreux à l'aider, mieux ça vaudra.

Adam se sentit visé. Lui aussi, il avait eu une réaction négative à l'arrivée du couple. Et les deux femmes le sentaient.

— Je suis contente que vous n'ayez pas frappé Savich, ajouta la rousse en devinant ses pensées. Sinon, j'aurais été obligée d'en faire un peu plus que de vous immobiliser la mâchoire, Adam.

Avec un grand sourire, elle leva le plat avant de lancer :

— Quelqu'un veut un sandwich au thon ?

— Ou préférez-vous de la viande bien saignante ? demanda Becca.

— Ça suffit, gronda Adam en fusillant Becca du regard. Je prends un dernier sandwich et je vais parler avec les gars, voir un peu ce qui se passe. La lune est presque pleine ce soir. Tout est calme. N'ayez crainte, le petit ami ne va pas me tirer dessus. Je prends mon arme. Ah oui, si j'avais agressé Savich, je l'aurais assommé avant que vous puissiez me faire quoi que ce soit, ma petite Sherlock.

Et sur ce, il quitta la cuisine.

La petite rousse s'esclaffa. Savich regarda tour à tour les deux femmes, se leva et, s'emparant d'un sandwich, décréta :

— L'atmosphère est un peu épaisse, ici. À plus tard, Sherlock. Je vais passer un coup de fil à ma mère et voir comment elle s'en sort avec le petit.

— Appelle-moi quand tu l'auras au téléphone,

répondit Sherlock avant de mordre allégrement dans une pomme.

Savich se dirigea vers le salon, où se trouvait le seul téléphone de la maison. Il entendit Adam qui sifflotait au-dehors.

Il détestait devoir mentir à sa mère quand elle l'interrogeait sur ses activités, mais il le fit, et proprement.

— On vérifie le passé de quelqu'un de très important qui sera peut-être nommé à la Cour suprême. Tout doit rester hautement confidentiel et c'est pour ça que Jimmy Maitland nous a demandé, à Sherlock et à moi, de nous en occuper. Ne t'inquiète pas, maman, nous serons de retour dans quelques jours. J'ai rencontré un petit garçon très mignon aujourd'hui. Il paraît que sa mère l'a abandonné, qu'elle l'a laissé avec son père il y a plus d'un an et qu'il n'a pratiquement pas dit un mot depuis lors. C'est Sean que j'entends gazouiller dans le fond ? J'aimerais bien lui parler.

16

Le téléphone carillonna à minuit. Tout le monde l'avait entendu, mais Becca fut la plus rapide. Elle se leva et dévala l'escalier vers le salon dès la deuxième sonnerie.

C'était lui, elle le savait, et elle tenait à lui parler. Ce n'était pas la peine de le faire attendre, même quelques instants. Le localiseur agissait instantanément, l'identification se faisait en quelques secondes.

Sa main tremblait quand elle attrapa le combiné.

— Allô ?

— Je ne sais pas si j'ai envie de continuer à être ton petit ami. Tu as tué mon chien, Rebecca.

Tué son chien ?

– C'est un mensonge, vous le savez bien. En plus, aucun animal ne voudrait s'approcher de vous. Vous êtes trop fou et trop dégueulasse.

— Il s'appelait Gleason. Il était très gros et tu lui as tiré dessus. Tu l'as tué. Je suis vraiment fâché, Rebecca. Je vais venir m'occuper de toi, maintenant. Dans pas longtemps. Dis, chérie, tu veux envoyer des fleurs pour l'enterrement du pauvre Gleason ?

— Pourquoi n'allez-vous pas vous enterrer vous-même avec lui, espèce de malade ?

Adam, à côté de Becca, entendit sa respiration haletante, la pulsion de la rage. Elle avait réussi à le faire réagir. Bien.

Il vit Savich écrire le nom et l'adresse inscrits sur le localiseur et s'asseoir sur le canapé pour ouvrir son ordinateur portable. Il se rapprocha encore de Becca.

— Tu as avec ce grand type, à côté de toi, Rebecca ? Il écoute ce que je dis ?

— Oui, je suis là, dit Adam en se penchant. Je t'écoute, espèce de tas de merde ! Console-toi, tu as tué la porte d'entrée, mais on est tellement forts qu'on l'a ressuscitée. Elle est sûrement plus belle que toi.

Becca avait l'impression que la fureur de son persécuteur était presque palpable tellement le silence de la ligne téléphonique était dense. Elle en sentait presque l'odeur immonde. Chaude et rance.

— Je te tuerai pour ce que tu viens de dire, salaud.

— Tu as déjà essayé, non ? Tu n'es pas très efficace, hein ?

— Tu es un homme mort, Carruthers. Bientôt, très bientôt...

— Où se passe la cérémonie pour Gleason ? Je veux que tu m'invites. Tu veux que je vienne avec un curé ? Ou est-ce que ton genre de folie ne verse pas dans la religion ?

Les respirations s'accélérèrent, rauques et profondes.

— Je ne suis pas fou, imbécile. Je vais m'arranger pour que Rebecca te voie crever. Je te le promets. Je sais qu'il y a deux autres abrutis là-bas, avec toi. Je sais aussi qu'ils sont du FBI. Tu crois qu'ils vont pouvoir t'aider ? Personne ne peut m'avoir. Personne. Dis donc, Rebecca, le gouverneur, il t'a appelée ?

Adam hocha la tête. Elle répondit :

— Oui, il m'a téléphoné. Il veut me voir. Il m'a dit qu'il m'aimait, qu'il voulait encore coucher avec moi. Il m'a dit que sa femme était une telle emmerdeuse qu'elle ne peut pas le comprendre, et il veut la quitter pour vivre avec moi. Ce brave homme, vous pensez qu'il est assez rétabli pour que je lui dise où je suis ?

Silence de mort, puis très doucement, ils entendirent qu'on raccrochait.

Elle regarda le téléphone. Le localiseur indiquait « 501-4867, Orlando Cartwright, Rural Route 1456, Blaylock » en lettres noires sur un écran vert intense.

Sherlock déclara :

— Personne ne bouge pour le moment. Savich aura toutes les informations dans un moment. Il avait l'air en pleine santé, non ?

— Certainement, répondit Adam.

— Alors ce n'était qu'une blessure superficielle, c'est bien dommage, dit Sherlock en se grattant derrière l'oreille.

Ses boucles rousses étaient en désordre. Elle portait une chemise de nuit en coton sur laquelle on pouvait lire de face : JE FREINE DEVANT LES ASTÉROÏDES. Savich avait enfilé un jean. Il était torse nu, comme Adam.

— Il mordait bien, énonça Adam. C'était une excellente tactique de ta part. Bon, sortons d'ici et allons attraper ce sale maniaque. Vous avez notre direction, Savich ?

— Dans une seconde !

Adam prit Becca dans ses bras :

— Tu as été formidable, vraiment très forte. Tu l'as déstabilisé. Bon, habillons-nous et allons cueillir ce petit salopard.

— On y va tous ! s'exclama Becca.

Savich leva les yeux et afficha une mine réjouie.

— C'est une ferme à quelque dix kilomètres au nord-ouest d'ici, aux alentours d'une petite ville dénommée Blaylock. Attendez, j'appelle Tommy la Bouffarde.

Il put joindre très vite son correspondant sur son téléphone mobile.

— Oui, Tommy, appelle tous les autres et file là-bas, mais n'entre pas. Ce type est extrêmement dangereux. Surveille-le en attendant qu'on arrive. Je vais trouver tout ce qu'il faut pendant qu'on roule. Oui, sur MAX.

Pendant que Savich travaillait sur le siège arrière de la Jeep d'Adam, il commentait ses découvertes.

— Voilà, mes amis. La ferme appartenait à Orlando Cartwright, il l'a achetée en 1954. Il est mort, maintenant. Oh oui, très bien, mon petit MAX. Il avait une fille, elle était avec lui jusqu'à ce qu'il meure voilà trois semaines au Blue Hills Community Hospital. Cancer des poumons, Alzheimer. Oh, elle est toujours là...

— Quel est son nom ? demanda Becca, se retournant sur son siège pour le voir.

— Linda Cartwright. Hep ! Une minute, OK, bonne trouvaille, MAX. Elle n'a jamais été mariée, elle a trente-trois ans, elle est plutôt gironde, quatre-vingt-deux kilos, mais elle est plutôt jolie, même sur la photo de son permis de conduire. Elle est secrétaire juridique pour le cabinet d'avocats Billson Manners, à Bangor. Elle y travaille depuis huit ans. Attendez un peu, je vais consulter son dossier personnel... Oui, elle a d'excellentes appréciations. En 1995, elle a porté plainte pour harcèlement sexuel. Ah, le type s'est finalement fait virer. Son dossier professionnel est vierge. Sa mère est morte en 1985. Un conducteur en état d'ivresse l'a tuée, ainsi que sa sœur cadette. Non, MAX, pas besoin d'aller fouiller dans les fichiers de police, c'est probablement une perte de temps.

— Elle est célibataire et elle est seule, fit observer Sherlock. Ça ne me plaît pas du tout. Il faut foncer, Adam.

— Elle est seule, opina Becca. Seule, comme je l'étais.

À une heure du matin, sous une lune presque pleine, une brillante lune d'été, Adam gara sa Jeep noire à côté d'une Ford Taurus bleu foncé, sur le bas-côté d'une route goudronnée. Ils se trouvaient à environ cinquante mètres de la vieille ferme dont ils apercevaient les volets blancs, à la peinture écaillée, et la véranda étroite, à moitié écroulée.

Il n'y eut pas besoin de présentations.

Deux hommes, tous deux la trentaine environ, en bonne forme physique, l'un portant des lunettes, l'autre fumant la pipe, s'appuyaient sur le côté de la voiture. Savich les interpella :

— Il est là ?

L'un d'eux rétorqua en attrapant son walkie-talkie :

— Les lumières sont encore allumées, mais on n'a pas constaté le moindre mouvement. Personne n'est parti depuis notre arrivée. Chuck et Dave sont de l'autre côté... Alors, les gars, vous voyez quelque chose ?

La réponse jaillit, forte et claire :

— Il n'est pas sorti de ce côté, Tommy. Rollo et toi, vous avez vu quelque chose ?

— Rien du tout.

— Nous n'avons pas pu percevoir de mouvements dans la maison. Chuck veut s'approcher et aller jeter un œil par les fenêtres.

— Dis à Chuck et à Dave d'attendre, ordonna Adam. Voilà Savich, il va vous faire un résumé de la situation.

Savich fut concis, il expliqua tout, la voix hachée.

— Je n'aime pas ça, déclara Tommy en tirant une nouvelle bouffée sur sa pipe. Une femme vivant aussi loin de tout, toute seule, pas de voisins à moins de trois kilomètres. Je parie qu'il l'a repérée très rapidement et qu'il s'est installé là, avec elle. Bon Dieu, tout ça ne me dit rien qui vaille. Nous n'avons vu personne. Peut-être qu'elle n'est pas là. Peut-être que MAX s'est trompé et qu'elle n'a jamais été ici.

— Oui, c'est vrai, acquiesça Rollo.

Le dénommé Rollo avait l'air déprimé. Il était petit, vêtu de noir, complètement chauve, et son crâne brillait sous la lune d'été.

Tommy la Bouffarde ajouta :

— Peut-être qu'il est parti avant notre arrivée. Il aurait même pu l'embarquer avec lui, comme otage.

Linda Cartwright était une femme seule et Becca savait intuitivement que l'homme avait été là, avec elle.

Cette saloperie de lune, pensa Adam, elle les éclairait presque comme en plein jour. N'importe qui pouvait les voir de la ferme. Mais il y avait d'épais sapins sur le côté est de la petite habitation. Les fermiers cultivaient des pommes de terre dans ce pays et le terrain était en grande partie défriché, ouvert, avec de temps en temps des bouquets de résineux et d'érables disséminés, mais pas d'endroit pour se cacher. On apercevait une grosse herse mécanique au milieu d'un champ. Il y avait une petite véranda croulante sur le devant de la maison, et une ampoule électrique nue éclairait la porte d'entrée.

Sur la façade est de la bâtisse, on pouvait s'approcher jusqu'à environ six mètres des murs, puis il n'y avait plus de sapins. Il faudrait s'en contenter. Adam sortit son Delta Elite, se frotta la tempe avec le canon tout en réfléchissant. Puis il dit, une lueur d'espoir dans les yeux :

— J'ai un plan. Approchez, que je vous explique.

— Je n'approuve pas, dit Savich dès qu'Adam eut fini. Trop dangereux.

— Je pensais, argua Adam, qu'on pourrait tous foncer à l'assaut en lâchant des rafales, en créant l'enfer, mais la femme est peut-être encore en vie. On ne peut pas prendre le risque de le laisser la descendre et de tuer ensuite deux ou trois d'entre nous, sans compter qu'il faut faire avec ce putain de clair de lune.

— D'accord, acquiesça Savich au bout d'un moment. Mais j'y vais avec vous.

— Pas question, riposta Adam. Je me fous que vous soyez un agent du FBI et que votre but dans la vie soit d'arrêter les méchants. Vous êtes encore marié et vous avez un gamin. Ce que vous devez m'assurer, et tous les autres aussi d'ailleurs, c'est une bonne couverture. Il paraît que vous êtes bon tireur, Savich, prouvez-le.

— J'y vais avec toi, Adam, dit Becca. Je couvrirai tes arrières en restant juste derrière toi.

— Non, dit-il en serrant sa main dans la sienne. C'est moi le professionnel, ici. Fais quelques prières, c'est tout ce que je te demande.

— Non ! lança Becca.

Il devina alors que, s'il tenait à ce qu'elle ne bouge pas, il allait devoir demander à l'un de ses hommes de l'attacher. Il n'aimait pas ça, mais il comprenait. L'opération pouvait s'avérer dangereuse, trop dangereuse. Il ne savait plus quoi décider.

— Je viens, reprit-elle d'un ton sans réplique. Il le faut, Adam, je dois y aller.

Il ne comprenait que trop bien. Il acquiesça. Il entendit Savich qui reniflait.

— Becca vous couvrira à partir des bois, dit Adam. Non, pas de discussions, Becca. C'est comme ça.

Sherlock s'empara du walkie-talkie et expliqua à Chuck et à Dave, qui se trouvaient de l'autre côté de la maison, ce qui allait se passer.

Becca avait le cœur qui battait fort. La nuit était fraîche, mais la jeune femme était en sueur. Elle avait la nausée, se sentait terrorisée, non seulement pour Adam et elle, mais pour la malheureuse à l'intérieur de la maison, cette pauvre femme qu'elle espérait retrouver vivante. Sherlock et les hommes avaient l'air calmes, sur le qui-vive, prêts à l'assaut. Tommy enfouit sa pipe dans sa poche et passa à Becca un gilet en Kevlar.

— C'est le plus petit après celui de Sherlock, indiqua-t-il. Laissez-moi vous aider à le mettre. Vous restez en planque dans les bois, n'oubliez pas. Vous serez hors de la ligne de tir, mais on ne prend jamais assez de précautions.

Une fois sanglée dans le gilet pare-balles, elle sortit son Coonan et vérifia le chargeur à trois reprises. Adam lui jeta un coup d'œil, mais se contenta de lui expliquer qu'elle devait rester juste un peu en arrière. Son cœur battait de plus en plus vite. Sa main tremblait. Ça n'allait pas, non, pas du tout. Elle mit la main gauche dans sa poche. *Arrête de trembler*, pensa-t-elle en regardant sa main droite qui tenait le pistolet. Elle jeta un regard sur Sherlock, qui s'inquiétait d'une des attaches Velcro de son gilet de Kevlar. Personne ne prenait de risque inutile.

— C'est l'heure, décréta Savich après avoir vérifié sa montre. Allez-y, Adam. Bonne chance, Becca, et baissez-vous bien.

Adam, suivi de Becca, fit un large détour vers le côté est de la maison. Il marchait lentement, calmement, et Becca le suivait au même rythme. Ils passaient à travers les sapins. Quand ils arrivèrent à la lisière des arbres, Adam s'arrêta. Six mètres, pensa-t-il, pas plus de six mètres. Il observa la fenêtre, à six mètres, juste en face de lui. Il voyait les rideaux, des rideaux fins, en dentelle, mais ils n'étaient pas tirés devant la grande fenêtre. Une chambre, probablement. Il se retourna pour apercevoir Becca, dont le visage avait la pâleur de la grosse lune au-dessus d'eux. Il lui entoura le cou d'une main et lui chuchota contre la joue :

— Je veux que tu restes ici et que tu ouvres les yeux. Tu te caches, tu m'entends ? Si tu le vois, tu lui fais exploser la tête, d'accord ?

— Oui. Je t'en prie, sois prudent, Adam. Ton gilet est bien sanglé ? Tu es protégé ?

— Oui.

Il lui passa le bout des doigts sur la joue, puis lâcha son bras.

— Ouvre l'œil, ajouta-t-il dans un souffle.

Adam eut l'impression de mettre pratiquement une heure pour parcourir ces six mètres. Chaque foulée était longue, lourde, si bruyante qu'elle faisait trembler le sol. Il crut que tous les sons de la nuit, depuis les chouettes jusqu'aux criquets, s'étaient arrêtés pendant ce temps. Ils l'observaient, songeait-il, pour voir ce qui allait se passer. Rien dans la maison, pas de mouvement, aucun bruit, pas une ombre furtive. Il s'aplatit contre le mur du bâtiment, le pistolet dans ses deux mains, puis lentement, par la fenêtre, il scruta la chambre, avec ses meubles en rotin blanc, ses coussins bon marché d'un rouge passé, éclairée par l'ampoule sous-voltée d'une vieille lampe en lave pétrifiée, posée sur une table de nuit à côté d'un grand lit. Il ne vit rien, pas de mouvement, personne. Le couvre-lit était posé à même le matelas. Il pouvait voir qu'il n'y avait rien sous le lit, à part des gros moutons de poussière. Non, personne. Il remarqua aussi que la porte de la pièce était close. Il vérifia doucement la fenêtre, s'arrêta, écouta. Toujours rien. La fenêtre à guillotine n'était pas bloquée. Il la souleva. Le bruit de frottement contre la peinture écaillée lui parut aussi fort que le tonnerre.

La fenêtre se trouvait à un mètre cinquante du sol. Comme il ne pouvait pas faire autrement, il glissa le pistolet dans son jean. Il avait toujours détesté faire ça depuis qu'il avait entendu cette histoire : un agent, voilà des années, ayant passé son pistolet dans son pantalon, s'était cogné contre un pare-chocs de voiture, ce qui avait accidentellement actionné la détente. Il s'était fait sauter le bout de la queue. Merde, vraiment, il n'avait pas envie qu'il lui arrive la même chose. Il se redressa et passa la jambe sur le rebord de la fenêtre. Il adressa un signe à Becca, lui enjoignit d'un geste de ne pas bouger et de rester cachée. Mais, bien sûr, elle n'en fit rien. Elle courut jusqu'à la maison et tendit la main pour qu'il l'aide à entrer par la fenêtre.

— Seulement si tu restes à couvert là-dedans pendant que j'inspecte le reste de la maison.

— Promis. Allez aide-moi, dépêche-toi. Je n'aime pas ça du tout, Adam. Elle était seule ici, je suis sûre qu'il a fait des dégâts.

Une chouette hulula à quinze mètres de là, du haut d'un grand arbre, bien planquée dans les bois. La lune illuminait le visage de Becca. Adam la tira sur le rebord de la fenêtre et, d'un geste souple des reins, elle fit basculer ses jambes sur le paquet de la chambre.

Elle regarda Adam s'approcher de la porte du placard, écouter avec attention, puis l'ouvrir brusquement. Rien. Puis elle le vit marcher vers la porte de la chambre, toujours sur le côté, jamais face à la porte. Il tourna délicatement la poignée, poussa le battant et pénétra dans le hall, le pistolet levé. Ensuite, il disparut. Becca resta là, tremblante. Elle entendait la chouette, dont le cri lui parvenait de la forêt.

Où était-il ? Le temps s'écoulait aussi lentement que sur le fauteuil du dentiste. Peut-être même encore plus lentement.

Enfin, elle l'entendit crier :

— Becca, retourne à la fenêtre et fais savoir à Savich que tout le monde peut venir. Il n'est pas là.

— Non, je veux sortir...

— Par la fenêtre, Becca, s'il te plaît.

Quand il fut certain qu'elle était sortie, Adam passa sous la véranda branlante, avec sa balustrade écaillée. Il s'écria :

— Il n'est plus là, Savich, venez voir un instant. Les autres, restez dehors et surveillez les alentours, OK ?

— D'accord, on continue la surveillance, mais c'est incroyable, dit Tommy. Personne n'a bougé d'ici depuis que nous sommes arrivés et nous avons convergé sur les lieux moins de dix minutes après ton appel, Adam.

Savich articula lentement :

— Il savait, bien sûr, que nous avions mis le téléphone sur écoute.

— Oui, répondit Adam, le salaud le savait. Dans la cuisine, Savich.

— Je n'aime pas ça, dit Becca en s'adressant à Sherlock pendant qu'elle s'approchait de la porte d'entrée. Pourquoi ne peut-on pas entrer dans la maison ?

— Restez là pour le moment, Becca.

Plusieurs minutes s'écoulèrent. Personne n'émit un son, mais, l'un après l'autre, les hommes entrèrent dans la maison par la porte du devant.

Becca ne savait quoi faire. Sherlock, qui se tenait sous la petite véranda, avec son SIG 9 millimètres prêt à tirer, balayant l'espace autour d'elle, scrutant dans toutes les directions, lui jeta :

— Je vais voir ce qui se passe. Becca, pourquoi n'attendez-vous pas ici encore un petit moment ?

Becca la regarda :

— Pourquoi ?

— Attendez là, répondit Sherlock d'une voix autoritaire. C'est un ordre !

Becca entendait les hommes. Elle savait qu'ils étaient tous à l'intérieur, c'était rageant. Mais pourquoi ne voulaient-ils pas qu'elle entre ? Elle courut vers l'arrière du bâtiment et se glissa derrière un homme qui se tenait dans l'embrasure de la porte de derrière. En entrant dans la cuisine, elle fut éblouie par l'éclat des ampoules de deux cents watts qui pendaient du plafond. La pièce était petite, tout était blanc, propre et vieux. Y trônait une vieille table, avec au centre un magnifique vase contenant des roses fanées. On l'avait poussée contre le mur. Deux des chaises étaient renversées sur le sol. Le réfrigérateur ronflait bruyamment, comme un vieux train peinant à grimper une colline.

Elle contourna l'homme qui gardait la porte. Il essaya de la retenir, mais elle se dégagea. Tommy, Savich et Sherlock se tenaient en rond, regardant vers le sol en linoléum vert clair. Adam se releva lentement.

Et soudain, Becca put la voir.

17

La femme n'avait plus de visage. Sa tête avait l'air d'un bol rempli d'os écrasés, de chair et de dents. Il l'avait frappée violemment, férocement, de nombreuses fois. On pouvait voir du sang coagulé partout, par plaques sombres sur son visage et sur le lino usé. Des traînées brun-rouge zébraient le bas du mur blanc. Ses cheveux collaient à sa tête ; des mèches ensanglantées retombaient sur le sol. Et il y avait de la poussière dans les cheveux pleins de sang coagulé.

— Elle est jeune, annonça l'un des hommes d'une voix basse, faussement détachée, qui dissimulait mal une fureur contenue. Nom de Dieu, trop jeune. C'est Linda Cartwright, n'est-ce pas ?

— Oui, répondit Adam. Il l'a tuée ici, dans la cuisine.

Linda Cartwright était allongée sur le dos dans une robe de chambre usée, lavée tant de fois qu'elle avait perdu sa couleur rose, pour virer presque au blanc. De la saleté partout, jusqu'à ses pieds, qui étaient nus, avec les ongles vernis, d'un rouge éclatant et gai. Becca se faufila plus près. C'était réel, terriblement réel, l'horreur s'étalait juste devant ses yeux, la femme était morte.

— Bon Dieu, non, non...

Elle regarda Savich se pencher et détacher un mot qui était épinglé sur le devant de la robe de chambre. Elle se rendit compte pour la première fois que la femme était grosse, comme Savich l'avait vue sur la photo de son permis de conduire.

— Ne laisse pas Becca entrer ici, dit-il à Sherlock sans lever les yeux pendant qu'il lisait le papier. C'est insupportable. Arrange-toi pour qu'elle reste dehors.

— Je suis déjà ici, répliqua Becca, qui avalait sa salive pour lutter contre les haut-le-cœur.

— Qu'est-ce qu'on a écrit ?

— Becca...

C'était Adam. Il se retourna vers elle.

— C'est quoi, ce mot ? insista-t-elle.

Savich marqua une pause, puis lut posément, d'une voix ferme et claire :

Dis, Rebecca, tu peux l'appeler Gleason. Comme elle n'avait pas l'air d'un chien, j'ai dû lui arranger un peu le portrait. Maintenant, elle y ressemble. À un chien crevé. Elle est belle et grosse, par contre, exactement comme Gleason, et c'est parfait. C'est toi qui l'as tuée. Toi et personne d'autre. Prépare-lui un bel enterrement. C'est un petit cadeau, spécialement pour toi, Rebecca. Je te verrai bientôt, ce sera toi et moi, jusqu'à la fin des temps.

Ton petit ami.

— Il l'a écrit à l'encre noire, au stylo à bille, constata Savich d'un ton neutre, sans émotion.

Il glissa le papier dans un sac en plastique qu'il avait sorti de la poche de son pantalon.

En tirant la fermeture à glissière du sachet, il ajouta :

— C'est une feuille de papier ordinaire arrachée à un carnet. Rien de particulier à ce sujet.

— Vous croyez qu'il fait n'importe quoi ? interrogea Sherlock à la ronde.

Son visage était pâle, l'horreur se reflétait dans son regard.

— Non, répliqua Adam. Je ne pense pas. Je crois qu'il y prend beaucoup de plaisir. Je suis persuadé qu'il découvre enfin qui il est vraiment et qu'il en jouit. Je l'entends presque marmonner : « Je vais lui faire peur, lui prouver que je suis une telle horreur que la prochaine fois que je l'appellerai, je n'entendrai plus aucune ironie de sa part. J'entendrai la peur dans sa voix, la détresse. Maintenant, que pourrais-je bien faire pour y parvenir ? »

Adam marqua un temps, puis il énonça d'une voix plus basse :

— Alors il a décidé de tuer Linda Cartwright et d'en faire son chien imaginaire.

— Oui, opina Tommy. Adam a raison. Il sait ce qu'il fait.

— Il faut que je passe quelques coups de fil, annonça soudain Savich.

Cependant, il ne bougea pas ; il gardait le regard perdu sur le bout de papier, sur ce qui restait de Linda Cartwright.

Un silence pesant s'abattit sur la petite cuisine trop fortement éclairée. On n'entendait que les respirations profondes des six hommes et des deux femmes ; l'un d'eux tirant sur une pipe qui n'était même pas allumée. Puis Becca rompit la paralysie générale, se précipita dehors par la porte de derrière, tomba à genoux et se mit à vomir. Son corps était secoué de tremblements. Elle ne s'arrêta que lorsque son estomac fut vide. Elle restait là, recroquevillée, s'entourant de ses bras, secouée par les sanglots. Elle voulait mourir, parce qu'elle avait provoqué la mort de Linda Cartwright, comme celle de la pauvre vieille devant le Metropolitan Museum, à New York... et aussi parce qu'elle avait presque fait tuer le gouverneur. Elle entendit quelqu'un s'approcher par-derrière. Elle savait que c'était Adam.

— Son visage, il a fait disparaître son visage, pour une plaisanterie que lui seul peut trouver drôle. Il l'a assassinée et lui a écrasé le visage.

— Je sais, souffla Adam en s'accroupissant derrière elle et en l'attirant contre lui. Je sais.

Elle sentit qu'il commençait à la bercer doucement.

— Je sais, Becca.

— Je suis responsable de sa mort. Si je ne lui avais pas tiré dessus, si je ne l'avais...

Adam la fit pivoter pour la regarder en face. Il lui tendit un mouchoir, attendit qu'elle s'essuyât la bouche et ajouta :

— Maintenant, écoute-moi bien : si tu te sens coupable du sort de cette pauvre femme, je te plaque au sol. Rien de tout cela n'est ta faute. Il est diabolique. Ce type ferait n'importe quoi pour te terroriser, pour t'entendre geindre, supplier, pour le prier d'arrêter. N'importe quoi.

— Il a réussi.

— Tu ne peux pas continuer comme ça. Tu ne peux pas le laisser se faufiler sous ta peau. Cela voudrait dire qu'il a gagné. Qu'il a pris le contrôle, qu'il a le pouvoir. Tu comprends ce que je te dis ?

Elle s'écarta de lui et commença à lui masser les bras avec ses mains, sans trop savoir ce qu'elle faisait.

— C'est dur. Je sais qu'il est diabolique. Je sais qu'il doit y avoir une raison, une raison qui lui paraît parfaitement logique, mais, moi, j'ai l'impression d'avoir moi-même écrasé le visage de cette pauvre femme. Oh, mon Dieu, si je ne lui avais pas tiré dessus, si seulement je l'avais raté...

— Ça suffit ! coupa-t-il en la secouant fortement. Voilà ce que nous allons faire. Nous allons la laisser comme elle est, dans la cuisine, et appeler anonymement la police. Non, ne discute pas.

Avec ses doigts, il lui toucha délicatement la bouche avant de reprendre :

— Écoute, je sais que c'est très difficile, étant donné que nous agissons dans l'illégalité et qu'on ne va pas s'occuper d'elle immédiatement, comme il le faudrait. Même Savich et Sherlock ont un grave problème de conscience. Bien qu'ils fassent partie des plus prestigieux services de police du pays, ils se rendent compte que rien de bon n'en sortirait si brusquement on découvrait que tu es là et que tu es impliquée jusqu'au cou dans un nouveau meurtre. Les flics et les fédéraux se disputeraient pour avoir l'honneur de t'arrêter et de t'interroger les premiers. En revanche, tu serais protégée, et c'est déjà quelque chose, mais ça ne suffit pas. Nous sommes tous du même avis : tu serais mise en examen pour meurtre et complicité de meurtre. Ce serait un cauchemar et cela ne changerait rien, même s'ils te relâchaient. Pourquoi ? Parce qu'il serait toujours là, il attendrait, et tout recommencerait.

« Donc, Savich et Sherlock ont accepté de ne pas révéler pour l'instant qu'ils ont pris contact avec toi et s'occupent de l'affaire. Savich attend la liste des appels téléphoniques de la femme. Nous allons savoir depuis combien de temps il était là et la retenait prisonnière. Nous saurons qui il a appelé en dehors de toi. Tous nos gars sont en train d'inspecter la maison de fond en comble. Ce sont des professionnels. S'il y a le moindre indice, ils le découvriront. S'il reste des empreintes digitales, et je veux bien parier qu'il y en a, ils les prélèveront aussi. Mais cela va prendre du temps, parce que nous allons devoir camoufler notre passage. Nous voulons éviter à tout prix que la police retrouve des traces de poudre de prélèvement. Nous n'allons pas pouvoir signaler le meurtre avant deux heures.

— Il savait que le téléphone était sur écoute.

— Oh oui, il le savait. Et c'est pourquoi il a préparé cette surprise exprès pour toi. Il ne peut pas être bien loin. Il est proche, très proche d'ici. Il se peut même qu'il soit en train de nous observer en ce moment, caché dans les sapins, mais je ne crois pas qu'il soit si imprudent. Nous l'aurons, Becca. Tu peux me croire. Il devra payer pour ce qu'il a fait à Linda Cartwright.

— Bon sang ! s'écria-t-elle soudain. Tu as raison, il nous observe. Peut-être qu'il nous regarde de loin, avec des jumelles, mais je ne le pense pas. Je parie qu'il est juste là, planqué derrière les arbres. Je pense même qu'il t'a regardé grimper par la fenêtre, qu'il m'a vue sortir et vomir mon sandwich... Tu disais qu'il se rendait enfin compte de qui il était, de ce qu'il aimait faire, eh bien, voilà... Il a vu Tyler et Sam. Il sait que je suis proche d'eux. Est-ce qu'ils ne sont pas menacés, eux aussi ? Et s'il s'en prenait à eux ?

— Il pourrait, mais j'en doute. Je vais te dire pourquoi. Il sait que nous ne sommes pas stupides. Il sait que nous sommes nombreux. C'est toi qu'il veut. Il l'a montré clairement. Je ne l'imagine pas déviant de sa course pour aller tuer Tyler et Sam. Pourquoi ? Il veut me coincer, mais je suis avec toi, j'habite chez toi, je le provoque. C'est pourquoi il s'attaque à moi. Maintenant, Dave et Chuck vont inspecter l'extérieur dès qu'ils auront fini dans la maison.

— Il ne sera plus là.

— Probablement.

— Tu crois qu'il l'a tuée pendant les quelques minutes qui se sont écoulées entre son appel et l'arrivée des hommes ?

Adam hésita, puis secoua la tête.

— Non, elle est morte depuis au moins quelques heures.

— Mais son visage, Adam, son visage... C'était tout... récent, même si ce sang avait l'air coagulé.

— Il a fait ça après t'avoir appelée, quand il s'est rendu compte que le téléphone était sur écoute. Elle était déjà morte.

— Comment l'a-t-il tuée ?

Adam ne voulait plus rien dire à ce sujet, mais il savait qu'elle n'allait pas le lâcher.

— Il l'a étranglée.

— Pourquoi y avait-il autant de saleté sur elle ? Il y en avait partout, sur ses pieds, sur ses cheveux.

Et merde, se dit-il. Il ne voulait pas le dire, mais il n'avait plus le choix.

— Elle était pleine de saleté parce qu'il l'a déterrée pour lui écrabouiller le visage.

Voilà, c'était dit, et il crut qu'elle allait se remettre à vomir. Elle ferma les yeux, les bras ballants, et laissa reposer sa tête contre sa poitrine. Pourtant, elle se contenta de pleurer, sans aucun bruit, juste des larmes, les poings serrés contre la veste d'Adam.

— Bon Dieu, Becca, dit-il en la serrant très fort, je te jure que je l'aurai, je te le jure.

Elle resta silencieuse pendant un très long moment. Ses genoux commençaient à lui faire mal quand elle lui susurra dans le cou :

— Pas si je tombe sur lui la première.

Elle trembla, puis il la sentit se raidir et lentement, très lentement, elle se dégagea de son étreinte. Elle enchaîna :

— Il en avait fini avec elle, il prévoyait déjà de partir, alors il l'a tuée et enterrée, puis il a décidé que ce serait amusant de me faire cette farce monstrueuse.

— Oui, c'est à peu près ça.

— Il est toujours ici, Adam. Il n'est pas loin. Je le sens. Comme quelque chose de très sombre et de très lourd qui ramperait sur ma peau.

Il ne répondit rien.

— Mais pourquoi ? Je n'arrive pas à comprendre pourquoi c'est moi qu'il a choisie. Pourquoi est-ce qu'il me fait ça ?

Une fois de plus, Adam ne dit rien, mais il pensa : *Si Krimakov est vraiment mort, il n'y a pas de mobile, et je n'en ai pas la moindre idée non plus, je ne sais pas pourquoi il a jeté son dévolu sur toi.*

Becca n'arrivait pas à se sortir Linda Cartwright de la tête. Elle ne cessait de la voir, allongée là, le visage défoncé, et personne pour s'occuper d'elle, heure après heure.

Sherlock lui tendit une tasse de café qui dégageait une fine vapeur, comme une fumée de cigarette.

— Vous n'avez dormi que deux heures. Tenez, buvez ça.

— Aucun d'entre nous n'a dormi plus de deux heures, repartit la jeune femme. Où sont Adam et Savich ?

— Adam est dehors, il s'entretient avec Dave et Chuck. Ils viennent de commencer les patrouilles autour de la maison. Il va faire venir d'autres gens, des gars à lui, pour soulager un peu les autres.

— Peut-être que Hatch va venir.

Comme Sherlock prenait un air interrogateur, Becca ajouta :

— J'ai entendu Adam lui parler au téléphone. Oui, je faisais l'indiscrète, alors Adam a dû tout me dire. Il m'a expliqué que Hatch parlait six langues, qu'il avait beaucoup de relations, qu'il était très malin et qu'il fumait. Adam essaie toujours de le faire arrêter de fumer en menaçant de le virer.

Sherlock se mit à rire et leva sa tasse pour trinquer avec elle.

— J'ai hâte de voir ce type. S'il ose allumer une cigarette, Savich ne menacera pas de le virer, il lui arrachera la tête !

— Alors, Adam ne travaille pas avec Thomas ?

— Non, pas en ce moment. Ils sont amis depuis très longtemps. Adam est un peu comme un fils pour Thomas. Non, je ne vous en dirai pas plus à son sujet.

Becca resta silencieuse.

— Écoutez, reprit Sherlock, tout cela n'a pas d'importance pour l'instant. Mon mari est inquiet parce que la police locale ne pourra rien faire au sujet de Linda Cartwright, pour la simple raison qu'ils vont avancer à l'aveuglette. Mais nous avons décidé d'agir de cette façon pour le moment. Les flics sont là-bas depuis un bout de temps, maintenant. Ils s'occupent d'elle. Mais ils n'y comprendront rien, car nous ne dirons rien. C'est ce qui nous reste en travers de la gorge, à nous tous.

— Sherlock, savez-vous qui est Krimakov ? demanda Becca à brûle-pourpoint.

Ce fut plus fort qu'elle ; ses yeux la trahirent avant qu'elle puisse déclencher les volets automatiques. Elle se serait volontiers donné des coups de pied. Enfin, elle haussa les épaules.

— Oui, je sais qui c'est. Mais ce doit être son fantôme qui a tué Linda Cartwright. Apparemment, Thomas a reçu des renseignements comme quoi il aurait été tué dans un accident de voiture en Crète, là où, semble-t-il, il habitait. C'est de la pure conjecture. S'il est mort, il ne peut pas avoir le moindre rapport avec ce qui se passe.

— Et Thomas a bien vérifié que ce type est réellement mort ?

— J'imagine.

— Si ce Krimakov est en vie et qu'il est pour quelque chose dans toute cette horreur, pourquoi me vise-t-il, moi en particulier ? Il est russe, non ? Que pourrait-il avoir contre moi ? Pourquoi Thomas pense-t-il que c'est lui ?

— Je l'ignore, mentit Sherlock, qui avait eu le temps de remettre son masque en place.

— Qui est Thomas, enfin ? Écoutez, il faut me le dire !

— Oubliez cette histoire ! Laissez tomber. Soyez patiente. Pour l'instant, j'ai envie d'un autre café. Voulez-vous que je vous apporte une tartine grillée ?

— Non, rien du tout.

Mais qui donc était ce Thomas ? se demanda Becca. Pourquoi tous ces secrets ? Tout cela n'avait aucun sens. Elle regarda le téléphone. Il était près de neuf heures du matin, et c'était un jeudi.

Aucun message du maniaque. Peut-être avait-il peur désormais. Peut-être qu'il savait que les hommes se rapprochaient. Il songeait à s'en aller... Elle resta là, hypnotisée par ce téléphone noir comme par un serpent prêt à la mordre.

La dernière personne qu'ils craignaient tous de voir arriver débarqua vers le milieu de la matinée.

— La porte est superbe, s'exclama le shérif Gaffney quand Becca lui ouvrit. Avec toutes ces histoires, je n'imaginais pas que vous alliez vous soucier de l'aspect de votre porte d'entrée.

Becca répondit du tac au tac :

— On ne sait jamais, shérif. Avez-vous des nouvelles, savez-vous la vérité pour le squelette ?

— Oui, j'aimerais bien vous parler un moment, mademoiselle. Je crois maintenant que le squelette qui est tombé du mur de votre cave est celui de Melissa Katzen.

Il se frotta le front en soupirant :

— Je n'arrive pas à m'imaginer que le vieux Jacob ait été aussi féroce. Frapper une gamine de cette façon... Ça ne se fait pas.

— Shérif, dit Adam en se montrant derrière Becca, je pensais à cela. Vous avez dit qu'elle projetait une fugue. Des idées sur son petit ami ?

— Aucune. Personne ne se souvient de l'avoir vue avec un garçon. Vous ne trouvez pas que c'est curieux ? Pourquoi aurait-elle gardé la chose secrète ? Je n'y comprends rien. Maude, ma femme, non plus. Elle pense qu'une jeune fille aurait plutôt été très fière de se montrer avec un petit ami.

— Peut-être que c'est son copain qui ne voulait pas qu'elle l'exhibe, suggéra Becca. C'est peut-être lui qui lui a demandé de rester discrète.

— Mais pourquoi ?

— Je ne sais pas, shérif, j'aimerais bien le savoir.

— Rachel Ryan se souvient d'elle. Elle dit qu'elle était vraiment gentille, rien de nouveau de ce côté-là. Elle a aussi affirmé que Melissa ne portait jamais de vêtements sexy. Elle a été très surprise quand je lui ai parlé du jean Calvin Klein et de ce haut bien moulant. Elle ne pouvait pas se rappeler Melissa portant quoi que ce soit de suggestif. Vous devez avoir raison, mademoiselle. Ce devait être son petit ami. Mais j'imagine bien une jeune fille mignonne gambadant sur le terrain de Jacob Marley, et celui-ci se mettant en rogne. L'a-t-il frappée ?

Becca répondit :

— Peut-être qu'elle allait rejoindre son copain et que la propriété de Jacob Marley était un raccourci.

— Un raccourci pour nulle part, riposta le policier. L'arrière de la propriété se termine par un bois et s'arrête à la mer.

— Peut-être, intervint Sherlock, que c'étaient les vêtements qu'elle comptait mettre pour sa fugue.

Après tout, elle pouvait avoir eu l'intention de partir. Peut-être qu'au dernier moment elle n'a plus voulu, et que ce garçon est devenu furieux...

Le shérif déclara lentement :

— Qui êtes-vous ?

— Oh pardon, shérif, dit Adam. Sherlock et Savich sont des amis à moi. Ils ont fait une petite halte pour visiter le pays.

— Enchanté, madame. C'est plutôt une bonne idée. Je dois admettre que, pour une femme, vous avez fait une déduction vraiment logique, sûrement mieux que la plupart de vos congénères.

Savich, en entendant cela, se demanda si Sherlock allait envoyer une volée au shérif.

— Oui, marmonna Sherlock d'un air songeur. Je suis beaucoup plus maligne que notre pauvre Becca qui a du mal à trouver son chemin pour aller au supermarché si un gentil monsieur ne lui explique pas les rues aux noms de plantes vénéneuses.

— Vous êtes bien sarcastique, s'étonna le shérif après une légère hésitation. Je sais reconnaître l'ironie, savez-vous ? J'ai toujours pensé que les femmes ne devaient pas faire de remarques impertinentes.

Avant que Sherlock se jette sur le shérif, Adam lui demanda :

— Est-ce que les tests d'ADN sont en cours ?

Gaffney secoua la tête.

— On essaie toujours de retrouver ses parents. Toujours rien. Mme Ella se souvient d'une tante, qui vit à Bangor maintenant. Peut-être qu'elle a appris par les journaux la découverte du squelette et que c'est elle notre correspondante anonyme. Il faut que je la retrouve.

Le policier tripota le pistolet pendu à son ceinturon, qui, ce jour-là, sembler lui scier le ventre encore plus gravement que d'habitude.

— On ne peut pas être sûr que le squelette soit celui de Melissa. Bien que je me sois fait une opinion et que je considère que c'est le cas. On s'oriente vers d'autres hypothèses...

Se redressant soudain, le représentant de la loi enchaîna :

— Mes amis, la raison qui m'amène est simple. Je voudrais vous poser des questions sur les gens que j'ai vus un peu partout dans Riptide. Allez, ne me mentez pas. Je sais qu'ils sont avec vous, monsieur... Savich. Pouvez-vous me dire ce qui se passe ?

À cet instant, le téléphone sonna.

Aigu, strident, trop fort. Becca en fit tomber sa tasse de café.

— Elle n'a pas beaucoup dormi la nuit dernière, expliqua Adam tranquillement, avant de prendre le téléphone.

— Allô ?

— Salut, tête de merde. Tu as trouvé mon petit cadeau ?

— Mais oui, bien sûr. Où êtes-vous ?

— Je veux parler à Rebecca.

— Désolé, elle n'est pas là. C'est juste moi. Qu'est-ce que vous voulez ?

La ligne fut coupée.

— C'était un représentant, dit Adam, très à l'aise. Le crétin voulait vendre des stores vénitiens à Becca... Qu'est-ce que vous vouliez savoir, au fait, shérif ?

Le shérif continuait à fixer Savich.

— Ces types qui rôdent en ville. Qui sont-ils ?

— Rien ne vous échappe, shérif, répondit Savich. En fait, ma femme et moi, nous sommes ici parce que nous représentons un important promoteur qui s'intéresse sérieusement à cette partie de la côte du Maine. C'est vrai, Adam est effectivement l'un de nos amis. Je l'avoue, il nous sert de prétexte. Les types que vous voyez dans les parages devaient être très discrets, ce qui veut dire que vous avez l'œil, shérif. Ils prennent toutes sortes de renseignements, ils parlent aux habitants, ils étudient, vérifient les sols, la faune, la flore, cherchent à qui appartient quoi et évaluent la rentabilité des commerces aujourd'hui. C'est une très belle partie de la côte, et Riptide est vraiment une jolie petite ville. Avec une station pas trop éloignée, vous imaginez ce qui pourrait arriver à votre économie locale ? En tout cas, nous n'allons pas rester longtemps, mais j'aimerais vous demander un service. Pouvez-vous garder tout cela pour vous ?

Savich se tourna ensuite vers Sherlock :

— Je t'avais bien dit que le shérif avait un sacré flair et qu'il verrait notre manège, chérie. Je t'avais prévenue qu'il était malin et qu'il savait tout ce qui se passait dans sa juridiction.

— Oui, Dillon, fit Sherlock. Je suis désolée de ne pas avoir été aussi clairvoyante que toi. Oui, c'est vrai, il est très perspicace.

Elle adressa au shérif un sourire éblouissant.

— Donc, vous voudriez que je ne parle de cela à personne ? demanda Gaffney à Savich.

— Oui, monsieur.

— D'accord, mais si l'un d'entre eux nous cause le moindre ennui, je reviendrai. Cette station balnéaire dont vous parlez, elle n'affecterait pas la beauté naturelle des lieux ?

— Bien sûr que non, protesta Savich. C'est le souci prioritaire du groupe pour lequel je travaille.

Becca lança un clin d'œil à Savich après avoir laissé passer le shérif, lequel fit remarquer en sortant que la porte sentait vraiment bon.

— Vous êtes vraiment doué, observa Becca. Je vous ai cru pendant un moment. J'allais presque vous demander le nom de cette future station.

Savich eut un petit sourire :

— L'appel téléphonique m'a donné le temps de trouver une histoire qui se tenait.

— C'était lui, n'est-ce pas ? demanda Becca en se tournant vers Adam, lequel se tenait toujours près du téléphone.

— C'était lui. Il voulait te parler mais je lui ai dit que tu n'étais pas là. Il t'appelle toujours Rebecca ?

Comme elle acquiesçait de la tête, Adam ajouta :

— Il téléphonait d'une cabine publique à Rockland. Tommy la Bouffarde vient de la repérer, on ne peut rien faire.

Sherlock ajouta lentement, observant l'un de ses doigts qui avait un peu enflé depuis qu'elle avait attrapé Tyler McBride par la mâchoire :

— Il faut qu'on reprenne contact. Il faut qu'on organise une rencontre, d'une manière ou d'une autre.

— La prochaine fois, c'est moi qui lui parle, décida Becca. Je lui propose un rendez-vous.

— Tu ne feras pas l'appât ! s'écria Adam d'un ton brusque. Pas question !

— Adam, c'est moi qu'il veut. Si c'est toi qui joues l'appât, il te descendra et s'en ira. Mais il ne fera pas ça avec moi. Il veut me voir de près et personnellement. Seulement moi. Aide-moi à trouver un moyen pour y arriver.

— Ça ne me plaît pas du tout.

18

Hatch, bâti comme un jeune taureau, affublé d'une grosse moustache, enleva son chapeau de tweed et découvrit son crâne rasé. Pour une raison qu'elle n'arrivait pas à saisir, Becca le trouvait si mignon qu'elle avait envie de l'embrasser. Elle vit aussi au sourire coquin de Sherlock que celle-ci éprouvait exactement la même envie.

Le type avait du caractère. Il avait tellement de charme que c'en était indécent, pensa-t-elle quelques minutes plus tard quand Adam lui tendit la main et lui dit :

— Donne-moi le paquet de cigarettes qui se trouve dans ta poche de droite, Hatch. Tout de suite, ou tu es viré.

— Oui, bien sûr, patron.

Hatch tendit obligeamment un paquet de Marlboro pratiquement plein.

— Juste une, patron, et je n'ai presque pas avalé de fumée. C'est tout, juste une. Je ne veux surtout pas fumer à côté de la charmante Becca. Je ne voudrais pas risquer d'abîmer ses jolis poumons. Dites-moi ce que je dois faire pour attraper ce sale type, pour que Becca puisse retourner écrire ses discours et nous éblouir de ses sourires.

Il tourna ensuite vers elle ses yeux noisette qui pétillaient de malice :

— Salut !

Becca sourit et lui serra la main.

— Salut, Hatch. Je suis prête. La prochaine fois

qu'il appelle, je suis prête. On va lui tendre un piège. Ce sera moi l'appât.

— Euh... Je ne crois pas que le patron apprécie beaucoup. Ses mâchoires sont toutes nouées.

Adam desserra les dents.

— Non, je n'aime pas ça du tout. C'est aberrant. Je ne veux pas qu'elle prenne de tels risques. Et merde, Becca, je vois bien à ton expression que tu le feras quand même, quoi que j'en pense.

— Bon, écoutez, Adam, trancha Savich. Si je trouvais une meilleure méthode, je n'hésiterais pas une seconde. Mais nous sommes assez nombreux pour la protéger. Alors, Hatch, d'après Adam, vous avez une réputation à tenir. Dites-nous ce que vous avez trouvé.

Hatch sortit un mince calepin noir de sa poche de veste, s'humecta le doigt et feuilleta quelques pages.

— La plupart de ces informations proviennent des équipes de Thomas qui ont travaillé d'arrache-pied pour vérifier si Krimakov était vraiment mort. Thomas a immédiatement mis tout le monde sur le coup. La CIA a parlé au flic qui a approché le corps. Apollon – sérieusement, c'est son nom – a dit que Krimakov était tombé d'une falaise sur le littoral est de la Crète, près d'Agios Nikolaos. Il est mort sur le coup, on pense, au vu des blessures. Il pourrait s'agir d'un meurtre, a-t-il admis, mais personne ne s'en est soucié, tout simplement parce que tout le monde s'en fiche, là-bas. Rien de très concluant dans l'histoire, ils ont donc fermé le dossier jusqu'à l'arrivée de notre agent sur place. Il a voulu voir tous les éléments du dossier.

— Donc, il est vraiment mort, énonça Becca.

Hatch leva la tête et lui adressa un grand sourire.

— Non, pas nécessairement. Car le corps de Krimakov a été incinéré. Vous comprenez, pendant très longtemps, nous n'avons rien pu apprendre des autorités locales, qui ne voulaient même pas permettre à nos agents de voir le cadavre. Ce n'est que lorsque le gouvernement grec s'en est mêlé qu'ils ont fini par admettre que le corps avait été incinéré tout de suite.

Pourquoi ? Je n'en sais rien, mais il doit y avoir des pots-de-vin quelque part.

Personne ne dit rien pendant un long moment.

— Incinéré ? répéta Adam, incrédule.

— Oui, réduit en cendres, elles-mêmes conservées dans une urne. L'objet est toujours sur une étagère, à la morgue.

Sherlock conclut :

— Donc il n'y a aucune preuve tangible, puisqu'il n'y a pas de corps qu'on puisse examiner.

— Exactement, opina Hatch... Revenons un peu en arrière. Krimakov s'est installé en Crète au début des années 1980. Il a décidé de rester. Il trempait dans des affaires pas très claires, mais pas assez sordides pour qu'on établisse des rapprochements et qu'on découvre ce qu'il fabriquait en Russie. En fait, notre impression est qu'ils n'ont jamais vraiment cherché à le coincer. Il a probablement corrompu tout le monde.

— Bon Dieu ! dit Adam. Maintenant, il faut qu'on fouille sa maison du haut en bas, dans tous les coins. Si jamais il est impliqué dans notre affaire, on trouvera quelque chose.

— Nos agents ont passé sa maison au peigne fin, ils n'ont rien découvert. Aucun indice, aucun fil conducteur, aucune référence à Becca. On a appris qu'il avait un appartement quelque part, mais on ignore où. Il faudra un peu de temps. Il n'y a aucun document officiel.

Savich déclara :

— S'il a eu un appartement, je le trouverai.

— Vous tout seul ? lança Adam, un sourcil levé.

— Thomas ne vous a pas dit que j'étais le meilleur ?

Adam renifla, regardant Savich brancher son bon vieux MAX.

Hatch ajouta :

— On attend encore des renseignements sur ses activités personnelles. Mais, pour l'instant, on n'a rien pu obtenir de Russie. Il semblerait que le dossier de

Krimakov ait été nettoyé. Il ne reste que peu de chose. Rien d'intéressant. Le KGB a probablement ordonné cette rectification, puis l'a aidé à se refaire une vie en Crète. Encore une fois, ils vont continuer à chercher, à tester et à interroger leurs collègues de Moscou.

— Krimakov n'est pas mort, conclut Adam.

Il le croyait dur comme fer. Pour lui, c'était une évidence. Il s'assit et ferma les yeux. Il commençait à avoir mal à la tête.

— Ah oui, nous avons encore quelque chose. C'est moi qui ai suivi tout le déroulement pour cette filière, poursuivit Hatch en mouillant son doigt avec sa langue et en feuilletant quelques pages supplémentaires. Les flics d'Albany ont trouvé un témoin il y a tout juste deux heures. Il a identifié la voiture qui a renversé Dick McCallum. C'est une BMW noire, immatriculée, en tout cas les trois premiers chiffres : trois, huit, cinq. Une plaque de l'État de New York. Je n'ai rien d'autre là-dessus pour le moment.

— Je vais faire vérifier, dit Savich. Ce sera plus rapide, plus complet. Je ne veux pas savoir comment vous avez obtenu cette information aussi vite.

— Je préciserai seulement qu'elle adore ma moustache, répondit Hatch. Allez-y. Appelez le FBI, agent Savich. Je n'ai pas eu le temps de dire à Thomas de le faire. Ah oui, c'est un homme qui conduisait. Impossible de savoir s'il était vieux ou jeune, ou entre deux âges. Les vitres étaient fumées, comme celles d'une limousine. Pas très courant pour un véhicule de série. C'est sûrement pour cette raison qu'il a choisi de voler cette voiture en particulier.

Savich parla dans son téléphone mobile dans les dix secondes qui suivirent. Il hocha la tête et raccrocha au bout de trois minutes.

— C'est fait, déclara-t-il. On aura une liste des véhicules possibles dans environ cinq minutes.

Tommy la Bouffarde frappa discrètement à la porte de la maison et entra pour annoncer :

— On a trouvé un type qui achetait de l'Exxon sans plomb à une station-service, à douze kilomètres à l'ouest de Riptide. Le préposé, un jeune garçon d'environ dix-huit ans, a dit que, quand le gars a payé son essence, il a vu de la saleté et du sang sur les manches de sa chemise. Il n'aurait rien remarqué si Rollo n'avait pas fait toutes les stations d'essence, en posant des questions sur les inconnus. C'est lui.

— Oh oui ! jeta Adam en se levant brusquement. S'il te plaît, Tommy, dis-moi... Confirme-nous que le gamin se souvient de l'aspect du bonhomme et du type de voiture qu'il conduisait.

— Le type portait un chapeau de chasse à rebord, un peu comme le mien, mais pas aussi chic. Il avait aussi des lunettes de soleil très sombres. Le gamin n'a pas remarqué s'il était jeune ou vieux, désolé, Adam. De toute façon, tout individu de plus de vingt-cinq ans paraîtrait vieux à ce gamin. Mais il se souvient que le type s'exprimait bien, avait la voix de quelqu'un de bien élevé, douce et profonde. La voiture... Il pense que c'est une BMW, bleu foncé ou noire. Navré, rien sur l'immatriculation. Mais les vitres étaient teintées en sombre. Intéressant, non ?

— Il ne peut pas avoir gardé ici la voiture qu'il conduisait quand il a tué Dick McCallum à Albany, avança Sherlock.

— Pourquoi ? répliqua Savich. Si elle n'est pas cabossée, si elle n'est pas couverte de sang, pourquoi pas ?

Le téléphone portable de Savich sonna. Il s'approcha de la porte d'entrée. Ils le voyaient parler, hocher la tête pendant qu'il écoutait. Il raccrocha et dit :

— Rien à faire. Il a volé les plaques d'immatriculation. Ce n'est pas surprenant. Il aurait été stupide de garder les plaques d'origine. En revanche, pour les vitres teintées en sombre, j'ai une équipe qui vérifie les voitures volées depuis deux semaines dans l'État de New York, correspondant à cette description.

Le téléphone mobile de Savich sonna à nouveau huit minutes plus tard. Il nota rapidement en écoutant. Quand il raccrocha, il déclara :

— Nous avons quelque chose. Comme l'a dit Hatch, très peu de voitures de série – étrangères ou fabriquées ici – sont livrées avec des vitres teintées. Trois ont été volées. Les propriétaires sont disséminés dans tout l'État, deux hommes et une femme.

Becca s'exclama sans hésitation :

— C'est la femme. Il a volé sa voiture.

— Possible, acquiesça Sherlock. On va le savoir tout de suite.

Elle appela les renseignements à Ithaca, New York, et obtint le numéro de téléphone d'une Mme Irene Bailey, 112, Huntley Avenue. Le téléphone sonna une fois, deux fois, trois fois, puis :

— Allô ?

— Madame Bailey ? Madamc Irene Bailey ?

Silence.

— Vous êtes là, madame Bailey ?

— C'est ma mère, répondit une voix de femme. Excusez-moi, mais j'ai été surprise.

— Puis-je parler à votre mère, s'il vous plaît ?

— Vous n'êtes pas au courant ? Non, bien sûr. Ma mère s'est fait tuer il y a deux semaines.

Sherlock ne lâcha pas le téléphone, mais elle sentit une énorme douleur à l'estomac, jusqu'à la gorge, et elle avala convulsivement.

— Pouvez-vous me donner quelques détails, s'il vous plaît ?

— Qui êtes-vous ?

— Mon nom est Gladys Martin, de la Sécurité sociale, à Washington.

— Mon mari a averti la Sécurité sociale. Que voulez-vous savoir ?

— Nous avons l'obligation de remplir quelques papiers, madame. Vous êtes sa fille ?

— Oui. Quel genre de papiers ?

— Des renseignements, rien de plus. Y a-t-il quelqu'un d'autre à qui je pourrais parler ? Je ne veux pas vous ennuyer...

— Non, allez-y. Nous ne voulons pas poser de difficultés à l'administration.

— Merci, madame. Vous avez dit que votre mère avait été tuée. Était-ce un accident de voiture ?

— Non, quelqu'un l'a frappée à la tête alors qu'elle sortait de sa voiture au centre commercial. Il a volé le véhicule.

— Oh, mon Dieu, je suis vraiment désolée. J'espère que l'homme qui a fait cela a été arrêté.

Immédiatement, la voix de la femme devint plus dure :

— Non, il court toujours. La police a envoyé une description de la voiture, mais personne ne l'a repérée jusqu'à présent. Ils pensent qu'il l'a fait repeindre et qu'il a changé les plaques d'immatriculation. Il a disparu. Même la police de New York ne sait pas où il est. C'était une femme âgée, alors, bien sûr, ça n'intéresse personne.

L'amertume se sentait dans le ton de cette femme. On entendait la peine, l'incrédulité, la colère dans sa voix.

— La voiture avait-elle quelque chose de particulier ?

— Oui, les vitres étaient teintées parce que ma mère avait des yeux très fragiles. Quand le soleil était trop fort, elle souffrait beaucoup.

— Je vois. De quelle couleur était la carrosserie ?

— Blanche avec l'intérieur gris. Il y avait une petite bosse au niveau de la roue arrière gauche.

— Je vois. Vous m'avez dit qu'il y avait d'autres services de police concernés, en dehors de ceux de la ville.

— Oh oui. Parmi eux, la police municipale de New York. Ils auraient dû retrouver le type. Nous ignorons pourquoi la police de New York est sur cette affaire.

Vous le savez ? Est-ce pour cela que vous appelez ? Vous essayez de me soutirer des informations ?

— Mais non, bien sûr que non. Nous n'avons besoin que de renseignements statistiques.

— Avez-vous encore des questions, mademoiselle ? Je suis en train de trier les affaires de ma mère et je dois me rendre à la vente de charité de St Paul dans une demi-heure.

— Non, madame. Je vous présente mes condoléances pour votre mère. Je vais m'occuper de tout.

Sherlock se retourna ; tous les regards convergeaient sur elle.

— Le meurtrier a repeint en noir une voiture blanche et il a volé une autre plaque d'immatriculation. Les flics de New York sont venus. Ils savent. Ah oui... Les vitres étaient teintées. Mme Bailey avait les yeux fragiles.

— L'enculé ! s'écria Hatch en fouillant dans ses poches pour trouver ses cigarettes. Pourquoi personne ne m'a dit que les flics étaient au courant pour la voiture ?

Adam le regarda brièvement et répondit :

— Ils ne veulent rien dire là-dessus. Je parie qu'ils dissimulent des informations aux fédéraux. Ils ne veulent pas se faire distancer. Et c'est la victime qui trinque. Ce que les flics de New York ne savent pas, c'est que notre tueur est ici, dans le Maine. On les informe ?

— Pas les flics de New York, décréta Savich. Mais je peux appeler Tellie Hawley, le patron du FBI à New York. Il s'arrangera pour que l'information soit répercutée là où il faut.

— Oui, approuva Adam. Pourquoi pas ? Quelqu'un a une bonne raison de s'y opposer ?

— Quelles précisions pouvons-nous donner ? demanda Becca.

Elle se tordait les mains et Adam la scruta d'un air inquiet.

Savich fit le tour de la question dans sa tête et conclut :

— Nous dirons seulement que le type a été vu sur la côte. Qu'en pensez-vous ? C'est la vérité.

— Il faut qu'on l'attrape ! s'écria Becca. Si nous n'y arrivons pas, appelons ce fameux Thomas, qui semble connaître tout le monde, et demandons-lui d'envoyer les marines.

— Il n'a pas appelé, annonça Becca avant de mordre dans son hot-dog. Pourquoi n'a-t-il pas appelé ?

Adam répondit en croquant des chips :

— Je crois qu'il va se tenir à carreau pendant quelque temps. Il n'est pas idiot. Il va se terrer quelque part, il te laissera tout le temps qu'il faut pour te ronger les ongles, il va nous rendre dingues à force d'inaction, puis il se jettera dans l'arène, son arène.

Ils mangeaient tous des hot-dogs avec de la moutarde. Les hommes de l'équipe de garde au-dehors se relayaient pour aller se rassasier à l'intérieur. L'agent spécial Rollo Dempsey s'adressa à Adam :

— Je connaissais votre nom, mais je ne me souvenais plus où je l'avais entendu. Maintenant, j'ai trouvé. Vous avez sauvé la vie du sénateur Dashworth, l'année dernière, quand ce fou a essayé de lui planter un couteau entre les côtes.

Adam ne répondit rien.

— Oui, c'était vous. Vous avez sauvé la vie du sénateur Dashworth. Très impressionnant.

— Vous ne devriez pas savoir tout ça, dit finalement Adam en regardant Rollo avec un visage dur. Vous ne devriez pas.

— Oui, bon, mais je fais partie des initiés. Je ne vais pas empêcher les gens de tout me raconter.

— Je n'ai jamais entendu parler de ça, dit Becca, les oreilles soudain en alerte.

Rollo lui sourit :

— Vous avez fini par savoir qui a essayé de le tuer ?

— Ah, vous n'êtes pas au courant ?

— Eh, je suis dans ce milieu, mais rien n'a filtré en ce qui concerne les détails.

Adam haussa les épaules :

— Après tout, qu'est-ce que ça peut faire ? Le type qui voulait la mort du sénateur était son gendre. Irving, c'est le nom du bonhomme, lui avait envoyé des menaces, les lettres anonymes classiques. Le sénateur m'a appelé. En fait, Irving était devenu héroïnomane, il n'avait plus d'argent, il voulait l'héritage du sénateur. Ce dernier s'est arrangé pour que les médias ne soient pas informés, afin de protéger sa fille. On a fait mettre le type en sanatorium, où il est encore à l'heure actuelle. Je crois qu'il n'y a que quelques initiés qui soient au courant de toute l'affaire.

— Tu t'occupes de protection rapprochée ? demanda Becca, levant des yeux étonnés sur Adam tout en avalant une cuillerée de haricots rouges. Je croyais que tu étais consultant en sécurité.

— J'aime m'occuper de toutes sortes de choses, répondit évasivement Adam.

— Ce que j'aimerais savoir, lança Sherlock en tendant à Rollo un hot-dog ruisselant d'une bonne couche de moutarde bien jaune, c'est pourquoi vous n'avez pas découvert tout de suite qui c'était. Le type était bien toxicomane ? Ce n'est pas facile à dissimuler.

Adam rougit. Il jouait avec sa fourchette et ne voulut pas soutenir son regard.

— En fait, le gendre n'était pas là pendant les trois jours où je menais l'enquête. Sa femme le protégeait, elle a dit qu'il avait la grippe, qu'il était très contagieux, etc. Elle nous a juré, à son père et à moi, qu'Irving n'aurait jamais eu l'idée de faire une chose pareille, que ce ne pouvait être que l'œuvre d'un fou, ou une conspiration d'extrême gauche. Elle avait l'air tellement sincère...

— Heureusement que vous étiez là pour dévier la lame, dit Rollo.

— Vous pouvez le dire, fit Adam.

Rollo vint s'asseoir à la table de la cuisine et se serra entre Savich et Becca. Adam ajouta en soupirant :

— J'ai entendu dire que la femme essaie de faire

sortir son mari de la clinique. Tout pourrait recommencer.

— Eh bien, merde ! s'exclama Rollo. Il n'y a plus de justice !

Là-dessus, Chuck entra. Rollo, laissant la moitié du hot-dog, salua l'assistance et retourna dehors.

— Ce ne sera pas long, maintenant, dit Savich. Je le sens. Il va se passer des choses.

Il avala une dernière bouchée d'un hot-dog au tofu, laissa échapper un soupir de contentement et embrassa sa femme.

Les choses n'allaient commencer que plus tard.

Ils se tenaient tous dans le salon à boire du café, en pleine discussion, faisant des plans, réfléchissant. Il ne se passait rien au-dehors. Tout était parfaitement verrouillé quand, à dix heures précises, une balle fracassa l'une des fenêtres de devant. Le verre explosa à l'intérieur et emporta des lambeaux de rideau.

— À terre ! cria Savich.

Ce n'était pas une simple balle qui était passée par la fenêtre pour aller toucher la plinthe, tout au fond du salon, mais une balle lacrymogène. Une épaisse fumée grise se dégagea avant même que la balle touche le bord du mur.

— Ah ! fit Adam. Tout le monde à la cuisine ! En vitesse !

Une autre balle explosa à travers la fenêtre. Ils toussaient, masquant leur visage, courant vers l'arrière de la maison.

Ils entendirent les hommes crier, quelques coups de feu, brefs, et forts dans la nuit. La porte de devant s'ouvrit brusquement et Tommy la Bouffarde se précipita à l'intérieur, le visage couvert de son gilet.

— Dehors, tout le monde, vite ! Par la porte de devant, l'arrière n'est pas assez bien couvert.

— Il a tiré des balles lacrymogènes ! éructa Adam entre deux quintes de toux.

— Il se sert sûrement d'une CAR-15, au-delà de notre périmètre de tir. Allez, dehors !

Ils crachaient tous leurs poumons, des flots de larmes ruisselaient sur leurs joues. Savich se retrouva avec le nez de Becca plongé dans une de ses aisselles.

— Il nous le faut ! hurla Adam, toussant, à court de respiration, les yeux embués de larmes. Une minute pour se remettre de ça et on part à la chasse !

Il leur fallut encore sept minutes avant de pouvoir se diriger vers l'endroit d'où les tirs étaient partis.

Ils trouvèrent des traces de pneus, rien d'autre. Soudain, Adam leur fit signe.

— Venez voir !

Tout le monde se rassembla autour d'Adam, qui s'était agenouillé. Il tenait une douille de dix centimètres de long et de près de quatre centimètres de diamètre.

— Tommy avait raison. Il s'est servi d'une CAR-15, c'est un M-16 court, expliqua-t-il à Becca. Ça signifie carabine automatique de fort calibre.

Savich découvrit la seconde douille. Il jongla avec cet objet, d'une main à l'autre.

— Comment du gaz lacrymogène peut-il sortir d'une balle ? demanda Becca. Je pensais qu'il fallait des grosses cartouches. C'est ce que j'ai toujours vu dans les séries télé.

— C'est largement dépassé, lui expliqua Adam. Ce M-16 de taille réduite est facilement transportable. On pourrait le dissimuler sous un imperméable. Il est muni d'un canon télescopique rétractable. Les SEALs – les commandos de marine – disposent de ces armes. Elles sont simplement munies d'un lance-grenades tubulaire sous le canon, qui peut tirer des projectiles à gaz lacrymogène. C'est redoutable.

Sherlock siffla entre ses dents :

— Il a les relations qu'il faut et il est très bien entraîné. Il dispose des joujoux les plus récents. Et comment se procure-t-il tout cela ?

Adam se dit : *Krimakov*.
Personne n'ajouta un mot.

Ils furent de retour à la maison quarante-cinq minutes plus tard. Tout le monde était énervé. Adam déclara, pendant qu'il se sanglait dans son gilet pare-balles et vérifiait son pistolet :

— Je prends l'une des premières veilles.

— Réveillez-moi à trois heures, jeta Savich.

— J'y vais, dit Adam.

Il regarda Becca et vit qu'elle était très pâle. Il ne put s'en empêcher : il s'approcha d'elle et l'attira très fort contre lui. Il lui souffla dans les cheveux :

— Dors bien et ne t'inquiète pas. On va l'avoir.

Becca pensait que son pouls n'allait jamais ralentir assez pour qu'elle puisse s'endormir, mais elle finit par s'assoupir, profondément et sans rêve, jusqu'au moment où elle sentit un étrange élancement au bras gauche, juste au-dessus du coude, comme une piqûre de moustique. Elle se réveilla en sursaut, le cœur battant sauvagement. Elle ne pouvait pas respirer, elle était immobilisée et tremblante. Elle était aveugle. Non, il faisait noir, très noir. Les volets étaient fermés parce que personne ne voulait que l'homme puisse voir à l'intérieur de la maison. Elle aperçut une ombre, dressée au-dessus d'elle, impossible à distinguer, et elle chuchota :

— Qu'est-ce qui se passe ? C'est toi, Adam ? Qu'est-ce que tu as fait ?

Pas de réponse. Il se pencha sur elle et finalement, au moment où son pouls commençait à baisser un peu, il lui susurra, en pleine figure :

— Je suis venu te chercher, Rebecca, comme je te l'avais dit.

Et il lui lécha la joue.

— Non ! hurla-t-elle. Non !

Elle retomba sur le lit, se demandant ce qu'était cette lueur argentée, juste au-dessus de son visage. Elle aurait pu croire qu'il pleuvait des étincelles autour de lui, des petits éclairs d'argent ; mais ça n'avait soudain plus aucune importance. Une petite lampe électrique, pensa-t-elle en respirant très profondément, beaucoup plus profondément que d'habitude. Puis elle sombra dans une obscurité cotonneuse qui détendit son esprit et son corps. Enfin, elle perdit conscience.

19

Son cœur battait lentement, régulièrement, une mesure après l'autre, tranquille, stable, aucune peur ne venait la perturber physiquement. Becca se sentait calme, détendue. Elle ouvrit les yeux. Il faisait noir, pas d'ombres, pas le moindre mouvement, juste l'obscurité, la nuit immobile. Elle était engluée dans le noir, mais elle se força à inspirer profondément. Son cœur ne pompait plus aussi fort. Elle se sentait toujours détendue, trop détendue, elle n'était pas tenaillée par la peur, du moins pas encore, mais elle savait qu'elle n'y échapperait pas. Elle baignait dans l'obscurité et il était là, tout près. Elle le sentait, mais sa respiration restait stable, régulière. Elle attendait, sans crainte. Enfin, il y avait tout de même une petite pointe de frayeur, indistincte, papillonnant aux abords de son esprit. Elle fronça les sourcils et la sensation disparut.

Étonnant à quel point elle se souvenait de tout ce qui s'était passé : la piqûre dans le bras gauche, l'instant de pure terreur. Elle se souvenait de tout – le maniaque lui léchant la joue – très distinctement.

Les élancements de peur devinrent plus perceptibles, presque palpables. Son pouls s'accéléra. Elle entrouvrit les yeux, déterminée à affronter l'angoisse, à la contrôler.

Il avait réussi à l'avoir. Il avait pu, on ne savait comment, pénétrer dans la maison, échapper aux gardes, et maintenant, il la tenait.

Elle discerna soudain une petite lumière vacillante, puis une odeur de fumée. Il venait d'allumer une bougie.

Il n'était pas seulement proche, il était là, à quelques centimètres d'elle. Elle s'efforça de maîtriser la peur qui montait en elle. C'était difficile, sans doute la chose la plus difficile qu'elle ait jamais eu à faire, mais Becca savait qu'elle devait y arriver. Elle se souvint soudain de sa mère lui disant que la peur était ce qui blessait le plus, parce qu'elle vous pétrifiait. « N'abandonne jamais, lui avait dit sa mère. Ne te laisse pas aller. » Puis sa mère lui avait agrippé les épaules pour lui dire encore une fois : « Ne te laisse jamais aller à la peur. »

C'était tellement clair dans son esprit à cet instant, sa mère debout devant elle, lui martelant cette phrase... Elle pouvait même sentir ses doigts serrant ses épaules. Mais, curieusement, elle n'arrivait pas à se souvenir de ce qui s'était passé pour que sa mère lui parle avec autant d'insistance.

— Où sommes-nous ?

Était-ce bien sa voix, si calme et si indifférente ? Oui, elle avait réussi.

— Bonjour, Rebecca. Je suis venu te chercher, cxactement comme j'avais dit que je le ferais.

— Je vous en prie ! s'exclama-t-elle, puis elle se mit à rire et s'arrêta. Je vous en prie, ne recommencez pas à me lécher la joue. C'était écœurant.

Il resta silencieux, il se sentait provoqué, il était même furieux parce qu'elle lui avait ri au nez.

— Vous m'avez injecté quelque chose. Qu'est-ce que c'était ?

Elle l'entendit inspirer.

— Quelque chose que j'ai récupéré en Turquie. On m'a dit qu'un des effets secondaires était une sorte d'état euphorique temporaire. Tu n'auras pas envie de rire très longtemps, Rebecca. L'effet va bientôt passer et, là, tu seras saisie de frayeur, tellement je te ferai peur.

— Oui, oui, cause toujours.

Il la gifla. Becca ne vit pas sa main, elle la sentit attcindre sèchement sa joue. Elle essaya de lui sauter dessus, mais elle s'aperçut qu'elle était attachée, les mains au-dessus du crâne, les poignets liés aux barreaux de la tête de lit. Elle était donc allongée sur un lit. Ses jambes étaient libres. Elle portait toujours sa robe de chambre en coton blanc qui lui remontait jusqu'au menton et lui descendait aux chevilles. Il l'avait bien arrangée sur ses jambes.

Becca lança avec une pointe de provocation dans la voix :

— Je préfère de loin votre gifle à vos lèchements de joue. Vous êtes très courageux, n'est-ce pas ? Est-ce que vous pourriez me libérer les mains, juste une minute, que je vous montre comme vous êtes courageux ?

— Ta gueule !

Il se tenait à côté d'elle, penché, la respiration lourde. Elle ne pouvait pas distinguer ses mains mais elle imaginait ses poings serrés, prêts à la frapper.

Elle lui dit d'un ton très calme :

— Pourquoi avez-vous tué Linda Cartwright ?

— Cette grosse pouffiasse ? Elle m'ennuyait, elle suppliait, n'arrêtait pas de geindre quand elle avait soif, ou qu'elle voulait aller pisser, ou s'allonger. J'en ai eu assez.

La jeune femme ne répondit rien. Quels mots pouvait-elle trouver ? Elle se demandait ce qui l'avait rendu aussi fou. À moins qu'il ne fût né comme cela ? Né diabolique : la faute de personne, juste des gènes maléfiques.

Elle pouvait l'entendre tapoter des doigts, *tap, tap, tap.* Il aurait bien voulu qu'elle parle, il brûlait d'impatience, mais elle resta muette.

— Tu as aimé mon petit cadeau, Rebecca ?

— Non.

— Je t'ai vue dégueuler à n'en plus finir.

— C'est bien ce que je pensais. Mon Dieu, vous êtes complètement malade. C'est ça qui vous fait jouir ?

— Puis j'ai vu ce grand con, Adam Carruthers, avec

toi. Il te tenait bien serrée. Pourquoi l'as-tu laissé te prendre comme ça ?

— Je me serais probablement aussi appuyée contre vous, si je n'avais pas su qui vous étiez.

— Je suis content que tu ne l'aies pas laissé t'embrasser.

— Je venais juste de vomir. Ça n'aurait été agréable pour personne, vous ne croyez pas ?

— En effet. J'imagine.

Sa voix n'était pas vieille, elle ne correspondait pas à celle de quelqu'un de l'âge de ce Krimakov. Mais était-il jeune ? Impossible à dire.

— Qui êtes-vous ? Êtes-vous Krimakov ?

Il se tut, mais pas pour très longtemps. Puis il se mit à rire en douceur, un rire profond, qui la paralysa. Il passa délicatement la main sur sa joue, pressant juste un peu. Elle tressaillit.

— Je suis ton petit ami, Rebecca. Je t'ai vue et j'ai su tout de suite que je devais me rapprocher de toi, encore plus près que ta peau. J'ai d'ailleurs pensé me glisser complètement dans ta peau, mais il faudrait pour cela que je t'écorche complètement et que je me couvre de ton épiderme. Or tu n'es pas assez grande.

« Ensuite, je me suis dit que j'aimerais être tout près de ton cœur, mais là, il y aurait trop de sang, des fontaines de sang. Comme on dit : trop de mains gâtent le ragoût, trop de sang salit les vêtements. Je suis un homme délicat.

« Non, ne le dis pas, ne te l'imagine pas. Je ne suis pas fou, comme cet Hannibal Lecter. Je dis juste ça pour que tu aies peur et que tu commences à m'implorer et à me supplier. L'effet de la drogue est en train de baisser. Je vois maintenant à quel point tu as peur. Il suffit que je parle et la peur t'envahit.

Il avait parfaitement raison, mais elle aurait fait n'importe quoi pour ne pas le lui montrer, pour qu'il ne s'aperçoive pas qu'elle était glacée à l'intérieur, qu'elle aurait pu se casser comme de la glace, tellement elle était terrifiée.

— Et ensuite, quand vous aurez fini votre discours, vous allez m'étrangler, comme vous l'avez fait pour Linda Cartwright ?

— Oh non ! Elle n'avait aucune importance. Elle n'était rien du tout.

— Je suis sûre qu'elle n'était pas d'accord.

— Probablement, mais on s'en fout.

— Et pourquoi moi ?

Il éclata de rire et elle comprit que, si elle avait pu voir son visage, elle aurait découvert un sourire satisfait, une expression de pur contentement.

— Non, pas encore, Rebecca. Toi et moi avons beaucoup de choses à faire ensemble avant que tu saches qui je suis et pourquoi j'ai jeté mon dévolu sur toi.

— Il y a sûrement une raison, du moins dans votre tête. Pourquoi ne voulez-vous pas me la dire ?

— Tu le sauras assez tôt, ou pas du tout. On verra. Pour le moment, je vais te faire une autre petite piqûre et tu vas t'endormir à nouveau.

— Non ! s'écria-t-elle. Il faut que j'aille aux toilettes. Laissez-moi aller aux toilettes.

Il commença à jurer, des mots américains mélangés à des insultes typiquement britanniques mais aussi à des sons appartenant à une langue inconnue.

— Si tu tentes quoi que ce soit, je t'assomme. Je t'arracherai la peau des bras et j'en ferai une paire de gants. Tu m'entends ?

— Oui, j'ai compris. Je croyais que vous étiez un être délicat.

— Je le suis, je n'aime pas le sang. Mais il n'y aurait pas de fleuves de sang si je t'écorchais simplement les bras à vif.

Elle le laissa détacher ses mains, lentement, en supposant que les nœuds devaient être très élaborés. Enfin, elle fut libre. Elle baissa les bras et se frotta les poignets. Ils lui faisaient mal, mais la douleur diminua peu à peu. Elle était très raide. Lentement, elle s'assit et descendit ses jambes au bas du lit.

— Si tu essaies quoi que ce soit, je t'enfonce un couteau entre les jambes, en haut des cuisses, tu sais, là où ça ne se verra pas beaucoup, mais la douleur sera tellement insupportable que tu souhaiteras être morte. Il n'y aurait presque pas de sang. Oui, pas la peine de t'arracher la peau des bras. N'essaie pas de me voir, Rebecca, ou il faudra que je te tue tout de suite et ce sera fini.

Elle ne comprit pas comment elle réussit à marcher, mais elle y parvint. À mesure que les forces lui revenaient dans les pieds et les jambes, elle voulut courir, courir si vite qu'elle se transformerait en tornade, comme dans un dessin animé, et qu'il ne pourrait jamais, jamais la rattraper.

Mais elle n'en fit rien, bien sûr.

La salle de bains se trouvait juste à côté de la chambre. Il avait enlevé la poignée de la porte. Quand elle eut fini, elle prit un instant pour se regarder dans le miroir. Elle avait l'air pâle, déprimée, décharnée, les cheveux emmêlés autour de la tête et tombant sur les épaules. Elle avait le visage vague d'une droguée qui sait qu'elle va mourir.

— Allez, sors, Rebecca. Je sais que tu as fini. Sors de là ou tu vas le regretter.

— Je viens à peine d'entrer. Laissez-moi un peu de temps.

Il n'y avait rien qui puisse servir d'arme dans cette salle de bains, absolument rien. Il avait même enlevé le porte-serviettes, vidé tout ce qui pouvait se trouver sous le lavabo. Rien.

— Un instant ! cria-t-elle.

Elle se précipita sur les toilettes et tomba à genoux. La cuvette était vieille. Si la grosse vis qui maintenait le bloc dans le sol avait eu un capuchon, il avait disparu depuis longtemps. Becca essaya de la dévisser et, à sa grande surprise, elle bougea. Juste un peu. Elle était grosse, le pas était profond et coupant. Becca étouffait, elle sanglotait du fond de la gorge, elle priait.

Elle l'entendit, juste derrière la porte. Est-ce qu'il

touchait le battant ? Allait-il le pousser vers l'intérieur ? Oh, mon Dieu !

— Une petite minute ! cria-t-elle de nouveau. Je ne me sens pas très bien. Cette drogue que vous m'avez injectée, elle me donne la nausée. Laissez-moi encore un moment. Je n'ai pas envie de me vomir dessus.

Tourne, bon Dieu, tourne ! Finalement, elle réussit à dégager la vis. Épaisse, environ quatre centimètres de long, avec une striure profonde et coupante. Que faire avec ça ? Où la cacher ?

— Je sors, annonça-t-elle en tirant un peu le fil de l'ourlet de sa robe de chambre. Je me sens un peu mieux. Je ne veux pas vomir, surtout que vous allez encore m'attacher les mains.

S'il s'était tenu derrière la porte de la salle de bains, ce n'était plus le cas maintenant. Il s'était réfugié dans l'ombre quand elle sortit. Elle ne pouvait rien distinguer de lui. Il dit, d'une voix profonde, sans âge :

— Allonge-toi sur le lit.

Elle obtempéra.

Il ne lui attacha pas les mains au-dessus de la tête.

— Ne bouge pas.

Elle sentit la piqûre dans son bras gauche, juste au-dessus du coude, comme la première fois, avant même d'avoir le temps de réagir.

— Lâche ! proféra-t-elle d'une voix déjà pâteuse. Immonde salaud !

Elle l'entendit rire. Puis il la lécha de nouveau, à l'oreille cette fois. Sa langue allait doucement, un vrai lapement, et elle aurait presque eu un haut-le-cœur si son esprit n'avait pas déjà été en train de flotter. Tout devenait facile, et moelleux, et toute peur la quitta à l'instant où elle perdit connaissance.

Pas eu le temps, pensa-t-elle alors qu'elle commençait à sombrer, que son esprit se dispersait comme des grains de sable soufflés par le vent. *Pas eu le temps, pas eu le temps de le frapper avec cette vis. Pas le temps de lui redemander si c'était lui le Krimakov qu'on avait incinéré. Pas le temps...*

Adam se tenait sur le pas de la porte de la chambre. Elle n'était plus là, elle avait tout simplement disparu.

— Non ! hurla-t-il en secouant la tête. Non, bon Dieu, non ! Savich !

Mais elle avait bien disparu : plus aucun signe d'elle, plus rien du tout.

Sherlock conclut, en buvant une tasse de café noir :

— Il s'est servi du gaz lacrymogène pour faire diversion. Pendant qu'on était tous dehors à le chercher, il s'est glissé dans la maison et il s'est caché dans le placard de la chambre de Becca. Ensuite, il l'a probablement droguée. Comment a-t-il fait pour la sortir ? Nos gars étaient de nouveau en position quand on est rentrés. Oh ! Rassemblez tout le monde ! Nous n'étions pas parfaitement organisés quand nous sommes partis le chercher dehors. Dillon, qui était assigné à garder l'arrière de la maison ?

— Nom de Dieu ! jura Adam. Non, ce n'est pas possible !

Ils trouvèrent Chuck Ainsley dans les buissons à six mètres derrière la maison. Il n'était pas mort. Il avait été assommé par-derrière, ligoté et bâillonné. Lorsqu'ils arrachèrent l'adhésif de sa bouche, il s'écria :

— Il est arrivé en rampant derrière moi. Je n'ai absolument rien entendu. Il a été rapide, trop rapide. Bon Dieu, que s'est-il passé ? Est-ce que tout le monde est en vie ?

Savich répondit à Chuck :

— Il a emmené Becca. Dieu merci, tu n'es pas mort. Je me demande pourquoi il ne t'a pas tranché la gorge. Pourquoi perdre du temps à t'attacher ?

Sherlock expliqua, en s'accroupissant à côté de Chuck pour lui délier poignets et chevilles :

— Il ne veut pas que la police s'en mêle tout de suite. Il a bien compris que, s'il tuait l'un d'entre nous, c'est ce qui se produirait. Cela lui forcerait la main. Il perdrait le contrôle des choses. Nous sommes vraiment soulagés que tu ailles bien, Chuck.

— Il t'a certainement assommé avant qu'il ne tire ses projectiles de gaz lacrymogène dans la maison, opina Adam. On s'est précipités dehors, tout le monde a essayé de le trouver et on ne s'est pas rendu compte de ton absence. La confusion était trop grande. Saloperie !

À la cuisine, Sherlock tendit à Chuck un verre d'eau et deux cachets d'aspirine.

— Si tu ne veux pas avoir mal à la tête, je te conseille vivement d'avaler ça, lui déclara-t-elle. Dieu merci, tu vas bien. Comme tu n'étais pas derrière la maison à le rechercher, il a dû sortir avec Becca sur ses épaules.

— On ne s'est pas aperçus que tu manquais, reprit Adam. Je n'arrive pas à croire que nous ayons oublié de rassembler tout le monde et de compter les têtes avant de rentrer pour la nuit. Incroyable ! Nous n'avons même pas pensé à fouiller la maison en revenant.

Tout le monde était de plus en plus atterré à mesure que les conséquences des événements devenaient plus évidentes. Il n'y avait rien à dire, aucune excuse à se chercher. Le tueur les avait ridiculisés.

Une heure plus tard, Sherlock et Savich trouvèrent Adam dans la cuisine, la tête entre les mains. Savich lui pressa doucement l'épaule.

— C'est arrivé. Nous nous sommes tous flagellés à ce sujet. On ne peut pas en tirer grande gloire, mais Chuck n'a rien. Maintenant, nous allons tout reprendre en main. Adam, nous la retrouverons.

— Et dire que je devais assurer sa sécurité ! Je suis vraiment le plus nul des nuls. Il l'a emmenée, Savich. Il est parti avec elle et on ne sait absolument pas où il est allé.

— Oui, il s'est emparé d'elle. Et il va certainement l'emmener à Washington. C'est ce qui va se passer, non ? Il la veut avec lui quand il affrontera Thomas. C'est son moyen de pression. Thomas ferait n'importe quoi pour la sauver, y compris se jeter dans les pattes de ce maniaque.

— Nous parlons comme si Krimakov était vivant, comme si nous n'avions aucun doute là-dessus, remarqua Sherlock.

— Oubliez les rapports, dit Adam, oubliez ce que disent les agents. Le corps a été incinéré. C'est tout ce que j'ai besoin de savoir. C'est Krimakov. C'est donc qu'il n'a pas découvert où se cache Thomas. Thomas est propriétaire d'une maison à Chevy Chase, mais c'est un secret bien gardé. L'adresse de son appartement à Georgetown est aussi très secrète, mais n'importe qui peut la trouver en cherchant un peu. MAX pourrait certainement la dénicher en moins de dix minutes. Mais pas la maison de Chevy Chase. Il est extrêmement prudent. Je ne plaisante pas, je crois que même le Président ne sait pas où se trouve sa maison. Et donc Krimakov ne peut pas la connaître non plus. C'est la raison pour laquelle il s'est attaqué à Becca. Elle lui sert de moyen de chantage. Il va l'emmener à Washington, à l'appartement... Il faut qu'on parte tout de suite !

— Je crois, suggéra Savich, que tu devrais appeler Thomas d'abord. Dis-lui ce qui s'est passé. On a attendu assez longtemps, tu ne penses pas ? Il faut qu'il sache.

Adam jura entre ses dents en entendant la voix furibonde de Tyler McBride. Celui-ci entra dans la cuisine, suivi de trois agents, dont l'un le tenait par le bras. Il aboya :

— Que se passe-t-il ici ? Toutes les lumières sont allumées. Qui sont ces types ? Lâchez-moi, bon sang ! Où est Becca ?

— Laisse-le, Tommy, ordonna Savich en adressant un signe à l'un des hommes, qui gardait le devant de la maison. C'est un voisin, un ami de Becca.

— Qu'est-ce qui se passe ici, Adam ?

— Il l'a emmenée. Nous pensons qu'il se dirige vers

Washington, avec elle. Nous allons lever le camp dans très peu de temps.

Tyler blêmit, puis s'écria :

— Tu étais censé la protéger, espèce de salaud ! Tu as merdé comme un bleu, hein ? Je voulais vous aider et vous m'avez envoyé paître. J'étais soi-disant un civil, totalement inutile. Et vous, alors ? Tous ces flics du FBI, et pas un qui soit capable de la protéger ! Vous n'avez servi absolument à rien !

Savich le prit par le bras :

— Je comprends votre fureur. Mais toutes ces accusations ne peuvent aider personne, et certainement pas Becca. Croyez-moi, nous savons tous ce qui est en jeu ici.

— Vous n'êtes que des connards, des incompétents ! hurla Tyler encore plus fort. Tous !

Et il s'arracha à la poigne de Savich.

— Tyler, lui dit Adam avec autant de douceur que possible, ne va pas voir le shérif. Ce serait la pire des bêtises.

— Pourquoi ? Comment les choses pourraient-elles empirer ?

— Il pourrait la tuer, laissa tomber Adam. Ne dis surtout rien à personne.

Une fois Tyler parti, escorté hors de la maison par trois agents, Sherlock proposa :

— Et pourquoi ne pas tout révéler maintenant ?

Adam enfouit sa main dans ses cheveux.

— Nom de Dieu, parce que, si le moindre flic tombe sur eux, vous savez bien que notre maniaque la tuera sur-le-champ et disparaîtra. On ne peut pas prendre ce risque. Maintenant, on doit filer vers Washington en vitesse.

— D'abord, il faut prévenir Thomas, Adam.

Adam n'avait aucune envie de l'appeler ; il aurait donné cher pour éviter d'avoir à le faire lui-même.

Savich et Sherlock entendirent par le haut-parleur du téléphone Adam se confondre en excuses.

À l'autre bout de la ligne, un silence de glace. Enfin, Thomas répondit :

— Remets-toi. On a une nouvelle donne, maintenant, jouons-la. Je suis soulagé que Chuck n'ait rien. Sa femme m'aurait incendié s'il avait été tué. Alors, si c'est Krimakov, il sait au moins que je suis à Washington, il est sans doute au courant de l'appartement. Je vais rester ici. Je serai prêt pour l'accueillir. Reviens ici le plus rapidement possible, Adam. Savich, pouvez-vous, vous et Sherlock, rester avec nous ?

— Oui, fit Savich.

— Bon, je vais me préparer pour Krimakov. Cela fait si longtemps ! Souvent, je me suis dit qu'il avait enfin abandonné, mais on dirait qu'il a juste attendu le bon moment.

— Il pourrait vraiment être mort, avança Sherlock.

— Non, répondit Thomas. Adam, et vous, Savich et Sherlock, traînez un peu dans les parages pendant un moment. Essayez de trouver un indice sur ce type. Il doit être quelque part. Il doit être repérable. Trouvez-le. Oh, Adam...

— Oui ?

— Cesse donc de te mortifier. La culpabilité ralentit ton cerveau. J'ai besoin de ta tête au mieux de sa forme. Reprends-toi et retrouve ma fille.

Ils raccrochèrent. Thomas Matlock fixa son téléphone pendant un long moment. Puis il se laissa aller contre le cuir souple de son fauteuil. Il ferma les yeux pour masquer son sentiment d'impuissance, juste un instant, une petite seconde. Une peur profonde lui taraudait l'âme, une frayeur qu'il n'est permis à aucun homme de ressentir. Une crainte pour son enfant, et l'angoisse de savoir qu'il ne pouvait rien pour la sauver.

C'était Krimakov. Il le savait, au plus profond de lui. Il le savait, et ils avaient incinéré le corps. Non, Krimakov n'était pas mort, peut-être avait-il mis en scène sa fausse mort, tué une autre personne qui lui ressemblait. Il avait fini par apprendre l'existence de Becca et il avait inauguré le règne de la terreur. Il n'y avait plus aucun doute maintenant dans l'esprit de Thomas. Krimakov, l'homme qui avait juré de lui arracher le cœur, même s'il devait se rendre jusqu'en enfer pour y parvenir, tenait sa fille.

Il se prit la tête entre les mains.

20

Becca percevait des clameurs stridentes, des voix d'hommes et de femmes hurlant très fort, des pneus de voitures qui crissaient, des coups d'avertisseurs, de l'agitation. Elle pouvait sentir le tumulte de tout ce qui bougeait tout autour d'elle, des bruits de pieds courant très vite. Elle était en mouvement, non, elle était en train de voler, puis elle toucha brutalement quelque chose, et la douleur lui traversa le corps. Allongée sur le côté, elle sentit le goudron chaud de la rue, une légère odeur d'urine, tiède et aigre, des relents de nourriture, des bouffées de transpiration émanant d'une foule nombreuse. Elle commençait à ressentir la dureté du ciment sur lequel elle reposait. Du ciment ?

Les gens criaient, ils commençaient à s'approcher, elle entendait des hommes et des femmes qui hurlaient :

— Reculez, laissez-nous passer !

La jeune femme essaya d'ouvrir les yeux, mais ses muscles étaient trop faibles, ils ne voulaient pas obéir, et la douleur montait à l'intérieur de son corps. Elle était tellement épuisée qu'elle se sentait vidée. Une douleur fulgurante lui transperça le corps, une douleur qui, sans être localisée, n'en était pas moins féroce, implacable. Et cette brûlure sur ses joues, c'étaient les larmes qui lui coulaient des yeux.

— Mademoiselle, vous nous entendez ?

Des mains sur son épaule, le soleil qui tapait, cuisant sur sa peau nue. Quelle peau ? Ses jambes étaient nues, c'était ça. Mais il était au-dessus d'elle, son ombre bloquait le soleil.

— Mademoiselle, vous m'entendez ? Êtes-vous consciente ?

L'effroi qu'elle devinait dans cette voix lui fit tellement peur qu'elle ouvrit les yeux.

— Oui, dit-elle dans un souffle. Je vous entends. Je peux vous voir. Pas nettement, mais je vous vois.

— Bon Dieu, c'est elle ! C'est cette femme, Becca Matlock !

Encore des cris, des hurlements, des jurons, et cette chaleur, la pression de cette foule, le bruit de ces chaussures et de ces bottes qui couraient.

Une femme lui tapa légèrement la joue.

— Ouvrez les yeux. Voilà, c'est bien. Savez-vous qui vous êtes ?

Alors elle aperçut l'expression sinistre et incrédule de Letitia Gordon.

Il y avait peut-être aussi une trace d'inquiétude dans ces yeux impitoyables. Becca chuchota à cette femme au visage dur, penchée sur elle :

— Vous êtes le flic qui me hait. Qu'est-ce que vous faites ici, penchée sur moi, pourquoi me parlez-vous ? Vous êtes à New York, non ?

— Oui, et vous aussi.

— Non, c'est impossible. J'étais à Riptide. Vous savez, je n'ai jamais pu comprendre pourquoi vous me haïssez, pourquoi vous pensez que je suis une menteuse.

Le visage de l'inspecteur se crispa. Sous l'effet de la colère ?

— Il m'a droguée, dit Becca à voix basse, la bouche tellement sèche qu'elle avait l'impression d'avaler sa langue. Il m'a droguée. J'ai très mal, mais je n'arrive pas à savoir où.

— Ça va. Vous allez vous remettre. Eh, Dobbson, est-ce que l'ambulance est arrivée ? Magnez-vous le train, faites-les passer. Tout de suite !

Le visage de Letitia Gordon était maintenant très près du sien, elle sentait sa respiration sur sa joue.

— Nous finirons par savoir ce qui s'est passé, mademoiselle. Reposez-vous.

Elle sentit des mains qui tiraient une couverture le long de ses jambes. Pourquoi ses jambes étaient-elles nues ? Elle se rendit alors compte qu'elle avait mal aux jambes. Mais ce n'était pas aussi horrible que l'autre douleur.

Où se trouvait-elle ? À New York ? Tout cela n'avait aucun sens. Rien n'avait plus aucun sens. Son cerveau retomba dans les limbes. La douleur commença à baisser. Becca soupira et s'endormit.

Elle les entendait parler, des voix douces, calmes, à environ un mètre d'elle. De vrais moulins à paroles. Puis ils se rapprochèrent, continuant à discuter au-dessus d'elle. Qu'est-ce que cela signifiait ? Elle ouvrit les yeux. Cligna des paupières. Elle était allongée sur le dos. Les gens qui parlaient étaient à sa gauche, et l'un d'eux était Adam.

Becca s'humecta les lèvres avec sa langue.

— Adam ?

Il se retourna si vite qu'il manqua de perdre l'équilibre. Puis il s'approcha et lui prit une main, qu'il serra très fort entre les siennes. Elle sentit les cals dans ses paumes.

— Qu'est-ce qui se passe ? Où sommes-nous ? J'ai rêvé que j'avais vu l'inspecteur Gordon, tu sais, la femme qui me déteste...

— Oui, je sais. Elle vient juste de partir. Elle va revenir, mais plus tard, quand tu auras recouvré tes esprits. Tout ira bien, Becca. Tu n'as pas de raison de t'inquiéter. Détends-toi et fais des respirations douces et légères. Voilà, comme ça. As-tu mal à la tête ?

Elle réfléchit un peu.

— Non, pas vraiment. C'est juste que j'ai la tête dans du coton. Même toi, tu es un peu flou. Je suis si contente de te voir ! Je croyais que j'allais mourir, que je ne te reverrais plus jamais. C'était insupportable. Où sommes-nous ?

Il lui toucha la joue du bout des doigts.

— Au New York University Hospital. Le type qui te retenait prisonnière t'a jetée de sa voiture, juste devant le One Police Plaza.

— Krimakov ?

— C'est ce que nous pensons. Du moins c'est une forte possibilité.

— Je lui ai demandé s'il s'appelait Krimakov mais il n'a pas voulu me répondre. Nous sommes à New York ?

— Oui. Tu as effectivement vu l'inspecteur Gordon. Elle a été l'une des premières à se précipiter vers toi. C'était au début de l'après-midi, il y avait beaucoup de monde dehors, beaucoup de flics qui sortaient déjeuner. Gordon était là parce qu'elle avait une réunion avec les gens des stups.

— Mon jour de chance, dit Becca.

— Je suis désolé, tellement désolé ! J'ai merdé, et regarde ce qui s'est passé.

Elle comprit alors qu'Adam se sentait tout à la fois coupable, terriblement coupable, et terriblement soulagé. Pas autant qu'elle, cependant.

— Tout va bien, Adam !

— Bonjour, Becca !

Elle sourit en voyant Sherlock et Savich se poster chacun d'un côté de son lit d'hôpital.

— On est vraiment contents de te voir.

— Moi aussi. Je croyais que vous étiez à Riptide.

— Nous bougeons vite si c'est nécessaire, répondit Sherlock en lui tapotant amicalement l'épaule. Dillon a reçu un appel de Tellie Hawley, le patron du FBI à New York. Tellie lui a expliqué ce qui s'était passé. Nous sommes arrivés trois heures plus tard.

— Et lui, qu'est-ce qui lui est arrivé ? Ils l'ont arrêté ?

Sherlock fit la grimace :

— Malheureusement non. C'était une telle cohue !

Du monde partout. Il t'a jetée de sa voiture, puis il a sauté pendant que le véhicule continuait à rouler et ensuite il a disparu dans la foule. La voiture a renversé trois autres personnes avant de venir s'écraser contre une borne d'incendie et d'arroser une cinquantaine de personnes supplémentaires quand elle s'est cassée. On se serait cru au zoo. Nous avons pu obtenir quelques témoignages, mais aucun ne concorde jusqu'à présent.

L'homme était donc toujours en liberté. Elle sentit soudain un poids immense peser sur sa poitrine.

— Il a donc réussi à s'échapper ?

Elle avait envie de hurler tant son sentiment impuissance l'accablait.

Adam eut un serrement de gorge.

— Nous le coincerons, je te le promets. Il faut nous croire. Maintenant, voici quelqu'un dont tu vas faire connaissance.

Elle releva brusquement la tête et fixa Adam d'un regard suppliant.

— S'il te plaît, pas de médecin. Je les déteste, et ma mère aussi les détestait.

Elle se mit à pleurer. Elle ne savait pas d'où pouvait provenir une telle quantité de larmes, mais elles ne cessaient de couler, et Becca se sentait inondée par ce flot qui lui jaillissait des yeux. Elle tressaillait de sanglots, les pleurs ruisselaient le long de son visage. Elle avait besoin de sa mère, désespérément.

— Maman est morte à l'hôpital, Adam. Elle détestait cela, elle ne s'est pas plainte parce qu'elle était dans le coma. Personne ne pouvait plus rien. Elle est morte dans un hôpital comme celui-ci.

Les larmes continuaient d'affluer, elle ne pouvait pas les arrêter. Elle ferma les yeux et serra très fort les paupières.

Soudain, quelqu'un la prit affectueusement dans ses bras et une voix d'homme, sombre et douce, lui dit près de son oreille :

— Ne t'en fais pas, ma fille chérie. Tout va bien.

Elle cessa aussitôt de pleurer. De puissants bras

l'entouraient. Elle sentait le rythme du cœur de l'inconnu battre fortement, régulièrement contre sa joue.

— Excusez-moi, je n'avais pas l'intention de me laisser aller de la sorte. Ma mère me manque. Je l'aimais tellement, et maintenant, elle est morte. Il n'y a personne d'autre pour moi.

— Ta mère me manque aussi beaucoup, Becca. Mais tu vas t'en remettre. Je te le jure.

Elle se détacha un peu et leva les yeux pour voir cet homme d'âge mûr qui lui paraissait familier. Mais c'était impossible... Elle était certaine de ne l'avoir jamais vu auparavant. Les drogues l'affectaient encore, sans doute, induisant confusion et désordre dans sa tête, mélangeant les choses.

— Je ne suis la fille chérie de personne, soupira-t-elle.

Becca leva sa main pour toucher de ses doigts la joue de l'inconnu. Il était beau, le visage étroit, le nez fin, droit, les yeux d'un bleu tendre, clair, des yeux de rêveur. C'était étrange. Sa mère lui disait toujours qu'elle avait des yeux de rêveuse, des yeux d'été.

— Je ne comprends pas, dit-elle sans cesser de dévisager l'inconnu. Qui êtes-vous ?

L'homme avait l'air d'être sur le point de pleurer avec elle, mais il s'éclaircit la gorge.

— Je suis ton père, Becca. Thomas Matlock. Je ne peux pas faire revenir ta mère, mais je suis là, maintenant. Et pour toujours.

— Vous êtes Thomas, l'homme pour lequel Adam et Savich travaillent ?

— Eh bien, disons qu'ils me prêtent main-forte.

La jeune femme n'ajouta rien, plissa un peu le front, essaya de remettre un peu d'ordre dans son esprit, dans sa mémoire. Elle cherchait à comprendre, quand soudain elle se rendit compte qu'elle reconnaissait ses yeux pour la bonne raison qu'il lui avait donné les mêmes en héritage.

— Quand il m'a planté l'aiguille dans le bras pour la seconde fois, murmura-t-elle en plongeant son regard bleu dans le sien, juste avant que je perde connaissance, il m'a glissé à l'oreille : « Dis bonjour de ma part à ton papa. »

Le visage de Thomas devint pâle et son expression se fit vague, indistincte ; il desserra son étreinte. Elle lui empoigna la chemise, essaya de l'attirer plus près.

— Ne me laisse pas, je t'en prie.

— Oh, non, je ne vais pas t'abandonner.

Thomas jeta un regard à Adam.

— Eh bien, tout est dit, je crois.

— Oui, répondit Adam. Au moins, maintenant, nous sommes sûrs.

— Tant mieux, dit Sherlock... Pourquoi n'allons-nous pas tous prendre un café pendant que Thomas fait un peu mieux connaissance avec Becca ?

Quand elle se trouva seule avec l'homme qui se disait son père, la jeune femme leva les yeux vers lui :

— Pourquoi nous as-tu abandonnées ? Je ne me souvenais même pas de quoi tu avais l'air, tellement j'étais jeune quand tu nous as quittées. Il y a cette vieille photo de maman et toi, où tu as l'air si jeune et si beau... Quelle insouciance dans cette image ! Elle est merveilleuse.

Il la serra très fort pendant longtemps, puis il lui expliqua lentement :

— Tu avais trois ans quand ça s'est passé. J'étais un agent de la CIA, Becca, un des meilleurs. Il y avait en face cet espion du KGB...

— Krimakov.

— Oui. On m'a donné l'ordre de partir pour la Biélorussie, afin de l'empêcher d'assassiner un industriel allemand. Krimakov était venu avec sa femme, comme s'ils étaient en vacances. Les événements se sont produits dans la montagne. Il y a eu un échange de coups de feu, et elle a essayé de le sauver. Je ne l'avais pas vue, j'ignorais même qu'elle était là.

Il s'arrêta un instant, revoyant clairement dans sa tête ce qui s'était passé. Il ajouta simplement :

— Je l'ai touchée à la tête et elle est morte. Krimakov m'a promis qu'il me tuerait, non seulement moi, mais toute ma famille. Il en a fait serment. Et je l'ai cru...

« Il a réussi à m'échapper. J'ai compris qu'il fallait que je le tue pour vous protéger. J'ai essayé, mais il avait disparu. Plus aucune trace de lui. Le KGB l'a aidé, c'est certain, et il est resté dans l'anonymat jusqu'à une date récente, quand j'ai appris qu'il avait été tué dans un accident de voiture en Crète. Tu connais la suite.

— Tu nous as quittées pour nous protéger ?

— Oui, ta mère et moi en avons longuement discuté. Matlock est un nom banal. Elle est partie avec toi à New York. Je la voyais quatre à cinq fois par an. Nous avons toujours été très prudents. Nous ne pouvions rien te dire. Nous ne voulions pas risquer de te mettre en danger. C'est l'épreuve la plus dure que j'aie eue à supporter de toute ma vie. Tu dois me croire.

Tout d'un coup, elle avait un père. Elle le dévisagea : oui, elle se retrouvait en lui, mais ce qu'elle voyait aussi, c'était un parfait étranger. C'était difficile à accepter. Elle l'entendit lui dire quelque chose, elle perçut la voix d'Adam qui s'élevait pour discuter avec quelqu'un juste derrière la porte, puis plus rien. Tant mieux, se dit-elle en sombrant de nouveau, là où il n'y avait pas de rêves, juste une obscurité sans faille, sans *lui* ; plus de soucis ou de voix pour la déchirer. Son père était mort, enterré depuis qu'elle était petite fille. Ce n'était pas possible qu'il soit là, c'était inimaginable. Peut-être était-elle morte, elle aussi. Morte. Ce n'était pas si terrible, au fond. Elle entendit un bruit étrange, comme le râle d'un animal blessé. Il venait du plus profond d'elle-même, et ensuite, plus rien.

Quand elle se réveilla, il faisait sombre dans sa chambre éclairée par une petite lampe de chevet réglée à basse intensité. La minuscule pièce de l'hôpital bruissait d'ombres et de voix chuchotantes. Becca avait des aiguilles plantées dans chaque bras, reliées à des sacs de liquide des deux côtés du lit. Elle distinguait des hommes, assis dans des fauteuils, près de la fenêtre, engagés dans une conversation à voix basse. L'un d'eux était Adam. L'autre était son père. Oh oui, elle le croyait maintenant, elle comprenait peut-être un peu ; ne l'avait-il pas appelée sa « fille chérie » ? Elle cligna des yeux plusieurs fois. Il ne disparaissait pas. Il restait là où il était. Elle pouvait le voir très clairement, maintenant, et elle était fascinée, elle s'en imprégnait, elle mémorisait son visage, ses traits, enregistrait ses expressions dans son esprit. Il se servait de ses mains en parlant à Adam, comme elle le faisait quand elle voulait démontrer quelque chose, convaincre quelqu'un d'adopter son point de vue. C'était bien son père.

Elle s'éclaircit la gorge et dit :

— Je sais que je ne suis pas morte, parce que je ferais n'importe quoi pour avoir un verre d'eau. Et je ne crois pas que quelqu'un qui est mort puisse avoir aussi soif. Pourrais-je avoir un peu d'eau, s'il vous plaît ?

Adam fut debout en un clin d'œil. Lorsqu'il inclina la paille vers sa bouche, elle ferma les yeux de délectation. Elle but le verre d'un trait, presque jusqu'au fond. Elle était à bout de souffle quand elle termina.

— Ah, mon Dieu, c'était délicieux !

Il ne se releva pas, plaça ses deux grandes mains de chaque côté de son visage, sur cet oreiller d'hôpital trop dur. Il étudiait son visage, ses yeux.

— Comment te sens-tu ?

— Je me rends compte que je ne suis pas morte, donc tu es bien réel. Je me souviens que tu m'as dit comment tout s'était passé. Il m'a jetée de sa voiture. Est-ce que j'ai quelque chose de grave ?

— Non, rien de grave. Quand il t'a précipitée de cette voiture, hier, juste devant le bâtiment principal de la police, tu portais encore ta robe de chambre. Tu as beaucoup d'écorchures, une ecchymose au coude, mais c'est tout. Maintenant, il faut juste éliminer la drogue de ton organisme. Ils t'ont fait un lavage d'estomac. Personne ne semble savoir quel type de drogue c'était, mais elle était puissante. Tu devrais en être débarrassée, maintenant.

Adam ferma les yeux un court instant. Il n'avait jamais eu si peur de sa vie, jamais. Mais elle était vivante. Elle s'en sortirait vite. Il lui demanda :

— Les écorchures te font mal ? Voudrais-tu de l'aspirine ?

— Non, je vais bien.

Elle se lécha les lèvres, puis, dirigeant son regard vers la pénombre, elle attrapa ses mains et murmura :

— Adam, c'est bien mon père ? L'histoire qu'il m'a racontée, c'est bien la vérité ? C'est bien comme ça que les choses se sont passées ?

— Oui, tout est vrai. Son nom est bien Thomas Matlock. Il n'est pas mort, Becca. Il a certainement beaucoup d'autres choses à ajouter...

— Oui, reprit Thomas. Beaucoup. J'ai tellement de choses à te raconter à propos de ta mère, Becca...

— Maman disait que j'avais les yeux rêveurs. Tu as les mêmes. J'ai hérité de tes yeux.

Thomas sourit, le regard pétillant.

— Oui, au fond, peut-être que tu as mes yeux.

Adam ajouta en se caressant le menton :

— Je n'en suis pas si sûr. Évidemment, Becca, je n'ai jamais regardé ses yeux de la même façon que je regarde les tiens.

Soudain, toute son attention se porta sur Adam.

— Pourquoi ? demanda-t-elle d'un air candide.

— Parce que...

Adam s'arrêta net. Elle le faisait marcher, elle le taquinait. Il adorait cela. Il s'éclaircit la gorge :

— Ce n'est pas le moment. On en reparlera plus tard, tu peux en être certaine. Mais pour l'instant, te sens-tu capable de nous parler un peu du type qui t'a enlevée ?

— Tu veux dire de Krimakov ?

— Oui.

— Un moment, Adam.

Se tournant vers son père, elle lança :

— Tu as envoyé Adam pour me protéger, n'est-ce pas ?

— Oui, il me l'a demandé, mais j'ai été nul, plus que nul.

Becca reprit en regardant intensément Adam :

— Désolée, mais tu n'es pas seul en cause. Ce qu'a fait ce monstre était extrêmement habile. Personne n'aurait jamais pu deviner qu'il reviendrait vers la maison pendant qu'on était tous sortis pour essayer de l'avoir. Comment a-t-il réussi à sortir de la maison ?

— Sherlock a reconstitué tout ça en un rien de temps. Et aussi, il a assommé Chuck et l'a ligoté. C'est comme ça qu'il a pu s'échapper avec toi.

Adam perçut l'anxiété dans son regard et s'empressa d'indiquer :

— Il n'a rien, juste un mal de tête pendant quelque temps. Je suis désolé, Becca, tellement désolé ! Il t'a fait du mal ?

Et d'une voix changée, comme si on lui arrachait les mots de la bouche, il articula :

— Est-ce qu'il t'a... violée ?

— Non. Il m'a léché le visage. Je lui ai dit de ne pas recommencer, parce que c'était écœurant. Ça l'a rendu fou. Mais, vous comprenez, cette drogue qu'il m'a administrée, elle m'a calmée, elle m'a détendue, et quand je me suis réveillée, la première fois, je n'avais pas peur de lui. Je crois que je n'avais peur de rien. Un effet secondaire de la drogue, a-t-il dit, et ça ne lui plaisait pas du tout. Il voulait que je sois terrorisée, il voulait que je l'implore, que je le supplie, comme Linda Cartwright...

Elle tressaillit en prononçant ce nom et enchaîna :

— Il a aussi dit qu'elle n'avait aucune importance. Que c'était juste un petit cadeau pour moi.

— Il a dit comment il s'appelait ?

Elle secoua la tête. Et, s'adressant à son père, elle reprit :

— Je suis incapable de le décrire. Il ne m'a jamais

laissée le voir. Lorsqu'il m'a attachée sur le lit, il se tenait toujours dans l'obscurité, juste à la limite, pour que je ne puisse pas distinguer quoi que ce soit. Je ne crois pas qu'il soit vieux, mais je ne peux pas en être sûre à cent pour cent. Était-il jeune ? Je n'en sais rien. Quand il a juré, il a mélangé un peu d'américain, un peu d'anglais et une autre langue que je n'ai pas reconnue. N'est-ce pas étrange ?

— Si, mais on finira par comprendre.

Thomas se tenait à côté du lit, face à Adam. Il portait un costume sombre, sa cravate rouge foncé était desserrée. Il avait l'air fatigué, inquiet, mais, curieusement, satisfait. À propos de sa fille ? Bien sûr, et cela lui faisait plaisir. Il lui attrapa la main gauche et la tint dans la sienne. Une main forte, légèrement bronzée. Il portait une alliance. Elle fixa cet anneau, hypnotisée ; elle le toucha des doigts, avant de déclarer :

— C'est ma mère qui t'a donné cette alliance ?

— Oui, quand nous nous sommes mariés. Je n'ai cessé de la porter depuis. Et j'ai l'intention de la garder jusqu'à ce qu'elle se détache de mon doigt, un jour, dans un avenir lointain. J'aimais ta mère, énormément. Comme je te l'ai dit, j'ai dû vous quitter toutes les deux pour que vous ne soyez pas assassinées. Je sais que tout ça, c'est encore très bouleversant pour toi. On peut ajouter de nombreux faits et détails, mais, pour l'essentiel, c'est ce que je t'ai déjà raconté. J'ai tué accidentellement la femme de quelqu'un et il a fait le serment de tuer toute ma famille avant de me tuer, moi, mais seulement une fois que j'aurais vu de près comment il avait massacré tous ceux que j'aimais. Je n'avais pas le choix. Il a fallu que je me sépare des êtres qui m'étaient le plus chers au monde afin de les protéger.

Après un temps de pause, Adam intervint :

— Nous pensons que cet homme qui te pourchasse, qui a tué cette vieille clocharde, qui a tiré sur le gouverneur, nous pensons que c'est Krimakov. Nous pensons qu'il a retrouvé ta trace et qu'il a commencé à te terroriser.

Une nouvelle pause.

Thomas regardait cette ravissante jeune femme qui était sa fille unique. Il lui fallut un instant avant de préciser :

— Vassili Krimakov était un des plus importants agents du KGB dans les années 1970, comme je l'étais à la CIA. Là aussi, on pourrait ajouter beaucoup de choses, mais ça peut attendre un peu. Pour le moment, l'important est de découvrir sa trace, de le neutraliser une bonne fois pour toutes.

— Tu es sûr que c'est bien Krimakov ?

— Oh oui, répondit Thomas dans un sourire. J'en suis certain, surtout après ce qu'il t'a dit. Ce « Dis bonjour à ton papa » vaut une signature.

— Oui, personne d'autre ne pourrait savoir... Maman portait une alliance comme la tienne. Quand elle est morte...

Becca eut un hoquet ; elle ne pouvait plus parler ; sa gorge se serra, les larmes lui brûlaient les yeux. Thomas resta silencieux, se contentant de tenir sa main, la serrant juste un peu plus fort. Elle détourna le regard et fixa la fenêtre. Il faisait noir au-dehors, mais aucune étoile n'était visible dans le carreau obscur.

— Je voulais garder quelque chose pour me souvenir d'elle et j'ai failli prendre son alliance, mais je me suis souvenu à quel point elle t'aimait et je n'ai pas pu.

— Parfois, quand elle me parlait de toi, elle se mettait à pleurer et je te haïssais de nous avoir laissées, de l'avoir abandonnée, d'être mort. Je me souviens que, lorsque j'étais adolescente, je lui ai dit qu'elle devait se remarier, que j'allais partir à la fac et qu'il fallait qu'elle t'oublie. Il fallait qu'elle trouve quelqu'un d'autre. Elle était si jeune et si belle, je ne voulais pas qu'elle reste seule. Elle me souriait doucement et me disait qu'elle était bien comme ça...

Et brusquement, ce fut plus fort qu'elle, Becca s'écria :

— Oh, bon Dieu, il s'est acharné sur moi pour pouvoir te retrouver !

— Oui, opina Adam. C'est exactement la situation. Mais il ne savait pas où se trouvait Thomas, alors il a mis au point une stratégie pour le faire sortir au grand jour. Il t'a jetée juste devant le bâtiment de la police.

— Ce que je ne comprends pas, reprit Thomas, c'est pourquoi il n'a pas fait savoir aux médias qu'il l'avait enlevée, pourquoi il n'a pas menacé de la tuer si je ne me montrais pas. Il devait savoir que je viendrais. Mais il n'a pas agi de cette façon.

— Qui sait ? répliqua Adam. Peut-être qu'un flic l'a aperçu, qu'il a vu une femme inconsciente à l'arrière du véhicule, et que, du coup, il a été forcé de se débarrasser de Becca pour pouvoir prendre la fuite. Pourtant, je pense qu'il y a de fortes chances pour qu'il ait planifié son affaire et qu'il l'ait larguée exactement là où il le voulait. Je pense que c'est un jeu. Il veut prouver qu'il est meilleur que toi, plus malin que n'importe lequel d'entre nous, et il veut que tu souffres le plus possible.

— Il a réussi admirablement ! Je pense que c'est la raison pour laquelle il ne t'a pas laissé le voir, Becca. Il veut continuer à jouer ce jeu de malade. Il veut te terroriser. Et maintenant, il est en position de continuer à miser sur la terreur, en m'ayant entraîné dans la partie avec toi.

— Dans un jeu dont lui seul connaît les règles, observa Becca.

— Oui, acquiesça Adam. Je me demande s'il a vécu en Crète tout ce temps-là.

— Probablement, répondit Thomas.

— Attendez ! s'exclama Becca en se mordant la lèvre. Maintenant, je me souviens de ces jurons. C'était du grec.

— Voilà qui confirme tout, dit Thomas. Nous avons donc toutes les preuves dont nous avons besoin pour savoir que les cendres dans cette urne, à la morgue grecque, ne sont pas celles de Krimakov.

Il se pencha pour embrasser Becca sur le front.

— Je ne te quitterai plus. D'abord, je vais retrouver Krimakov, et ensuite, toi et moi, nous aurons beaucoup de choses à rattraper.

— C'est ce que j'aimerais, sourit-elle.

Puis elle tourna son sourire vers Adam.

21

Les inspecteurs Gordon et Morales, de la police de New York, regardèrent la femme allongée devant eux dans l'étroit lit d'hôpital, l'air pâle et épuisée, des tubes d'intraveineuses plantés dans ses deux bras, les yeux baignés de larmes.

L'inspecteur Gordon s'éclaircit la gorge et s'adressa à tous.

— Excusez-moi, dit-elle en sortant sa carte de police, comme l'inspecteur Morales. Il faut qu'on parle à Mlle Matlock. Le médecin nous a dit que nous le pouvions. Tout le monde dehors !

Thomas se redressa et les scruta, évalua les deux flics, rapidement, naturellement. Il était même souriant quand il s'avança vers eux, les empêchant de s'approcher de sa fille.

— Je suis son père, Thomas Matlock, inspecteurs. Que puis-je faire pour vous ?

— Il faut que nous l'interrogions maintenant, répondit Letitia Gordon, avant que les fédéraux arrivent ici pour nous court-circuiter.

— Je suis « les fédéraux », inspecteur Gordon, lança Thomas.

— Merde. Euh, enchantée, monsieur.

Letitia Gordon s'éclaircit de nouveau la gorge.

— C'est important, monsieur. Il y a eu un meurtre ici, à New York, sur notre territoire. C'est une affaire qui nous concerne. Pas vous. Votre fille est impliquée.

Pourquoi avait-elle dit tout cela ? Parce que c'était

un gros bonnet du FBI ? Elle avait d'instinct essayé de s'excuser, de se justifier.

Morales sourit et serra la main de Thomas :

— Nous ne savions pas qu'elle avait d'autres parents que sa mère.

— Eh bien si, elle en a, répondit Thomas. Elle est encore sous l'effet de la drogue, elle n'est pas encore complètement rétablie, et, si vous voulez lui parler quelques minutes, je ne crois pas que cela portera à conséquence. Mais il faudra employer toute votre délicatesse. Je ne veux pas qu'elle soit perturbée.

— Écoutez, monsieur, coupa Letitia Gordon, consciente que c'était elle qui donnait les ordres, pas cet homme, cet inconnu qui travaillait pour le gouvernement. Mlle Matlock s'est enfuie. Tout le monde veut lui parler. Elle est recherchée comme témoin dans la tentative de meurtre sur le gouverneur de l'État de New York.

Thomas Matlock leva un sourcil d'un air supérieur.

— Tiens donc, répondit-il d'un ton condescendant. Je n'arrive pas à comprendre comment elle a pu songer à prendre la fuite vu toute la protection que vous lui offriez.

— Écoutez, commença Gordon, tout en chassant la main de Morales qui lui pinçait le bras.

Laissant sa phrase en suspens, elle regarda le visage de l'homme en face d'elle et se tut à contrecœur. C'était un haut dignitaire. La volonté de puissance faisait étinceler ses prunelles bleues qui lançaient des signaux d'avertissement. Cet homme détenait plus de pouvoir qu'elle ne pouvait l'imaginer. Que pouvait-elle dire ?

— Il y a beaucoup de choses que nous ne comprenons pas, monsieur, finit par reprendre l'inspecteur Morales, d'un ton raide et guindé. Pouvons-nous parler à votre fille, je vous prie ? Lui poser quelques questions ? Elle a l'air très mal en point. Ce ne sera pas long.

Letitia Gordon, en s'approchant du lit de la jeune femme qui la fixait d'un air terrifié, les cheveux emmêlés et sales, se dit qu'il valait mieux se tenir au garde-à-vous devant cet homme, peut-être même faire un salut et exécuter exactement ce qu'il lui demandait. Morales lui-même le traitait avec déférence, comme s'il avait été le Président, ou, plus important encore, le chef de la police.

— Mademoiselle Matlock, au cas où vous ne vous souviendriez plus, je suis l'inspecteur Gordon et voici l'inspecteur Morales.

— Je me souviens parfaitement de vous deux, répliqua Rebecca en s'efforçant de nettoyer les traces de larmes sur ses joues.

Ils ne pouvaient plus l'ennuyer, Adam et son père ne les laisseraient pas faire. Elle non plus, d'ailleurs. Elle en avait trop enduré pour se laisser intimider par deux flics.

— Très bien, commença Gordon en se tournant d'instinct vers Thomas Matlock, comme pour chercher son approbation. Votre père nous dit qu'on peut vous poser quelques questions.

— Allez-y.

— Pourquoi vous êtes-vous enfuie ?

— Quand ma mère est morte, après l'enterrement, je n'avais plus aucune raison de rester. Il m'avait retrouvée à l'hôtel où je m'étais cachée et je savais qu'il allait venir. Aucun de vous ne me croyait et j'ai pensé que je n'avais pas le choix. J'ai filé.

— Écoutez, continua Gordon en se rapprochant du lit, nous ne sommes toujours pas sûrs que quelqu'un soit après vous, qu'il vous appelle, qu'il vous menace.

Adam savait que la question n'avait pas encore été discutée entre lui et Thomas, et il estimait que l'identité probable de Krimakov ne devait pas être révélée à la police de New York. Il leur demanda calmement :

— Mais alors, qui, selon vous, l'a jetée d'une voiture en marche devant le bâtiment central de la police ? Un fantôme ?

— Peut-être son complice, répondit Letitia Gordon

en se tournant brusquement vers Adam. Vous savez, le type qui a tiré sur le gouverneur Bledsoe.

Becca ne réagit pas. Thomas vit bien qu'elle se renfermait dans sa coquille, bien qu'elle n'eût pas bougé d'un pouce. Elle n'en pouvait plus. Elle avait l'air épuisée.

— De plus, ajouta Gordon en évitant cette fois de regarder Thomas, notre psychiatre, dans son rapport, mentionne que vous avez de gros problèmes, beaucoup de questions non résolues.

Adam leva le sourcil :

— Des questions non résolues ? J'adore le jargon des psy, inspecteur. Expliquez-nous ce que cela veut dire.

— Il pense qu'elle faisait une fixation sur le gouverneur Bledsoe, qu'elle recherchait à tout prix son attention, et que c'est pour cette raison qu'elle a inventé toutes ces histoires à propos de ce type qui la harcelait au téléphone et qui la poursuivait en menaçant de tuer le gouverneur si elle n'arrêtait pas de coucher avec lui.

Adam éclata de rire, un fou rire nerveux :

— Incroyable ! C'est extraordinaire !

— Je suis certaine que cette vieille femme qui a sauté sur une bombe devant le Metropolitan Museum n'a pas trouvé ça drôle, répliqua l'inspecteur Gordon, le menton en avant.

— Si j'ai bien compris, reprit Adam posément, vous pensez qu'elle a tué cette vieille femme pour attirer l'attention du gouverneur ?

— Je vous ai dit la vérité, coupa Becca pour empêcher Letitia Gordon de s'en prendre à Adam. Je vous ai dit qu'il a téléphoné et m'a demandé de regarder par la fenêtre qui se trouve face à Central Park et au musée. C'est lui qui a tué cette femme et vous n'avez rien fait pour le retrouver.

— Pourtant, nous avons réagi, se défendit Morales d'une voix qui se voulait rassurante. Mais on nous a rapporté toutes sortes d'histoires contradictoires.

— Ça oui, opina Becca. Comme celles qu'a racontées Dick McCallum à la police d'Albany et qui vous ont fait croire que je délirais. Le tueur a probablement payé McCallum pour mentir à mon sujet, et ensuite il l'a assassiné. Je ne comprends pas pourquoi tout cela ne vous paraît pas évident, aujourd'hui.

L'inspecteur Gordon fixa sur Becca un regard sévère :

— Parce que vous avez pris la fuite. Vous n'avez pas voulu venir nous parler, vous avez juste appelé l'inspecteur Morales de là où vous vous étiez cachée. Vous êtes au centre de toute cette histoire. Vous, et vous seule. Expliquez-nous de quoi il s'agit.

— Je pense que ça suffit pour le moment, trancha Thomas en se plaçant entre les deux policiers et sa fille. Vous me décevez beaucoup. Aucun de vous deux ne veut écouter. Vous n'utilisez pas votre intelligence. Alors, que ce soit bien clair : comme vous avez des difficultés à intégrer les faits de manière logique, je veux que vous concentriez vos efforts pour retrouver l'homme qui a kidnappé ma fille et qui l'a précipitée hors de sa voiture juste devant le quartier général de la police. J'imagine que vous avez cherché des témoins ? Vous les avez interrogés ? Vous avez essayé de reconstituer un portrait-robot de ce type ?

— Oui, bien sûr, répondit Morales.

Letitia Gordon se mordit les lèvres. Elle avait envie de lui demander d'engager pour sa fille un avocat renommé. Si Dick McCallum avait été tué, Becca Matlock pouvait aussi être impliquée là-dedans, peut-être pour se venger, puisque McCallum l'avait dénoncée. Comme s'il avait lu dans ses pensées, Thomas Matlock dit d'un ton sec :

— Il se trouve, inspecteurs, que je suis l'un des directeurs de la CIA. Je mets fin à cet entretien. Vous avez l'autorisation de partir.

Les deux inspecteurs furent dehors en cinq secondes, Letitia Gordon en tête, Morales sur ses talons, tous deux l'air penauds.

Becca secoua la tête, sidérée.

— Ils n'ont même pas cherché à en savoir plus sur lui. Ils ne veulent toujours pas me croire, alors que McCallum s'est fait assassiner ?

— C'est stupéfiant, dit Adam, mais il semble bien que les plus fins limiers de New York ne soient pas particulièrement en forme sur ce coup.

Détachant les yeux de la porte, il se tourna vers Becca :

— Ne te fais pas de souci.

— Je pense qu'il faut retirer cette affaire à l'inspecteur Gordon, décréta Thomas. Pour je ne sais quelle raison, elle a décidé dès le départ que tu étais impliquée et refuse toute objectivité. Je passe un coup de téléphone.

— Je veux m'en aller d'ici, Adam. Je veux m'en aller très loin, et pour toujours.

— Je suis désolé, Becca, mais rien ne peut être définitif pour le moment, intervint Thomas. Krimakov a ce qu'il voulait. Je suis sur la place publique. Le problème, c'est que toi, tu l'es aussi. Bon, je vais passer ce coup de fil.

Il sortit de la chambre, tête baissée, très préoccupé, et prit son téléphone portable.

Les hommes du FBI arrivèrent quarante-cinq minutes plus tard.

Le premier qui entra dans la chambre s'arrêta net et commença par examiner tous les occupants un à un. Il redressa sa cravate bleu foncé. Il donnait l'impression de ne pas se sentir prêt pour l'inspection.

— Monsieur Matlock, nous ne savions pas que vous étiez impliqué dans cette histoire, nous n'en avions aucune idée, nous ignorions même qu'elle était de votre famille.

— Non, vous ne pouviez pas le savoir, monsieur Hawley. Entrez donc, messieurs, que je vous présente ma fille.

Thomas se pencha et lui caressa affectueusement la joue.

— Becca, voici deux messieurs qui voudraient te

parler, pas te tarabuster comme ces deux inspecteurs de tout à l'heure. Juste parler un petit peu. Dis-leur quand tu seras fatiguée et que tu ne voudras plus parler, d'accord ?

— D'accord, acquiesça-t-elle d'une voix si faible qu'Adam crut qu'elle allait s'évanouir.

S'il n'avait été malade d'inquiétude, Adam aurait pris quelque plaisir à voir Thomas faire une démonstration de puissance devant les gars du FBI. Mais il n'en profita pas. Adam se demandait comment Thomas connaissait Tellie Hawley, un vétéran du FBI qui avait la réputation de bouffer du truand dès le petit déjeuner. Celui-là, il ne laissait jamais de marge à personne. Parfois il faisait peur, parfois c'était une canaille. Il était admiré par ses pairs et pouvait à l'occasion se montrer inquiétant pour ses supérieurs.

— Eh, Adam, dit Hawley, vais-je enfin savoir ce que tu fiches ici ? Où est Savich ?

— Sherlock et lui seront ici un peu plus tard.

Adam salua Scratch Cobb, Cobb la Gratte, un petit bonhomme à l'air de brute, équipé de chaussures à talonnettes qui le faisaient à peine arriver au menton d'Adam. Il avait décroché son surnom des années auparavant, quand on avait dit qu'il avait gratté, gratté jusqu'à ce qu'il trouve les réponses à une affaire très délicate.

— Scratch, ça fait plaisir, comment va ?

— Le bonhomme va bien, Adam. Et toi, Adam, mon petit gars ?

— Je survis, fit Adam en prenant la main de Becca et en la pressant légèrement.

Il se pencha vers elle et lui susurra à l'oreille :

— Le type debout, à gauche, il a des hémorroïdes. Le grand, avec les yeux mauvais, Hawley, va vouloir te cuisiner, mais il n'osera pas, avec ton père dans la pièce. Au fait, il a cinq chiens et ce sont eux les maîtres chez lui. Attrape-les, ma tigresse.

Une tigresse ? pensa Becca. Pour un fauve, elle faisait plutôt pitié, elle ne méritait pas ce titre, enfin...

Elle sourit, oui, un vrai sourire, le premier depuis bien longtemps.

— Bonjour, messieurs, dit-elle d'une voix qui avait retrouvé un peu de sa vigueur. Vous vouliez me parler ?

— Oui, répondit Hawley en s'avançant d'un pas.

Adam ne bougea pas d'un pouce et se contenta de lui adresser un sourire rapace.

— Adam, fit Hawley, je ne vais pas la mordre. Je suis du bon côté. Je travaille pour le gouvernement des États-Unis. Pas besoin de monter la garde.

— J'ai pour mission de protéger cette jeune femme. Mais en fait, j'ai merdé et le méchant l'a kidnappée, droguée, puis il l'a jetée sans ménagement juste devant le bâtiment central de la police.

Hawley hocha la tête :

— OK. Donc, tu ne vas pas bouger... Ce type qui vous a enlevée, droguée et jetée de sa voiture, qui était-ce ?

— Aucune idée. Si je le savais, je l'aurais claironné partout sur CNN. J'avais signalé à la police qu'il me pourchassait, qu'il m'appelait et menaçait de tuer le gouverneur. Il a commencé à Albany et m'a suivie à New York. Puis il a tué cette vieille femme devant le Metropolitan Museum.

— Oui, acquiesça Tellie Hawley, mais nous, ce qu'on veut savoir, c'est qui est ce type et pourquoi il a essayé de tuer le gouverneur. Il faut qu'on sache pourquoi et comment vous êtes impliquée dans cette affaire...

Adam le coupa très calmement :

— Il a tiré sur le gouverneur, comme il avait menacé de le faire, et ensuite il se trouve que le bras droit du gouverneur Bledsoe est celui qui a raconté aux flics que Becca était une menteuse et une obsédée sexuelle. Il a été assassiné. Sais-tu aussi que le type qui l'a tué l'a renversé avec une voiture volée à Ithaca, après avoir massacré la propriétaire ? Sais-tu que la police a mis cette voiture aux vitres teintées sous scellés, pour que personne ne puisse identifier le type, quand il a renversé McCallum ? Dis, est-ce que vous vous rendez compte, toi et vos techniciens du FBI, que vous pourriez vous occuper de cela tout de suite ?

— Oui, d'accord, on sait tout ça.

— Mais alors, pourquoi prétendez-vous que cela ne s'est pas produit ?

— On ne prétend rien de ce genre, protesta Hawley, les poings serrés, la colère l'empourprant jusqu'au bord de son col de chemise. Mais il n'avait aucune raison de choisir Mlle Matlock, comme ça, au hasard, aucune raison de s'intéresser à quelqu'un d'aussi discret qu'elle. C'est pourquoi on pense qu'elle sait quelque chose, qu'elle a des chances de connaître son identité, qu'elle a peut-être une idée sur lui et sur ses mobiles. C'est une grosse affaire, une sale affaire, Adam, et elle se trouve en plein milieu de l'arène. J'ai entendu dire qu'il se passait des tas de choses à la CIA, mais je n'arrive pas à savoir de quoi il s'agit. Je crois que toute cette agitation concerne cette affaire, mais personne ne veut rien me dire, même mes supérieurs. Je peux t'avouer que ça me fait mal aux fesses d'être en dehors du coup. Alors, laisse-moi faire, Adam, ou je te botte le cul avant qu'on s'en prenne au mien.

Thomas s'interposa :

— Je voulais éviter tout ceci, mais, je crois qu'il n'y a plus le choix. Il est temps d'entamer les pourparlers officiels. Vous n'avez pas été mis au courant de ce qui se passe ici, mais, maintenant, il est temps.

Thomas leva la main pour empêcher tout le monde de parler.

— Fini les acrobaties, Adam. Hawley, si vous le voulez, vous et M. Cobb pouvez venir à Washington. Nous allons organiser une réunion avec le directeur du FBI et celui de la CIA. Enfin, si je parviens à leur faire accepter d'entrer dans la même pièce sans qu'il y ait du sang versé... Je choisirai un endroit où ni l'un ni l'autre n'auront l'impression de se faire avoir.

Hawley, les yeux fixés sur Thomas, bouché bée, bredouilla :

— La CIA et le FBI en même temps ? Mais pourquoi ? Je ne comprends pas.

— Bientôt, vous comprendrez, laissa tomber Thomas. Maintenant, allez vous organiser pour venir à Washington, si vos patrons veulent bien vous garder sur le coup.

— Nous sommes le FBI de New York, précisa Tellie Hawley. Bien sûr, nous restons sur l'affaire. Nous sommes les premiers concernés. J'ai entendu dire que c'était vraiment très, très grave. Cobb et moi, on veut participer.

— Appelez le bureau du directeur et on vous dira quand et comment.

Après le départ des hommes du FBI, Thomas ferma la porte de la chambre et se tourna vers Becca.

— Bon débarras ! Ils ne seront jamais autorisés à se rendre à Washington. Maintenant, il est temps de jouer avec les gros bonnets, pas seulement Gaylan Woodhouse. J'espère qu'il sera raisonnable et qu'il demandera à Bushman, du FBI, de participer. Il est temps de mettre tout le monde au courant.

— Première chose, énonça Adam : Savich doit retrouver trace de l'appartement que louait Krimakov. Ensuite, on enverra nos propres hommes en Crète et on passera l'endroit au peigne fin.

— D'accord, répondit Thomas. Allons-y. Becca, écoute : Tommy la Bouffarde, Chuck et Dave restent ici pour te protéger jusqu'à notre retour.

— Non ! s'écria-t-elle en se redressant vivement sur son séant. Je viens avec vous.

— Tu peux à peine marcher, dit Adam. Reste allongée et calme-toi. Il n'y a aucune raison que nos gars le laissent t'approcher une fois de plus.

— Tu n'as pas à me donner d'ordre, Adam.

Se tournant vers Thomas, elle ajouta :

— C'est vrai, il n'est pas question que tu affrontes cette affaire tout seul.

Sur ces paroles, elle retira doucement les aiguilles intraveineuses de ses bras. Elle repoussa les draps de son lit et fit pivoter ses jambes pour poser les pieds par terre.

— Donnez-moi encore un verre d'eau, demandez à Sherlock de m'acheter quelques vêtements et on est sortis d'ici. Une heure. C'est tout ce qu'il me faut.

— Je pense, déclara Thomas en se frottant le menton de ses longs doigts, qu'il y a un peu trop de moi dans ton caractère.

Becca lui sourit :

— C'est ce que maman disait souvent.

— Alors il vaut mieux que je prévienne les flics de ton départ.

Il se retint pour lui caresser la joue – ce n'était plus une petite fille et elle le connaissait à peine, songea-t-il, la gorge serrée.

Washington
L'Aigle s'est posé

Aucune fuite ne se produisit. Personne n'arrivait à le croire. Le vol rapide vers Washington, puis leur déplacement jusqu'à Georgetown vers un petit restaurant appelé *L'Aigle s'est posé* ne souleva aucun mouvement de curiosité. Pas de camion de télévision devant la façade du restaurant, pas un journaliste du *Washington Post*.

— Je n'arrive pas à y croire ! s'exclama Thomas en faisant entrer Becca dans le petit hall de ce pub de style britannique. Pas de flashs qui crépitent.

— Tant mieux, fit Adam.

Andrew Bushman, nommé directeur du FBI six mois plus tôt, après la démission subite du précédent patron, était grand, même avec ses épaules voûtées. Il avait les cheveux gris tonsurés, comme un moine du Moyen Âge. Son élégance vestimentaire ne passait pas inaperçue. Thomas se dirigea vers une table ronde dans le fond de la salle. Bushman leva un sourcil.

— Monsieur Matlock, je crois ? Vous m'avez fait

venir malgré les choses très importantes que je dois traiter. Je suis venu parce que Gaylan Woodhouse me l'a demandé et m'a dit que c'était en rapport avec la tentative d'assassinat sur la personne du gouverneur l'État de New York. Mes services sont directement concernés par cette affaire. Cela m'intéresserait d'entendre comment la CIA peut être impliquée, et ce qu'elle peut savoir.

À cet instant, Gaylan Woodhouse fit son apparition, sortant de derrière un shoji, ces panneaux en papier huilé qui séparent les intérieurs des maisons japonaises. C'était un petit homme de soixante-trois ans qui avait gravi tous les échelons de la CIA. Il avait la réputation d'avoir été dans le temps le meilleur agent secret du monde parce que personne, absolument personne, ne le remarquait jamais. Et pourtant, il était paranoïaque, restait toujours tapi dans l'ombre jusqu'au moment où il n'avait plus d'autre choix que de se montrer. Il dirigeait la CIA depuis quatre ans. Dieu merci, pensa Thomas, Gaylan avait la mémoire longue et un esprit ouvert.

— Merci, dit Thomas en serrant d'abord la main du patron du FBI, puis celle du directeur de la CIA. Voici ma fille, Becca, qui est concernée de très près par cette affaire, et mon associé, Adam Carruthers. Gaylan, merci d'avoir usé de votre influence pour moi auprès de M. Bushman.

Gaylan Woodhouse haussa légèrement les épaules et dit à Thomas :

— Je vous connais, Thomas. Si vous affirmez qu'une chose est grave, c'est qu'elle l'est réellement. J'imagine que vous pensez qu'il est temps de faire intervenir le FBI pour activer les choses.

— En effet, il est grand temps, répondit Thomas.

Les deux directeurs s'évaluèrent d'un coup d'œil rapide et réussirent à s'adresser des sourires aimables et des politesses de convenance. Andrew Bushman s'éclaircit la gorge avant d'annoncer :

— MM. Hawley et Cobb ne nous rejoindront pas

aujourd'hui, mais vous le saviez sans doute. Je ferai envoyer toutes les informations dont ils auront besoin à New York en temps utile et si c'est justifié. Maintenant, j'ai besoin d'un verre. Ensuite, on pourra s'attaquer à ce problème.

Becca aurait fait n'importe quoi pour un verre de vin, mais elle prenait des médicaments. Elle aurait même bu la bière d'Adam. Elle tint bon durant les quatre minutes et demie de conversation anodine.

Gaylan Woodhouse commença en disant à Thomas :

— Qu'avez-vous de concret sur Krimakov ?

Bushman plissa le front d'étonnement.

— Est-ce en rapport direct avec la tentative d'assassinat sur le gouverneur ?

— Mais oui, répondit Gaylan. Thomas ?

Thomas Matlock se lança dans l'histoire d'un agent de la CIA, lui-même en l'occurrence, qui jouait au chat et à la souris avec un agent russe au milieu des années 1970 et qui avait tué accidentellement sa femme. Cet espion russe avait juré de se venger en tuant Thomas et toute sa famille. Pendant que son père parlait, Becca pensa à ce que sa vie et celle de sa mère auraient pu être si son père ne s'était pas trouvé dans cet endroit perdu à essayer d'avoir la peau d'un agent russe dénommé Vassili Krimakov.

— Bien sûr, Gaylan est au courant de tout cela. La raison pour laquelle le FBI doit intervenir est que nous essayons de savoir si Krimakov est toujours en vie et serait donc celui qui a essayé d'assassiner le gouverneur. En fait, maintenant, nous sommes certains que c'est lui.

Bushman, le directeur du FBI, avachi sur son siège, son verre presque vide à la main, interrogea :

— Ce type, c'est à vous qu'il en veut ? Pourquoi tirerait-il sur le gouverneur de l'État de New York ? Il y a quelque chose qui m'échappe, ici. Ah, je vois ! Vous êtes Rebecca Matlock, la jeune femme qui a échappé à la police et qui s'est cachée ?

— Oui, monsieur, c'est moi.

Andrew Bushman se redressa, oubliant son verre pour s'exclamer :

— Très bien, Thomas, dites-moi tout, même des choses que Gaylan ne sait pas. Il faut que j'aie un peu d'avance sur lui, non ?

— Krimakov voulait me débusquer. J'ignore comment, mais il a appris l'existence de ma fille, Becca. Nous ne savons absolument pas comment il a bien pu découvrir son existence, mais il s'en est pris à elle. C'est pourquoi il la terrorisait, c'est pourquoi il l'a jetée de sa voiture devant le quartier général de la police, à New York.

— Pour vous faire sortir au grand jour.

— Oui, c'est exactement ça. Ce n'est pas si compliqué. Il veut me tuer et il veut tuer ma fille. Tout le reste, c'est de l'habillage, de la comédie, pour lui donner la vedette, montrer au monde à quel point il est génial, pour affirmer que c'est lui qui contrôle le jeu.

À part lui, Thomas pensa : *Il ne peut plus tuer Allison parce qu'elle est déjà morte, et je n'étais pas là, avec elle.*

Adam termina l'exposé :

— Alors, voilà, messieurs. Nous avons découvert que Krimakov avait été incinéré, ce qui laisse planer un doute sur la véritable identité du cadavre. En revanche, l'homme qui a enlevé Mlle Matlock lui a soufflé dans l'oreille avant de lui faire une injection de drogue...

Becca l'interrompit pour articuler, péniblement :

— « Dis bonjour à ton papa. »

— Donc, fit Thomas, maintenant, il n'y a plus aucun doute. Le corps incinéré n'était pas celui de Krimakov.

Le patron de la CIA fit observer, songeur :

— Nous avons passé des centaines d'heures là-dessus, parce qu'il était possible que ce soit Vassili Krimakov. Désormais, nous savons que c'est lui, et c'est à vous de mettre votre grain de sel, Andrew. Mettez toute votre logistique de gens talentueux sur la brèche pour débusquer ce maniaque.

— J'ai quelqu'un qui s'efforce de trouver l'appartement que possède Krimakov en Crète, en plus de sa maison. Quand nous l'aurons localisé, nous voulons envoyer des agents pour inspecter l'endroit.

Le patron de la CIA approuva :

— Dès que nous saurons, j'ai une correspondante, à Athènes, qui peut prendre l'avion tout de suite et vérifier ce que nous voulons. Elle est très compétente. Elle a aussi des contacts au sein de la police grecque. Elle n'aura pas de problèmes avec eux.

— C'est Dillon Savich qui recherche l'appartement, précisa Thomas.

Le patron du FBI fronça les sourcils en soulevant son verre :

— Tiens, pourquoi ne suis-je pas étonné ? Savich est un des meilleurs. J'imagine que vous me le dites maintenant pour que je me calme un peu et que je ne lui écrase pas les couilles ?

— C'est vrai, répondit Thomas. Je connaissais bien le père de Savich. J'ai demandé à son fils de m'aider. Sherlock et lui sont dans cette affaire jusqu'au cou.

Andrew Bushman soupira et but sa dernière gorgée.

— Parfait, fit le patron du FBI en posant son verre. J'ai beaucoup de choses à faire, des réunions à organiser, des gens à détacher et à mettre sur l'affaire au plus vite. Et où en est-on avec la police de New York ?

— Pourquoi ne pas tout déballer devant tout le monde ? répliqua Thomas Matlock. Demandez à Hawley, à New York, de se mettre en rapport avec les flics de là-bas.

Bushman confirma :

— Hawley est compétent, très compétent. C'est un dur et il sait négocier avec les gens de New York. En voilà un qui sait se faire respecter. C'est un vrai trente-huit tonnes, au besoin. Bon, très bien, messieurs, c'est l'heure de tout déballer...

Le patron de la CIA, dont l'estomac s'était mis à gargouiller, l'interrompit :

— Parfait, eh bien... Nous avons oublié de passer la commande. Je veux un hamburger bien saignant, chose que ma femme, que j'adore au demeurant, n'autorise pas à la maison.

Le patron du FBI, qui parcourait le menu du regard, avança :

— Je veux que le FBI soit au courant de tout avant que l'affaire soit révélée aux médias. Nous voulons notre part du gâteau.

— Mais bien sûr, dit Becca.

22

La voiture officielle avançait silencieusement sur le périphérique de Washington. Il était encore trop tôt pour que ce soit l'heure de pointe et que la circulation se transforme en un insupportable imbroglio. Il faisait plus de 35 degrés, ce qui n'arrangeait rien. La climatisation de la grosse limousine rendait cependant l'intérieur très supportable. Le chauffeur n'avait pas articulé un mot depuis qu'il les avait pris en charge devant « L'Aigle s'est posé ». Les médias ne s'étaient toujours pas manifestés. Tant mieux, avait dit Thomas. Mais un bulletin d'information n'allait pas tarder.

Adam fredonnait en refermant son téléphone portable.

— Thomas, la photo que tu avais demandée à Gaylan Woodhouse arrive tout de suite. Il est désolé de ne pas avoir pu mettre la main dessus plus tôt.

Matlock cessa de contempler le profil de sa fille pour se tourner vers Adam :

— Je suis content qu'ils aient réussi à la trouver. Je craignais de devoir utiliser un dessinateur pour restituer ses traits.

— Monsieur, demanda Becca à Thomas, êtes-vous réellement l'un des directeurs de la CIA ?

— Je n'ai pas ce titre. Je m'en suis juste servi parce que c'était plus facile face aux inspecteurs de police de New York. En fait, je dirige un service parallèle qui est lié à la CIA. Nous faisons à peu près les mêmes choses que pendant la guerre froide. Mais je suis basé ici, aujourd'hui, et je ne me déplace plus très souvent à l'étranger, vers les points chauds.

— Cette photo de Krimakov, continua Becca après avoir acquiescé aux explications de son père, je veux la voir, l'étudier de près. Peut-être découvrirai-je quelque chose d'utile ? Est-ce qu'il parlait anglais, monsieur ?

Si Thomas avait remarqué qu'elle ne l'appelait plus « père » ou « papa », il n'en dit rien. Après tout, il n'était que le souvenir d'un mort qui soudain réapparaissait et qu'elle devait maintenant accepter. Il était aussi responsable de l'horreur qu'elle avait vécue. Il n'avait pas été présent quand sa mère agonisait, ni quand elle était morte. Becca avait dû affronter tout cela seule. La peine était si dure et si amère qu'il crut s'étrangler. Bientôt, il pourrait lui dire comment lui et sa mère avaient correspondu quotidiennement par courrier électronique depuis des années. Il réussit à répondre :

— Oui, bien sûr. Il parlait l'anglais couramment, il avait suivi ses études en Angleterre. Il était même passé par Oxford. C'était, paraît-il, un bon vivant dans sa jeunesse.

Il marqua une pause avant d'ajouter :

— C'est extraordinaire à quel point il nous méprisait, nous, les enfants gâtés de l'Occident. C'était sa façon de nous définir. Je prenais toujours beaucoup de plaisir à engager des joutes oratoires avec lui, à trouver les meilleurs arguments, du moins jusqu'au jour où il a amené sa femme avec lui en Biélorussie. Il se servait d'elle comme couverture : des pique-niques, des randonnées à pied, il prétendait être en vacances, alors qu'il avait préparait l'assassinat de l'industriel ouest-allemand Reinhold Kemper.

— Krimakov, dit-elle, comme si le fait de prononcer son nom à voix haute allait l'aider à se souvenir de lui plus clairement, à le voir dans l'ombre. Il avait un très léger accent anglais, pas américain, plus sur certains mots que sur d'autres. Il parlait l'anglais couramment.

Je n'ai pas eu l'impression qu'il avait une voix âgée, mais je ne peux pas en être certaine. Krimakov a votre âge ?

— Un peu plus vieux, peut-être cinq ans de plus.

— J'aimerais pouvoir dire avec certitude qu'il était si vieux, mais ce n'est pas possible. Je suis désolée.

Thomas soupira :

— J'ai toujours pensé qu'il n'était pas juste que tout soit si difficile dans la vie. Il a eu des années pour planifier tout cela, des années pour réfléchir à chaque étape, chaque parade. Il me connaît, il me connaît probablement mieux aujourd'hui que je ne le connaissais à l'époque. Quand il t'a enfin découverte, il pouvait lancer son offensive.

— Je me demande où il peut bien être, reprit Becca. Vous pensez qu'il est encore à New York ?

Ce fut Adam qui répondit, sans le moindre doute dans sa voix :

— Oh oui, il est à New York, en train de se demander comment il pourrait bien t'avoir à l'hôpital. Il se pourlèche les babines, sûr que tu seras là avec elle, Thomas. Il y a de fortes chances pour qu'il pense t'avoir piégé. Il t'a débusqué et il tient sa meilleure chance de vous tuer tous les deux.

— C'était une excellente idée, Adam, opina Thomas, de faire croire à tous les médias que Becca est toujours au New York University Hospital, à se remettre de ses blessures sous bonne garde. J'espère qu'il va se déguiser et essayer de se faufiler.

— Je suis certain qu'il compte le faire, acquiesça Adam. J'espère seulement qu'il ne flairera pas le piège. Il est malin, tu le sais très bien. Il pourrait très bien avoir deviné ce que nous avons organisé.

— Je suis inquiet pour les gens à l'hôpital qui jouent notre rôle, dit Becca. Il est...

Elle s'arrêta un instant, cherchant le mot exact.

— Il n'est pas normal. Il y a quelque chose d'effrayant en lui.

— Ne t'inquiète pas pour nos agents, répondit

Adam, ce sont des professionnels jusqu'au bout des ongles. Ils sont entraînés, et leur expérience dépasse tout ce qu'on peut imaginer. Ils savent ce qu'ils font. Ils sont prêts à le cueillir dès qu'il bougera. Encore une chose astucieuse : le FBI a fait installer des caméras de sécurité qui enregistrent tous les gens qui pénètrent dans cette chambre. Ils ont demandé aux médecins et aux infirmières d'entrer à des heures précises. Nos gars sont sur le qui-vive. Notre agent qui joue ta doublure, Becca, ne prendra aucun risque si jamais il se montre. Elle a un 9 millimètres Sig Sauer sous l'oreiller.

Après un temps, Thomas continua :

— Et puis il y a cette voiture officielle noire qui s'arrête, avec un type qui me ressemble étonnamment et qui pénètre dans l'hôpital.

— Oui. Deux fois par jour, précisa Adam. J'espère que Krimakov va essayer d'entrer. Ce ne serait pas formidable si tout se terminait là, à l'hôpital, en plein New York ? Quel soulagement !

— Il a réussi à assommer Chuck, remarqua Becca, sans que personne s'en doute. Jusqu'ici, il n'a jamais essuyé d'échec.

— Elle a raison, approuva Thomas à l'adresse d'Adam. Comme je l'ai dit, Vassili est intelligent. Il sait improviser. S'il n'y a pas de fuite, il reste néanmoins possible qu'il flaire le piège. Mais, même si on arrive à lui faire croire pendant vingt-quatre heures qu'elle est toujours là-bas, s'il pense en plus que je suis avec elle, sous bonne garde, cela nous donne un peu de temps pour mettre au point une stratégie.

— S'il ne vient pas à New York, il se présentera ici, soupira Adam.

Thomas poursuivit :

— Je me demande si on devrait prévenir nos doublures qu'elles pourraient avoir à affronter un ancien du KGB. Peut-être seraient-elles encore plus vigilantes.

— Non, savoir que c'est un tueur leur suffit, répondit Adam. De plus, ces agents sauront assez vite à qui ils auront affaire. Je suis persuadé que Krimakov va se montrer sous peu. Il commettra peut-être une erreur.

Adam regarda Becca, dont les poings demeuraient serrés sur ses genoux. Elle était trop pâle et il n'aimait pas ça, mais il n'y pouvait rien.

Elle dit, plus pour elle-même que pour ses deux compagnons :

— S'ils ne l'arrêtent pas, comment définir une stratégie pour attraper une ombre ?

Trente minutes plus tard, le chauffeur freina devant une maison à deux étages de style colonial, séparée de la rue par une pelouse en pente douce, juste au milieu de Bricker Road, en plein cœur de Chevy Chase. Elle ressemblait aux autres demeures voisines, dans ce quartier habité par la bonne bourgeoisie. Plantée au milieu d'une grande pelouse, elle était bordée de chênes et d'ormes.

— Vous voici chez vous, monsieur, dit le chauffeur. Personne ne nous a suivis.

— Merci, monsieur Simms. Vous avez effectué d'excellentes manœuvres de diversion.

— Merci, monsieur.

Thomas se tourna vers Becca, laquelle regardait par la vitre de la voiture. Il lui prit la main :

— Je vis ici depuis des années. Adam t'a probablement dit que personne ne connaît cette maison. C'est un secret très bien gardé, destiné à me protéger. Krimakov n'a pas découvert cet endroit. Ne t'inquiète pas. Nous serons en sécurité ici.

Thomas regarda le chêne, sur le côté de la maison. Allison et lui l'avaient planté ici, seize ans auparavant. Il dépassait maintenant le toit de six mètres, les branches chargées de feuilles vertes.

— Elle est magnifique ! s'écria Becca. J'espère que tout va se terminer à New York. Je ne veux pas qu'il découvre où tu habites. Je ne veux pas qu'il abîme cette maison.

— Non, je préférerais aussi qu'il n'y touche pas, répondit Thomas en lui tendant tendrement la main pour l'aider à sortir de la voiture.

— Maman et moi, nous avons toujours vécu dans un appartement, reprit Becca en marchant à côté de son père vers l'escalier de brique rouge qui menait au large porche. Elle n'a jamais voulu de maison. Je sais que nous ne manquions pas d'argent, mais elle refusait toujours.

— Quand ta mère et moi avions la possibilité de nous rencontrer, elle venait habituellement ici. C'était sa maison, Becca. Tu y verras sa patte dans chaque recoin, et je suis sûr que tu reconnaîtras tout de suite que c'était la sienne.

Il parlait à voix basse, avec une telle expression de tristesse et de regret qu'Adam détourna son regard pour le fixer sur les buissons de roses qui fleurissaient à côté de l'escalier du porche. Il repéra deux agents dans une voiture, quelques dizaines de mètres plus bas dans la rue. Il se demanda si Thomas allait dire à sa fille que cette maison avait l'air très accueillante, mais que le système de sécurité était de tout premier ordre.

— Je serai de retour dans trois heures environ, annonça Adam après avoir consulté sa montre. Passons nos coups de fil, il faut qu'on parle à nos types de New York, qu'on fasse le point sur tous les détails, et qu'on s'assure qu'ils restent bien sur le qui-vive. J'ai comme l'impression que Krimakov va très vite essayer de s'infiltrer dans l'hôpital. Il est temps de leur dire qui ils vont devoir affronter. Comme tu l'as remarqué, Thomas, il y a toujours des fuites. L'inspecteur Gordon, par exemple. Je la vois bien criant sur les toits ce qui se passe. S'il n'agit pas dans les vingt-quatre heures, on ne le verra pas, parce qu'il saura que c'est un piège.

Adam regarda Becca, qui s'imprégnait intensément de la maison. Il savait qu'elle essayait d'imaginer sa mère ici, peut-être à côté de son père, lui souriant, éclatant de rire. Elle ne les avait jamais vus ensemble, dans l'intimité.

D'une voix douce, il dit à Becca :

— Tu devrais te débarrasser de cette teinture ridicule, tu ne crois pas ?

Thomas réagit à ces mots :

— C'est vrai. Tes cheveux sont naturellement très blonds, comme ceux de ta mère.

— Maman était encore plus blonde que moi, répondit-elle. Oui, tu as raison, Adam, mais il faut que j'aille chez le coiffeur. Qui veut venir avec moi ?

— Moi et à peu près trois autres types, répondit Adam, satisfait de voir les traits de la jeune femme se détendre à l'idée de s'occuper de sa beauté.

À sept heures du soir, Savich, Sherlock, Tommy la Bouffarde et Hatch se présentèrent à la maison de Thomas pour une réunion « pizza et stratégie », la pizza ayant la priorité. Adam se demandait quel genre de stratégie utile allait en découler, mais c'était bien de réunir tout le monde. Qui savait quelles brillantes idées allaient émerger devant une pizza chaude, dégoulinante de fromage ?

Savich portait un bébé, lové dans son épaule droite, qui n'avait sur lui qu'une couche et un mince tee-shirt blanc. Adam dévisagea Savich, puis, inspectant les pieds du bébé, il questionna :

— Tu es le père de ce petit bonhomme ?

— N'aie pas l'air si étonné, Adam.

L'as de l'informatique caressa le dos de son fils en murmurant :

— Eh, Sean, tu es encore assez réveillé pour donner un bon coup poing dans ce joli minois ?

Le bébé suçait son pouce et il poussa ses fesses en arrière, ce qui fit sourire Savich.

— Il est presque prêt, dit Sherlock en caressant doucement la tête du bébé, dont les cheveux étaient aussi noirs que ceux de son père. Il suce ses doigts quand il ne veut pas qu'on le dérange et qu'il sait qu'on est en train de parler de lui.

— Qu'en penses-tu, Adam ?

Celui-ci considéra ce grand type qui tenait dans ses bras un minuscule bambin et renversa la tête en arrière pour rire de tout son cœur :

— Bon sang, je ne l'imagine même pas soulevant trois enveloppes dans chaque main !

Une heure plus tard, dix pizzas étaient dispersées dans le salon de Thomas Matlock. Hatch passa l'énorme galette molle aux poivrons, et son crâne chauve scintillait sous l'effet d'un lampadaire halogène. Il parlait, tout en engouffrant un gigantesque morceau dans sa bouche :

— Waouh, ce machin est très épicé. Oh, mes amis, c'est délicieux. Mais c'est épicé, vraiment très épicé.

— J'espère que tu t'es brûlé la langue, lui lança Adam en tirant le fromage gluant d'une tranche de pizza qu'il avait sortie d'une autre boîte.

Il souleva son morceau, comme pour trinquer :

— Tu l'as bien mérité, espèce de cochon. Bon Dieu, j'adore les artichauts et les olives.

— Non, je ne me suis pas brûlé la langue. Ce n'est qu'une petite sensation de picotement, répondit Hatch en se servant une autre part.

Après avoir englouti une énorme bouchée, il déclara avec gravité :

— Tous les bureaux du FBI sont au courant pour Krimakov. Les gars du service de New York sont en train d'examiner la voiture hors de laquelle le type vous a jetée, Becca. Ils ont sorti tous leurs scanners dernier modèle, tout le matériel sophistiqué dont ils disposent. Ils n'ont encore rien trouvé. J'espérais qu'ils allaient tomber sur un indice, mais ce Krimakov est très méticuleux, vraiment maniaque, a dit l'un des techniciens. Il n'a rien laissé d'utilisable. Rollo et Dave, qui ont quitté Riptide hier, ont envoyé au FBI toutes les empreintes relevées dans la maison de Linda Cartwright, toutes les fibres que nous avons récupérées dans les sacs plastique. Pas de nouvelles encore.

Il marqua un temps pour s'essuyer la bouche, puis reprit :

— La femme qu'il a tuée à Ithaca, dont il a volé la voiture : ils ont ratissé le secteur pour trouver des témoins, mais ils n'ont trouvé personne. Ce qui veut dire qu'on n'a rien du tout, pas la moindre preuve à se mettre sous la dent.

Sur ce, il poussa quelques jurons dans une langue que Becca ne connaissait pas. Elle fronça les sourcils, intriguée.

— C'est du lettonien, expliqua Hatch en croisant le regard étonné de Becca. Ça vous rend une injure bien grasse et bien puante.

Tout le monde se mit à rire, un fou rire général, et cela semblait tellement sympathique que Becca regarda tous ces gens qu'elle ne connaissait que depuis très peu de temps. Des gens qui lui paraissaient maintenant de vrais amis. Des gens qui resteraient sans doute ses amis toute sa vie. Elle contempla le petit enfant allongé dans sa chaise, profondément endormi, une couverture bleu clair posée sur lui. C'était l'image de son père.

Son regard se porta ensuite sur Thomas Matlock, qui s'attendrissait aussi sur le bébé. Son père n'avait pas mangé beaucoup de pizza, sans doute parce qu'il était trop inquiet. Pour elle.

Mon père.

Tout cela lui semblait encore si étrange... Il était là, en chair et en os... son père. Elle le reconnaissait et l'acceptait, mais c'était encore trop récent pour qu'elle puisse en comprendre toute la dimension au plus profond d'elle-même. Elle n'avait pas de souvenirs, elle ne le connaissait pas, elle n'avait rien possédé de tangible, juste quelques photos prises quand lui et sa mère étaient très jeunes. Et les histoires que sa mère lui avait racontées, beaucoup, beaucoup d'histoires. Sa mère les lui avait répétées, souvent, espérant qu'elle s'en souviendrait et qu'à travers cette image immatérielle elle aimerait son père.

Son père, vivant, toujours en vie, et sa mère ne lui avait rien dit. Des anecdotes, des petites histoires. Sa mère avait des souvenirs, des milliers de souvenirs, des histoires à la pelle. *Mais elle gardait le silence pour me protéger*, se dit Becca. Pourtant, le sentiment de trahison, une trahison monstrueuse, la rongeait de l'intérieur. Ils auraient pu lui parler quand elle avait dix-huit ans, vingt et un ans. Et quand elle avait vingt-cinq ans ? N'était-elle pas devenue adulte, à cet âge ? Une adulte, une personne adulte et indépendante, bon Dieu ! Et pourtant, non, ils ne lui avaient rien révélé. Maintenant, il était trop tard. Sa mère était morte. Elle avait disparu sans rien lui dire. Elle aurait au moins pu lui avouer la vérité avant de sombrer dans le coma. Becca ne les verrait plus jamais ensemble. Elle avait envie de les massacrer tous les deux.

La jeune femme se souvenait des nombreuses fois où sa mère l'avait laissée pendant trois ou quatre jours de suite. Plusieurs fois par an, Becca allait passer quelque temps chez une très bonne amie de sa mère qui avait trois enfants. Elle aimait tellement venir les voir qu'elle ne s'était jamais posé la question de savoir où sa mère pouvait aller. Elle acceptait cela comme une sorte de voyage d'affaires ou une obligation mondaine envers des amis.

Elle soupira. Elle leur en voulait toujours à mort. Elle aurait souhaité qu'ils soient là tous les deux, afin qu'elle puisse les serrer très fort et ne jamais les laisser partir.

Becca redescendit sur terre pour entendre Savich déclarer :

— J'ai les dernières informations sur Krimakov. Un opérateur de la CIA m'a parlé d'un système informatique ultrasecret à Athènes, dans lequel peut-être MAX pourrait s'introduire. Eh bien, MAX s'est invité tout seul dans cet ordinateur d'Athènes, qui garde trace de tous les déplacements et activités des étrangers résidant en Grèce. Le système est ultrasecret parce qu'il contient aussi la liste de tous les agents grecs qui exercent des activités clandestines dans le monde entier.

« Vous comprenez bien que cela inclut une bonne quantité de personnages peu recommandables dont ils veulent suivre la trace. Rappelez-vous qu'il n'y avait aucun dossier à Moscou, car le KGB a tout nettoyé concernant Krimakov. Mais ils n'avaient pas possibilité d'agir sur les archives grecques. Voici ce qu'elles contiennent sur Krimakov.

Savich s'interrompit pour laisser échapper un soupir :

— Bon, on sait déjà à peu près tout, il n'y a rien de vraiment nouveau. Cependant, dans ce contexte, ces archives apportent quelques conclusions intéressantes.

Savich sortit trois pages de sa poche et lut à haute voix :

— Vassili Krimakov a vécu dix-huit ans à Agios Nikolaos. Il a épousé une Crétoise en 1983. Elle s'est noyée accidentellement en 1996. Elle avait deux enfants d'un mariage précédent. Ils sont morts tous les deux. L'aîné, un garçon, seize ans, faisait de la varappe quand il est tombé d'une falaise. La fille, quinze ans, s'est tuée à moto en rentrant dans un arbre. Ils avaient un enfant, un petit garçon de huit ans. Il a été gravement brûlé par un feu de détritus et il se trouve actuellement dans un centre pour les grands brûlés près de Lucerne, en Suisse. Il n'est pas encore sorti d'affaire, mais au moins il est en vie.

Savich dévisagea chaque membre de l'assistance, puis énonça :

— Nous avons des rapports sur certains de ces faits, mais pas sur le tout. Aussi, ils ont tiré des conclusions et c'est ça qui était vraiment intéressant. Je sais qu'il y avait encore des choses, probablement sur leurs projets d'action contre Krimakov, mais je n'ai rien pu découvrir d'autre. Qu'en pensez-vous ?

— Tu veux dire que ces logiciels sont tellement bien

verrouillés que tu ne peux pas t'immiscer ? demanda Thomas.

— Non. Je veux dire que quelqu'un de très compétent a nettoyé les dossiers. Seules les informations que je viens de vous donner étaient encore là, rien de plus. Ce nettoyage a été effectué récemment, il y a juste un peu plus de six mois.

— Comment diable peux-tu le savoir ? s'écria Adam. Je pensais que c'était comme des empreintes digitales. On pouvait retrouver des traces, mais impossible de savoir quand cela a été fait.

— Non. Je ne sais pas comment les Grecs ont réussi à se le procurer, mais ce système, le Sentech Y-2002, est de tout premier ordre, c'est le nec plus ultra. Il localise et code instantanément toute suppression de n'importe quelle donnée marquée dans des programmes présélectionnés. On appelle ça un « mouchard » et c'est un processus souvent utilisé dans les entreprises de haute technologie car il permet de repérer les moindres anomalies et les moindres opérations sur des données particulièrement sensibles. On peut savoir qui les a effectuées et à quel moment.

— Comment cette localisation et cet encodage instantanés fonctionnent-ils ? interrogea Becca.

Savich lui répondit :

— Le système s'en empare tout de suite et prélève toutes les données que la personne essaie d'annuler. Elles sont ensuite dirigées vers une sorte de trappe de secours et disparaissent dans un « espace secret ». Cela signifie que les données ne sont pas vraiment perdues. Cependant, en ce qui nous concerne, la personne qui a effectué cette opération a réussi à faire ce qu'on appelle un « brûlage local » sur les données qu'il voulait annuler et donc, malheureusement, elles ont vraiment disparu. En d'autres termes, on n'a pas pu rediriger les données annulées vers un espace de sécurité dans les disques durs.

« La personne qui, on le suppose, a fait disparaître toutes les informations sur Krimakov était un fonctionnaire de niveau hiérarchique intermédiaire qui n'aurait eu aucune raison de supprimer des données de cette nature, et encore moins pu y avoir accès. Donc, soit quelqu'un l'a contacté et l'a payé pour le faire, soit on a volé son mot de passe et on a voulu faire porter les soupçons sur lui au cas où l'on découvrirait l'effraction.

— Combien de temps faudra-t-il pour trouver le nom de cette personne ? demanda Thomas.

— En fait, MAX l'a déjà fait. Le type est un programmeur de trente-quatre ans qui a eu un accident voilà quatre ans. Il est mort. Il y a de fortes chances que ce soit un coup monté pour lui faire porter le chapeau. Il est aussi fort probable qu'il connaissait la personne qui lui a subtilisé son mot de passe. Je ne serais pas étonné si ce type avait raconté ce qu'il a fait à quelqu'un, qui l'a ensuite rapporté à Krimakov ; alors celui-ci a pu agir.

— Et quel genre d'accident est-il arrivé à celui-là ? interrogea Thomas.

— Le bonhomme habitait Athènes, mais il était parti en vacances en Crète, là où habitait justement Krimakov. Vous connaissez les ruines minoennes de Cnossos, à environ huit kilomètres d'Héraklion ? On a appris que quelqu'un a perdu pied et qu'il est tombé la tête la première en basculant au-dessus d'un muret. Il a atterri dans un entrepôt quatre mètres en dessous de l'endroit où il se trouvait. Il s'est brisé la nuque lorsque sa tête a heurté l'une des grosses amphores qui contenaient de l'huile d'olive.

— Eh bien, bon Dieu ! s'écria Adam. J'imagine que les anciens patrons de Krimakov à Moscou n'ont aucun détail sur tout cela ?

— Rien que MAX ne puisse dénicher, répondit Savich. S'ils savent d'autres choses, et c'est tout à fait possible, ils veulent les échanger, parce qu'ils sont au courant que nous recherchons tout ce qui concerne Krimakov. Vous savez ce que je pense ? Ils n'ont rien qui puisse nous servir. Ils n'ont pas pipé pour essayer de nous sonder.

— Tu as déniché pas mal de choses, complimenta Thomas. Tous ces accidents. C'est invraisemblable, non ? Ou ce serait vraiment extraordinaire.

— En effet, fit Savich. C'est impossible. C'est la conclusion de leurs agents. Krimakov les a tous tués. Et puis, attendez, ce n'est pas fini. À l'époque où tu le connaissais, il n'y avait pas encore d'ordinateurs ?

— Il n'y avait pas grand-chose, en dehors des grosses unités centrales, du style IBM, répondit Thomas.

Sherlock intervint :

— Je ne voudrais même pas essayer de calculer les probabilités d'une telle quantité d'accidents mortels dans une seule famille. Les chances étaient infimes.

— Krimakov a tué tous ces gens, dit Becca. Ce ne peut être que lui. Mais comment a-t-il pu tuer sa propre femme et ses beaux-enfants ? Mon Dieu, il a même brûlé son propre fils ? Non, ce serait vraiment un monstre ! Qu'est-ce que tout cela signifie ?

— Il n'a pas tué son propre fils, dit Adam.

— Non, sûrement pas, dit Sherlock. Mais l'enfant ne pourra jamais vivre normalement, même s'il survit à toutes les greffes de peau et aux risques d'infection. Est-ce qu'il a été brûlé dans un accident ?

— Tout ceci est plausible, mais ce ne sont toujours que des suppositions, observa Thomas.

Savich reprit d'une voix ferme :

— J'ai fait passer la photo vieillie de Krimakov dans l'algorithme de reconnaissance faciale, le logiciel qui est maintenant disponible au FBI. Ce programme peut comparer des photos, ou même des dessins au fichier des malfaiteurs. Il compare, par exemple, la longueur du nez, sa forme, la distance exacte entre les os, la longueur des yeux. Il ressortira la fiche de quiconque lui ressemble, ayant commis des crimes aussi bien en Europe qu'aux États-Unis. La base de données n'est pas encore complète, mais ça ne peut pas faire de mal.

— C'était un espion, avança Sherlock. Peut-être

était-il aussi fiché par les divers services de police. Il est possible qu'il ait commis des crimes dans d'autres pays et qu'il se soit fait prendre. Si c'est le cas, le logiciel sortira une fiche, et alors, peut-être qu'on obtiendra des informations complémentaires sur Krimakov.

— C'est peu probable, dit Adam. Bon travail, les amis.

Il se tut un moment, puis il s'éclaircit la gorge :

— Ce n'était peut-être pas une mauvaise idée de la part de Thomas de faire appel à vous. Et votre bébé est vraiment mignon.

La tension se relâcha quand ils entendirent Sean qui suçait ses doigts. Sherlock dit en caressant le dos de son fils :

— Becca, j'aime bien tes cheveux, maintenant qu'ils ont retrouvé leur couleur naturelle.

— Je ne crois pas que ce soit encore la vraie couleur, commenta Adam en se frottant le menton d'un air pensif. Ils ont encore l'air un peu faux, un peu trop cuivrés.

Becca lui enfonça le poing dans l'estomac, pas trop fort, parce qu'il avait englouti quatre parts de pizza aux artichauts et aux olives. Il avait raison, bien sûr. Elle se mit à rire.

— Ça partira. Au moins ils n'ont plus l'air d'un brun inconsistant.

Thomas pensa qu'elle était très belle, les mêmes cheveux qu'Allison, raides et brillants jusqu'aux épaules, tirés en arrière par deux barrettes dorées pour dégager son visage.

Becca lança, profitant d'une courte accalmie dans la conversation :

— Quelqu'un sait-il comment Krimakov m'a retrouvée ?

Tout le monde continuait à manger, mais elle sentait la puissance de tous ces neurones, de toute cette expérience, en train de traiter sa question.

Son père se servit un peu de San Pellegrino et reposa

la bouteille sur le dessous de verre japonais, près de son coude.

— Je n'en suis pas certain, répondit-il, mais tu es devenue assez connue maintenant, Becca, avec les discours que tu écris pour le gouverneur Bledsoe. Je me souviens avoir lu plusieurs articles à ton sujet. Peut-être que Krimakov a lu ces articles. Il connaît évidemment le nom de Matlock. Il doit avoir effectué quelques vérifications, il a dû retrouver ta mère, découvrir ses voyages à Washington. C'est un homme remarquablement intelligent, et très déterminé.

— C'est logique, renchérit Sherlock. Je n'ai pas pu imaginer de scénario plus plausible.

Sherlock gardait un œil sur son petit garçon. Becca se souvint de ce qu'Adam lui avait raconté : Sherlock avait attrapé un psychopathe dangereux. Elle se rappelait aussi comment elle avait attrapé Tyler par la mâchoire, sans effort.

— Quelle que soit la façon dont il a réussi à découvrir qui elle était, fit remarquer Adam, il a monté son infernale machination.

— Krimakov a toujours été direct, ajouta Thomas. Pas de jeux tortueux et compliqués avec lui... Les gens changent. C'est terrifiant dans ce cas. Il a pris un chemin plus complexe que dans un labyrinthe byzantin.

Hatch, un morceau de mozzarella pendouillant sous le menton, se leva en déclarant :

— Je vais dehors pour voir ce que font les gars. Ils étaient en train d'avaler trois grandes pizzas la dernière fois que je les ai vus.

Sa boîte de pizza aux poivrons était nettoyée ; pas une miette de fromage froid ne restait collée au fond.

Adam s'exclama d'un ton faussement menaçant :

— Si tu fumes dehors, Hatch, je le sentirai et je te sacquerai. Je me fiche de ce que tu as trouvé. Je te vire.

— Non, je te jure que je ne fumerai pas.

Résigné, Hatch retourna s'asseoir.

Adam, satisfait, se tourna vers Becca.

— Quant à toi, tu dois manger. Je te laisse ma dernière part de pizza. J'ai même laissé trois olives dessus. J'adore les olives, mais quand j'ai vu ton petit cou malingre, je me suis retenu. Mange.

Elle obtempéra et prit la part de pizza.

Savich reprit, souriant à la ronde, manifestement fort content de lui :

— Ah, oui, j'ai quelque chose qui n'est pas une supposition. MAX a retrouvé l'appartement de Krimakov. C'est un tout petit endroit à Héraklion. M. Woodhouse est au courant. Il a déjà envoyé des agents sur place.

Tout le monde le regarda, ébahi.

Savich se mit à rire. Il riait encore quand le téléphone sonna, quelques instants plus tard.

— C'est sur ma ligne publique, indiqua Thomas en se levant. Le magnétophone va se déclencher immédiatement et je saurai tout de suite qui appelle.

Il vit que Becca clignait des yeux et lui sourit.

— Une habitude, ajouta-t-il en s'emparant du téléphone.

Il ne dit pas un mot, et resta planté là, à écouter. Il était pâle comme la mort quand il hocha la tête et dit à la personne au bout de la ligne :

— Merci d'avoir appelé.

Becca se leva brusquement pour s'approcher de lui. Il haussa la main et dit, d'une voix très basse et maîtrisée :

— Les deux agents à l'entrée de la chambre de Becca sont morts. L'agent Marlane, la doublure de Becca, est morte. L'agent qui jouait ma doublure est mort, touché à la tête, trois fois... J'ai touché l'épouse de Krimakov à la tête. Les caméras de sécurité ont été brisées. C'est un vrai tohu-bohu à l'hôpital. Il s'est enfui.

23

Adam entra dans la chambre de Becca juste après minuit. Elle se tenait assise sur le lit, les genoux serrés entre les bras, et fixait le plafond d'un regard vide. Une seule lampe était allumée mais dans la pénombre il pouvait voir qu'elle était pâle, le visage tendu. Elle baissa vers lui ses yeux bleus et dit d'un ton chargé de culpabilité :

— Je n'arrive toujours pas à le croire, Adam. Quatre personnes sont mortes, et tout cela à cause de moi.

Il ferma la porte et s'appuya contre le battant, les bras croisés. Il s'attendait à une telle réaction de sa part, pourtant cela l'irritait.

— Ne sois pas stupide, Becca. C'est essentiellement ma faute, puisque c'était mon plan au départ. Ce que personne n'arrive à comprendre, c'est la manière dont ce salopard est parvenu à s'approcher des gardes qui étaient à l'extérieur de la chambre, comment il a pu venir assez près pour voir la couleur de leurs yeux et les descendre. Bien entendu, il avait un silencieux. Ensuite, il se précipite dans la pièce et abat les deux autres agents avant qu'ils n'aient le temps de réagir. Et, en plus, il a réussi à tirer dans la caméra de sécurité. Et pouf, il disparaît, il prend la fuite. Personne ne peut comprendre comment.

« Bon Dieu, tout le monde savait qu'il allait venir, c'était un piège, les lieux étaient entièrement couverts, mais non, il réussit à passer droit dedans, sans que rien l'arrête. Nous avons perdu. Quel que soit son déguisement, il devait être parfait. Et quatre personnes sont mortes.

Adam claqua dans ses doigts en disant :

— Comme ça ! Elles n'existent plus. Ce fumier, comment a-t-il pu entrer ? De quoi pouvait-il avoir l'air pour qu'ils ne se méfient pas ?

— Tellie Hawley n'a encore rien trouvé ?

Adam fit non de la tête :

— Ils ont étudié toutes les vidéos des caméras de sécurité dans tout l'hôpital, et ils ont repéré quelques hommes qui pourraient être lui. Je lui ai dit que cela n'avait aucun sens. Il faut qu'ils suivent les petites vieilles, les gens qu'on voit sur les bandes et que personne ne pourrait prendre pour Krimakov.

Adam se détacha de la porte pour s'approcher du lit. Il se pencha et lui caressa doucement le visage en chuchotant :

— Je suis venu prendre de tes nouvelles. Je pensais que tu te sentirais responsable, et j'avais raison. Arrête, tu n'y es pour rien. Ce plan était excellent, il n'y avait apparemment pas de faille. Les raisons de cet échec, c'est moi qui dois les endosser, pas toi.

— Il semble totalement inhumain, non ?

— Oh, il est assez humain pour moi. Je finirai par l'avoir. Je veux le liquider de mes propres mains.

— Mon père aussi. Je n'ai jamais vu quelqu'un d'aussi furieux, et pourtant sa voix est restée calme et impassible. Mais il était si froid, si terrifiant ! Moi, j'aurais poussé des hurlements, crié, transpercé un mur avec mon poing, mais lui, non.

— La maîtrise de soi est une qualité très importante pour ton père. Elle lui a sauvé la vie à plusieurs reprises, comme celle d'autres personnes. Il a appris à ne pas laisser ses émotions interférer dans sa réflexion...

Tout en parlant, Adam lui prit le visage entre les deux mains :

— ... Moi, je ne sais toujours pas le faire, mais j'essaie. Une chose épouvantable vient de se produire, Becca, mais je t'en prie, crois-moi, ce n'est pas ta faute.

Nous l'aurons. Nous devons l'attraper. Nous devons tous les deux dormir, maintenant.

Il l'embrassa sur la bouche, mais se reprit immédiatement. C'était difficile, parce qu'il aurait voulu l'embrasser encore, et ne pas s'arrêter. Il voulait l'allonger doucement et soulever cette robe de chambre de jeune fille qu'elle portait, et poser sa bouche sur toute sa nudité. Il voulait oublier et lui faire oublier l'horreur, juste pour quelques instants. Mais il se rendit compte qu'il ne pouvait pas. Il s'éloigna d'un pas.

— Bonne nuit, Becca. Essaie de dormir un peu, d'accord ?

Elle hocha la tête en silence. La douleur dans ses yeux, la terrible culpabilité qui restait enfouie au plus profond d'elle, elle ne pouvait pas les supporter. Il l'embrassa encore une fois, brusquement, avec ardeur, puis il sortit de la chambre en toute hâte.

Dans le couloir, il plissa le front en se demandant pourquoi il faisait cela alors qu'il était censé la protéger. Il ressentait une haine farouche envers Krimakov lui remonter du fond des entrailles quand il tomba sur Thomas, qui se tenait là, à le regarder, l'air interrogateur.

Adam s'arrêta net.

— Non, je ne l'ai pas touchée.

— Non, bien sûr que non. Je n'ai jamais pensé que tu l'avais fait. Tu étais venu pour essayer de la déculpabiliser, n'est-ce pas ?

— Oui, mais je ne crois pas y être parvenu.

— On pourrait tous se vautrer dans cette culpabilité tellement elle abonde, répliqua Thomas. Je descends pour un moment. Il faut que je réfléchisse encore.

— Ce n'est pas la peine de continuer à réfléchir, on peut juste s'inquiéter et tenter d'anticiper, ce qui ne nous avance pas vraiment. Un instant, je viens d'y penser : il doit être furieux, sur les nerfs. Après tout, il s'attendait à te trouver, avec Becca, dans cette chambre d'hôpital, mais vous n'y étiez pas. Maintenant, il va douter de lui-même, de son jugement, de sa maîtrise des événements. Il s'est montré extrêmement méticuleux jusqu'à présent, mais cette fois, il n'a pas été assez prévoyant. Il s'est planté. Il n'a pas tout prévu. Je ne sais pas ce qu'il va faire, mais, quoi que ce soit, il va peut-être commettre d'autres erreurs. Il faudra aussi qu'il tienne compte des conséquences du meurtre de sang-froid de quatre agents fédéraux. Ils vont organiser une chasse à l'homme implacable. Il ne peut pas croire qu'il est supérieur à tous, au point de s'en sortir sans dommages, il ne peut pas imaginer qu'il restera introuvable. Nous ne sommes plus seuls, désormais. Tout le monde est au courant.

— Je sais tout cela, Adam. Mais tu sais aussi comme il est rapide, habile. Regarde comment il vous a tous débusqués dans cette maison, à Riptide, comment il a réussi à se faufiler et à se cacher dans le placard de Becca. Il fallait de l'audace et de la ruse. Et une sacrée veine. Vous auriez pu vous apercevoir que Chuck manquait quand vous êtes tous sortis pour fouiller les alentours, vous pourriez aussi avoir trouvé Chuck attaché et bâillonné, mais non, vous n'avez rien vu. Il a eu de la chance et il l'a emmenée. Je n'aime pas dire ça, mais je crois fermement qu'il réussira à échapper au FBI. Il sait que je serai au courant de tout, que je vais essayer de trouver tous les moyens de l'attraper. Il va venir à Washington. Il va essayer de nous trouver, Becca et moi. Il ne peut rien faire d'autre.

— Je ne comprends toujours pas pourquoi il a jeté Becca de sa voiture à New York. Il la tenait. Il aurait pu faire une annonce et attendre que tu viennes frapper à sa porte pour tenter de la sauver. Mais il l'a libérée. Pourquoi ? Merde, je vais devenir dingue. S'il est aussi malin que tu le dis, il ne viendra pas ici, du moins pas tout de suite. Il va attendre que les choses se tassent un peu.

— Il y a une chose dont je suis certain, affirma Thomas. Je suis sa raison d'être, probablement la seule aujourd'hui. C'est pourquoi il sème la mort derrière lui. Il ne fait plus attention à lui-même, ça n'a plus d'importance pour lui. Il me veut juste mort. Et Becca avec moi. Je pense qu'elle devrait peut-être se réfugier à Seattle, ou même à Honolulu.

— Oui, c'est ça. Et c'est toi qui vas la convaincre, OK ? Elle vient juste de te retrouver. Tu crois une seconde qu'elle voudra s'éloigner maintenant ? Qu'elle est prête à dire adieu à son père qu'elle vient juste de rencontrer ?

— Probablement pas, soupira Thomas. Elle a encore si peu confiance en moi ! C'est comme si elle hésitait en permanence entre me serrer dans ses bras et me tuer pour l'avoir laissée.

— Je pense qu'elle veut les deux. Mais au moins, maintenant vous êtes ensemble. Tout va s'arranger, il faut que tu sois patient. Bon Dieu, elle ne te connaît que depuis vingt-quatre heures.

— Tu as raison, bien sûr. Mais, bon, n'en parlons plus. Quand je pense que Krimakov est entré dans cette chambre et qu'il a tué tout le monde ! Tout le monde ! Et sans une hésitation. Pour me débusquer cette première fois, il a lâché Becca. Je ne veux même pas imaginer ce qu'il lui ferait maintenant qu'elle est avec moi. Enfin, si. Je peux. Il la liquiderait sans plus de remords qu'il n'en a eu pour tous les autres. Eh oui. Il n'y a aucun doute dans mon esprit : il pense qu'elle est avec moi, maintenant. Effrayant. Il avait un silencieux sur son pistolet.

— Oui.

— L'agent Marlane a reçu six balles. Elle a vu que l'homme n'était pas moi, il a compris que c'était un piège, et il est devenu fou. Dell Carson, l'agent qui faisait ma doublure, a sorti son arme, mais il n'a pas eu le temps de faire feu. Ni l'agent Marlane.

— Oui, je sais.

— Bon sang, comment a-t-il pu s'échapper ? Hawley avait des types en civil sur tout l'étage et toutes les sorties.

Adam secoua la tête :

— Son déguisement devait être incroyable. Peut-être qu'il s'est travesti en femme. Qui sait ? Tu te souviens si Krimakov se déguisait, à l'époque ?

Thomas s'appuya contre le mur du couloir, les bras croisés.

— Non. Mais c'était il y a si longtemps ! Trop longtemps. Ce qui me dérange, et je n'arrive pas à me défaire de cette impression, c'est que Becca ne peut pas dire si le type qui l'a enlevée, le type qui la harcelait au téléphone, était âgé.

Thomas hocha la tête avant d'ajouter :

— Autre chose : Vassili parlait couramment l'anglais, mais j'ai lu les retranscriptions des conversations qu'il a eues avec Becca. Elles ne lui ressemblent pas du tout. Et ce qu'il a écrit, ce qu'il lui a dit, ce qu'il a fait. Se présenter comme son petit ami, tuer Linda Cartwright, puis la déterrer, lui écraser le visage, comme une plaisanterie macabre pour rendre Becca complètement folle. C'est le comportement d'un psychopathe. Krimakov n'était pas un psychopathe. Il était d'une arrogance monstrueuse, mais il était aussi peu fou que moi.

— Quelle qu'ait été la personnalité de Krimakov à l'époque, elle a changé, dit Adam. Qui sait ce qui lui est arrivé durant ces vingt dernières années ? N'oublie pas tous ces meurtres : sa seconde femme, deux enfants, le type dont il a utilisé le mot de passe pour accéder au système informatique et effacer toutes les informations le concernant, le meurtre de quelqu'un pour simuler sa propre mort dans un accident de voiture. Et combien d'autres encore, dont nous ignorons l'existence ? Et cela entraîne une autre question. Tu dis que tu es désormais sa seule motivation, son unique raison de vivre. Et son fils, alors ? Il est dans cette clinique de grands brûlés, en Suisse. Tu penses qu'il ne s'intéresse plus à lui ? Ou peut-être que ce n'était pas un accident, non plus, et qu'il a aussi essayé de le tuer.

— Je ne sais pas.

— Nom de Dieu, dit Adam, peut-être qu'il a toujours

été détraqué et que ça s'est aggravé, et que c'est la raison pour laquelle il ne semble pas s'inquiéter de son fils. Non, Thomas, ne discute pas. Il est maintenant ici, dans un pays étranger pour lui, il n'est plus en Crète. Il est chez nous, et il est probable qu'il n'est pas arrivé il y a très longtemps.

— Écoute, Adam, nous n'en savons rien. Officiellement, Vassili Krimakov n'a pas mis les pieds dans ce pays depuis quinze ans. Il est revenu ici une fois, au milieu des années 1980, pour voir ce qui se passait, pour essayer de retrouver ma trace. Cette fois-là, il a tué une de mes assistantes, parce qu'il m'avait vu avec elle et qu'il pensait que c'était ma maîtresse. Mais je l'ai échappé belle cette fois-là, et il est retourné en Crète. Nous avons appris qu'il s'était rendu en Angleterre plusieurs fois, mais là non plus, il n'y a pas mis les pieds récemment. Il aurait pu clandestinement pénétrer aux États-Unis avec une dizaine de passeports différents. Qui en Grèce pourrait le savoir ? Et même s'ils le savaient, pourquoi s'en soucier ?

— Pourtant, nous devons supposer qu'il a passé la plupart de son temps en Crète. Mais enfin, il était marié. Il a même eu un enfant avec cette femme. Alors il ne peut pas se débrouiller ici aussi facilement.

Thomas observa :

— Becca a raison. C'est un monstre, quelles que soient les excuses que je trouve à cet homme que j'ai connu il y a plus de vingt ans. Bien sûr, je ne le connaissais pas vraiment. C'était juste un objectif pour moi, toujours du côté opposé, le roi des noirs aux échecs. Nous ne pouvons qu'attendre et nous ronger les ongles. Krimakov nous retrouvera, tu peux en être certain.

« J'oubliais... Tellie Hawley et Cobb vont venir demain parler à Becca. Peut-être que ce sera utile. Je crois qu'elle les a bien appréciés quand elle les a rencontrés à New York. Elle arrivera peut-être à se souvenir de nouveaux détails en discutant avec eux.

Hawley se sent terriblement coupable. C'étaient ses agents, tous les quatre, et ils sont morts.

— Oui, dit Adam en se grattant la tête. Maintenant que Savich a retrouvé l'appartement de Krimakov à Héraklion, nos gens vont aller y faire un tour. Ils vont peut-être dénicher quelque chose.

Becca s'appuya contre la porte fermée, écoutant leurs voix s'éloigner tandis qu'ils descendaient l'escalier. Elle se retourna, toujours postée contre la porte, les bras croisés, exactement comme l'avait fait Adam quand il était entré dans sa chambre. Elle ferma les yeux.

Il avait assassiné quatre personnes de plus. Comme Thomas, elle savait que Krimakov finirait par les repérer. On aurait dit qu'il avait été programmé pour trouver Thomas et le descendre. Elle aussi, bien entendu. Il ferait n'importe quoi, il irait partout si nécessaire, il tuerait n'importe qui sur son chemin, pour atteindre son objectif.

Comment pouvait-il avoir assassiné sa femme et ses beaux-enfants ? Et son propre fils qui se trouvait dans un hôpital pour grands brûlés en Suisse ? Est-ce que, cette fois-ci, c'était vraiment un accident ? Non, il n'y avait pas d'accident sur la route de Krimakov. C'était au-delà de la terreur.

Elle retourna sur son lit et s'y recroquevilla en serrant les bras autour de ses genoux. Il faisait chaud, très chaud, mais elle avait froid jusque dans la moelle épinière. Soudain, elle entendit la voix de sa mère, dure et impatiente, lui disant que si elle avait vraiment l'intention de sortir avec Tim Hardaway, ce délinquant juvénile, elle l'enfermerait dans un placard pour un mois. Ce souvenir lui fit venir un sourire aux lèvres. Elle avait alors cru, à seize ans, que sa vie était finie. Elle se demanda ce que sa mère aurait pensé d'Adam. Elle sourit de nouveau, puis tressaillit un peu, au souvenir de ce baiser violent, à la sauvette. Sa mère, pensa-t-elle, aurait adoré Adam.

Tout à coup, elle entendit un bruit très atténué. Elle sursauta, le cœur battant, et dirigea son regard vers la fenêtre. Toujours ce chuchotement, ce bruissement. Le pouls de plus en plus rapide, elle se leva de son lit et s'approcha de la fenêtre. Elle se força à regarder dehors. Il y avait un chêne, et l'une des branches couvertes de feuilles frottait légèrement sur la vitre.

Il était proche, elle le savait. En retournant se coucher, elle continua de surveiller le carreau de la chambre. Elle ne voulait plus parler à aucun agent. Mais à quelle distance se trouvait-il ?

À combien de mètres ?

Tout le monde était désormais au courant pour Krimakov. Adam regarda la vieille photo apparaître brièvement sur CNN et toutes les chaînes nationales. À côté, on pouvait voir l'image modifiée par le dessinateur du FBI, qui le montrait vieilli, comme il devait probablement être aujourd'hui. Un vrai travail d'artiste. Avec un peu de chance, il serait très ressemblant et pourrait être reconnu. Becca ne se souvint pourtant pas de nouveaux détails quand elle regarda les photos.

Tous les médias voulaient une interview de Becca Matlock, mais personne ne savait où elle se trouvait.

Les flics de New York voulaient lui parler, mais cette fois-ci, elle n'eut plus à affronter Letitia Gordon. Le FBI leur avait dit d'aller se faire voir après le meurtre de leurs quatre agents au New York University Hospital. Il y eut beaucoup d'échanges de mots, beaucoup de rancœur, mais, du moins, elle n'était désormais plus le centre de la dispute. On l'avait oubliée dans la confusion. Elle était tranquille.

Quant à Thomas Matlock, son identité avait été révélée, mais au moins, personne ne savait où il était. S'il y avait eu une fuite, ils savaient que les camionnettes de la télévision seraient déjà garées devant leur porte et que des micros pointeraient vers les fenêtres de la maison.

Pour l'instant, tout était calme. Les agents postés tout autour de la maison et dans le voisinage venaient au rapport régulièrement, et rien de suspect n'avait été signalé.

L'ex-agent du KGB Vassili Krimakov – qui il était exactement, où il se trouvait pour le moment, quelles étaient ses motivations, tout ce qui pouvait le concerner – était évoqué ouvertement, en détail, dans chaque magazine télévisé, sur chaque plateau de quelque importance. D'anciens opérateurs de la CIA, des agents antiterroristes du FBI en retraite, ainsi que trois membres du cabinet présidentiel de l'époque parlaient de lui d'un air faussement compétent. La question était toujours la même : pourquoi voulait-il autant la peau de Thomas Matlock ? Personne n'avait donné de réponse claire quand arriva une dépêche anonyme de Berlin expliquant comment Thomas Matlock avait sauvé la vie de Kemper et, dans le feu de l'action, tué accidentellement la femme de l'agent soviétique Vassili Krimakov, qui avait été envoyé là-bas, en Biélorussie, pour assassiner Kemper. La presse se déchaînait. La grande star du journalisme audiovisuel, Larry King, fit une interview d'un ancien assistant du président Carter, qui se souvenait parfaitement et en détail de l'incident, du jour où l'agent de la CIA Thomas Matlock, ayant dû affronter Krimakov dans un pays éloigné, avait tué sa femme par accident. Il se rappelait le raffut que cela avait provoqué avec les Russes. Personne d'autre ne semblait se souvenir de tout cela, y compris le président Carter, qui pourtant se souvenait toujours de tout, y compris du nombre d'élastiques contenus dans le tiroir de sa table, au milieu du fameux bureau Ovale.

Un ancien marine, qui avait servi avec Thomas Matlock dans les années 1970, expliqua d'un air docte comment Thomas refusait de se laisser intimider par l'ennemi. Quel ennemi ? Il ne craquerait jamais. Thomas était du genre à se rendre en enfer sans ciller. Cela n'avait rien à voir avec l'affaire, mais peu importait.

La vérité, c'est que toutes les personnes interviewées étaient des anciens ceci ou cela. Les actuels dirigeants du FBI et de la CIA avaient réussi à tout censurer. Le Président et son cabinet ne s'exprimaient pas à ce sujet, du moins officiellement. Tout marchait comme depuis toujours. Les spéculations allaient bon train, les théories abondaient, mais il n'y avait pas la moindre preuve sur quoi que ce soit.

Quant à Rebecca Matlock, le gouverneur de l'État de New York avait dit d'elle : « C'était une excellente collaboratrice qui m'écrivait d'excellents discours, avec intuition et ironie. Elle nous manque. » Puis il s'était frotté le cou, là où Krimakov l'avait touché.

La police de New York, quand la presse venait l'interroger, continuait de lâcher des « pas de commentaires ». On ne disait plus qu'elle était complice dans la tentative d'assassinat du gouverneur Bledsoe. Dieu merci, pensait Becca, personne n'avait mis la main sur Letitia Gordon. Elle pariait que l'inspecteur Gordon aurait sauté sur l'occasion de dire du mal d'elle.

Chaque meurtre commis par Krimakov était évoqué et disséqué en public dans les médias. Ces exactions étaient un véritable outrage à la population.

Mais personne ne savait où se trouvait Rebecca Matlock.

Personne ne savait non plus où et surtout qui était Thomas Matlock, mais le public continuait à croire que c'était une sorte de brillant James Bond qui avait empêché les Russes d'envahir le monde et qu'il était maintenant traqué par un ancien agent du KGB qui n'hésitait pas à tuer des gens pour le faire sortir de sa clandestinité.

Becca se demandait, s'adressant à Adam, ce que le marine avait bien voulu dire à la télévision à propos de son père. Adam, qui nettoyait son Delta Elite sur la table de la cuisine, lui répondit :

— Cela veut dire que ce crétin a touché environ cinq cents dollars pour dire quelque chose qui ferait monter l'audimat.

— Il a dit que Thomas ne craquerait jamais. Qu'est-ce que ça signifie ?

Adam haussa les épaules :

— On s'en fout ! J'espère seulement que Krimakov regardait. Quand on parle de désorienter les gens... Peut-être finira-t-il par croire que Thomas est invincible.

Adam haussa les épaules tout en continuant à lustrer le manche de son pistolet.

— Nous n'aurions pas pu mieux faire si nous avions nous-mêmes écrit le scénario.

— Je me demande si l'inspecteur Gordon pense toujours que j'ai une part de responsabilité dans tout cela.

— Je crois que quand Gordon s'est fait une opinion, il faudrait une avalanche pour qu'elle en change. Oui, elle pense toujours que tu es impliquée jusqu'au cou. J'ai parlé à l'inspecteur Morales. Je pouvais l'imaginer secouant la tête au téléphone. Il est déprimé, mais content que tu sois en sûreté, désormais.

— C'est le meurtre de Linda Cartwright qui a tout mis en branle.

— Oui. C'était une pauvre innocente. Une femme comme tout le monde. Chacun veut voir cette ordure sur la chaise électrique. N'oublie pas non plus cette vieille dame, à Ithaca. Encore une innocente. Krimakov va devoir répondre de tout cela.

— Est-ce qu'on sait comment Dick McCallum a été en contact avec lui ?

— Oui. Hatch a découvert que la mère de McCallum avait quelque cinquante mille dollars de trop sur son compte en banque.

— Ce n'est pas beaucoup d'argent si on doit mourir pour les gagner. A-t-elle dit à la police ou à Hatch si Dick lui avait raconté quelque chose ?

Adam fit non de la tête, souleva son arme et contempla dans le métal du canon le reflet d'une tête qui avait besoin d'un bon coup de rasoir.

— Non, répondit-il à Becca. Elle était très inquiète à ce sujet, mais il n'a rien voulu lui révéler, si ce n'est lui ordonner de ne rien dire à propos de l'argent, ce qu'elle a quand même fini par faire quand Hatch l'a retrouvée et lui a fait cracher le morceau.

— Le FBI va bientôt arriver.

— Oui, ne t'inquiète pas, Thomas et moi serons là.

Elle lui sourit :

— C'est gentil, Adam, mais ce n'est pas nécessaire. Je ne suis ni une enfant, ni une idiote, tu sais. Et je connais ce M. Cobb et ce pauvre M. Hawley, qui a des hémorroïdes.

Il lui adressa un sourire narquois :

— Faux ! C'est Cobb qui a des hémorroïdes. Mais tu ne pouvais rien faire, n'essaie pas de réécrire le passé. Et je me fiche de ce que tu dis, je serai là.

— Je devrais peut-être sortir mon Coonan et l'astiquer.

— Je préférerais ne jamais revoir ce pistolet entre tes mains, ou à côté de toi.

— Je t'ai bien fait peur, hein ?

Thomas passa le visage dans l'entrebâillement de la porte de la cuisine pour annoncer d'un air soucieux :

— C'est bizarre. Un type du nom de Tyler McBride a appelé le bureau de Gaylan Woodhouse avec un message pour toi, Becca. Tu devrais le rappeler immédiatement. Rien d'autre, juste cette demande.

— Je n'y comprends rien, répondit Becca. Mais bien sûr, je vais le rappeler. Qu'est-ce qui se passe ?

Adam se leva sur-le-champ.

— Je n'aime pas ça. Pourquoi diable McBride a-t-il appelé le directeur de la CIA ?

Ce fut au tour de Becca de se montrer rassurante :

— Je vais le savoir. Tyler est probablement très inquiet et il veut avoir de mes nouvelles.

Adam répliqua :

— Je ne veux pas que tu appelles Tyler McBride. Je ne veux pas qu'il te tourne autour. Je vais l'appeler, je vais savoir ce qu'il veut. S'il veut être rassuré, eh bien je le rassurerai.

— Écoute, Adam, tu m'as dit toi-même qu'il avait

vraiment peur pour moi. Il veut juste entendre ma voix. Je ne lui dirai pas où je suis. Mais je l'appelle, voilà tout.

— Pourquoi n'arrêtez-vous pas de vous chamailler ? taquina Thomas. Appelle ce type, Becca. Si quelque chose ne va pas, Adam, elle nous le dira.

— Je ne suis toujours pas tranquille. Autre chose : je me demande si tu ne serais pas plus en sécurité chez moi. Du moins, tu pourrais y venir un peu.

— Où habitez-vous, monsieur Carruthers ?

— Environ cinq kilomètres plus bas.

Elle le fixa du regard.

— Mais alors, pourquoi restes-tu ici ? Pourquoi ne rentres-tu jamais chez toi ?

— On a besoin de moi ici, répondit-il, frottant consciencieusement le canon de son Delta Elite pour qu'il brille davantage. De plus, je rentre chez moi. Où crois-tu que je me change ?

— Remets-toi, Adam, dit-elle en allant chercher son carnet d'adresses.

— Sers-toi de ma ligne privée, suggéra Thomas. On ne peut pas la repérer. Adam, ton pistolet a l'air superbe.

— Tu aimeras beaucoup ma maison ! cria Adam à Becca. C'est la maison parfaite, c'est le plus bel endroit qu'on ait jamais vu. Les plantes ne m'aiment pas, mais je n'ai pas de problèmes avec le reste. J'ai une femme de ménage qui vient deux fois par semaine et elle peut même me faire la cuisine.

Becca se retourna vers lui :

— Quel genre de cuisine ?

— Des fricassées de thon, de jambon et de patates douces, ce que tu veux. Tu aimes les fricassées ?

— J'adore, répondit-elle.

Il entendit son rire s'éloigner dans le couloir.

Il aurait voulu écouter ce qu'elle racontait à Tyler McBride, mais il ne bougea pas. Thomas non plus, qui resta là, debout, adossé au réfrigérateur, les bras croisés.

— Je lui laisse un peu d'intimité, lui confia absurdement Adam. C'est dur.

— Oui, tu veux qu'elle réfléchisse à ta maison, c'est ça ?

— C'est une très jolie maison. Une vieille maison George III, en brique, deux étages, avec un superbe jardin qui me coûte des fortunes à entretenir. Tu te souviens, je t'ai dit que ma mère m'avait convaincu d'acheter de l'immobilier il y a quatre ans. Elle m'a dit que c'était un bon investissement. Elle avait raison.

— Comme souvent les parents, répondit Thomas.

Adam grogna et regarda son reflet dans le canon du pistolet :

— McBride la veut. C'est pourquoi il a appelé. Il veut qu'elle sache qu'il n'a pas abandonné l'espoir de la séduire. Bon Dieu, je ne lui fais pas confiance. Il va se servir de Sam s'il le faut.

Thomas lui dit, souriant :

— Je peux voir ton air renfrogné dans le canon du pistolet. Non, c'est pire.

Adam poussa un second grognement :

— Et si je te disais que j'ai l'air furieux ?

Mais qu'est-ce qu'elle pouvait bien raconter à Tyler McBride ? Et que pouvait-il lui dire ?

24

Dans le bureau de son père, portes closes, Becca était accoudée à l'acajou de la grande table. Elle était si pâle, paraissait si déstabilisée qu'elle avait l'impression que l'on pouvait voir à travers elle.

— Ce n'est pas vrai, Tyler, répéta-t-elle. Je n'arrive pas à le croire.

— Si, Becca, c'est pourtant ce qui s'est passé. Sam a disparu. Il n'était pas dans son lit quand je suis venu le voir ce matin. Il y avait ce mot épinglé sur la couverture. Il était écrit que je devais t'appeler, que je pouvais te joindre par le bureau du directeur de la CIA. C'est ce que j'ai fait. Et tu m'as rappelé.

— Sam ne peut pas avoir disparu, c'est impossible, murmura Becca tout en sachant que c'était vrai... que c'était fait.

— Il a écrit que je ne devais en parler à personne, ni aux flics locaux, ni à qui que ce soit, sauf à toi. Il a ajouté qu'il tuerait Sam si je ne me taisais pas.

Il marqua une pause pour reprendre son souffle avant d'ajouter d'une voix haletante :

— Dieu merci, tu as rappelé. Mon Dieu, qu'est-ce que je dois faire ?

Becca perçut la frayeur mortelle dans sa voix, la colère, l'impuissance.

— N'appelle pas le shérif, Tyler. Surtout pas. Laisse-moi réfléchir.

Il hurla presque :

— Bien sûr que je ne vais pas appeler le shérif ! Tu me prends pour un dingue ?

Puis, plus calmement :
— Il a écrit que tu devais venir à Riptide.
— Attends une seconde, Tyler, j'appelle Adam.
— Non !
Elle manqua de lâcher le téléphone tellement il avait crié fort. Puis elle entendit une profonde respiration.
— Non, je t'en prie, pas encore. Il a ajouté que si tu le dis à qui que ce soit, y compris ton père, il tuera Sam. Je ne savais même pas que tu avais un père avant que la télévision n'étale toute ton histoire sur toi et lui. Bon sang, ce type vient de tuer quatre personnes de plus ! Il a enlevé Sam ! Tu m'entends ? Ce maniaque a emmené Sam !
— Je sais, je sais. Lis-moi tout le message, Tyler.
— Si tu veux.
Son souffle était court, elle devinait ses efforts pour retrouver son sang-froid. Finalement, d'une voix plus ferme, il lut :
— « Monsieur McBride, contactez le plus rapidement possible Rebecca Matlock. Pour la trouver, appelez le bureau du directeur de la CIA. Dites-leur de la prévenir qu'elle doit vous rappeler immédiatement, qu'une vie est en jeu. Puis vous lui demanderez de venir à Riptide. Vous lui spécifierez de n'en parler à personne, y compris à son père, ou sinon, votre fils est mort. Vous ne voulez pas qu'il finisse comme Linda Cartwright ? Vous avez vingt-quatre heures. »
— Comment a-t-il signé ?
— Il n'a pas mis de nom du tout. Juste ce que je viens de te lire, c'est tout. Bon Dieu, que dois-je décider ? Tu sais ce qu'il a fait à Linda Cartwright, ce qu'il a fait à tous ces autres gens. Regarde ce qu'il t'a fait à toi. Tout le Maine est mobilisé par le meurtre de Linda Cartwright.
Tyler reprit son souffle et cria :
— Tu m'écoutes ? Un putain d'agent russe a enlevé mon fils !
— Je me demande pourquoi il ne veut pas que mon

père vienne. C'est à mon père qu'il en veut. Tout cela n'a aucun sens.

— J'ai tout entendu à la télévision, répliqua Tyler, un peu moins fiévreux. Je n'y comprends rien, moi non plus. Je t'en prie, Becca. Il faut que tu viennes. Si tu ne m'avais pas appelé, je n'aurais pas su quoi faire.

— Si je viens, il va m'enlever pour que mon père arrive. Puis il nous tuera tous les deux.

Elle n'ajouta pas qu'il liquiderait Sam aussi. Pourquoi pas ? Elle avait peur que Sam ne soit déjà mort, mais elle n'allait pas le mentionner à haute voix. À cette seule pensée, elle chancelait. Réfléchir. Il devait bien y avoir quelque chose à faire.

— Merde, je sais qu'il essaiera de vous tuer tous les deux. Oui. Je sais. Qu'est-ce qu'on va décider ?

— Je ne sais pas.

— Ne dis rien à ce type, à cet Adam, ou à ton père, je t'en prie.

— D'accord. Pas tout de suite, en tout cas. Si je décide de leur parler, je t'appellerai avant, je te préviendrai. Je te rappelle dans trois heures, Tyler. Oh, mon Dieu, je suis vraiment désolée. Tout est ma faute. Je n'aurais jamais dû venir à Riptide. Ce type est fou, obsédé.

Tyler ne la contredit sur aucun point.

— Trois heures, Becca. S'il te plaît. Il faut que tu viennes. Peut-être que toi et moi nous réussirons à le piéger. D'une manière ou d'une autre.

Quand Adam entra dans le bureau de Thomas, cinq minutes plus tard, il la trouva devant la fenêtre, fixant la belle pelouse verdoyante. Elle se frottait l'arête du nez, les épaules tombantes. Elle avait l'air vaincue, totalement abattue. Il fronça les sourcils.

— Qu'est-ce qui se passe ? Pourquoi McBride t'a-t-il appelée ?

Elle haussa les épaules.

— C'est ce que tu pensais. Il était inquiet, très inquiet, avec tout ce qu'il a pu voir à la télévision.

— Je ne peux pas croire que ce soit juste cela. Vraiment ?

— Mais si, c'est ce qu'il voulait me dire. Tiens, les gens du FBI viennent d'arriver.

Une conduite intérieure noire, deux hommes vêtus de noir, cheveux coupés court. Et Krimakov avait kidnappé Sam. Il bougeait vite, trop vite, beaucoup plus rapidement qu'aucun d'eux n'aurait pu l'imaginer. Que devait-elle faire ?

— Qu'est-ce qui se passe, Becca ? Tu es blanche comme un linge.

— Rien, Adam. Voilà Hawley et Cobb. Voyons ce qu'ils ont à nous dire. J'imagine qu'ils ont prêté serment sur le secret du lieu de leur déplacement ?

Adam fit observer, en s'approchant de la porte d'entrée :

— Ils seraient écartelés si jamais ils ouvraient la bouche.

Adam serra la main des deux hommes, puis recula. Tellie Hawley se tourna tout à tour vers Adam, Thomas et Becca :

— C'est un plaisir de te voir, Adam. Monsieur, mademoiselle... Je parie que vous vous demandez comment on a pu être choisis pour cette mission.

— Je m'en doute un peu, répondit Thomas, en les saluant de l'autre bout du salon.

— Il fait une de ces chaleurs ici ! s'écria Cobb en souriant à Becca et en déboutonnant sa veste. Belle maison.

Il emboîta le pas à Thomas, qui le conduisit au salon et fixa un tapis de Tabriz particulièrement raffiné.

— Merci, agent Cobb, répondit Thomas. Asseyez-vous.

Une fois tout le monde confortablement installé, Tellie Hawley déclara :

— Comme nous étions les premiers à parler à Mlle Matlock à l'hôpital, et comme je vous connaissais déjà, monsieur, Gaylan Woodhouse a décidé que nous devions continuer de mener l'enquête. Bien entendu,

Savich et Sherlock sont aussi sur l'affaire, et il est d'accord. Ce qui ne veut pas dire que nos opérateurs du quartier général du FBI se tournent les pouces. Vous pouvez me croire.

Thomas approuva :

— Non, ils n'arrêtent jamais. Je suis vraiment désolé à propos des agents que Krimakov a abattus à New York, Hawley. C'est un coup terrible.

Tellie Hawley devint pâle, puis son visage s'empourpra sous l'effet de la colère :

— Ce fumier a tué quatre personnes de sang-froid. Il a réussi à se faufiler dans l'hôpital. Dieu seul sait comment il était déguisé, il a descendu les deux agents qui gardaient la chambre, puis il est entré et a abattu l'agent Marlane de six balles avant d'en mettre trois dans la tête de Del. Comment a-t-il pu s'échapper ? Nous ne le savons pas. Bon Dieu, ça rend tout le monde dingue. Sa photo retouchée est affichée partout. Nous avons des dizaines d'agents qui patrouillent à un kilomètre à la ronde autour de l'hôpital, montrant à tout le monde sa photo. Toujours rien.

Il se tut. Becca le sentit subjugué par des vagues de douleur, de culpabilité et de rage. C'était lui qui était en charge, lui qui donnait les ordres. Elle n'aurait pas voulu être à sa place. Elle se sentait elle-même suffisamment coupable.

Sam, bon Dieu, Sam. Que faire ?

Elle scruta Tellie Hawley. Il s'était ressaisi. Il s'éclaircit la gorge, la regarda droit dans les yeux et dit :

— Nous sommes ici pour vous poser des questions en détail sur les moments que vous avez passés avec lui.

— Je suis tout à fait désolée, monsieur Hawley, mais je vous ai dit tout ce que je savais. J'aimerais beaucoup pouvoir en dire plus, mais je n'arrive pas à trouver quoi que ce soit, même un détail sans importance.

Hawley se cala dans son fauteuil, les bras entre les jambes.

— La mémoire est un instrument extraordinaire, mademoiselle. Elle enregistre des choses dont vous n'êtes même pas consciente. Nous sommes sûrs que vous en savez plus sur Krimakov. Vous ne vous en souvenez pas consciemment. Nous espérons qu'il reste des choses dans votre subconscient. Ah, l'agent Cobb est un expert en hypnose. Il aimerait essayer avec vous, découvrir vraiment comment était ce type, peut-être même quel aspect physique il avait. Vous comprenez ? Des choses qui sont restées bloquées ou que vous ignorez avoir mémorisées, des choses qui ne remontent pas au niveau du conscient.

L'agent Cobb lui tendit la vieille photo de Krimakov.

— Vous avez vu ceci ?

— Oui, bien sûr. Mon père me l'a montrée immédiatement, ainsi que la photo retouchée. Je l'ai regardée avec beaucoup d'attention. Je suis désolée, mais je n'arrive pas à savoir si c'est lui. Je ne l'ai jamais vu. Il était toujours dans l'ombre.

— Regardez encore la photo vieillie.

Elle la prit, la regarda attentivement une fois de plus. Elle voyait toujours un homme âgé, dont le visage était bronzé à force de vivre en Méditerranée. Il avait les cheveux clairsemés, laissant deux bandes de peau tannée de chaque côté d'une pointe de cheveux gris. Ses yeux étaient sombres, ses traits slaves, avec des pommettes larges et plates. Il avait l'air d'un gentil grand-père. Et elle se demanda : *Est-ce toi ? Es-tu celui qui m'a enlevée à la Maison Marley ? M'as-tu léché la joue ?* Elle rendit la photo à l'agent Cobb en soupirant :

— J'ai réfléchi mille et mille fois. Je ne me souviens de rien de plus au niveau conscient. Je suis d'accord pour me faire hypnotiser.

La voix tendre de son père la fit alors tressaillir :

— Tu es sûre ? Tu n'es pas obligée.

Elle jeta un regard à Thomas, debout derrière un fauteuil. Il la dévisageait intensément. Il était beau, oui, très beau, même, mais elle était vis-à-vis de lui sous l'empire d'une étrange sensation : l'impression de le connaître sans le connaître.

— Oui, monsieur, répondit-elle d'une voix claire. J'en suis certaine.

— Très bien alors, déclara Cobb. Ne vous inquiétez pas. Je ne demande pas aux gens de s'allonger. Je suis pour la méthode face à face... Il existe différentes manières d'hypnotiser quelqu'un. Je pratique la méthode de l'objet de fixation.

À ces mots, il sortit de la poche de son gilet une montre à gousset scintillante. Pendant un moment, il eut l'air embarrassé, puis il haussa les épaules.

— Elle appartenait à mon grand-père, expliqua-t-il. Je l'ai toujours portée. Et j'ai découvert, il y a deux ans, que c'était l'objet parfait à employer pour détendre les gens. J'aimerais que vous vous asseyiez profondément dans le fauteuil et que vous regardiez cette montre, Becca. Écoutez seulement le son de ma voix...

Il se mit à parler, à dire n'importe quoi, d'une voix basse, d'un ton suave et régulier, ne s'élevant jamais, ne baissant jamais, toujours la même chose. Elle fixait la montre qui se balançait doucement au bout de sa chaîne.

— Vos paupières auront tendance à devenir lourdes, dit-il de cette voix lancinante. C'est ça, regardez seulement la montre. Regardez comme elle bouge lentement juste devant vos yeux.

L'agent continua de réciter sa litanie devant toutes les personnes présentes dans la pièce. Sa voix restait douce, suave et très intime. La montre continuait à osciller de gauche à droite, de droite à gauche, brillante, dorée. Adam dut secouer la tête et regarder ailleurs. Il commençait à ressentir les effets.

Cinq minutes plus tard, Becca fixait toujours la montre qui brillait, écoutant la voix de l'agent Cobb, qui lui disait comment ses yeux allaient bientôt se fermer, comment elle devait se sentir bien, confortable, comment elle devait se laisser aller. Mais elle ne pouvait pas. Elle essayait désespérément de se détendre, de se mettre en condition, mais elle n'y parvenait pas. Tout ce qu'elle voyait, c'était Sam, ce mignon petit garçon, qui lui tendait les bras, souriant, mais ne prononçait que rarement une parole. Krimakov l'avait enlevé. Il le tuerait. Il n'hésiterait pas, il n'aurait aucun regret. Il fallait qu'elle fasse quelque chose. Un petit enfant innocent, cela n'avait aucune importance pour lui, pas plus que Linda Cartwright. Elle devait...

L'agent voyait que l'hypnose ne marchait pas, mais il continuait à balancer la montre et il dit calmement, d'une voix tranquille, profonde :

— Vous étiez en train de dormir, n'est-ce pas, Becca, quand il vous a enlevée ?

— Oui, c'est exact, répondit-elle de la même voix douce, imitant son rythme. Je me souviens. Je savais que je ne rêvais pas. Une bonne chose. Puis j'ai senti cette piqûre dans le bras et je me suis brusquement réveillée. C'était lui.

— Vous n'avez pas pu distinguer son visage ? Avez-vous discerné quelque chose ? Avez-vous pu déduire quelque chose de la façon dont il se tenait, la façon dont il tenait ses bras ? Son corps ?

Elle secoua la tête.

— Non, je suis désolée.

— Vous n'y arrivez pas, Becca, soupira Cobb.

Il abaissa sa magnifique montre en or, la glissa dans la poche de son gilet.

— Je ne comprends pas pourquoi ça ne marche pas, reprit-il. D'habitude, quelqu'un de très intelligent, de très créatif, comme vous, y parvient tout de suite. Mais vous n'avez pas pu.

Elle savait pourquoi. Elle ne pouvait pas lui dire, elle ne pouvait le dire à personne.

Il ajouta de sa même voix tranquille, percevant exactement ce qui n'allait pas :

— Quelque chose vous empêche de lâcher prise. Peut-être savez-vous ce que c'est ?

Elle ne répondit pas. Il porta son regard sur Thomas.

— Rien à faire, dit-il. Pour je ne sais quelle raison.

Tellie Hawley hocha la tête :

— OK. On va vous poser des questions et vous répondrez du mieux que vous pouvez.

Elle acquiesça et se mit à parler. Il n'y avait rien de nouveau ou d'extraordinaire, excepté...

— Adam, est-ce que quelqu'un a trouvé quelque chose dans l'ourlet de ma robe de chambre ?

Il secoua la tête.

— Alors c'est lui qui l'a trouvé, dit-elle. Il m'a laissé aller aux toilettes. Je savais que je devais faire quelque chose. J'ai réussi à dévisser l'un de ces boulons qui fixent les cuvettes des toilettes au sol. J'ai légèrement défait l'ourlet de ma robe de chambre et je l'ai fait glisser dedans. Il doit l'avoir trouvé.

— En effet, confirma Hawley, il l'a trouvé. Il a laissé ce boulon dans la chambre de l'hôpital, à côté de l'agent Marlane. Les techniciens l'ont trouvé et je l'ai lu sur la liste des indices ramassés, un boulon de fixation de cuvette... Je l'avais oublié, avec tout ça. D'ailleurs, quand les techniciens l'ont découvert, ils ont cru que l'assistant de l'infirmière l'avait laissé tomber et ils ont rigolé. Eh bien, ce n'était pas une plaisanterie. C'est la preuve éclatante que c'était le même type...

L'homme du FBI secoua la tête en répétant d'un air consterné :

— Une vis de cuvette de chiottes, une putain de vis.

— Il nous nargue, fit Thomas en se levant pour arpenter le grand salon. J'aimerais bien savoir où il est. Je mettrais fin à tout cela. Je l'affronterais. Lui et moi, tous les deux seul à seul.

Becca s'écria, la voix perçante, trop dure :

— Non !

Tous les regards se tournèrent vers elle.

— Je ne te laisserai pas l'affronter tout seul, père. Pas question !

Une minute plus tard, dans la cuisine, ils s'affairèrent pour préparer du café. Puis Thomas les emmena dans son bureau, pour leur montrer ses appareils sophistiqués. Ensuite seulement, ils revinrent s'installer dans le salon. C'est alors que Cobb dit à Becca :

— Peut-on essayer l'hypnose encore une fois ?

Elle accepta. Que pouvait-elle faire d'autre ?

Cette fois, cependant, l'agent Cobb lui tendit une petite pilule blanche en spécifiant :

— C'est du Valium, pour vous aider à vous détendre, vous empêcher de vous concentrer sur autre chose qui pourrait vous retenir. Rien de plus. D'accord ?

Elle prit le Valium.

Dix minutes plus tard, l'agent Cobb énonçait :

— Vous sentez-vous complètement détendue, Becca ?

Elle répondit d'une voix calme et légère :

— Oui, je suis prête.

— Vous êtes consciente de tout ce qui se passe ici ?

— Oui, Adam est là-bas, il me fixe du regard, comme s'il voulait me transformer en un petit paquet et me cacher dans la poche de sa veste.

— Que fait votre père ?

— J'ai encore du mal à me faire à l'idée que c'est bien mon père. Il était mort pendant tellement longtemps, pour moi, vous savez...

— Oui, je sais... Mais il est ici, avec vous.

— Oui. Il est assis là, se demandant s'il devrait vous laisser continuer à m'hypnotiser. Il a peur pour moi. Je ne sais pas pourquoi. Cela ne peut pas me faire de mal.

— Non, en aucune façon.

— Elle a raison, admit Thomas. Mais je m'en remettrai. Continuez, agent Cobb.

Celui-ci sourit.

— Alors, Becca, revenons à la nuit où vous vous êtes réveillée avec cette piqûre dans le bras.

Elle gémit et sursauta.

— Tout va bien, dit aussitôt Cobb. Écoutez-moi, maintenant. Il n'est pas là. Tout va bien, vous êtes en sécurité.

— Non, ça ne va pas, il va le tuer. Je sais qu'il va le tuer. Que dois-je faire ? Tout est ma faute. Il va le tuer !

Après une courte pause, Cobb lui demanda :

— Vous voulez dire qu'il va vous tuer, Becca ? Vous avez peur qu'il vous ait injecté un poison à effet retardé dans le bras ?

— Non, il va le tuer. Il faut que je fasse quelque chose. Oh, mon Dieu...

— Vous voulez dire qu'il va tuer votre père ?

— Non, non. C'est Sam. Il a enlevé Sam.

Elle se mit à pleurer, des sanglots profonds, déchirants, qui la réveillèrent tout de suite.

— Oh, non, souffla-t-elle devant la ronde de ces visages atterrés. Oh, non.

— Tout va bien, Becca, répéta Cobb. Détendez-vous, maintenant.

Thomas énonça lentement :

— C'est donc cela que McBride devait impérativement te dire. Krimakov a kidnappé Sam et obligé McBride à appeler le directeur de la CIA pour te retrouver. Et il t'a forcée à l'appeler.

— Non, s'empressa-t-elle de répliquer. Non, je ne sais pas de quoi vous parlez.

Le Valium, pensa-t-elle. Elle venait juste de tuer Sam, de tuer son père, juste à cause d'un fichu Valium.

Adam se leva d'un coup en s'exclamant :

— Où est ton carnet d'adresses ? Je vais appeler McBride, je veux savoir ce qui se passe.

— Non, répondit-elle en se précipitant pour lui attraper le bras. Non, tu ne peux pas, Adam.

— Et pourquoi ?

25

Un silence de mort régnait dans la pièce.

— Non, vous n'aurez pas mon carnet d'adresses.

— Très bien. J'appellerai les renseignements, dit Adam en se dirigeant vers le téléphone. Il faut absolument savoir ce qui se passe.

Becca ne prononça plus un mot. Elle sortit en courant du salon, prit au passage son sac à main sur la table basse de l'entrée, et se précipita vers la porte.

— Becca, bon Dieu ! Reviens !

Elle entendit les cris d'Adam, mais ne leur prêta aucune attention. Elle distingua la voix de son père, puis celle de Cobb, mais elle ne ralentit pas pour autant. Adam arrivait à peine au couloir de l'entrée qu'elle atteignait déjà l'étroite véranda, devant la maison.

La jeune femme les entendit tous crier derrière elle, courir sur ses pas, mais elle savait qu'il lui fallait partir de là. Personne d'autre n'allait mourir. Ni Sam ni son père. Elle devait mettre un terme à tout cela. Elle ignorait encore comment s'y prendre, mais elle trouverait une solution. Elle aurait dû y penser avant... et essayer de jouer un jeu un peu plus subtil. *Oh oui, espèce d'idiote, tu aurais simplement dû quitter le salon, faire semblant de monter à l'étage ou d'aller à la salle de bains.* Mais non, il avait fallu qu'elle s'énerve. Et maintenant, elle s'enfuyait, avec des tas de gens à ses trousses et des agents du FBI partout. Enfin, après tout, cela non plus ne comptait guère. Elle n'avait pas le choix. Si elle pouvait l'empêcher, personne d'autre n'allait mourir.

Becca se mit à courir.

Il n'y avait pas de trottoirs dans ce quartier cossu, seulement de vastes pelouses, de grands virages – et la route. Vite. Elle courait vite ; c'était ainsi depuis l'époque où elle appartenait, au lycée, à l'équipe de course à pied. Elle plongea la tête en avant, se força à oublier toutes ces voix, et elle courut. Elle sentait ses poumons pomper l'air, le souffler, elle se sentait nourrie d'énergie, de pouvoir ; ses muscles se dilataient, elle courait vite, de plus en plus vite. Ses pieds chaussés de Nike étaient imbattables.

Elle buta sur Sherlock. Les deux femmes chutèrent en même temps.

Becca se remit sur pied en un instant.

— Désolée, mais je dois partir tout de suite.

— Arrêtez-la !

Sherlock agrippa la cheville de Becca et tira. Celle-ci tomba à la lisière d'une pelouse et se heurta la hanche sur la bordure de béton. Une flèche de douleur aiguë la traversa, mais elle l'ignora. Elle était prête à se battre, prête à tout accomplir, mais Sherlock la bloquait, assise sur elle à califourchon. Comment elle y était parvenue, Becca l'ignorait, mais elle s'était montrée rapide, bien trop rapide, et elle lui plaquait maintenant les bras au sol. Comment une femme aussi petite, aussi peu remarquable à première vue, pouvait-elle être aussi forte ? Comment pouvait-elle réussir à la maintenir dans une telle position ? Sherlock était penchée sur elle, ses cheveux roux lui balayaient le visage.

— Mais que se passe-t-il, enfin, Becca ?

— Par pitié, Sherlock ! Il faut me laisser partir !

— Inutile d'essayer. Allons, que s'est-il passé ?

Becca commença à se débattre, mais tout à coup, elle s'aperçut que cela n'avait plus d'importance ; Adam était là, à peine essoufflé, près d'elles. Il la dévisageait, les mains sur les hanches.

— Merci de l'avoir neutralisée, Sherlock. Ce n'était pas très malin, Becca.

La rousse Sherlock ne sembla guère apprécier la réflexion. Elle observa les hommes qui s'approchaient, y compris les deux agents du FBI en costume sombre qui s'étaient garés discrètement un peu plus bas sur la route.

— Que se passe-t-il, Adam ? J'aurais pu blesser Becca en la plaquant au sol, alors j'aimerais vraiment une réponse !

Elle dégagea sa prise et se releva lentement, puis elle tendit la main à Becca.

La jeune femme contempla la main fine et blanche, et si forte, mais elle ne fit pas un geste. Elle roula sur le sol pour s'écarter de Sherlock, attrapa son sac et se remit aussitôt à courir. Une vive douleur lui déchirait la hanche, mais elle l'ignora.

Becca venait à peine de parcourir trois mètres que deux bras l'enserraient par la taille ; elle se sentit soulevée, renversée, avant de se trouver embarquée sur l'épaule d'Adam. Elle se débattit tant bien que mal.

— Reste tranquille, ordonna-t-il.

Sa voix était calme, tranquille. Trop calme. Trop tranquille.

Le problème de Sherlock était une chose. Le fait de voir un grand costaud vous trimballer sur son épaule en était une autre. Humiliant...

— Salaud ! hurla-t-elle en gesticulant, à grand renfort de coups de pied.

— Très bien.

Il la reposa au sol, attira son dos contre lui, l'emprisonna de ses bras et la maintint immobile. Quoi qu'elle fît, il lui était impossible de se libérer. Il lui bloquait les bras contre les flancs sans qu'elle puisse bouger d'un centimètre.

Trois heures, se dit-elle. Le temps passait.

— Oh, mon Dieu, quelle heure est-il ?

— Je te le dirai si tu me promets de ne plus t'enfuir.

Elle se pencha et lui mordit la main. Fort. Il n'émit

pas le moindre son, mais la fit tournoyer jusqu'à ce qu'elle se retrouve face à lui.

— Je suis désolé, Becca, dit-il en lui envoyant d'un geste qui semblait presque doux son poing dans la figure.

C'était une sensation des plus étranges. Cela ne lui faisait pas vraiment mal, mais elle perçut une constellation de lumières blanches qui explosaient dans tous les recoins de son cerveau. Comme si quelqu'un venait d'éteindre la lumière. Plus rien. Elle s'affaissa soudain contre lui.

— Plutôt combative, commenta Adam à l'adresse de Sherlock, qui se tenait à ses côtés tandis qu'il ramassait Becca dans ses bras.

Il jeta un coup d'œil à sa main. Au moins, il ne saignait pas, mais il distinguait une rangée régulière de marques de dents. L'alerte avait été chaude, mais maintenant, il l'avait maîtrisée, Dieu merci. Elle était décidément trop maigre, songea-t-il en la portant. Elle ne pesait pas assez lourd. Eh bien, il faudrait s'en occuper. Il la gaverait de force si nécessaire. Il fronça les sourcils en se rendant compte à quel point Becca était une coureuse rapide, très rapide. L'aurait-il rattrapée sans la présence de Sherlock, il n'en était pas certain. Déplaisante pensée. Il vit Thomas se diriger vers lui à grandes enjambées, comme un forcené.

— Que se passe-t-il, Adam ? coupa Sherlock, dont le visage se trouvait maintenant à quelques centimètres du sien, et qui n'avait visiblement pas l'intention de s'en aller.

Il pouvait toujours la frapper au menton, mais elle l'aplatirait aussitôt, c'était certain. Depuis qu'elle était mariée à Savich, Adam n'aurait pas été surpris d'apprendre qu'elle avait obtenu une ceinture noire.

— Krimakov a kidnappé Sam McBride, dit-il. Venez tous avec moi à la maison et nous ferons le point de la situation.

Becca avait promis à McBride de rien dire à personne, pourtant, songea-t-il, mais lorsque l'agent Cobb lui avait donné du Valium pour qu'elle se détende, elle avait tout raconté, sans même s'en rendre compte. Sous hypnose, elle avait tout déballé.

— C'est de la folie ! s'insurgea Sherlock. Ce maniaque a kidnappé Sam ? Attendez que je mette la main sur Savich. Je n'arrive pas à y croire. Ce gars est partout !

Elle se recula d'un pas et sortit son téléphone portable de son sac.

Les agents chargés de surveiller la maison avaient rejoint Thomas et les agents Hawley et Cobb.

Adam, accompagné de Thomas, emporta Becca à l'intérieur de la maison sans ajouter un mot. Il espérait qu'aucun voisin de ce charmant quartier n'avait été témoin de cette scène ni appelé la police.

— J'espère que tu ne lui as pas fait mal, dit Thomas, planté droit sur ses talons.

— Elle a failli m'arracher la main, répondit Adam.

— Oui, mais tu l'as plaquée au sol.

— Non. Ça, c'était Sherlock. Je me suis contenté de la neutraliser.

— Tu n'y es pas allé de main morte !

— Bon Dieu, Thomas, que voulais-tu que je fasse ? Rester à plat ventre et la laisser me marcher dessus, en attendant qu'elle batte un nouveau record de course à pied ?

— Eh bien, Adam, intervint Hawley, elle ne vous a pas loupé, mais enfin, vous ne saignez pas. De bonnes dents, bien régulières. Étendez-la sur le divan.

Thomas couvrit Becca d'un plaid qu'Allison lui avait offert sept ans plus tôt. La porte d'entrée restait grande ouverte et tout l'air frais avait quitté la maison, mais il ne se rendait pas compte à quel point il faisait chaud.

Adam, assis à côté de Becca, lui palpait doucement la mâchoire à l'endroit où il l'avait frappée.

— Je pense avoir été assez prudent, dit-il. Il ne devrait pas rester d'hématome. Écoute, Thomas, elle aurait pu continuer à courir éternellement jusqu'à ce que l'on parvienne à la maîtriser. Elle se serait battue avec moi et j'aurais pu la blesser par accident. Elle ne réfléchissait pas du tout.

— Oui, je comprends, admit Thomas en levant les yeux vers Hawley et Cobb, mais nous sommes dans le pétrin.

Becca marmonna des propos confus et ouvrit les yeux. Elle tenta de se redresser, mais deux mains la forcèrent à rester étendue. Tout près de son visage, la voix d'Adam lui murmurait :

— Si tu tentes quoi que ce soit d'autre, je t'enfermerai dans ta chambre. Si tu me mords encore une fois, je te bouclerai dans ta salle de bains, et je ne te donnerai que du pain rassis et de l'eau.

Les cheveux de Becca pendaient sur son visage, sa mâchoire enflée l'élançait, et elle se sentait si furieuse qu'elle aurait voulu cracher. Pire encore, elle était au désespoir, lasse de l'échec. Tout ce qu'elle entreprenait depuis que Krimakov était entré dans sa vie se soldait par un fiasco. Elle leva la tête et regarda Adam droit dans les yeux.

— Ce n'était pas drôle. Va au diable.

— Je n'en ai pas l'intention. Tout ce que je veux, c'est t'aider, si tu m'y autorises.

Les trois heures étaient écoulées, elle le savait. Il fallait faire quelque chose. Maintenant. Tout de suite. Mais quelle importance, après tout ? Il était trop tard. Tout le monde était au courant, désormais.

— Il faut que j'appelle Tyler, dit-elle en essayant de masquer sa détresse, sa terreur lancinante. J'ai promis de l'appeler d'ici trois heures. Si je ne lui téléphone pas, je ne sais pas ce qu'il fera, peut-être va-t-il contacter les médias. Tu ne comprends donc pas ? Sam est entre les mains de Krimakov, qui veut que j'aille à Riptide. Il refuse que je vous en parle, à toi et à mon père. Tyler est désespéré.

Adam s'agenouilla en face d'elle.

— Becca, regarde-moi.

— Je te regarde. Tu essayes d'arranger les choses, mais tu ne peux pas m'aider. Je suis la seule à pouvoir agir. Je ne veux plus te regarder. Tu crois être le plus fort, n'est-ce pas, mais c'est Sherlock qui m'a maîtrisée en premier. C'est sans importance, d'ailleurs. Il faut que j'appelle Tyler. Tu n'y peux rien.

— Très bien.

Il se leva et lui tendit la main. Une grande main, songea-t-elle, une main forte, et elle se dit qu'elle aurait aimé la prendre et la mordre à nouveau, puis balancer son propriétaire de l'autre côté du sofa.

— Tout va bien, ma chérie ? lui demanda Thomas en lui tendant une tasse de thé.

Ma chérie ? Il venait de l'appeler « ma chérie » et cela semblait naturel, rien à voir avec de fausses marques d'affection. Elle en eut presque envie de pleurer. Personne ne l'avait jamais appelée « ma chérie ». Sa maman l'appelait « mon chou », ou « mon petit lapin » quand elle était enfant.

Elle ne se laissa pourtant pas toucher par lui. Elle ne le pouvait pas, pas maintenant, en tout cas.

— Je dois téléphoner à Tyler, lui dire que je pars immédiatement pour Riptide et qu'aucun d'entre vous ne m'accompagne. D'accord ? Sam mourra si je ne suis pas seule. Non, Adam, tais-toi. Je ne veux pas laisser mourir ce gosse.

— Mais c'est absurde ! protesta Thomas. Il veut t'avoir, c'est vrai, mais c'est surtout après *moi* qu'il en a ! Pourquoi ne veut-il pas que nous allions tous les deux à Riptide ? Il voulait en finir pour de bon, non ? Qu'est-ce qu'il cherche, maintenant ?

— Je l'ignore, lui répondit Becca. Je suis d'accord, c'est absurde, mais c'est ce qu'il a écrit dans son message à Tyler, qui devait me le répéter et insister sur ce point. Je devais aller seule à Riptide, et n'en parler à aucun d'entre vous, sinon il tuerait Sam.

— Un message ? intervint Sherlock. Quel message ?

— Le message annonçant le kidnapping. Krimakov l'a laissé sur le lit de Sam après l'avoir enlevé. Il lui expliquait exactement quoi faire, et disait que si je ne venais pas, il tuerait Sam, comme il a tué Linda Cartwright.

— C'est peut-être moins important, désormais, remarqua Sherlock, mais si nous pouvions obtenir ce message, je le transmettrais à nos experts en graphologie. Ils pourraient aussi comparer l'écriture avec celle d'autres documents en votre possession, Thomas, et qui portent aussi l'écriture de Krimakov.

— Il y a des échantillons d'écriture, en effet, dit Thomas, mais à quoi cela servirait-il de les analyser ? Vous avez raison, cela n'a plus beaucoup d'importance. Nous arrivons à la fin de la partie... Mon Dieu, si au moins je savais à quel genre de jeu il joue !

— Moi aussi, dit Sherlock. Mais, puisque nous l'ignorons, nous devons continuer à nous servir des outils dont nous disposons. S'il nous en laisse le temps, s'il poursuit ses tactiques dilatoires, s'il s'affole, je peux faire comparer les deux échantillons de son écriture. Ils nous indiqueront peut-être quel est son degré d'égarement mental, ou démontreront au contraire que tous ses actes relèvent de la manipulation et du massacre de sang-froid, et qu'il est aussi sain d'esprit que vous et moi. Ces spécialistes sont compétents, croyez-moi. Aucune raison de ne pas tenter le coup.

— Il faut que je parle à Tyler, insista Becca en écartant le plaid pour se lever. Pour le rassurer. Pour lui expliquer ce qui se passe.

— Au minimum, reprit Sherlock, et s'il nous reste assez de temps, les analyses nous permettront de comprendre à qui nous avons affaire. Vous pouvez me croire. Il nous faut ce message de Tyler, Becca.

— Oui, elle va s'en occuper, répondit Thomas. Va téléphoner, Becca.

Becca hocha la tête et se dirigea vers le combiné en sortant son petit carnet d'adresses de son sac, puis elle composa le numéro de Tyler McBride.

Après trois sonneries, Tyler répondit, affolé :

— Becca ? C'est toi ?

— Oui, Tyler.

— Dieu merci ! Où es-tu ? Qu'est-ce que tu fais ? Que se passe-t-il ?

— Tyler, écoute-moi bien. Voici comment nous allons procéder. C'est le seul moyen de faire face à la situation. Nous partons tous pour Riptide, mais pas ensemble. Non, reste calme et écoute-moi. Nous allons arriver un par un. Il sera persuadé que je suis seule. J'irai directement chez toi, nous parlerons, il me verra, et ensuite, j'irai à la Maison Marley. Il viendra m'y chercher. Tu le sais. Je le sais, ajouta-t-elle en reprenant son souffle. Il n'a pas de raison de tuer Sam. S'il me croit en son pouvoir, il peut tenir ses promesses et le libérer.

— Les autres seront-ils cachés dans la Maison Marley ?

— Non, mais ils seront tout près. Ça va marcher, Tyler.

Becca se rendait compte que tous la regardaient, mais elle se contenta de secouer la tête. C'était la seule manière d'agir, ils le savaient tous. Il n'y avait plus aucune raison de discuter ni d'envisager toutes sortes d'options vouées à l'échec. Elle devait y aller et elle savait que personne ne la laisserait partir seule. Très bien. Maintenant, elle avait une chance.

— À propos, Tyler, il faut que tu me donnes le message de Krimakov. Sherlock en a besoin. Non, continue de vaquer à tes affaires habituelles. Pas un mot à quiconque. Nous devrions être là en moins de quatre heures.

Lentement, elle reposa le combiné, puis elle leva les yeux.

— Sam ne mourra pas.

— Non, dit Adam en s'approchant, il ne mourra pas.

Soudain, il n'y tint plus. Il attira Becca contre lui et la serra, une main ferme sur son dos, l'autre dans ses cheveux. Il sentit les battements durs, rapides, du cœur de la jeune femme contre sa poitrine. Il la plaqua contre lui. Il leva alors les yeux et croisa le regard de

Thomas ; lentement, il adoucit son étreinte, mais il ne put se résoudre à lâcher Becca.

— Âgent Hawley, agent Cobb, intervint Thomas, cette histoire d'enlèvement restera entre nous. Personne d'autre au sein du FBI ne doit être mis au courant. C'est bien clair ?

— Aucun problème, répondit Tellie Hawley. Bon Dieu, nous sommes dans ce pétrin, nous y resterons jusqu'au bout. Ce salaud a massacré quatre de mes hommes. Je tiens à l'avoir autant que vous. Si Savich et Sherlock n'en parlent pas aux caïds, pourquoi le ferions-nous à leur place ?

— Allons, au boulot ! s'exclama Sherlock une fois que Thomas lui eut remis les papiers qui portaient l'écriture de Krimakov. Rendez-vous à Reagan dans une heure ?

— Non, corrigea Thomas. Nous nous retrouverons à la base aérienne militaire d'Andrews. J'ai fait affréter un avion.

Ils atteignaient le pas de la porte lorsque le téléphone retentit. Thomas attendit un instant, l'air indécis.

— Une minute, finit-il par dire. Si on m'appelle sur ce poste, c'est sûrement important.

Lentement – elle ne le souhaitait pas vraiment –, Becca se força à s'écarter d'Adam.

— Ça va aller, dit-elle, je vais bien.

— Pas moi, lui rétorqua-t-il avant de lui adresser un sourire. Mais nous nous en sortirons.

Tous suivirent Thomas et le regardèrent décrocher le téléphone posé au bord de son bureau d'acajou.

— Oui ?... Salut, Gaylan.

C'était Gaylan Woodhouse, le directeur de la CIA. Le visage de Thomas se figea, puis pâlit, tandis que son regard devenait fixe.

— Oh, non ! dit-il d'une voix blanche. Vous en êtes absolument certain ?

Ils l'observèrent tandis qu'il reposait le combiné et les contemplait tour à tour.

— C'est trop, dit-il. Vraiment trop.

— Que diable se passe-t-il ? demanda Adam.

Thomas secoua la tête, le regard perdu. Un léger tremblement agitait ses mains.

— Vous n'allez pas y croire. L'agent Elizabeth Pirounakis, de la CIA, est morte dans une explosion alors qu'elle pénétrait dans l'appartement de Krimakov à Héraklion. Krimakov devait y avoir travaillé, laissé des notes, des preuves de ses projets. L'immeuble tout entier a sauté. Il ne reste que des ruines. L'agent Pirounakis est mort, de même que les deux agents grecs qui l'accompagnaient. Gaylan n'en est pas encore certain, mais il semblait y avoir peu de gens dans le bâtiment, si l'on considère l'heure de l'explosion.

— Il a dû préparer le coup avant de quitter la Crète, jugea Hawley. Il n'a pas fait ça par hasard.

— Au moins, il y aura une enquête sur le gars qu'ils ont enterré. Ils ne peuvent tout de même pas persister à croire que la victime de l'accident était Krimakov.

— Cela n'a plus beaucoup d'importance, dit Thomas en se tournant vers Adam. Il y a sans doute des tas de choses à apprendre là-bas, mais ça ne nous aidera pas beaucoup.

— Du temps, dit Adam. Voilà ce qu'il n'a pas voulu nous laisser...

Thomas hocha la tête, puis demeura un moment silencieux avant de regarder sa fille.

— Tu as raison. Allons-y.

— Oui. Bouclons et filons, lui répondit-elle avec un sourire rageur.

26

Le temps était bien chaud ce jour-là dans le Maine, même au bord de l'eau. Les bateaux des pêcheurs de homards se balançaient dans les criques ; les pêcheurs, la casquette relevée haut sur la tête, s'étendaient à l'ombre des tentes de bord, sur leurs embarcations, lorsqu'ils avaient la chance d'en disposer.

Les flèches blanches des églises de Riptide brillaient sous le soleil vif de l'après-midi. Tout semblait immobile. Il faisait tout simplement trop chaud. Au lieu de se promener dans la petite ville et de prendre des photos, les touristes se terraient dans l'air conditionné des cafés.

Les oiseaux se souciaient peu de la température. Les balbuzards plongeaient pour chasser le poisson au large des caps rocheux couronnés d'épicéas. Les mouettes criaient et tourbillonnaient autour des bateaux. Le poisson mort, laissé trop longtemps à la chaleur, charriait des bouffées odorantes qui prouvaient au moins que, pour survivre, il vaut mieux respirer avec économie. Des nuages dessinaient des formes fantastiques dans le ciel bleu acier. Aucune brise ne soufflait. Tout était recouvert par une chape d'air brûlant, immobile.

Becca était tellement terrorisée que ni la beauté de la terre et de l'océan, ni les cris des oiseaux, ni l'incroyable bleu du ciel ne parvenaient à pénétrer son esprit. Elle se sentait gelée malgré les 33 degrés que frôlait le thermomètre.

La jeune femme était arrivée au volant d'une Toyota

blanche louée dans un aéroport privé proche de Camden. Il lui avait fallu presque une heure pour venir à bout de la circulation touristique de la Highway 1, en direction du sud vers Riptide, juste en dessous de Rockland. Ses mains étaient moites, son cœur battait, sourd et lent, dans sa poitrine. Elle essayait de dresser l'inventaire de tout ce qui pouvait mal tourner, mais son cerveau lui refusait tout service.

Lorsqu'un moustique la piqua alors qu'elle faisait le plein d'essence, elle se réjouit de ressentir enfin quelque chose. Elle n'avait même pas conscience de la malhonnêteté de l'agence de location qui lui avait fourni une voiture avec un réservoir à moitié vide.

Quand elle arriva à Riptide à trois heures de l'après-midi, elle se dirigea aussitôt vers la maison de Tyler sur Gum Shoe Lane. Il l'attendait dehors. Il semblait bien seul.

Tyler la prit dans ses bras, toute proche de lui, comme si sa vie dépendait d'elle. Elle resta là, immobile, tandis que les bras de Tyler l'enserraient comme un étau. Elle finit par reculer et le regarda dans les yeux.

— Du nouveau ?

— Un autre message de Krimakov.

— Montre-le-moi.

— C'est un épouvantable désastre, Becca.

— Oui, je sais, et j'en suis désolée. Tout cela est ma faute. Si je pouvais revenir en arrière, prendre la décision de ne pas me réfugier ici, je te jure que je le ferais. Je suis désolée. Je te jure que Sam s'en sortira. Je te le promets.

Il la regarda longtemps, sans dire un mot. Il n'exprima ni approbation, ni désapprobation.

— Montre-moi ce nouveau message. Je les emporterai tous les deux avec moi, d'accord ?

Le message était écrit à la main, d'une écriture épaisse, au stylo bille noir : *L'enfant restera sain et sauf pendant encore huit heures. Si Rebecca n'est pas là, il est mort.*

Becca plia les deux messages et les enfonça dans la poche de sa robe. Elle partit pour la Maison Marley vingt minutes plus tard. Krimakov surveillait sans doute la maison de Tyler ; c'était du moins probable. Elle appellerait une demi-heure plus tard. Peut-être n'était-il pas à l'affût, après tout ? En tout cas, Krimakov devait garder un œil sur le téléphone de Tyler.

Becca ouvrit la porte d'entrée de la Maison Marley. Tout paraissait immobile à l'intérieur, silencieux. Pas un son. Même pas une planche ne grinçait. Elle ouvrit toutes les fenêtres et mit en marche les ventilateurs plafonniers. L'air chaud sembla se mouvoir un peu, juste un peu, jusqu'à ce qu'enfin un peu d'air frais commence à s'insinuer parmi les pièces. Les rideaux ondulèrent à peine, un court instant.

Si calme... Tout était si calme dans la maison. Becca entra dans la cuisine et mit de l'eau à bouillir. Elle allait préparer du thé glacé, il restait encore des sachets dans le placard. Elle ouvrit le réfrigérateur et s'aperçut qu'il avait été nettoyé à fond. Elle se demanda qui avait bien pu s'en charger. Sans doute Rachel Ryan. C'était gentil de sa part. Il fallait qu'elle aille au supermarché. Parfait... Ainsi, Krimakov la verrait conduire, il saurait qu'elle était là, et qu'elle était seule. Elle espérait seulement ne pas rencontrer le shérif Gaffney, lequel ne manquerait pas de vouloir lui parler.

En s'installant à bord de la Toyota, elle tira sur le petit bouton de son bracelet :

— Je me dirige maintenant vers le supermarché, dit-elle. Le placard est vide. Je serai de retour dans moins d'une heure. Je veux qu'il soit sûr de ma présence. Je laisserai les messages sur le siège avant de la voiture, au parking, conclut-elle avant de repousser le bouton.

Sur place, on l'accueillit comme une célébrité. Tout le monde savait qui elle était ; comment auraient-ils pu l'ignorer, puisque sa photo et son histoire s'étalaient à la une de toutes les chaînes d'information du pays ?

Les gens jetaient des coups d'œil en coin pour la voir, ou même la dévisager, mais ils ne souhaitaient pas trop s'approcher, ni lui parler. Elle se contenta de sourire et de remplir son chariot.

Alors qu'elle passait à la caisse, elle entendit une voix derrière elle :

— Ah, j'ai enfin l'occasion de vous rencontrer ! Le shérif m'a parlé de vous. Il m'a dit quelle belle fille vous étiez, il m'a expliqué que ce grand gaillard là-bas à la Maison Marley n'était pas vraiment votre cousin. Il n'y a pas cru une seconde, le shérif. Vous lui avez menti, n'est-ce pas ? Mais maintenant, tout le monde sait qui vous êtes !

— Mais moi, je ne sais pas qui vous êtes, madame.

— Je suis Ella, sa principale secrétaire.

C'était donc la fameuse « Mme Ella » qui l'avait empêchée de sombrer dans l'hystérie lorsqu'elle avait appelé le bureau du shérif pour signaler la présence du squelette tombé du mur dans la cave de la Maison Marley ; la bonne dame lui avait tout raconté sur ses nombreux chiens, sans en oublier un seul. Mme Ella, qui faisait aussi ses emplettes à la boutique de lingerie fine « Chez Sherry »... C'était une grosse femme avec un cou plissé, et dont une moustache ombrait la lèvre supérieure.

— Vous êtes une menteuse, mademoiselle Powell. Ou plutôt non, mademoiselle Matlock. Vous vous êtes inventé ce nom lorsque vous êtes arrivée ici.

— Il fallait que je mente. C'était un plaisir de parler avec vous, madame.

— Bien entendu ! Mais pourquoi êtes-vous revenue ici ?

— Je suis venue en touriste, madame, lui répondit Becca en souriant. Je vais faire une excursion sur un bateau de pêche.

Elle souleva ses deux sacs de provisions et se dirigea d'un pas décidé vers la sortie.

— Le shérif voudra sûrement vous parler ! cria

Mme Ella dans son dos. Quel dommage qu'il ait dû se rendre à Augusta pour affaire officielle !

Comme Becca s'y attendait, elle entendit la bonne dame poursuivre ses commentaires derrière son dos.

— Elle est revenue pour faire encore de vilaines choses, madame Peterson, vous pouvez me croire. Elle était toute gentille, et hystérique aussi, quand elle a découvert le squelette de Melissa Katzen dans le mur de la cave, mais tout ça, c'étaient des mensonges. Si le squelette n'avait pas été aussi ancien, j'aurais bien parié qu'elle l'avait tuée elle-même...

Becca se retourna lentement, les bras endoloris par le poids des sacs.

— Melissa Katzen a été assassinée, madame, lança-t-elle par la porte entrouverte, et pas par moi. A-t-on appris quelque chose de nouveau ?

— Non, répondit Mme Peterson, la caissière, qui arborait une chevelure teinte d'un roux éclatant. Nous ne sommes même pas sûrs à cent pour cent qu'il s'agisse de Melissa Katzen. Les résultats des tests d'ADN ne sont pas encore arrivés. Cela prend des semaines, d'après le shérif.

— Non, c'est moi qui vous l'ai dit, coupa Mme Ella. Le shérif ne s'occupe pas de toutes ces histoires d'ADN, c'est moi qui m'en charge. Quant à vous, mademoiselle Matlock, je vais avertir le shérif que vous êtes revenue, dès que je réussirai à le joindre sur son téléphone portable, qu'il emporte rarement avec lui, car il déteste tout ce qui est technologique.

Lorsque Becca revint vers la voiture, les messages manuscrits de Krimakov avaient disparu. Elle espérait que le shérif ne parviendrait pas à la joindre trop tôt. Elle espérait aussi que son petit tour au supermarché servirait à quelque chose. Krimakov devait être maintenant au courant de sa présence.

Riptide, songea-t-elle en montant dans la Toyota, son refuge, dans un passé qui semblait si loin, avec son supermarché sur Poison Oak Circle et la quincaillerie Goose sur West Hemlock... Elle démarra et roula doucement le long de Poison Ivy Lane, puis bifurqua sur Foxglove Avenue, et dépassa deux carrefours avant de retrouver sa rue, Belladona Drive. Elle reprit pourtant Gum Shoe Lane, passa devant la maison de Tyler, puis revint sur Belladona Drive pour arriver enfin à la Maison Marley. Le temps était un peu plus frais, même si le soleil était encore haut dans le ciel estival. C'est dans le Maine que l'on trouve les levers de soleil les plus précoces et les couchers les plus tardifs.

Becca portait toujours la robe d'été bleu clair en coton que Sherlock lui avait apportée de New York, et elle se dit qu'elle aurait aimé avoir aussi un pull. La peur semblait la vider de toute chaleur.

La maison était plus fraîche, elle aussi. Elle se prépara du thé glacé, un sandwich au thon, puis elle alla s'asseoir sous la grande véranda pour voir le soleil sombrer lentement. Quelqu'un allait-il se glisser dans la maison ? Son bracelet-radio ne fonctionnait que dans un seul sens...

C'était étrange, elle ne pensait pas à Krimakov. Elle pensait à Adam, et son visage apparaissait clairement dans son esprit.

Il n'avait pas joué franc jeu avec elle, et la réciproque était d'ailleurs vraie. Elle ne put s'empêcher de sourire. C'était un type bien, sexy en diable, ce qu'elle ne comptait pas admettre en sa présence, pas maintenant en tout cas ; quant au sens de l'honneur, il en possédait pour quatre. Même lorsqu'elle lui avait mordu la main en le vouant aux gémonies, en regrettant de ne pas pouvoir le rosser, elle avait toujours su que son sens de l'honneur était authentique, et ne variait aucunement au gré des circonstances.

Et puis Adam connaissait son père beaucoup mieux qu'elle, mais il n'en avait jamais rien dit. Cela avait-il un quelconque rapport avec ce fameux sens de l'honneur ? Il allait falloir y réfléchir sérieusement.

La jeune femme avala sa dernière bouchée de sandwich et roula la serviette en boule. Il faisait presque nuit. Krimakov n'allait sans doute pas tarder à agir.

Son Coonan était dans la poche de sa robe. Elle n'en avait parlé à personne, mais Adam savait probablement qu'elle était armée. Il avait préféré se taire, ce qui était bien avisé de sa part, car elle ne se serait pas gênée pour le mordre une nouvelle fois.

Elle n'avait vu personne, tout au moins personne qui soit venu pour elle. Cela ne tarderait pas, elle le sentait. Krimakov était tout près. Les autres aussi. Elle n'était pas seule dans cette histoire. Elle pensa à Sam et au message de Krimakov.

Elle attendit et leva les yeux vers le croissant de lune dans le ciel noir. Pourvu que le shérif Gaffney ne décide pas de lui rendre visite ce soir ! Elle finit par rentrer à l'intérieur de la maison, en fermant à clé la porte principale. Elle boucla toutes les fenêtres. Elle ne voulait pas monter dans la chambre où il s'était caché dans le placard avant de lui faire une piqûre dans le bras.

Becca se trouvait dans l'escalier lorsque le téléphone sonna. Ses doigts se crispèrent si fort sur la rampe de chêne qu'ils en devinrent blancs. La sonnerie retentit une fois de plus. Ce devait être Krimakov.

C'était bien lui. Elle appuya sur le petit bouton de son bracelet et plaça son poignet tout près du combiné.

— Salut, Rebecca. C'est ton petit ami. (Sa voix était enjouée, avec un accent de joie démente qui emplit Becca d'une terreur mortelle.) Dis, j'espère que je ne t'ai pas fait trop mal lorsque je t'ai jetée de la voiture à New York ?

Sa voix était toujours pleine de malice, mais plus grave, maintenant. Peut-être pressait-il un mouchoir sur le combiné. Becca se demanda si son père reconnaîtrait sa voix, vingt ans après...

— Non, vous ne m'avez pas fait trop de mal, mais vous le savez déjà, non ? Vous avez tué quatre personnes au New York University Hospital pour vous en prendre à moi et à mon père ; mais nous n'étions plus là. Vous avez raté votre coup, espèce de boucher assassin. Où est Sam ? Ne vous avisez pas de toucher un seul cheveu de sa tête.

— Pourquoi ? Il n'est rien pour moi, si ce n'est qu'il t'a fait venir ici. Je parie que le directeur de la CIA a réussi à te contacter au plus vite. Et maintenant, tu es là, et tu es seule. Tu as suivi mes instructions. J'ai du mal à croire qu'ils t'aient laissée venir toute seule, sans la moindre protection.

— Je me suis enfuie. Je vous attends, salaud. Venez ici et amenez Sam.

— Allons, allons, nous ne sommes pas si pressés, n'est-ce pas ?

Il jouait avec elle, ce n'était guère nouveau. Elle prit une profonde inspiration, tentant à tout prix de garder son calme.

— Je ne comprends pas pourquoi vous ne vouliez pas que mon père m'accompagne. C'est lui que vous voulez tuer, non ?

— Ton père est un homme mauvais, Rebecca, terriblement mauvais. Tu n'as pas idée de ce qu'il a fait, du nombre d'innocents qu'il a détruits.

— Je sais qu'il a tué votre femme par accident, il y a longtemps, et que vous avez juré de vous venger. Quant au reste, ce n'est qu'une invention de votre cerveau malade. Je ne crois pas que quelqu'un ait tué plus de gens que vous. Écoutez-moi... Pourquoi ne pas mettre un terme à toute cette histoire ? Mon père était bouleversé lorsqu'il a abattu votre femme par erreur. Il m'a dit que vous l'aviez emmenée avec vous, que vous faisiez semblant d'être en vacances, alors que vous étiez là pour assassiner un industriel allemand de passage. Pourquoi avez-vous utilisé ainsi votre femme ?

— Tu ne sais rien de tout cela. Tais-toi.

— Pourquoi ne voulez-vous pas en parler ? Pensiez-vous vraiment qu'elle ne courait aucun danger ?

— Je t'ai dit de te taire, Rebecca. En parlant ainsi, tu salis la mémoire d'une femme merveilleuse. Le sang de ton père coule dans tes veines, et cela te rend aussi ignoble que lui.

— Très bien, parfait, je suis ignoble. Alors, pourquoi ne vouliez-vous pas qu'il m'accompagne ? Vous ne voulez plus le tuer ?

— Je le tuerai, ne t'inquiète pas. Comment et quand, cela relève de mon choix, n'est-ce pas, Rebecca ? C'est moi qui décide, toujours.

— Que vais-je faire ici, seule ? Pourquoi avez-vous enlevé Sam si vous vouliez seulement que je vienne à Riptide ?

— Ça t'a forcée à venir vite, non ? Tu sauras tout en temps voulu. Ton père est un homme intelligent. Il vous a très bien cachées, toi et ta mère. Il m'a fallu beaucoup de temps pour vous trouver. Tu es d'ailleurs la première que j'aie découverte, Rebecca. Il y avait un article sur toi dans un journal d'Albany. J'ai vu ton nom et cela m'a intéressé. J'ai appris l'histoire de ta mère, de ton père prétendument mort, et puis tous ces voyages que faisait ta mère chaque année. Et là, j'ai compris. La plupart du temps, elle se rendait à Washington...

Il se mit à rire. Becca ne put s'empêcher de frémir.

— Désolé pour ta mère, Rebecca. J'espérais avoir l'occasion de mieux la connaître, mais il a fallu qu'elle se fasse hospitaliser. Je suppose que j'aurais pu assez facilement entrer à Lenox Hill et la tuer, mais pourquoi ne pas laisser le cancer agir ? C'est encore plus douloureux. C'est du moins ce que j'espérais. Mais, apparemment, ta mère n'a pas souffert le moins du monde, c'est ce qu'une gentille infirmière m'a raconté, avant de poser son bras sur le mien, par compassion. Ta mère s'est réfugiée dans son esprit, et elle y est restée. Aucune douleur. Même si j'étais allé la voir, elle ne s'en serait pas rendu compte, alors à quoi bon ?

« Mais toi, tu es différente, Rebecca. Maintenant, je te tiens, et j'aurai aussi ton père. Je tuerai cet infâme assassin...

Il y avait maintenant une expression de rage dans sa voix, basse et proche des larmes, une rage qui enflait sans cesse. Becca entendait sa respiration, laborieuse, mais plus contrôlée.

— ... Je veux que tu prennes ta voiture, Rebecca, et que tu roules jusqu'au gymnase de Night Shade Alley. Vas-y maintenant, Rebecca. Le sort du petit dépend de toi.

— Attendez ! Que devrai-je faire là-bas ?

— Tu le sauras. Tu m'as manqué, Rebecca. Tu as un corps adorable. Je t'ai touchée de mes mains, ma langue t'a parcourue. Tu sais que j'ai laissé ce boulon, celui de la salle de bains, sur le lit d'hôpital ? C'était pour toi, Rebecca, pour que tu saches que partout je suis avec toi, je te regarde, je te sens, je me serre contre toi, tout près. Quand tu as dévissé ce boulon, tu espérais me le flanquer dans l'œil, hein ?

Becca tremblait de peur et de rage, et ces deux sentiments, bien distincts mais si étroitement liés qu'ils la transperçaient, la laissaient proche de l'étourdissement.

— Vous êtes un vieil homme, dit-elle. Un vieux dégoûtant. Le simple fait de penser à vous me donne envie de vomir.

Il rit, d'un rire profond, terrifiant.

— Je te verrai très bientôt, Rebecca. Et alors, j'aurai une surprise pour toi. N'oublie pas, c'est *ma* partie que je joue, et tu dois toujours jouer selon *mes* règles.

Il raccrocha. Becca savait, au plus profond d'elle-même, que quel que soit l'endroit où il se cachait, il n'existerait aucun moyen de retrouver l'origine de l'appel, même avec un matériel hautement sophistiqué. Et les autres le savaient aussi.

Elle coupa la communication sur son bracelet. Ils avaient tout entendu. Ils en savaient autant qu'elle.

La jeune femme n'emporta avec elle que son Coonan. Lorsqu'elle monta à bord de la Toyota, elle mit à nouveau en marche le bracelet, puis démarra.

— Je pars maintenant pour le gymnase.

Ma mère chérie, songea-t-elle. En tombant dans le coma, elle lui avait échappé. Il était allé à l'hôpital, s'était renseigné sur elle. C'était trop dur, vraiment trop...

Elle arriva au gymnase de Klondike en un peu plus de huit minutes. Le bâtiment de deux étages, entouré d'un épais rideau d'arbres, se trouvait tout au bout de Night Shade Alley, derrière un grand parking bétonné. De nombreuses fenêtres, toutes éclairées, parcouraient la façade. Une dizaine de voitures au moins étaient garées dans le parking.

Elle y était déjà venue avec Tyler. En plein jour, avec un parking beaucoup moins encombré. Peut-être, à cause de la chaleur, les habitants du Maine attendaient-ils le soir pour venir faire du sport ? Elle entra dans le parking, choisit un emplacement isolé, coupa le contact et attendit. Cinq minutes passèrent. Rien. Aucun signe de Krimakov. Aucun signe de qui que ce soit.

Elle pressa le bouton de son bracelet.

— Je ne le vois pas. Je ne vois rien d'anormal. Il y a beaucoup de monde.

Ils devaient tous être là. Prêts. Tous voulaient mettre la main sur Krimakov, et feraient n'importe quoi pour y parvenir. Tout le monde s'était mis d'accord sur ce point. Inutile de s'inquiéter.

— J'y vais.

Becca sortit de la voiture et se dirigea vers le gymnase. À l'accueil, elle tomba sur un jeune homme au visage vif, qui avait l'allure de quelqu'un qui vient de se dépenser physiquement. Ses vêtements étaient trempés de sueur. Il salua Becca et la dévisagea. Elle ne portait pas de tenue de sport.

— Je suis passée tout à l'heure, expliqua-t-elle en souriant, et j'ai pris un casier dans le vestiaire des femmes. Mes vêtements y sont restés. Je suis venue les chercher.

— Je vous connais. On vous a vue à la télé, sur toutes les chaînes.

— C'est vrai. Est-ce que je peux entrer, maintenant ?

— Ce sera dix dollars. Qu'est-ce que vous êtes venue faire ici ?

Becca ouvrit son portefeuille et en sortit un billet de vingt dollars.

— Je vous l'ai dit, je suis venue chercher mes vêtements.

Le jeune homme ne leva même pas les yeux. Becca l'observa pendant ce qui lui parut être une éternité avant qu'il daigne lui rendre un billet de dix. Il pressa un bouton pour débloquer le tourniquet.

La salle lui parut vaste, remplie de machines, d'haltères et de miroirs. Les lumières étaient vives, presque aveuglantes. Des haut-parleurs fixés aux murs crachaient du rock à plein volume, sans doute à cause du grand nombre de jeunes présents ce soir-là.

Au moins trente personnes étaient disséminées à travers la pièce. Le matériel d'aérobic se trouvait à l'étage. Becca entendait des voix, des grognements, la musique, les bruits discordants des machines, rien d'autre.

Qu'était-elle censée faire ?

Elle se dirigea vers les vestiaires des femmes. Trois clientes du club s'y trouvaient, à divers degrés de déshabillage. Aucune ne lui accorda la moindre attention. *Rien de spécial par ici*, se dit-elle.

Elle sortit du vestiaire, et cette fois, elle prit garde de traverser lentement la salle de sport, en regardant tous les hommes. La plupart d'entre eux étaient jeunes ; quelques-uns pourtant paraissaient plus âgés, tous différents les uns des autres : gros, maigres, athlétiques, ventripotents... Tant de types d'hommes différents, tous réunis là ce soir dans le but de faire de l'exercice. Aucun d'eux ne fit mine de s'approcher d'elle.

Que faire ?

Deux jeunes gens chahutaient, faisant semblant de se donner des coups, riant, s'insultant. Le dos de l'un d'eux buta par accident sur un vieil appareil de musculation abdominale. Les bras lestés de l'engin n'étant pas fixés par une goupille, l'un d'eux vint frapper Becca sur le haut du bras droit. Elle tituba en se cognant contre une autre machine, perdit l'équilibre et tomba.

— Oh, zut ! Je suis navré. Tout va bien ?

L'un des deux jeunes gens aida Becca à se relever, lui frotta l'épaule, puis le bras, tout en l'observant avec l'intérêt tout naturel d'un jeune mâle pour une belle fille.

— Hé ! Répondez-moi ! Tout va bien ?

— Oui, ça va, ne vous inquiétez pas.

— Je ne vous ai encore jamais vue ici. Vous êtes nouvelle dans le coin ?

— C'est à peu près ça, oui.

Il lui touchait doucement le bras, comme pour s'assurer que tout allait bien, et elle tenta de lui sourire, en lui confirmant qu'elle se sentait parfaitement en forme. Le second jeune homme arriva, soucieux de rivaliser avec son camarade pour retenir l'attention de Becca.

— Bonsoir, je m'appelle Troy, lui dit le premier. Vous voulez boire un verre avec moi ? Je pense que je vous le dois bien !

— Vous préférez peut-être que je vous accompagne ? proposa son ami. Moi, je m'appelle Steve.

— Non, merci, je vous pardonne bien volontiers. Il faut que je parte.

Becca réussit enfin à se débarrasser des deux jeunes gens. Elle se retourna après quelques pas ; ils lui sourirent en lui adressant des signes, ravis d'avoir su capter son attention.

Ils n'avaient sûrement pas plus de vingt-cinq ans, se dit-elle. De beaux mecs, bien bâtis. Elle avait vingt-sept ans et se sentait si vieille...

Enfin, ne sachant plus que faire, elle repassa par le tourniquet et sortit. Le jeune type qui l'avait laissée entrer n'était plus là. Il n'y avait plus personne. Où était-il parti ? Prendre une douche, peut-être ? Oui, sans doute. Il semblait avoir tellement transpiré !

Elle crut apercevoir une ombre tout près de la porte. Sûrement l'un des dragueurs, se dit-elle.

Où était Krimakov ? Il avait dit qu'elle saurait quoi faire. Il avait tort.

La jeune femme marcha lentement jusqu'à la Toyota. Les lumières n'étaient pas très vives dans ce coin-là du parking. D'ailleurs c'est pour cela qu'elle avait choisi de s'y garer, pas trop près des autres voitures, de crainte que Krimakov ne fasse du mal à des innocents. Elle le regrettait maintenant, car il n'y avait personne alentour.

Becca avança la main pour ouvrir la portière. Soudain, sans que rien ait mis ses sens en éveil, elle sentit une douloureuse piqûre à l'épaule gauche. Le souffle coupé, elle fit volte-face, mais ne vit rien, ni personne. Juste la lumière diffuse des éclairages, au-dessus de sa tête. Aucun mouvement. Elle se sentit glisser. C'était une sensation étrange. Elle tombait, mais lentement, comme si elle se laissait couler contre la portière de sa voiture.

27

— Non, annonça-t-elle en se penchant sur son bracelet. Personne ne bouge. Je vais bien. Je ne le vois pas. Quelque chose m'a frappée à l'épaule gauche, mais ça va. Restez là où vous êtes jusqu'à ce qu'il sorte.

Becca s'assit par terre, les jambes nues contre l'impitoyable dureté du béton. Elle renversa la tête en arrière, écouta les battements de son cœur, sans rien faire, incapable d'un geste. Elle aurait voulu hurler, mais elle ne pouvait pas, c'était impossible. La vie de Sam était en jeu et si elle hurlait, elle savait qu'Adam accourrait aussitôt. Elle ne pouvait laisser arriver une chose pareille. Que lui avait-il fait ? Quelle drogue lui avait-il injectée ? L'avait-il tuée ? Allait-elle mourir ici, dans le parking d'un gymnase ?

Elle ne ressentait qu'une faible douleur. Elle s'appuya contre la portière et sentit quelque chose de pointu s'enfoncer dans sa chair. Puis elle parla près du bracelet, calmement, car elle ignorait si Krimakov était proche ou non :

— Non, ne bougez pas. Il a tiré sur moi avec quelque chose, et maintenant, je sens comme une espèce de fléchette plantée dans mon épaule. Ne bougez pas. Aucun signe de Krimakov.

La jeune femme parvint à passer les deux mains derrière son dos et à attraper l'étroit empennage. Que s'était-il donc passé ? Lentement, et parce qu'il lui semblait que c'était la seule chose à faire, elle tira sur l'aiguille, qui sortit sans peine, comme en glissant à travers sa chair, d'une profondeur infime ; la « fléchette » s'était contentée de lui percer la peau. Elle se courba en avant, soudain prise de vertige. Elle crut un moment qu'elle allait s'évanouir.

— Tout va bien. Restez cachés. C'est un genre de petite fléchette. Attendez un instant.

Becca examina l'objet qu'elle venait de retirer de son épaule. Quelque chose était enroulé, bien serré, autour de l'empennage. Elle l'ôta et le déroula. Ses doigts étaient maladroits.

Elle était toujours seule, toujours assise à côté de sa voiture. Personne n'était sorti de la salle de sport.

Elle réussit pourtant à distinguer à la faible lumière les caractères noirs inscrits sur le morceau de papier déroulé. Tout était écrit en majuscules :

RENTRE À LA MAISON. TU Y TROUVERAS LE GOSSE.

TON PETIT AMI.

— Le message dit que Sam est à la maison. Rien de plus. C'est signé « Ton petit ami ».

Que se passait-il donc ? Becca ne comprenait pas, et doutait que les autres en sachent plus qu'elle. Elle aurait voulu quitter cet endroit à toute allure, comme si elle fuyait le diable en personne, rentrer à la Maison Marley, trouver Sam, mais la tête lui tournait. Des vagues de vertige la submergeaient au moment où elle s'y attendait le moins. Elle conduisit lentement, attentive aux autres voitures, aux phares derrière elle, mais tout semblait normal. Elle savait que les autres devaient garder profil bas. Personne ne souhaitait mettre en danger la vie de Sam en se découvrant trop vite.

Lorsqu'elle arriva à la maison, elle avait repris ses esprits. Elle coupa le contact, resta sur son siège une minute à regarder la vieille demeure. Tout était silencieux. Le croissant de lune brillait presque juste au-dessus de sa tête.

Les lumières n'étaient allumées qu'au rez-de-chaussée. Elle sut que c'était au moment où elle se demandait si elle devait monter à l'étage que le téléphone avait sonné.

Sam avait-il été enfermé dans le placard pendant tout ce temps – ce même placard où Krimakov s'était caché en attendant qu'elle aille se coucher ?

Becca mit moins de trois secondes pour atteindre l'intérieur de la maison ; elle monta l'escalier quatre à quatre, imaginant l'enfant ligoté, recroquevillé au fond du placard, peut-être inconscient, peut-être même mort.

— Vous êtes encore là ? hurla-t-elle en direction de son bracelet. Je crois qu'il vaut mieux rester cachés. Je ne sais pas ce qu'il prépare, et vous non plus. Je vais trouver Sam, s'il est là.

La jeune femme se précipita dans sa chambre et alluma la lumière. Tout était immobile dans la pièce mal aérée, restée close trop longtemps. Elle ouvrit la porte du placard. Pas de Sam. Elle savait qu'Adam, Thomas et les autres avaient entendu ses pas dans l'escalier, sa respiration haletante, et son juron, lorsqu'elle s'était aperçue que Sam n'était pas là.

Elle inspecta chaque pièce, ouvrit tous les placards, vérifia toutes les salles de bains à l'étage.

— Je n'ai pas encore trouvé Sam. Je cherche...

Becca appela, encore et encore, jusqu'à en perdre la voix.

Elle arpentait la cuisine lorsqu'elle vit la porte qui menait au sous-sol. Oh, mon Dieu, se dit-elle en l'ouvrant. Elle appuya sur l'unique interrupteur. L'ampoule nue de cent watts clignota, puis la lumière se stabilisa.

— Sam !

L'enfant se tenait assis sur le sol de béton, appuyé contre le mur, mains et pieds liés, un bâillon sur la bouche. Ses yeux étaient écarquillés, dilatés par la terreur. Pendant combien de temps ce salopard l'avait-il laissé ainsi dans l'obscurité ?

— Sam !

Aussitôt, elle fut à genoux à côté de lui et dénoua le bâillon.

— Tout va bien, mon chéri. Je vais te détacher en une seconde. Ça va ?

— Becca ?

Une toute petite voix, à peine présente... Elle faillit en pleurer.

— Tout va bien, répéta-t-elle. Laisse-moi te détacher, et puis nous monterons et je te préparerai un chocolat chaud pendant que tu te réchaufferas dans une bonne couverture.

Sam ne dit rien de plus, ce qui ne surprit guère Becca. Elle défit les liens qui maintenaient ses jambes et ses mains et le prit dans ses bras. Lorsqu'elle arriva dans la cuisine, elle s'assit avec lui, et massa ses chevilles et ses poignets engourdis par les liens.

— Tout va bien, maintenant, Sam. Tu as mal quelque part ?

Sam secoua la tête.

— J'ai eu peur, Becca, vraiment peur.

— Je sais, mon chéri, je sais, mais tu es avec moi, maintenant, et je ne vais pas te perdre de vue.

Becca transporta Sam dans le salon et l'enveloppa d'un plaid. Elle revint ensuite à la cuisine et l'installa, bien emmitouflé dans le plaid, sur une chaise.

— Et maintenant, un bon chocolat chaud ! Tu as faim, Sam ?

— Je veux voir Rachel, dit-il en secouant la tête. J'ai mal au ventre. Rachel saura quoi faire.

— Moi aussi, j'aurais mal au ventre si j'avais vécu la même chose que toi. Je dirai à ton papa que tu veux voir Rachel.

Pendant que l'eau chauffait, Becca versa le cacao dans un bol, puis elle prit l'enfant contre elle et lui dit à quel point il s'était montré courageux, en répétant que tout allait bien désormais, et qu'elle allait appeler son père. Lorsqu'il commença à boire son chocolat, Becca, sans le quitter des yeux, prit son téléphone portable et appela Tyler.

— Il est là. Sain et sauf.

— Dieu merci ! Où êtes-vous ?

— À la maison. Krimakov l'avait caché à la cave. Il va bien, Tyler.

— J'arrive tout de suite.

De toute évidence, les autres l'avaient entendue, et ils avaient préféré attendre et voir si Krimakov allait ou non se montrer, mais ce n'était plus la peine. Sam était hors de danger. Pourtant, on n'apercevait nulle part le moindre signe de Krimakov. Becca avait aussi oublié de prévenir Tyler que Sam voulait voir Rachel.

Adam arriva par la porte de derrière, tel un ange vengeur. Aussitôt, il vit Sam, son petit visage blanc, grelottant dans un plaid vert pâle. Il aurait aimé pouvoir tuer Krimakov à mains nues.

Il ralentit le pas, se composa un grand sourire, puis vint s'accroupir à côté du garçon.

— Salut, Sam ! Tu es le héros le plus jeune que j'aie jamais connu !

Sam le dévisagea pendant une minute, puis un sourire, un vrai grand sourire, éclaira son visage.

— C'est vrai ?

Adam fut surpris d'entendre Sam répondre, même de manière aussi brève.

— Bien sûr, c'est vrai. Le plus jeune. Vraiment, tu m'impressionnes ! Tu pourrais nous dire, à Becca et à moi, ce qui s'est passé ?

Tyler arriva en courant, lui aussi par la porte de derrière. Il stoppa net lorsqu'il les vit les trois, mais son regard se posa d'abord sur Becca, avant de se porter lentement sur son fils.

Il ne prononça pas un mot, mais prit Sam dans ses bras, s'assit avec lui et le berça. Becca ne put s'empêcher de se dire que ce contact réconfortait sans doute Tyler tout autant que le petit garçon. Enfin, il leva la tête.

— Dis-moi ce qui s'est passé, Becca.

Elle lui expliqua les faits bruts, en phrases courtes, dépouillées, sans émotion, sans détails.

— Mais pourquoi ce Krimakov a-t-il enlevé Sam alors que tout ce qu'il s'est contenté de faire, c'est de venir ici et de t'annoncer que tu retrouverais Sam dans la maison ?

— Je n'en sais rien. Adam, tu ne l'as même pas aperçu ? Tu as vu quelque chose ?

— On a regardé partout, répondit Adam en secouant la tête. Partout, derrière chaque arbre.

Becca regretta alors de ne pas avoir averti Tyler de la présence d'Adam. Ses yeux se rétrécirent, et il serra son fils encore plus fort contre lui.

— Espèce de salaud, tout est ta faute !

— Garde ton calme, McBride. Ton fils est sain et sauf. Et maintenant, si tu n'y vois pas d'inconvénient, vérifions si Sam peut nous apprendre quelque chose sur l'homme qui l'a enlevé. Tu sais que c'est important. Tu ne voudrais pas que Krimakov s'empare une fois de plus de Becca ?

— Sam ne parle pas beaucoup, comme tu sais, se contenta de répondre Tyler.

— Il avait une espèce de grosse chaussette sur la tête, expliqua Sam. Je ne l'ai jamais vu. Il m'a donné des chips à manger. J'avais vraiment faim, mais il m'a dit de rester tranquille, que Becca n'allait pas tarder à venir.

Tout le monde regardait Sam, qui semblait assez content de lui. Il fit un sourire à Becca.

— C'est très bien, Sam, dit-elle en s'agenouillant à côté de lui. Tu vois, je suis venue, n'est-ce pas ? C'est très bien. Bois encore un peu de ton chocolat. Voilà. Et maintenant, dis-nous ce que tu faisais quand il t'a attrapé.

Mais Sam ne voulut rien dire de plus. Il regarda son père, bâilla, puis se tut. C'était vraiment très étrange, songea Becca. L'enfant ferma simplement les yeux, et s'endormit en s'affaissant contre la poitrine de son père. Un instant plus tôt, il souriait, et soudain, il n'était plus là.

— C'est un brave petit gars, dit Adam en se levant.

Tu es d'accord, McBride, pour que nous lui parlions demain matin ? Nous pourrions au moins essayer ?

Tyler semblait vouloir fusiller tout le monde, mais pour finir, il hocha lentement la tête.

— Mais dans l'immédiat, je le ramène à la maison.

— Et puis non, oublie ce que je viens de dire, lança Adam après avoir jeté un regard en direction de Becca. Sam n'a sans doute pas grand-chose d'utile à ajouter. C'est une histoire terminée. S'il te plaît, n'en parle pas au shérif. Nous allons partir tout de suite. Je suppose que si Krimakov voulait quelque chose, il estime l'avoir obtenu.

— Mais que diable voulait-il donc ?

— Je l'ignore, Tyler, répondit Becca avant d'embrasser Sam sur la joue. C'est un petit garçon courageux.

— Tu viendras encore me voir ?

— Oui, je viendrai, je te le promets. Il faut d'abord que l'on éclaircisse toute cette affaire.

— Reste là, Becca, dit soudain Adam lorsque Tyler eut franchi la porte d'entrée. Ton dos. Avec toute cette excitation, j'avais oublié. Il t'a piquée avec quelque chose. Laisse-moi jeter un coup d'œil.

Il n'y avait pas grand-chose à voir. Un petit peu de sang, un trou minuscule, rien de plus.

— Pourquoi fait-il ça ?

— Je n'en sais rien, lui répondit Becca par-dessus son épaule, mais je te promets que je me sens bien. Voici la fléchette qu'il m'a tirée dans le dos. Tu vois le papier enroulé autour ?

Adam déroula le papier et fronça les sourcils en le lisant.

— Le salaud. Qu'est-ce qu'il mijote ? Quel est son plan ? Je déteste cela. Il nous manipule. Nous nous contentons de réagir à ses initiatives. Nom de Dieu !

— Je sais, mais nous allons le manœuvrer, nous aussi. Allons, Adam, partons d'ici. Je suis soulagée que le shérif ne soit pas venu. Où est mon père ? Et Sherlock ? Et Savich ?

— Sherlock est retournée à Washington avec les échantillons d'écriture. Ton père, Savich, Hawley et Cobb nous attendent. Je vais leur demander de venir nous chercher à l'aéroport. Partons d'ici.

Ils roulaient à bord de la Toyota de location lorsque Becca crut distinguer au loin la voiture du shérif Gaffney. Elle écrasa la pédale d'accélérateur.

Un peu plus tard, elle tourna la tête pour observer le profil d'Adam. Il paraissait furieux et épuisé. Ce n'était pas une fatigue physique, mais bien la fatigue de l'échec. Becca le comprenait d'autant mieux qu'elle éprouvait le même sentiment.

Tout était absurde. Krimakov l'avait fait venir ici, l'avait piquée à l'épaule avec une fléchette, et avait rendu Sam à son père. Rien d'autre.

Où était Krimakov ? Que diable pouvait-il bien préparer ?

Le docteur Ned Breaker, un médecin dont le fils kidnappé avait été ramené chez lui sain et sauf par Savich quelques années plus tôt, les attendait chez Thomas.

Les hommes se serrèrent la main et Savich remercia le médecin de s'être dérangé.

— Elle refuse d'aller à l'hôpital.

— C'est toujours le cas des gens avec qui vous travaillez, commenta le docteur Breaker.

— Je vous présente Becca, docteur : votre patiente.

— Docteur Breaker, plaida Becca, je vais bien, il n'y a aucun problème. Adam m'a déjà examinée.

— Peut-être, dit Adam, mais maintenant, c'est un vrai médecin qui va voir cette blessure à l'épaule. Tu ne peux pas savoir ce qu'il y avait sur cette pointe. Reste tranquille, Becca, et fais ce que l'on te dit... pour une fois.

Becca avait effectivement oublié son épaule. Elle ne souffrait pas. Adam l'avait lavée avec du savon et de l'eau avant d'y mettre un pansement. Lorsque Thomas insista à son tour pour qu'elle se laisse examiner par le médecin, elle fronça les sourcils.

— Très bien, dit-elle enfin en ôtant son sweater et en soulevant ses cheveux pour découvrir son épaule.

Elle sentit sur la blessure des doigts qui pressaient doucement, resserraient la chair, peut-être pour voir s'il en sortait quelque poison ou Dieu sait quoi d'autre.

— C'est très étrange, finit par dire le médecin. On vous a vraiment piquée avec cette fléchette dans le parking d'une salle de sport ?

— C'est exact.

Elle sentit à nouveau les doigts explorer la chair autour de la blessure, puis le médecin s'écarta.

— Je vais prélever un peu de sang afin de m'assurer que rien de nocif ne circule dans vos veines. Apparemment, tout va bien, ce n'est qu'une petite blessure peu profonde. Pourquoi a-t-il fait cela ?

— Sans doute dans le seul but de nous faire passer un message, intervint Savich. Une feuille de papier était enroulée autour de la fléchette.

— Je vois. Intéressant système de distribution du courrier ! En tout cas, mieux vaut être prudent.

Il préleva un échantillon de sang, puis prit congé en promettant les résultats dans les deux heures.

— Un ami précieux, commenta Savich, mais je me demande combien de services il va se croire encore obligé de me rendre.

— Tu lui as rendu son gosse, répondit Thomas tout en fixant Becca du regard. Il se sentira toujours en dette à ton égard.

Il était presque une heure du matin lorsque le médecin rappela. Ce fut Thomas qui décrocha ; à mesure qu'il écoutait sans parler, une expression de soulagement s'étalait sur son visage. Lorsqu'il se tourna vers Becca et Adam, il souriait.

— Tout est normal. Il n'y a là rien d'autre que la jolie peau de ton épaule, Becca. Le docteur te fait dire de ne pas t'inquiéter.

Becca aurait plutôt préféré qu'il y eût quelque chose,

rien de mortel, bien sûr, mais quelque chose. Le contraire signifiait qu'ils ne disposaient toujours pas de la moindre piste, qu'il n'existait aucun indice. Krimakov avait kidnappé Sam pour la faire venir à Riptide. Ensuite, il l'avait piquée pour lui transmettre ce message ridicule. Dans le parking d'un gymnase ! C'était absurde.

Cette nuit-là, Adam vint la voir. Sa chambre était plongée dans l'obscurité. Elle était étendue, incapable de dormir malgré l'heure tardive, et regardait depuis son lit le croissant de lune blanche au-dessus des érables. Les arbres se détachaient, tragiques et sombres contre la nuit, immobiles, sans un souffle de vent. Dieu merci, la maison était équipée de la climatisation et la chambre était fraîche.

Sa porte s'ouvrit, puis se referma sans bruit. La voix d'Adam était douce et grave.

— N'aie pas peur. Ce n'est que moi. Et je ne suis pas venu te sauter dessus.

Elle rendit son regard à Adam, appuyé contre la porte de la chambre.

— Et pourquoi pas ?

Il rit, d'un rire qui rendait un son douloureux, et il s'approcha d'elle, qui le désirait tant.

Il s'arrêta près du lit et baissa les yeux vers elle.

— Tes réponses sont toujours désarmantes. J'ai envie de te sauter dessus au moins douze fois par heure, mais non, nous sommes dans la maison de ton père. On n'agit pas ainsi sous le toit parental, à moins d'être marié. Mais ne te méprends pas. Si je pouvais t'ôter cette chemise de nuit, je le ferais en moins d'une seconde. Mais je ne peux pas. Pas ici. Je venais seulement voir ce que tu fabriquais. Oh, et puis non, c'est un mensonge. Je suis ici parce que j'ai envie de t'embrasser jusqu'à ce que nous soyons tous les deux muets de plaisir.

Soudain, il était là, la levait du lit et l'attirait contre sa poitrine. Il l'embrassa, légèrement, puis avec plus d'ardeur, et elle ouvrit la bouche. Elle ne voulait plus s'arrêter. Le souffle d'Adam était chaud et doux, son parfum riche et sombre, sa bouche délicieuse, et elle la goûta pleinement. Elle en voulait toujours plus. Ce fut Adam qui la repoussa d'un geste doux après ce qui n'avait semblé durer qu'une seconde.

— Tu es belle, dit-il en passant la main dans ses cheveux, qu'il repoussait derrière ses oreilles. Même avec tes cheveux encore un peu trop cuivrés.

— Je ne suis pas encore muette de plaisir, Adam.

— Moi non plus, mais nous devons nous arrêter.

Sa respiration était courte, et ses mains se serraient et se desserraient dans le dos de Becca.

— On pourrait peut-être s'embrasser encore un peu ? suggéra-t-elle.

— Écoute, si on ne cesse pas maintenant, je vais me mettre à pleurer, parce que je sais que tôt ou tard, il faudra le faire. Arrêtons-nous avant que cela me tue pour de bon.

— Très bien, alors. Sois fort et laisse-moi m'amuser encore un peu avec toi.

Elle l'embrassa sur le menton une fois, puis une fois encore. Elle porta les doigts sur ses joues, son nez, son front, caressa légèrement ses lèvres.

— Je ne te l'ai jamais avoué, Adam, dit-elle en regardant sa bouche. Il s'est passé tellement de choses... Nous ne nous connaissons que depuis peu de temps, et rien de ce que nous avons fait ensemble n'était normal ou prévisible, loin de là. Mais voilà : tu es vraiment très, très sexy.

Il la dévisagea dans la pâle lumière de la chambre, comme s'il n'avait pas très bien compris.

— Qu'est-ce que tu as dit ? Tu penses que je suis sexy ?

— Oh, oui, je pense que tu es l'homme le plus sexy que j'aie jamais rencontré. Et j'ai enfin réussi à t'embrasser. J'aime ça, vraiment. Et je t'ai embrassé le menton parce que je le trouve sexy, lui aussi.

Adam parut soudain excessivement content de lui, et content d'elle.

— Cela me convient plutôt, d'être sexy. C'est tout ce que tu penses de moi, Becca ? Un mec sexy ? N'y a-t-il rien d'autre que tu veuilles me dire ?

— Que pourrais-je dire d'autre ? Ton ego est déjà assez imposant, je n'ai pas besoin d'ajouter autre chose.

Elle le regarda par en dessous, provocante. Pour la première fois depuis bien longtemps, il lui semblait un siècle, elle prenait plaisir à ce qui était en train de se passer.

En guise de réponse, Adam l'attira soudain tout contre lui. Ses grandes mains caressaient le dos de Becca. Sa respiration était dure, hachée.

— J'étais mort de peur quand tu étais dans ce maudit parking. Lorsqu'il a lancé cette fléchette, il a fallu que Savich me retienne. Je savais que je ne devais pas bouger, que je ne devais pas hurler comme un damné, mais c'était dur de rester là immobile à te regarder, vraiment trop dur.

Il appuya son front contre celui de Becca ; son étreinte était plus douce, d'une folle douceur. Son souffle chaud caressait sa peau.

— J'ai été marié autrefois. Cela fait si longtemps... Elle s'appelait Vivie. Tout s'est bien passé pendant un moment, et puis, d'un seul coup, ça n'allait plus. Contrairement à moi, elle ne voulait pas d'enfants. Mais il n'y a personne d'autre, maintenant. Il n'y a que toi, Becca. Que toi.

— C'est bien, dit-elle, la tête contre son épaule.

Puis elle le mordilla au cou, et embrassa l'endroit où elle venait de le mordre.

— J'aimerais te voir nu, ajouta-t-elle.

Adam était l'homme d'acier qu'il était, et sa seule réaction fut un léger tremblement.

— J'en ai tellement envie, Becca, mes doigts me font mal tellement ils veulent te toucher. Mais nous sommes dans la maison de ton père. Ce n'est pas possible. Mais qu'est-ce que tu dirais d'aller dehors, derrière la maison ? On pourrait emporter une ou deux couvertures.

— Tu veux dire quitter le toit parental ?

— Exactement. Bien sûr, il y aura des agents du FBI partout.

Adam poussa un profond soupir, embrassa l'oreille de Becca, et soupira à nouveau :

— Même mes molécules bandent.

Becca soupira elle aussi et posa la main sur la poitrine d'Adam. Son cœur battait fort et vite sous sa paume. Elle se cambra et embrassa sa gorge, puis se laissa aller au creux de ses bras.

— C'est injuste, dit-elle. La chemise que tu portes est très belle, mais j'aimerais embrasser ta poitrine, et peut-être même te caresser le ventre.

Adam frissonna et s'écarta d'elle.

— J'ai senti tes seins contre moi et ça me rend fou. Et maintenant, puisque je ne peux pas être aussi vilain que je le voudrais, il faut que je parte. Je n'en peux plus. J'aimerais rester sage, mais je sais que cela ne marcherait pas. Bonne nuit. Je te verrai demain matin. Je viendrai peut-être un peu tard. J'ai des choses à faire à la maison.

L'instant d'après, Adam était parti. La porte de la chambre se referma doucement derrière lui.

Becca s'assit sur son lit, les mains serrées sur ses genoux. Sa vie avait changé si vite, et dans ce cauchemar, elle venait de trouver un homme dont elle n'aurait jamais cru qu'il puisse en exister de semblable. La première femme d'Adam devait être dépourvue de cervelle. Elle espérait que Vivie – quel nom ridicule ! – vivait loin, à Saint-Pétersbourg, ou plus loin encore.

Bien sûr, la pensée de Krimakov ne tarda pas à venir la torturer. Elle aurait voulu l'abattre, pointer un fusil sur sa poitrine et tirer. Elle aurait voulu le voir disparu, précipité dans l'abîme de l'oubli, de façon à l'empêcher à tout jamais de faire le mal.

Le lendemain, à midi exactement, alors que le gouverneur Bledsoe promenait son chien, Jabbers, dans son jardin sous surveillance, un tireur visant d'une distance d'un peu plus de cinq cents mètres logea une balle dans les plis du cou de l'animal. On envoya en toute hâte Jabbers chez un vétérinaire, et il paraissait devoir survivre, comme son maître avant lui.

Thomas se tourna lentement vers sa fille, avec qui il se trouvait seul dans la maison.

— C'est le bouquet. C'en est vraiment trop. Le salaud a atteint le chien au cou. Incroyable. Au moins, cela prouve que ce malade n'est pas ici.

— Mais pourquoi a-t-il fait ça ? Pourquoi ?

— Pour se moquer de nous, répondit Thomas. Une bonne plaisanterie. Il veut que nous sachions à quel point il est invulnérable, il veut nous prouver qu'il peut faire ce dont il a envie et s'en tirer sans problème, qu'il peut être ici un jour et ailleurs le lendemain, sans que nous puissions le trouver. Oh oui, il doit bien rire !

28

Gaylan Woodhouse était assis de l'autre côté du bureau de Thomas, légèrement en diagonale, le visage dans l'ombre, comme à l'accoutumée.

— Je ne veux pas que vous vous inquiétiez pour votre fille, Thomas, dit le grand patron de la CIA. Il n'y aura aucune fuite quant à vos déplacements. Comme vous le savez, les médias sont encore surexcités au sujet de l'histoire du pauvre Jabbers. Le pays est surtout fasciné par l'audace de ce type, et les gens restent collés devant leurs postes de télévision. Tout le monde veut savoir qui est Krimakov, l'homme qui a juré de vous tuer il y a vingt ans de cela. En blessant ce chien, il a mis la pression. Il veut que les médias vous retrouvent à sa place et à ce moment-là, il viendra vous chercher.

— Non, dit Thomas d'une voix lente. Je ne crois pas que ce soient là ses motivations. Voyez-vous, à Riptide, il me tenait. Il devait savoir que jamais je ne permettrais à Becca de s'y rendre seule. Il aurait facilement pu m'abattre. Lorsqu'il a blessé le gouverneur de New York, il a prouvé qu'il était un excellent tireur à grande distance. D'une distance similaire, il aurait pu m'atteindre sans problème à Riptide, mais il n'a rien tenté après l'enlèvement de Sam McBride, sinon piquer Becca avec cette fléchette. Non, Gaylan, il a blessé le chien du gouverneur pour attirer mon attention, pour me prouver que c'est lui qui avait décidé de ne pas nous tuer à Riptide, Becca et moi. Il veut montrer qu'il n'agit que lorsqu'il a décidé de le faire. Il veut démontrer, encore et encore, qu'il est supérieur à moi, que c'est lui qui contrôle la situation, qui décide qui va tirer sur qui, et quand. C'est le jeu du chat et de la souris, et ce qu'il ne cesse de nous dire, c'est que c'est lui le chat. Et par l'enfer, c'est bien vrai. Adam a raison. Depuis le début, tout ce que nous avons été capables de faire, c'est de réagir à ses initiatives.

— L'un de mes hommes, dit Gaylan, m'a fait remarquer que Krimakov s'est certainement arrangé pour pouvoir se déplacer rapidement d'un point à un autre ; il a peut-être un avion privé caché quelque part, qu'en pensez-vous ?

— On peut se poser la question, c'est vrai. Dieu sait que l'on ne peut guère se fier aux lignes aériennes commerciales. Mais vous savez, Gaylan, le fait de tirer sur ce chien n'était pas prévu. Vous pouvez essayer de vérifier, pour cet avion, mais je doute du résultat.

— Nous n'avons toujours pas de pistes à New York, poursuivit Gaylan avec un soupir. Son déguisement devait être parfaitement au point. Les bandes vidéo de la sécurité montrent des vieillards, des enfants, des femmes enceintes. Faut-il vérifier tous ces gens un par un ? Nous n'avons encore aucun témoin. Bon Dieu, quatre bons agents tués par ce maniaque !

— J'y ai pensé, coupa Thomas. Je commence à croire que Krimakov nous veut ensemble, Becca et moi, pour nous tourmenter ensemble, et prolonger notre agonie. Pourtant, il est allé droit à l'hôpital de New York, il a tué tout le monde, et puis il s'est enfui. Et s'il s'était rendu compte, avant d'y aller, qu'il s'agissait d'un piège ? Pourtant, il y est tout de même allé, il en a fait une sorte de superproduction, tout cela pour nous dire : j'étais au courant, mais je m'en fichais. Oui, il savait, et il nous a adressé un pied de nez.

— Selon vous, il doit être plus rusé que le diable en personne ! s'exclama Gaylan. Et plus mauvais encore.

— Je dirais surtout qu'il est fou à lier, mais cela ne signifie pas qu'il soit stupide. Peu importe la nature réelle de ses motivations ; quatre agents sont déjà morts. Pourtant, cela concorde avec sa manière d'agir jusqu'ici. Avant tout, je crois qu'il est plus effrayant que l'enfer.

— C'est vrai, admit Gaylan.

Il leva les yeux un instant vers les rayonnages de livres de Thomas. Au bout de quelques instants, il parut sortir de ses méditations, puis il avala une gorgée de café et reposa avec soin la tasse sur la soucoupe.

— Je suis aussi venu pour une autre raison, reprit le patron de la CIA en croisant les jambes. Le fait est que le Président ne peut rester passif beaucoup plus longtemps. Il m'a convoqué, il a marché de long en large dix minutes, et puis il m'a expliqué que toute cette affaire devait se terminer au plus vite, que les médias se focalisaient sur elle plutôt que sur sa politique. Il y a cette augmentation d'impôts qu'il essaie de vendre au pays, mais les journaux et les télévisions l'ignorent au profit de cette histoire. Il m'a dit qu'il avait même essayé de plaisanter, mais les médias n'en ont que pour ce malheureux toutou !

— Dites au Président que s'il souhaite que je sorte publiquement, que je défie Krimakov à ciel ouvert, je le ferai.

— Non, objecta Gaylan. Pas question. Je ne vous le permettrai pas. Il pourrait vous éliminer trop facilement... Il a tiré sur le gouverneur d'une distance de cinq cents mètres. C'est même vous qui me l'avez précisé. Il est mieux que bon, Thomas, c'est le meilleur !

Gaylan leva la main pour empêcher Thomas de l'interrompre :

— Non, laissez-moi finir. Je dis seulement que nous devons trouver une autre solution. D'une manière ou d'une autre, il faut le faire danser sur notre propre musique.

— Un grand nombre de bons esprits y travaillent, vous ne l'ignorez pas, puisque les esprits en question sont à votre service.

Gaylan hocha la tête, saisit un stylo sur le bureau

de Thomas, et commença à tapoter en rythme sur ses genoux.

— Oui, je sais, mais pour l'instant, vos allées et venues ne sont connues de personne. Je vais annoncer au Président que tout sera résolu d'ici deux jours au plus tard. Vous pensez que c'est possible ?

— Bien sûr, pourquoi pas ?

Comment diable suis-je censé y parvenir ? se demanda-t-il en son for intérieur.

— Fort bien. Continuons à garder le silence. Et cet incident avec Krimakov à Riptide ?

— De toute évidence, les médias ne sont pas au courant de la visite de Becca là-bas. Tyler McBride – l'homme dont Krimakov a kidnappé le fils – n'a rien révélé à personne à ce sujet. Je pense qu'il est amoureux de ma fille et que c'est pour cela qu'il garde encore un minimum de sang-froid. Becca, quant à elle, même si elle aime bien le petit garçon, ne partage pas les sentiments de McBride.

Thomas marqua une pause très brève, comme si tout d'un coup le stylo en onyx offert par Allison cinq ans plus tôt, à Noël, monopolisait toute son attention. Puis il ajouta avec un sourire pour son vieil ami :

— Elle me paraît plutôt attirée par Adam. N'est-ce pas charmant ?

— Je suis trop vieux, grogna Gaylan... Krimakov ne vous trouvera pas, Thomas. Ne vous inquiétez pas. Je me charge du Président. Encore quarante-huit heures, et nous ferons le point.

— Nous allons tous y réfléchir pendant ce temps, et nous verrons bien. Quarante-huit heures, grands dieux, ce type pourrait aussi bien décider de faire n'importe quoi.

Gaylan Woodhouse se leva, reposa le stylo sur le bureau, serra la main de Thomas et passa la porte, là où l'ombre était encore plus dense. Trois hommes en costumes sombres se placèrent à ses côtés et derrière lui tandis qu'il quittait la maison de Thomas.

Celui-ci le regarda partir. Les ombres semblaient

l'entourer de toutes parts. Thomas comprenait fort bien les ombres. Il vivait avec elles depuis si longtemps qu'il les discernait nettement tandis qu'elles s'amoncelaient autour de lui, et il se demandait si, un jour, les gens le verraient encore, ou s'ils ne distingueraient plus qu'une masse d'ombres.

Oublie les ombres, se dit-il. Le moment n'était pas à la méditation philosophique. Il pensa à sa rencontre avec Gaylan. Le patron de la CIA était un ami. Il avait tenu bon contre le Président lorsque celui-ci s'était plaint de se voir voler la vedette. Quarante-huit heures – tel était l'accord arraché au Président. C'était peu et c'était pourtant une éternité – seul Krimakov le savait.

Le lendemain, Sherlock et Savich arrivèrent avec MAX, d'épais classeurs pleins de documents, et Sean, pelotonné sur l'épaule de son père, et qui contemplait le monde d'un air endormi, un biscuit serré entre ses doigts.

La rousse Sherlock regarda tous les personnages présents dans le salon. Elle n'avait pas l'air très contente d'elle.

— Je suis vraiment désolée, mais nos experts graphologues sont arrivés à une conclusion à laquelle nous ne nous attendions guère.

— Qu'as-tu trouvé ? lui demanda Adam en se levant, lentement, sans la quitter du regard.

— Nous espérions savoir si, oui ou non, l'état mental de Krimakov s'était détérioré, ou tout au moins à quel stade il se situait sur l'échelle des comportements mentaux, afin d'avoir une meilleure chance de réagir par rapport à lui, de prévoir ses réactions... Il n'est plus question de cela, désormais. Nous ne savons rien, car les deux échantillons d'écriture que nous a donnés Becca ne sont pas l'œuvre de Krimakov.

Thomas fit la grimace, comme si on venait de le gifler.

— Ce n'est pas possible, prononça-t-il lentement. Il est vrai que je n'ai examiné ceux de Riptide que brièvement, mais ils me paraissaient identiques. Tu es sûre de ce que tu avances ? Absolument sûre ?

— Oh oui, tout à fait. Nous avons affaire à une personne très différente, et le mental de cette personne ne ressemble pas au nôtre.

— Tu veux dire un l'esprit dérangé ?

— Il est difficile de l'affirmer avec une absolue certitude, mais il est possible qu'il soit tellement engagé sur le fil du rasoir qu'il ne tienne plus que par le bout des ongles. On pourrait toujours énumérer des catégories – le terme de psychopathe me viendrait facilement à l'esprit – mais ce n'est qu'un début. La seule chose dont nous soyons certains, sans l'ombre d'un doute, c'est que vous êtes son obsession, Thomas. Il veut vous prouver qu'il est bien supérieur à vous, qu'il est un dieu et que vous n'êtes rien. Il se voit comme un vengeur, l'homme qui équilibrera la balance de la Justice, votre exécuteur.

« C'est son but depuis longtemps, et peut-être même sa seule raison de vivre. Il évoque plutôt un missile programmé pour frapper une cible, et une seule. Il ne s'arrêtera jamais jusqu'à ce qu'il vous ait tué, ou que vous l'ayez tué.

— Alors, nous n'avons jamais eu affaire à Krimakov, remarqua Adam. Il est vraiment mort dans cet accident de voiture en Crète.

— Sans doute. Mais tout cela ne provient pas seulement des analyses de nos experts. Nos spécialistes des profils psychologiques s'en sont aussi occupés. Comme tu le faisais remarquer, Adam, les deux écritures se ressemblent aux yeux d'un profane, ce qui signifie sans doute que cet homme connaissait Krimakov, ou du moins qu'il avait eu accès à des échantillons de son écriture à de nombreuses reprises. Un ami, un collègue ou ancien collègue, quelqu'un de ce genre.

— Nous sommes navrés, intervint Savich. Je sais que nous avons tout vérifié sur les anciens associés de Krimakov, mais je crois qu'il va falloir recommencer. J'ai mis MAX au travail ; il va renifler autour des voisins de Krimakov, ses associés, ses amis en Crète et dans le reste de la Grèce. Nous verrons où cela nous mènera.

— Non, tout cela a déjà été vérifié.

— Il faut insister, déclara Savich, tout essayer.

— Nous avons entré toutes les données dont nous disposions dans le PAP, notre programme analogique prévisionnel, pour voir ce qui peut en sortir. Souvenez-vous que l'ordinateur peut fournir et analyser un éventail de possibilités beaucoup plus vite que nous.

— Très bien, admit Thomas. Que nous disent les profileurs, Sherlock ?

— Ils nous renvoient à une catégorie. Psychotique. Incapable du moindre remords. Ne ressent aucune empathie par rapport aux gens qu'il a tués. Ils ne signifient rien pour lui. Ce sont des obstacles, des objets qui le gênent sur sa route.

— Je me demande pourquoi il n'a pas tué Sam, fit remarquer Becca avec un frisson.

— Nous n'en savons rien, dit Savich. C'est une bonne question.

— Cela paraît impossible, objecta Adam. Tout simplement impossible. Pourquoi un collègue, ou un ami sanguinaire, peu importent ses liens avec Krimakov, se livrerait-il à un tel déchaînement de violence ? Même si c'est un psychopathe, même s'il l'a toujours été, pourquoi attendre plus de vingt ans après les faits ? Pourquoi prendre la mission de Krimakov à son propre compte ?

Personne ne détenait la réponse.

— Maintenant, poursuivit Adam, il nous faut découvrir qui aurait pu continuer la vendetta de Krimakov après sa mort. Quelles pourraient être ses motivations ?

— Nous n'en savons rien, reconnut Sherlock tout en frottant le dos de Sean avec la paume de sa main.

Le petit roucoulait contre l'épaule de son père, le biscuit gluant de bave toujours serré entre ses doigts.

— Il va y avoir des miettes de biscuit partout dans la maison, nota Savich d'un air absent.

Becca demeura silencieuse. Il existait peu de choses dans sa vie dont elle fût absolument certaine, mais elle se trouvait confrontée à l'une d'entre elles. Il fallait que ce soit Krimakov. Peu importait l'infaillibilité des experts en graphologie : cette fois-ci, ils se trompaient.

Et si ce n'était pas le cas ? Un psychopathe obsédé par son père et cherchant à tout prix à le tuer ? Il se présentait comme son petit ami. Il avait tué froidement cette pauvre femme devant le Metropolitan Museum, déterré Linda Cartwright avant de lui démolir le visage. Aucune empathie, aucun remords, les gens étaient pour lui des objets, rien de plus. Seigneur, c'était impensable !

Elle se tourna vers Adam. Il regardait dans la direction de Savich, mais Becca songea qu'il ne le voyait sans doute pas. Son regard était entièrement dirigé vers l'intérieur, mais ses yeux étaient durs et froids ; elle n'aurait pas aimé s'accrocher avec lui en un pareil moment. Elle entendit son père, dans l'autre pièce, qui discutait au téléphone avec Gaylan.

Sherlock et Savich partirent quelques minutes plus tard, abandonnant Adam et Becca au salon, plongés dans la contemplation l'un de l'autre.

— J'ai plusieurs choses à faire à la maison, dit Adam en remuant des pièces de monnaie dans la poche de son pantalon. Je veux que tu restes ici avec Thomas, bien à l'abri. Ne sors pas. Je serai de retour demain.

— Oui, moi aussi, j'ai des choses à faire, répondit Becca en se levant. Je t'accompagne.

— Non, tu restes ici. Tu es en sécurité.

L'instant d'après, avec sa célérité coutumière, il s'était éclipsé.

Le père de Becca se présenta la seconde suivante dans l'encadrement de la porte.

— Je te verrai plus tard, lui lança-t-elle. Je pars avec Adam !

Elle prit son sac au vol et courut derrière Adam. Il était presque sur la route lorsqu'elle le rattrapa.

— Où vas-tu ?

— Rentre ! dit-il. C'est plus sûr. Allez.

— Non ! Pas plus que moi, tu ne crois que c'est un ancien collègue ou un vieil ami de Krimakov qui provoque tout ce désastre. Je pense que quelque chose nous échappe, quelque chose qui était là depuis le début, devant nos yeux.

— Que veux-tu dire ? demanda-t-il d'une voix lente.

Becca vit les agents du FBI, un peu plus bas dans la rue, sortir de leur voiture, aux aguets.

— Je veux dire que s'il ne s'agit pas de Krimakov, tout cela est absurde. Mais, si c'est le cas, quelque chose nous échappe. Travaillons ensemble, Adam, il est temps de réfléchir sérieusement.

Adam la dévisagea un instant, regarda autour de lui, puis adressa un signe aux agents du FBI.

— Je rentre à pied. C'est à deux kilomètres d'ici. Tu es prête ?

— J'aimerais faire la course avec toi. Qu'en dis-tu ?

— Comme tu veux.

— Tu as perdu d'avance, mon vieux !

Ils portaient tous deux des chaussures de jogging : ils pouvaient courir jusqu'à en perdre haleine. Il lui sourit, tandis qu'il sentait un flux d'énergie l'envahir. Il avait envie de courir, de courir, plus vite que le vent, et il savait qu'elle ressentait le même désir.

— Très bien, allons chez moi. Tous mes dossiers sont là-bas, toutes mes notes. Il faut que je les consulte encore. S'il s'agit de quelqu'un qui connaît Krimakov, nous devrions bien trouver un indice quelque part. Oui, il doit y avoir quelque chose.

— Allons-y.

Elle était presque aussi résistante que lui, mais pas tout à fait. Il ralentit au second kilomètre.

— Tu te débrouilles bien, Becca, lui dit-il en agitant la main. Voici ma maison.

Elle l'adora aussitôt. La maison n'était pas plus grande que celle de son père, mais elle se situait au milieu d'une vaste parcelle de terrain boisé, bâtiment colonial blanc à deux étages, avec quatre colonnes doriques alignées comme des sentinelles devant la façade.

— Elle est superbe, Adam, dit-elle d'une voix émue.

— Merci. Elle doit avoir à peu près cent cinquante ans. Il y a trois chambres à l'étage, deux salles de bains... J'en ai ajouté une. Au rez-de-chaussée, rien d'extraordinaire, une bibliothèque dont je me sers comme bureau, et une cuisine moderne. J'ai fait refaire la cuisine il y a deux ans, ajouta-t-il en se raclant la gorge. Ma mère me disait qu'aucune femme n'accepterait de m'épouser si la cuisinière n'était pas équipée d'un système qui permette de l'allumer sans allumettes.

Becca ne put s'empêcher de sourire. Sa respiration était redevenue presque régulière.

— J'ai aussi fait refaire les deux salles de bains à l'étage.

Ils montèrent trois marches et traversèrent l'étroite véranda qui menait à la grande porte d'entrée blanche. Il prit une clé et déverrouilla la serrure.

— Toujours selon ma mère, aucune femme n'accepterait de prendre un bain dans une baignoire si vieille que l'on en sort avec de la rouille collée aux pieds.

— En effet. Adam, cette maison est adorable.

Ils se trouvaient tous les deux dans un vaste vestibule au parquet de chêne dont le plafond, d'où pendait un lustre imposant, atteignait la hauteur des deux étages.

— Ne dis rien, Adam. Tu as fait refaire le parquet parce que ta maman t'a dit qu'aucune femme ne t'épouserait si tu devais la porter dans tes bras pour traverser une maison au sol couvert de vilain linoléum ?

— Comment l'as-tu deviné ?

Adam était parvenu à préserver le charme originel de la maison : les riches moulures aux dessins profonds, les hauts plafonds, les charmantes cheminées en merisier, les fenêtres encaissées.

Ils se préparèrent à s'installer dans la bibliothèque, une pièce baignée de lumière avec des rayonnages encastrés, un beau sol de chêne, un grand bureau d'acajou, et beaucoup de cuir rouge. Becca examina les rayonnages remplis de toutes sortes d'ouvrages – essais, ouvrages historiques, de fiction, livres reliés, livres de poche, le tout rangé sans souci de classification.

— Ma mère m'a dit aussi, dit Adam en lui tendant deux classeurs, que les femmes aimaient lire bien installées dans de profonds fauteuils. Seuls les hommes, a-t-elle ajouté, préfèrent lire aux toilettes.

— Tu as même des romans féminins, remarqua Becca.

— Oui, on n'en empile jamais assez pour se faire bien voir.

— Il faut absolument que je rencontre ta mère.

— Tu la rencontreras sans doute très vite.

Soudain, Adam n'y tint plus. Il avança vers Becca et l'attira fermement contre lui.

Elle leva ses yeux d'un bleu tendre vers lui et murmura :

— J'ai envie d'oublier Krimakov, ne serait-ce qu'une minute.

— Très bien.

— T'ai-je dit que je te trouvais vraiment sexy ?

Adam sourit et déposa un léger baiser sur sa bouche.

— Pas depuis hier soir.

Elle noua les bras autour de son cou, se leva sur la pointe des pieds, et lui rendit son baiser avec ardeur.

— Je ne veux pas que tu oublies, dit-elle après plusieurs minutes. Je suis un peu hors d'haleine. J'aime vraiment ça, Adam.

— Nous sommes chez moi, chuchota-t-il.

Cette fois, il l'embrassa, il l'embrassa vraiment, laissa le désir l'embraser tout entier. Il la pressa contre lui, sentit son corps contre le sien ; il aurait voulu lui arracher son jean, la dévorer, la prendre jusqu'à ce qu'ils soient tous deux brisés de plaisir. Adam voulait embrasser ses seins, toucher et embrasser chaque pouce de sa peau, et ne s'arrêter qu'au bord de l'inconscience. Et puis il y avait sa bouche. Elle le rendait fou. C'était si bon ! Si bon qu'il ne voulait plus s'arrêter. Et pourquoi auraient-ils dû s'arrêter ?

Ses mains étaient sur les boutons du jean de Becca lorsqu'il sentit le changement non seulement en lui, mais aussi en elle. C'était Krimakov. Il était là, juste au-dessus de leurs épaules. Il guettait. Proche. Trop proche. Krimakov était là quelque part, mais ce n'était plus vraiment Krimakov. Qui que ce soit, c'était un malade, un fou. Adam soupira, embrassa une fois Becca, puis une fois encore.

— Je te veux vraiment, mais maintenant, en ce moment même, il nous faut résoudre ce problème, Becca.

— Je sais, souffla-t-elle contre sa bouche lorsqu'elle parvint enfin à parler. J'essaie de reprendre mes esprits, de me concentrer. Avec toi à côté de moi, ce n'est pas facile.

Elle s'écarta de lui en tremblant et se campa sur ses jambes.

— Je t'ai promis plus encore, lui dit-il en l'embrassant une dernière fois. Et si ce plus durait toute une vie ?

Elle lui offrit un sourire étincelant.

— Si je prends en compte cette fabuleuse cuisine moderne et comme je crois que personne n'embrasse mieux que toi dans le monde entier, je suis d'accord : des tas d'années me conviendraient à merveille.

Puis elle abaissa un regard éloquent sur son pantalon. Adam faillit défaillir sur place.

— Bien, dit-il enfin d'une voix éraillée.

Becca aima la manière dont ses yeux sombres brillaient de plaisir dans la lumière de l'après-midi qui filtrait par les fenêtres.

Deux heures, trois tasses de café, un plateau de crackers et de cheddar plus tard, Adam leva les yeux.

— J'étais en train de relire mes notes sur les voyages de Krimakov hors de Grèce, articula-t-il lentement. C'était là, devant mes yeux, et c'est seulement maintenant que je m'en aperçois.

Brusquement, avec un sourire de fou, Adam jaillit de son siège, prit Becca dans ses bras et la souleva du sol avant de la faire tournoyer comme pour une valse. Il l'embrassa une fois, deux fois, et la laissa enfin se rasseoir avant de se frotter les mains.

— Bon Dieu, Becca, poursuivit-il, je crois que j'ai trouvé la réponse !

Becca riait en se caressant les bras de ses mains, trépignant d'impatience.

— Allez, Adam, vite ! Dis-moi !

— Krimakov s'est rendu six fois en Angleterre. Ses séjours là-bas ont cessé il y a cinq ans.

— Et alors ?

— Je me suis toujours demandé, jusqu'à présent, pourquoi il était allé si souvent en Angleterre. Réfléchis un peu. Pour... quoi ? Pour voir un ancien collègue, un ami du bon vieux temps ? Pas une femme, non, je ne crois pas, il s'était remarié, alors non, ça ne doit pas être cela.

— Lorsqu'il s'est installé en Crète, observa Becca, il était seul. Aucun proche ni parent avec lui. Personne.

— C'est vrai, mais les dossiers ont été expurgés. Souviens-toi, ils ne mentionnaient même pas sa première femme. Comme si elle n'avait jamais existé. Pourquoi le KGB avait-il supprimé toute mention à son sujet ?

— Parce qu'elle était importante, parce que...

Soudain, les yeux de Becca lancèrent des éclairs.

— Oh, mon Dieu ! s'écria-t-elle. Ce n'est pas Krimakov, mais ce n'est pas non plus un ami ou un ancien collègue. C'est quelqu'un de beaucoup plus proche de lui !

— Oui ! Quelqu'un de si proche qu'il peut pratiquement entrer dans sa peau. Nous y sommes presque, Becca. La régularité de ses séjours – le début de l'automne ou la fin du printemps –, à chaque fois !

— Comme le début ou la fin des trimestres scolaires, dit lentement Becca. Et puis cela s'arrête, comme s'il n'y avait plus d'école.

Soudain, elle se souvint de ce qui s'était passé au gymnase à Riptide, et les pièces du puzzle commencèrent à s'assembler.

Lorsqu'ils retournèrent chez Thomas, ce dernier, Savich et Hatch étaient à la maison ; ils poursuivaient une conversation décousue, si déprimés qu'Adam faillit autoriser Hatch à fumer une cigarette. Becca entendit même Hatch jurer.

— Allons, reprenez courage, mes agneaux ! lança Adam. Becca et moi vous réservons une petite surprise. Une surprise qui vous donnera envie de danser au plafond ! Maintenant, il suffit de demander à Savich de brancher MAX sur l'Angleterre. Désormais, nous avons une chance.

Il se pencha et embrassa Becca, bien en vue de Thomas. Elle leva la main et caressa la joue d'Adam du bout des doigts.

— Oui, c'est vrai, confirma-t-elle.

La sonnerie de la porte d'entrée tinta. Tous se raidirent, soudain aux aguets. C'était le docteur Breaker.

— Bonjour, Savich, dit-il, hochant la tête en direction des autres. Nous avons trouvé une chose à laquelle vous aurez du mal à croire.

Il leur expliqua alors les très légères anomalies relevées par un technicien dans l'échantillon de sang de Becca, après quoi il examina l'épaule de celle-ci, puis le dessus de son bras. Il ne mit pas longtemps avant de relever la tête.

— Je sens quelque chose, juste ici, sous la peau. C'est petit et flexible.

— La visite à Riptide commence à prendre enfin un sens, dit Adam. Tu sais ce qu'il y a dans ton bras, n'est-ce pas, Becca ?

— Oui, répondit-elle, maintenant, nous le savons tous.

Elle leva la main, sans laisser à son père l'occasion d'intervenir.

— Non, je ne pars pas. Plus personne ne mourra à ma place, comme l'agent Marlane. Personne ne jouera les appâts à ma place. Non, non, pas de discussions. Je reste ici avec vous. Et puis j'ai mon Coonan...

Pour la première fois depuis tant de nuits qu'elle ne parvenait plus à les compter, Becca voulut rester éveillée, sur ses gardes, tout surveiller. Il était proche. Elle voulait le voir, le regard et l'esprit clairs, son Coonan au poing. Elle voulait l'abattre, droit entre les deux yeux. Et elle voulait savoir pourquoi il agissait ainsi. Était-il vraiment fou ? Psychotique ?

Hélas, elle était au bord de l'épuisement ; elle ne tiendrait jamais le coup. La tête lui tournait. Ces deux dernières nuits, elle les avait passées allongée sur son lit à contempler par la fenêtre la course de la lune dans le ciel obscur.

Adam avait insisté pour l'accompagner jusqu'à sa chambre. Elle aurait voulu qu'il reste un peu plus longtemps, mais elle savait que c'était impossible. Il l'embrassa, lui mordilla le lobe de l'oreille et lui murmura :

— Non, je préfère éviter une nouvelle douche froide, tu vois. Mais tu peux rêver de moi, d'accord ? C'est moi qui prends la première veille. Il faut que j'y aille.

— Sois prudent, Adam.

— Je le serai, et tous les autres aussi. Essaie de dormir, ma chérie. Il connaît la maison. Il sait quelle est la chambre de Thomas. Nous allons nous assurer que Thomas est bien gardé, la rassura-t-il en l'embrassant une dernière fois avant de partir. Dors bien.

Elle ne voulait pas dormir. Après qu'Adam eut doucement refermé la porte derrière lui, elle s'assit dans son lit pour réfléchir, se souvenir, analyser. Le sommeil la terrassa moins de six minutes plus tard. Elle rêva, mais pas de l'enfer qu'elle vivait, ni d'Adam.

Becca se retrouva dans un hôpital, où elle marchait le long d'interminables couloirs déserts. Blancs, si blancs, sans fin, ils continuaient à défiler, encore et toujours. Elle sentait des vapeurs, douces et lourdes, l'odeur ammoniaquée de l'urine, la puanteur du vomi. La jeune femme ouvrait toutes les portes du couloir. Tous les lits étaient vides, les draps blancs sanglés comme dans une caserne. Personne. Où étaient donc les malades ?

Jusque-là, le couloir s'étendait sans fin, et elle entendait des gémissements derrière toutes ces portes, des gens qui souffraient, mais il n'y avait pas d'infirmières, pas de médecins, personne. Elle savait que les chambres étaient vides, toutes vérifiées, et pourtant les gémissements enflaient, devenaient de plus en plus forts.

Où était sa mère ? Becca cria pour l'appeler. Ensuite, elle se mit à courir dans le couloir en hurlant son nom. Les gémissements des chambres vides s'enflaient et devenaient de plus en plus assourdissants, jusqu'à ce que...

— Salut, Rebecca.

29

Becca se dressa, vacillante, dans son lit, en sueur, le souffle oppressé, le cœur battant. Non, ce n'était pas sa mère, non. C'était quelqu'un d'autre.

Il était venu. C'était vers elle qu'il était allé tout d'abord, et non vers son père. Ce n'était pas une grosse surprise, tout au moins pour elle. Elle s'étendit, immobile, rassemblant ses forces, sa maîtrise de soi, son pouvoir de concentration.

— Salut, Rebecca, répéta-t-il.

Cette fois, il était encore plus proche de son visage, il la touchait presque.

— Ce n'est pas possible, vous ne pouvez pas être là, dit-elle à voix haute.

Personne ne l'avait vu arriver, mais, là encore, Becca n'était pas vraiment surprise. Elle n'aurait pas été étonnée d'apprendre qu'il s'était procuré les plans de la maison et ceux du système de sécurité. Il se tenait à moins de quinze centimètres d'elle.

— Bien sûr que je le peux. Je peux être où je veux. Je suis un nuage de fumée, une ombre fuyante, une lueur mystérieuse. J'aime te voir ainsi effrayée. Écoute-toi, ta voix tremble tellement tu as peur. Oh oui, j'aime ça ! Et maintenant, si tu essaies seulement de bouger, je couperai simplement ta jolie petite gorge.

Becca sentit la lame acérée comme un rasoir qui exerçait une très légère pression contre son cou.

— Nous savions que vous alliez venir, dit-elle.

Il se mit à rire tranquillement, tout près, à deux ou trois centimètres de son oreille.

— Bien sûr, tu savais que je te trouverais. Je peux tout faire. Ton père est tellement stupide, Rebecca ! Je l'ai toujours su, toujours, et je viens de le prouver une fois de plus. J'ai trouvé le moyen de dénicher sa tanière, et pouf ! – comme un nuage de fumée chatoyante – me voilà !

« Toi et ton salaud de père, vous êtes en train de perdre. Très bientôt, toi et moi allons descendre jusqu'à sa chambre. Je veux que, au moment où il se réveillera, il me voie devant lui, un couteau planté dans ton cou. Malgré les durs du FBI planqués partout autour de la maison, je suis entré sans trop de problèmes. Ce bon vieux grand chêne arrive presque au toit de la maison. Un petit saut, pas plus de deux mètres, et j'étais au-dessus, et alors c'était facile d'ouvrir cette trappe au grenier. Là, je me suis occupé du système de sécurité, je l'ai fait sauter sur tout l'étage. Personne ne m'a vu. Oh, oui, j'aime l'obscurité de cette nuit ! Stupides, vous êtes tous stupides. Allez, lève-toi !

Becca obéit. Elle se sentait calme. Il la tenait de près, lame sur le cou, alors qu'elle ouvrait la porte de la chambre et qu'il l'entraînait dans le couloir.

— La dernière porte à droite. Continue à marcher et tiens-toi tranquille, Rebecca.

Il était presque une heure du matin ; Becca voyait l'horloge du vieux grand-père dans sa niche du couloir.

— Ouvre la porte, lui dit-il à l'oreille. Lentement. Doucement. Très bien.

La porte de la chambre de Thomas s'ouvrit sans le moindre bruit. Une veilleuse était allumée dans la salle de bains attenante, sur la gauche. Les rideaux étaient tirés, et des rayons de maigre lumière pénétraient dans la pièce par les fenêtres du balcon. On ne distinguait aucun mouvement sur le lit.

— Réveille-toi, salaud d'assassin, ordonna-t-il tout en gardant un œil sur les fenêtres du balcon.

Toujours pas de mouvement dans le lit.

Becca entendit la respiration de l'homme s'accélérer, tandis que le couteau se pressait légèrement contre son cou.

— Non, Rebecca, ne bouge pas. Il suffirait d'une petite pression sur la lame pour que ton sang jaillisse comme d'une fontaine sur le sol.

Et, d'une voix soudain stridente, il s'écria :

— Thomas Matlock ! Où êtes-vous ?

— Je suis là, Krimakov.

Il fit tourner Becca pour faire face à Thomas, qui se tenait, complètement habillé, dans l'encadrement de la porte de la salle de bains, les bras croisés sur la poitrine.

— Vous vous êtes fait attendre, dit Thomas d'un ton dégagé, les yeux fixés sur le couteau pressé contre la gorge de sa fille. Ne lui faites pas de mal. Nous vous attendions. Je commençais à croire que vos nerfs vous avaient trahi, que vous aviez peur, que vous aviez fini par prendre la fuite.

— Que voulez-vous dire ? Bien sûr, je suis venu ici très vite, en tout cas aussi vite que je l'avais décidé. Comme je le disais à Rebecca, vos systèmes de défense sont ridicules.

— Ôtez ce couteau de son cou. Laissez-la partir. Vous me tenez. Laissez-la aller.

— Non, pas encore. Ne tentez rien d'inconsidéré ou je lui coupe la gorge. Mais je ne voudrais pas qu'elle meure maintenant, pas tout de suite.

Thomas remarqua qu'il était vêtu de noir, depuis le masque qui lui couvrait le visage tout entier jusqu'aux gants qui lui cachaient les mains.

— C'est vous qui avez perdu, lança Thomas en lui adressant un salut ironique. Ce n'est vraiment plus la peine de porter ce masque noir. Nous savons tous qui vous êtes. Comme je vous le disais, cela fait quatorze heures que nous attendions de vous voir enfin.

Adam parlait d'une voix calme près du bracelet.

— Il ne me voit pas. Je ne suis qu'une ombre au coin de la porte du balcon. Je ne peux rien faire maintenant. Il se sert de Becca comme d'un bouclier et tient un couteau contre son cou. Même d'aussi près, je ne peux pas prendre le risque. Ils continueront à le faire parler. Thomas se débrouille très bien. Il gardera la situation sous contrôle.

Il pria de toute son âme qu'il en soit effectivement ainsi.

— Restez sur vos gardes, l'avertit Gaylan Woodhouse. À l'instant où il s'avancera vers Thomas, il relâchera sa pression sur elle. À ce moment-là, vous pourrez le maîtriser.

— Bon Dieu, dit Adam, ce salaud vient de sortir un pistolet de la poche de sa veste. Assez petit, on dirait un colt, un Compact 45. Il le pointe droit sur Thomas. Oh, mon Dieu !

Tandis qu'Adam se concentrait, se préparait à l'action, il ne cessait de se répéter : *Lâche Becca, espèce de fumier ! Essaie seulement de bouger.*

— Allume la lampe de chevet, Matlock.

Thomas pénétra d'un pas lent dans la chambre, se pencha, actionna l'interrupteur, puis se redressa.

— Ne bouge plus, maintenant. Les rideaux sont ouverts. Un tireur se cache sans doute dehors, et je ne veux pas que ce salaud ait la chance de s'offrir un carton. C'est toi qui mourras, Rebecca, s'il appuie sur la détente.

— J'aurais bien aimé que vous soyez mon vieil ennemi, dit Thomas, mais ce n'est pas le cas. Vous êtes quelque chose de beaucoup plus mortifère que Vassili, quelque chose de mortifère et de monstrueux, qu'il a engendré. Peut-être qu'après vous avoir fait un lavage de cerveau, il s'est rendu compte de ce qu'il avait créé, et c'est sans doute pour cela qu'il vous a tenu à l'écart de sa nouvelle famille. Il ne voulait pas que le mal qu'il avait engendré vive sous son propre toit, proche de toutes ces vies innocentes et pures. Enlevez ce masque, Mikhail, nous savons qui vous êtes.

Un silence. Puis :

— Allez au diable ! Vous ne pouvez pas savoir, c'est

impossible ! Personne ne sait rien de moi ! Je n'existe pas. Aucun document, aucune archive ne parle de moi comme étant le fils de Vassili Krimakov. J'ai tout expurgé. C'est impossible.

— Oh, si, nous savons, susurra Thomas. Même si le KGB a essayé d'effacer tout ce qui vous concernait, de vous protéger, nous avons tout découvert.

— Allez au diable, et commencez par fermer ces rideaux, tout de suite !

Thomas tira les rideaux, tout en sachant qu'Adam était désormais aveugle à ce qui se passait dans la pièce. Il se retourna et prononça d'une voix lente :

— Ôtez ce masque, Mikhail. C'est un peu ridicule, on dirait un petit garçon qui veut jouer au truand.

Lentement, avec des mouvements saccadés, l'homme retira le masque noir. Puis il poussa Becca sur le lit. Thomas l'attrapa et la maintint près de lui, mais elle s'écarta. Elle s'assit sur le lit.

Thomas observait le fils de Vassili Krimakov, Mikhail. On distinguait certains traits de ressemblance avec son père : les pommettes hautes et saillantes, les yeux écartés, le corps mince comme un coup de trique. Mais les yeux sombres, déments, étaient sans aucun doute ceux de sa mère. Thomas voyait encore les yeux énormes de cette femme le dévisager.

Becca savait que Mikhail avait voulu créer un choc, mais ce plaisir venait de lui être refusé au moment où il s'était rendu compte que tous savaient qui il était. Cela ne l'empêcha pas de rejeter la tête en arrière et de proclamer :

— Je suis le fils de mon père. Il m'aimait. Il m'a formé à sa ressemblance. Je suis son vengeur.

Son intervention spectaculaire ne recueillit qu'un éclat de rire de Becca.

— Salut, Troy ! lui lança-t-elle en lui adressant un petit signe de la main. Quel joli prénom, c'était bien trouvé : très BCBG ! Dites-moi, que se serait-il passé si j'avais décidé de sortir avec vous, ce fameux soir où vous m'avez planté cette petite puce à tête chercheuse dans le haut du bras ? Comment vous en seriez-vous sorti ?

Becca se tourna vers son père pour expliquer :

— Je t'ai raconté comment il s'était arrangé pour que je sois frappée par le bras métallique de cette machine de musculation au moment où je passais à proximité. Il est apparu aussitôt, m'a tapoté le bras, il s'est assuré que j'allais bien, il a flirté un peu. C'est à ce moment-là que vous m'avez planté cette petite puce dans le bras, n'est-ce pas, Troy ? C'était bien vu. Je n'ai rien senti, juste la douleur à cause de cette machine. Cela m'a fait mal pendant un peu trop longtemps, mais qui aurait remarqué un détail pareil ?

— Non, répondit-il en secouant la tête. Ce n'est pas possible. Tu ne pouvais pas découvrir cette puce. Elle est en plastique mélangé avec des adhésifs biochimiques, et elle s'intègre presque immédiatement avec la peau. Il suffit de quelques minutes, et personne ne peut détecter sa présence, surtout pas quelqu'un comme toi. Non, tu ne t'es même aperçue de rien. Toi et les autres, vous étiez simplement inquiets à cause de cette fléchette dans ton épaule. Je vous ai mystifiés, tous ! Vous étiez tellement angoissés au sujet de cette fléchette et du message cucul que j'avais enroulé autour !

— Pendant un moment, oui, c'est vrai, dit Thomas. Mais, en réalité, ce qui a provoqué votre chute, c'est l'analyse graphologique effectuée par quelques agents très brillants du FBI. Je possédais des échantillons de l'écriture de votre père. Ils l'ont comparée à la vôtre. Vous vous souvenez des messages que vous avez écrits à McBride, à Riptide ? Il n'y avait pas de comparaison possible, bien entendu, nous en avons conclu qu'il ne pouvait s'agir de Vassili.

« C'est alors qu'Adam s'est souvenu des fréquents séjours de votre père en Angleterre. Il s'est demandé pour quel motif Vassili voyageait ainsi, d'autant plus que ces déplacements correspondaient toujours au début ou à la fin des trimestres scolaires. Il savait que votre père s'était remarié, aussi ce n'était a priori pas à une femme que Vassili rendait visite. Il s'était arrangé pour expurger les dossiers, y compris du nom de votre mère, et nous nous sommes demandé pourquoi. Après tout, qui se souciait de savoir s'il avait une femme, maintenant décédée, ou des enfants ?

« Cela n'a pas été très difficile de remonter votre piste, celle d'un fils envoyé par son père à l'école en Angleterre, afin qu'un jour, il puisse venger le meurtre de sa très chère mère. Vous étiez inscrit dans une école de garçons à Sundowns.

« Votre père vous a modelé, vous a appris à me haïr, à haïr tout ce que je représentais. Il vous a programmé pour cela.

— Je n'ai pas été programmé. Tout ce que j'ai fait, je l'ai fait de par ma propre volonté. Je suis très intelligent. J'ai gagné. Même si vous avez tout découvert à mon sujet, c'est moi qui contrôle la situation. C'est ma pièce que l'on est en train de jouer.

— Très bien, dit Thomas, c'est votre pièce. Dites-nous maintenant comment vous êtes entré à l'hôpital de New York sans être arrêté par les agents du FBI.

Mikhail éclata d'un rire satisfait.

— J'étais un jeune garçon, l'air si malheureux avec mes vêtements avachis, mon pantalon qui m'arrivait à mi-mollet, et ma casquette de base-ball vissée à l'envers sur la tête ; je tenais mon bras cassé de ma main valide, tout le monde voulait m'aider, m'envoyer ici ou là, et je suis arrivé tout près de ces deux stupides agents, en pleurant parce que je souffrais du bras... et je les ai abattus. Rien de plus facile. Lorsque j'ai vu que vous n'étiez pas dans la chambre, ni l'un ni l'autre, j'ai tué les autres, mais avec la femme, ça a été juste, très juste. Mais je m'en suis sorti. J'étais dehors avant que quiconque ne comprenne ce qui s'était passé.

— Mais pourquoi... pourquoi, Mikhail ? l'interrogea Thomas. Que vous a dit votre père pour que vous teniez à faire tout cela ? Que vous a-t-il dit ?

— Il ne m'a forcé à rien. Il m'a simplement expliqué

comment vous aviez massacré ma pauvre mère pour l'atteindre, lui. Vous l'avez abattue d'un coup de feu en pleine tête, et vous avez ri tandis qu'il la tenait, agonisante. Voilà ce qu'il m'a dit, et il m'a appris comment me préparer à la venger. Et me voilà aujourd'hui. Je vais vous tuer comme vous avez tué ma mère.

— Vous avez tué votre belle-mère, n'est-ce pas, et ses enfants ? demanda Becca.

Mikhail se remit à rire, un rire qui glaçait jusqu'au sang.

— Oui, je la détestais autant qu'elle me détestait elle-même. Elle ne voulait jamais que je vienne pendant les vacances. Quant à sa progéniture, ils n'étaient pas du tout surpris lorsque je les ai tués, ils avaient deviné que je les haïssais. Mais elle, elle m'a supplié, comme sa lamentable fille.

— Et votre propre petit frère ? L'autre fils de Vassili ?

— J'ai essayé de le tuer, de brûler sa vie même, en ne laissant que des cendres, mais il a survécu. Mon père l'a envoyé en Suisse, dans cette clinique spécialisée dans les brûlures. À ce moment-là, il savait ce que j'avais fait. Je l'ai traité de lâche, je lui ai dit qu'il avait laissé cette misérable femme et ces enfants lui faire oublier le responsable du massacre de ma pauvre mère. Vous savez ce qu'il m'a répondu ? Il a dit et répété, les larmes aux yeux, en tordant ses misérables mains, que c'était un accident, qu'il m'avait menti pendant toutes ces années. Je ne l'ai pas cru, évidemment. Tout ce qu'il voulait, c'était la vie facile – une femme dans son lit, des enfants autour de lui – mais je n'allais pas le laisser oublier ma mère, gommer son souvenir et se contenter de tourner le dos à tout ça, comme vous l'auriez fait à sa place.

« Maintenant, je vous tiens tous les deux, et je vais vous tuer, comme vous avez tué ma mère. C'est la Justice... Le Châtiment.

Il sourit en levant son arme, qu'il braqua droit sur Thomas.

— Non ! hurla Becca en se projetant devant son père. Je ne vous laisserai pas faire !

Mikhail poussa un hurlement de rage lorsque Thomas poussa Becca par terre. Il n'eut pas le temps de la couvrir de son propre corps. Il reçut le coup de feu en pleine poitrine, et l'impact le fit basculer en arrière.

Mikhail se laissa tomber sur le sol, agrippa la cheville de Becca et tenta par des mouvements violents de l'attirer vers lui. Il bloqua son bras autour de son cou, et pressa le canon de son arme contre son oreille au moment même où la vitre du balcon volait en éclats et où Adam bondissait dans la pièce en traversant les rideaux gonflés par le choc et les éclats de verre. Le jeune homme s'arrêta net dans son élan. Mikhail lui sourit.

— Si vous tentez de me tuer, la petite garce est morte. Compris ?

30

— Ce salaud a abattu ma mère d'une balle dans la tête, dit Mikhail à Adam, son arme pointée sur l'oreille de Becca. Il a payé. Si vous bougez, je lui fais exploser la tête. Vous ne reconnaîtrez même pas ce qui en restera.

Adam ne pouvait croire, ne pouvait accepter ce qu'il voyait.

— Je n'aurais jamais dû te laisser ici. Bon Dieu, Becca, j'aurais dû te droguer et te cacher ailleurs.

Becca ne l'entendit pas. Le bras de Mikhail s'était resserré jusqu'à l'étouffer, jusqu'à ce que tout vire au noir ; elle percevait vaguement des voix lointaines, mais elles ne l'atteignaient pas vraiment.

Mikhail relâcha un peu la pression sur le cou de Becca et agita son pistolet dans la direction d'Adam.

— Laissez tomber votre arme. Lentement et très soigneusement.

Adam obtempéra. Il plaça le pistolet à une trentaine de centimètres de son pied gauche.

— Voilà, j'ai fait ce que vous vouliez. Vous avez tué Thomas. Il n'y a personne d'autre à proximité. Lâchez-la, bon sang, vous l'avez déjà presque étranglée ; elle est à moitié inconsciente.

— Oui, d'accord, espèce de fumier !

Thomas avait l'impression curieuse que sa poitrine était gelée ; une bonne chose, au demeurant, car bientôt, elle le ferait tellement souffrir qu'il serait incapable de penser, et surtout d'agir. Le fils de Krimakov appuyait une arme contre la gorge de Becca. Adam se tenait debout à deux pas, impuissant, figé sur place, des débris de verre partout autour de lui. Thomas savait qu'il se demandait désespérément quoi faire. Les yeux de Becca étaient clos, et l'étreinte du bras de Mikhail contre sa gorge était forte, beaucoup trop forte. Elle avait perdu connaissance. Il fallait faire quelque chose, n'importe quoi.

Il ne pouvait la laisser mourir comme cela, après qu'elle se fut élancée devant lui pour le sauver, pour prendre la balle à sa place. Il sentit la pulsation profonde de la douleur dans sa poitrine, mais en même temps, un élan d'amour pour elle, tellement intense que cela réussit à lui donner un regain de force. Il s'arrangea pour glisser la main vers la poche de son pantalon, où se trouvait son petit Derringer. Encore un effort, c'était ce qu'il fallait, pour Becca. Un petit effort.

Du coin de l'œil, Mikhail aperçut son mouvement furtif.

— Que le diable vous emporte, vous êtes censé être mort ! Ne bougez pas !

Sa prise sur le cou de Becca se relâcha un peu et, presque aussitôt, il la vit revenir à elle. Il la frappa durement sur le côté de la tête, et la repoussa loin de lui. Il bondit sur ses pieds, tira un Zippo de sa poche et l'approcha de la literie. En l'espace d'un instant, la couverture et les draps étaient en flammes.

Thomas fit feu de son Derringer. Mikhail poussa un hurlement et porta la main à son bras alors que la balle le jetait en arrière. Il frappa le mur, mais sans tomber. Adam plongea pour reprendre son arme. Thomas fit feu une seconde fois, mais Mikhail s'était baissé et la balle se contenta d'égratigner un côté de son crâne.

Thomas retomba, et le Derringer s'échappa de sa main. Adam se tourna, aux aguets, l'arme prête à tirer, mais Mikhail avait déjà quitté la pièce et, quand le coup partit, la balle atteignit l'encadrement de la porte. Mikhail claqua le battant derrière lui et les flammes bondirent, attisées par le courant d'air, mettant le feu aux oreillers et aux épais rideaux de brocart arrachés au moment où Adam s'était précipité dans la chambre.

— Becca, ça va ? hurla Adam en se penchant et en lui giflant le visage. Dépêchons-nous, il faut sortir d'ici. Bon Dieu, les rideaux flambent aussi !

Il s'avança tant bien que mal, à genoux, vers l'endroit où gisait Thomas, étendu sur le dos.

— Thomas, fit Adam. Ouvre les yeux ! Voilà, ça y est. Tu peux y arriver ?

— Non, malheureusement, répondit Thomas en lui souriant. Je crois que je suis au bout du rouleau. Fais sortir Becca. Dis-lui que je l'aime.

— Ne sois pas stupide. Nous allons tous sortir d'ici. Allez, tu vas y arriver, répondit Adam en passant un bras autour de Thomas.

En prenant appui sur un pied, il souleva le blessé. Ensuite il fit mine de le hisser sur ses épaules.

— Non, pas encore, gémit Thomas, que la douleur inondait, envahissant son cerveau, tandis que tout s'assombrissait.

— Non, bon Dieu, nous allons sortir d'ici ! Becca, reviens à toi ! Je ne vais pas te perdre maintenant !

Becca, assise, secouait la tête, le souffle rauque. Elle entendait les agents du FBI hurler dehors ; elle pria pour qu'ils ne tentent pas d'entrer dans la chambre. Elle préférait mille fois qu'ils soient prêts à tirer une centaine de balles sur Mikhail lorsque ce dernier sortirait de la maison.

— Je vais bien. Donne-moi juste une seconde. Un petit moment.

Le regard de Becca se tourna vers son père. Elle dit tendrement :

— Maman m'a quittée. Il n'est pas question que tu me quittes maintenant. Je t'aiderai à le porter, Adam.

Ensemble, en le soutenant chacun d'un côté, ils réussirent à ouvrir la porte et à tirer Thomas dans le couloir. Les flammes s'élançaient haut derrière eux, épaisses, incroyablement chaudes, et la chambre semblait vomir de la fumée. Trop tard, songea Adam, trop tard pour essayer d'éteindre ce feu. La fumée les étouffait, leur coupait le souffle.

— Allons, vite ! cria Adam.

Il ferma la porte derrière lui. Le feu commençait déjà à s'étendre à la moquette du couloir.

— S'il n'est pas encore mort, dit Adam, ils l'abattront dès l'instant où il quittera la maison.

Becca haletait et toussait en même temps.

— J'avais mon arme accrochée à la jambe, mais cela n'a servi à rien. Ça va, papa ? demanda-t-elle. Ne me parle plus de mourir. Tu m'entends ?

— Je t'entends, Becca.

La poitrine de Thomas était un véritable brasier ; comme l'autre feu qui dévorait la maison, celui-ci faisait rage à l'intérieur de son corps. Il savait qu'il ne pourrait plus tenir longtemps, mais il ne voulait pas abandonner Becca, pas encore, Seigneur, pas encore.

— Encore un petit peu plus loin...

Ils entendirent un souffle de feu derrière eux. La fumée était dense et noire.

— Il faut nous dépêcher, maintenant, insista Adam.

Sans poser de questions, il prit tout le poids de Thomas sur ses épaules.

— Becca, descends l'escalier. Je te suis.

Un coup de feu retentit dans l'épaisse fumée. Adam sentit le choc dans son bras, vif, tranchant. Il ne lâcha pas prise.

— Bon Dieu, Becca, descends, rampe ! Je ne veux pas qu'il t'abatte !

Mais elle tenait son Coonan au poing. Elle se glissa derrière Adam et tira à travers la fumée en direction du premier coup de feu. Trois détonations retentirent. Puis ce fut le silence.

— Il a dû retourner près de la chambre, Adam ! s'écria Becca en appuyant à nouveau sur la détente. Voilà qui le tiendra à l'écart. Sors mon père d'ici ! Oh, les murs sont en feu ! Adam, ça va mal ! Dépêche-toi, sauve mon père !

Une douleur crue inondait le bras d'Adam, et tandis qu'il portait Thomas vers le rez-de-chaussée, il comprit qu'il s'affaiblissait. Il éprouva un instant une sensation de vertige, puis il secoua la tête, toussa, et se remit en marche. Il sentit une curieuse pulsation dans son dos, étrange, mais rien d'intolérable. Thomas était désormais sans connaissance. Adam pria pour qu'il soit toujours en vie. Il entendit une nouvelle détonation, puis une autre, mais rien de très proche.

— Je suis juste derrière toi, Adam. Allez, vite !

Adam ne réalisa pas tout de suite que Becca n'était plus avec lui. Dehors, deux agents soulevèrent Thomas par les épaules.

— Thomas est blessé à la poitrine ! s'exclama-t-il. Dites aux ambulanciers de venir tout de suite !

— Les pompiers sont en route, lança Gaylan Woodhouse qui arrivait en courant, l'arme encore au poing.

— Mon Dieu, il vous a touché, Adam ! Hawley, venez par ici ! Nous avons besoin d'aide.

Adam se tenait le bras, la mâchoire serrée. Et maintenant, cette pulsion dans le dos, qui ne cessait de l'affaiblir.

— Où diable est Krimakov ? hurla Savich.

— Becca ? dit Adam en jetant des regards éperdus autour de lui. Où est Becca ?

— Seigneur, dit Hatch en courant vers Adam, il t'a atteint dans le dos. Tu savais qu'il t'avait eu dans le dos ? Oh, vite, qu'on lui règle son compte !

— Becca ! rugit Adam, frénétique, sachant qu'il tenait le coup à grand-peine. Où est Becca ?

Il aperçut les flammes qui s'échappaient en épaisses volutes des fenêtres de l'étage. Le beau lierre qui couvrait presque tout un côté de la maison était en feu.

— Thomas a abattu Krimakov, annonça Adam à Gaylan Woodhouse et à Hawley qui s'approchaient de lui. Il est sans doute encore à l'intérieur. Peut-être mort, ou inconscient. Seigneur, où est Becca ? Je vous en supplie, il faut la trouver.

Le walkie-talkie grésilla soudain.

— Personne n'a tenté de sortir par les fenêtres ou par l'arrière de la maison.

— Trouvez Krimakov ! hurla Gaylan. Nom de Dieu ! TROUVEZ-LE !

Becca, oh, mon Dieu, où était Becca ? Adam aurait voulu revenir dans la maison pour la trouver. Il le devait, mais il était incapable de bouger. Le feu ne brûlait plus seulement la maison, il était à l'intérieur de lui et arrachait son corps, morceau par morceau. La douleur dans son dos le maintenait cloué sur place. Immobile.

— Oh, bon Dieu, cria un agent. Là-haut !

— C'est Becca, murmura Gaylan Woodhouse. Oh, non !

Soudain, Adam réussit à bouger, mû par un élan dont il ne se serait même pas cru capable. Il se redressa. Il suivit les regards qui convergeaient vers le toit de la maison et sentit son cœur s'effondrer dans sa poitrine. Oh, non, pas ça, Seigneur, non ! Pourtant, c'était bien elle, Becca, debout sur le toit de la maison en flammes.

— Becca !

Ils étaient au moins une dizaine devant la maison, les yeux levés. Soudain, tout le monde se tut et demeura immobile.

La silhouette de Becca dans sa chemise de nuit blanche, pieds nus, son Coonan au poing, se découpait au milieu des flammes.

— Becca ! hurla Adam. Descends ce salaud !

Becca ne tira pas. Elle restait là, le Coonan braqué sur Mikhail Krimakov. Ce dernier tenait son bras, et le sang dégoulinait à travers ses doigts. Du sang coulait aussi d'une blessure à la tête, le long de ses joues. Il était penché, comme s'il lui était impossible de se redresser. Qu'avait-il fait de son arme ? Adam ne parvenait pas à croire ce qu'il voyait, il aurait donné cinq ans de sa vie s'il avait pu changer la situation, s'il avait seulement pu bouger, au moins essayer de la sauver.

Mais il ne pouvait rien faire. Il vit un agent lever un fusil.

— Non, dit-il, inutile d'essayer. Krimakov se présente par le travers. Ne prenez pas le risque d'atteindre Becca. Où sont les pompiers ?

Les flammes menaçaient maintenant le toit et le feu léchait le balcon, à l'extérieur de la chambre de Thomas. Il ne se passerait pas longtemps avant qu'il n'ait détruit totalement la toiture et ne la fasse s'effondrer à l'intérieur du bâtiment, avant que la température ne soit trop élevée pour que Becca puisse y rester pieds nus.

C'est alors qu'il l'entendit ; elle parlait fort, d'une voix très claire.

— C'est fini, dit-elle au jeune homme qui se trouvait à moins de trois pas d'elle. Enfin, c'est fini. Vous avez perdu, Mikhail, mais le prix à payer était trop lourd. Vous avez tué huit personnes, juste parce qu'elles se trouvaient là.

— Oh, non, j'en ai tué bien plus que ça, répondit Mikhail, haletant de douleur, en relevant la tête. Ils ne comptaient pas, aucun d'entre eux. Je les ai utilisés. À quoi auraient-ils pu me servir ensuite ?

— Pourquoi ne vous êtes-vous pas arrêté lorsque votre père est mort dans cet accident de voiture ?

Mikhail éclata de rire. Il se moquait tout simplement d'elle.

— Ce n'était pas un accident, connasse. Je l'ai tué. Il voulait que je cesse. Il disait que j'en avais fait assez, qu'il ne fallait pas aller au-delà. Il était devenu mou, un vrai poltron. Je l'ai tué parce qu'il était devenu un faible. Il n'était plus fiable. Il avait trahi la mémoire de ma mère bien-aimée. Oui, je l'ai frappé à la tête et je les ai envoyés, lui et sa voiture, par-dessus la falaise.

Pas un son ne parvenait du groupe rassemblé en bas de la maison. Soudain, on entendit les sirènes au loin. Les flammes dépassaient à présent la bordure du toit. Il fallait que Becca parte. Adam restait immobile, debout, désarmé. *Becca, je t'en prie, je t'en prie. Fiche le camp de là !*

— C'est ici que l'histoire se termine, Mikhail, reprit Becca d'une voix encore puissante et claire. Je savais que vous alliez tenter de vous échapper par la trappe du toit ; vous ne pouviez ignorer que je ne vous laisserais pas faire. C'est ici que prend fin l'histoire.

— Oui, répondit-il. C'est ici que tout se termine. J'ai tué le salaud qui a assassiné ma mère... ton père chéri. J'ai fait ce que j'avais promis de faire. Et j'y ai pris plaisir du début à la fin, à liquider toute la vermine qui encombrait ma vie.

Il se tenait immobile, ce beau jeune homme avec qui elle avait parlé dans le gymnase de Riptide. Il se tenait de plus en plus droit, se dressait de toute sa taille.

— Mon père n'est pas mort, Mikhail. Il survivra. Vous avez échoué.

— Le toit va s'effondrer, Rebecca. Il fait de plus en plus chaud. Tu es pieds nus. Tu dois commencer à sentir la brûlure, n'est-ce pas, Rebecca ?

Des camions de pompiers pilèrent devant la maison et des hommes en sautèrent, prêts à l'action. Becca entendit quelqu'un hurler :

— Un bâtiment résidentiel de deux étages, entièrement la proie des flammes. Seigneur, que s'est-il passé ici ?

— Nom de Dieu ! Il y a des gens sur le toit ! Cette femme est armée !

— Trop tard pour utiliser l'échelle. Disposez le filet de sauvetage !

Becca les entendait, mais elle sentait maintenant la chaleur lui mordre les pieds. Elle se demanda si le toit allait s'effondrer sous elle.

— Nous allons descendre, Mikhail. Regardez, ils installent l'un de ces filets de sauvetage. Nous allons sauter.

— Non... Non...

Il sortit alors son briquet de sa poche et enflamma

sa manche. Il alluma ensuite sa chemise, son pantalon, tandis que Becca le contemplait, tellement horrifiée qu'elle était paralysée. Puis il lui sourit, déjà presque transformé en torche, et courut vers elle.

— Viens avec ton petit ami. Viens, envolons-nous ensemble, Rebecca !

Elle pressa une fois sur la détente, et pourtant, il avançait toujours, telle une boule de feu, il courait sur elle, il l'atteignait presque, les bras tendus. Elle tira à nouveau, et encore, et encore, jusqu'à ce que son arme soit vide de munitions.

Mikhail tomba en avant, presque sur elle, mais elle s'écarta juste à temps, et il roula, dévala le long du toit jusqu'au sol en contrebas.

Becca entendit crier. Un jet de feu lécha la manche de sa chemise de nuit. Elle courut en hâte vers le bord du toit, battant sa manche des mains tandis que les flammes approchaient toujours plus ; enfin, un pompier termina l'installation du filet.

— Saute, Becca ! hurla Adam.

Elle sauta sans hésiter, et sa chemise de nuit virevolta autour d'elle, la manche blanche de son vêtement encore fumante. Elle atteignit le filet, les plis de la chemise s'enchevêtrant autour d'elle, recouvrant son corps un instant.

— Nous l'avons ! cria un pompier. Elle est sauvée !

Adam l'observa tandis qu'elle se démenait pour s'extraire du filet, et se libérait du groupe de pompiers. La jeune femme courut vers lui, et il lut l'effet de choc sur son visage, il vit son regard aveugle, mais il était incapable de trouver quelque chose à lui dire. Soudain, il n'y eut plus rien. Il s'effondra sur place. La dernière chose qu'il entendit, alors que les ténèbres se refermaient sur lui, fut l'énorme rugissement du toit qui s'affaissait et la voix de Becca répétant sans cesse son nom.

31

Adam était muré dans la douleur, si profonde qu'il se demandait s'il allait un jour pouvoir la surmonter, mais il se savait capable de l'apprivoiser, et même de l'apprécier, car elle lui prouvait qu'il était encore vivant. Enfin, après ce qui lui parut une éternité, il réussit au prix d'un effort surhumain à ouvrir les yeux. Face à lui, Becca souriait, mais cette inquiétude dans son regard, sa pâleur, lui firent peur. Allait-il tout de même mourir ? Il sentit ses doigts minces frôler doucement la ligne de ses sourcils, de ses joues, de son menton. Puis elle se pencha et l'embrassa là où ses doigts l'avaient touché. Son souffle était doux et chaud. Le goût qu'il avait dans la bouche, en revanche, lui donnait l'impression d'avoir plongé la tête la première dans un tas de fumier.

— Bonjour, Adam. Tout va bien se passer. Je suppose que tu as soif, c'est ce que m'a expliqué l'infirmière. Voici un peu d'eau. Bois lentement. Voilà, c'est ça.

Adam but. C'était la meilleure eau qu'il eût goûtée de toute sa vie.

— Thomas ? parvint-il à articuler.

— Il vivra. Il me l'a dit lui-même lorsqu'il est sorti du service de chirurgie. Les médecins pensent qu'il s'en tire bien. Il a un excellent moral, et cela l'aide beaucoup.

— Ton bras ?

— Mon bras va bien. Juste une petite brûlure, rien de sérieux. Nous avons tous survécu. Sauf Mikhail

Krimakov. Il est vraiment mort. Il ne terrorisera plus personne. Il ne tuera plus personne. Je sais que tu souffres beaucoup ; la première balle t'a traversé le dos et cassé une côte. L'autre balle est passée à travers le bras. Tu guériras tout à fait bien, Dieu merci !

— J'ai cru mourir quand je t'ai vue sur le toit avec lui, murmura Adam en fermant les yeux. Le feu se rapprochait de plus en plus, le vent faisait battre ta chemise de nuit autour de tes jambes, et les flammes n'en montaient que plus haut. Je voulais faire quelque chose, mais je suis juste resté là à hurler, et j'ai bien failli y laisser le peu de santé mentale qui me restait.

— Je suis désolée, mais il fallait que je le retrouve, Adam. C'est comme cela qu'il est entré dans la maison de Thomas, en grimpant le long d'une branche du grand chêne. Ensuite, il a sauté sur le toit et il a réussi à ouvrir la trappe et à gagner le grenier. Lorsque je l'ai vu se diriger vers le bout du couloir, là où se trouve l'échelle qui mène au grenier, j'ai compris qu'il allait s'échapper. Je ne pouvais pas le laisser faire. C'est comme cela qu'il était entré, et il pouvait sortir de la même manière. Je devais l'arrêter.

Becca marqua une pause, et son regard sembla plonger au plus profond d'elle-même. Elle reprit :

— Il voulait mourir. Et il voulait que je meure avec lui. Mais je ne suis pas morte. Nous avons gagné.

Elle l'embrassa encore, et cette fois, il parvint à sourire un peu malgré l'atroce douleur qui le tenaillait.

— Mais ne parlons plus de ça, murmura-t-elle tendrement. Je n'ai pas cessé de répondre aux questions du FBI. M. Woodhouse n'arrête pas de venir, mais c'est surtout pour voir papa. Tu sais ce que fait Savich ? Il est assis dans la salle d'attente, et il cherche sur MAX les églises où nous pourrions nous marier. D'après lui, il a fait la même chose pour un agent du FBI atteint par une balle et, bien entendu, l'agent en question s'est marié à la date et dans l'église choisies par Savich. Il dit que c'est une véritable vocation chez lui.

— Et ma famille ? demanda Adam.

La douleur empirait, cette damnée côte cassée semblait se planter dans son corps comme une épée, le tirer vers le bas, et il se retenait pour ne pas hurler. Il se sentait à bout de forces. Pourtant, il savait qu'il devait tenir, encore un peu de temps. Il voulait regarder Becca, juste la regarder, entendre sa voix, peut-être la laisser l'embrasser encore. Il voulait qu'elle embrasse chaque partie de son corps. Que ce serait bon... Il tenta de lui sourire, mais son effort pathétique resta sans effet. Dieu merci, elle était sauve. Il ne souhaitait que rester étendu, et continuer à savoir qu'elle était sauve, qu'elle était là, et que c'était sa main qu'il sentait sur son visage.

— Mais Becca, avant que Savich trouve une église, il faut que je te demande en mariage. Et si tu disais non ?

— Tu me l'as presque demandé lorsque nous étions chez toi. Mais je veux une vraie demande, maintenant. Pose la question, Adam, et tu verras ce que je répondrai.

— J'ai vraiment mal, mais... est-ce que tu veux m'épouser ? Je t'aime, tu sais.

— Bien sûr, je veux t'épouser. Je t'aime aussi, plus que je ne peux l'imaginer. Quant à ta famille, Savich a déjà parlé à ta mère et à ton père. D'ailleurs, la dernière fois que je suis passée le voir, il était assis entre tes parents. Ah, je les aime, Adam, je les aime beaucoup. On voit entrer et sortir des frères, des sœurs, et toutes sortes de cousins au second et au troisième degrés, comme s'ils s'étaient réparti un emploi du temps à tour de rôle. Oh, oui, tout le monde se renseigne sur les dates et les églises. Je ne pensais pas que tu avais une aussi grande famille.

— Trop grande. Ils refusent de s'occuper de ce qui les regarde. Toujours à fouiner partout.

Il fut soudain pris d'un accès de toux et sa côte le fit tellement souffrir qu'il crut mourir sur-le-champ. Il ne parvenait plus à contrôler la douleur, qui le transperçait, le déchirait. Il allait sombrer et ne jamais remonter à la surface. Puis il entendit la voix ferme de l'infirmière :

— Je vais lui administrer de la morphine. Il ira mieux d'ici un moment. Je pense qu'il avait oublié ses blessures. Il a besoin de beaucoup de repos.

Adam n'avait rien oublié ; il savait seulement qu'il s'était senti tellement faible qu'il n'aurait jamais pu appuyer sur le bouton d'appel. Ses bras étaient inertes. Il détestait les aiguilles, et pourtant deux d'entre elles étaient plantées dans ses bras. Il était dans un bel état ! Heureusement, il irait mieux bientôt. Becca l'aimait.

— Je suis... si... tu ne peux pas savoir ce que ça me fait... que tu m'aimes, réussit-il à bredouiller, la voix pâteuse. Nous sommes deux, maintenant.

Adam crut l'entendre rire. Mais il était sûr de sentir la chaude caresse de sa main sur sa joue.

Il eut ensuite l'impression de partir à la dérive, tandis que la douleur refluait, comme si les griffes d'un monstre se retiraient de sa chair, et c'était une sensation merveilleuse. Tout à coup, il s'était endormi, d'un sommeil profond, tout était noir et sans rêves, et il n'existait rien qui puisse le blesser, et tout était très bien ainsi.

Becca se redressa lentement.

L'infirmière lui sourit de l'autre côté du lit.

— Il se débrouille très bien. Ne vous inquiétez pas, nous sommes aux petits soins pour lui. J'espère qu'il va dormir. Sans doute, puisque la douleur s'est allégée. Vous devriez aller vous reposer aussi, mademoiselle.

Becca gratifia Adam d'un dernier long regard, d'un dernier baiser, puis elle quitta la chambre et prit le couloir jusqu'à la petite salle d'attente, avec ses deux fenêtres qui donnaient sur le parking et ses murs jaune pâle décorés de reproductions de peintures impressionnistes.

La pièce était pleine de la dernière fournée de proches et de parents. La mère d'Adam, Georgia, jouait avec Sean, pendant que Sherlock et Savich riaient, annonçant tour à tour de nouvelles églises et des dates possibles pour la cérémonie de mariage de Becca et d'Adam ; leurs propositions étaient accueillies par des récriminations de tel ou tel parent qui devait ce jour-là aller pêcher le saumon en Alaska, d'un autre qui ne pouvait annuler un voyage d'affaires en Italie, ou d'une troisième qui avait rendez-vous avec son avocat pour radier son mari de son testament. Cela n'en finissait plus.

— Je suis heureuse de vous informer qu'Adam m'a demandée en mariage et que j'ai accepté, annonça Becca depuis le seuil de la porte. Il est vrai qu'il souffrait beaucoup. Peut-être aura-t-il tout oublié lorsqu'il se réveillera. Si c'est le cas, je lui reposerai la question.

— Mon fils n'oubliera pas, lui assura en souriant le père d'Adam. L'une des premières choses qu'il nous a dites, lorsqu'il a pu parler, c'est qu'il comptait faire aménager la seconde salle de bains à l'étage, de peur que ce vilain carrelage vert ne vous pousse à refuser.

— Voilà qui s'appelle s'engager, repartit Becca. D'ailleurs, je vais choisir le nouveau carrelage et nous verrons à quelle vitesse je peux l'amener à l'autel.

Becca les laissa à leurs éclats de rire, un merveilleux bruit, il fallait bien avouer, et dont ils pouvaient profiter sans arrière-pensée maintenant qu'Adam était hors de danger. Quant à elle, ils semblaient l'aimer. C'était un soulagement aussi. La mère d'Adam était un personnage. Elle était concessionnaire Volvo à Alexandria, et commissaire-priseur à l'occasion. Son père, lui avait confié l'un des frères aînés d'Adam, était propriétaire d'un haras en Virginie, dont il s'occupait en personne.

En tout cas, son père à elle était vivant, et c'était tout ce qui comptait. En réalité, elle ignorait comment il gagnait sa vie, mais quelle importance ? Elle eut une brève pensée pour sa maison, où sa mère avait parfois vécu. Disparue, désormais ; il ne restait qu'une coquille vide. Tant pis. Son père était en vie.

Elle prit l'ascenseur pour monter jusqu'au sixième

étage, celui de la réanimation. Becca y était venue si souvent qu'elle aurait pu refaire le trajet en rêve.

L'administration de l'hôpital avait réussi à maintenir les médias à l'écart du service. Les médecins et les infirmières hochèrent la tête lorsqu'ils la virent arriver. Elle pénétra dans une pièce immense remplie de machines sifflantes, et dont l'omniprésent mélange d'odeurs était recouvert par un parfum d'antiseptique persistant qui lui rappelait le cabinet d'un dentiste ; on entendait parfois le gémissement d'un malade.

Un agent du FBI était assis près du box de son père.

— Bonjour, agent Austin, lança Becca. Tout va bien ?

— Aucun problème, répondit-il avec un sourire diabolique. J'en ai une bonne pour vous. Un journaliste entreprenant a réussi à venir jusqu'ici, mais je l'ai chopé. Je l'ai fichu par terre, je l'ai déshabillé, complètement, et puis les médecins et les infirmières l'ont flanqué dans un des chariots de la blanchisserie et l'ont traîné jusqu'aux urgences. Ils l'ont laissé là, mains et pieds attachés avec du sparadrap, et bâillonné. Ah, depuis, personne d'autre n'a tenté le coup !

— Je viens d'entendre parler de cette histoire, répondit Becca. Un des médecins m'a dit qu'il n'avait jamais entendu un tel éclat de rire aux urgences ! Bien joué, agent Austin ! Rappelez-moi de ne jamais chercher à vous jouer un vilain tour !

Austin gloussait encore lorsque Becca écarta le fin rideau qui entourait le lit de son père et s'assit sur l'unique chaise. Thomas dormait, ce qui n'avait rien de surprenant. Il était soumis à une thérapie puissante et, même lorsqu'il était éveillé, son esprit peinait à se concentrer.

— Bonjour, murmura-t-elle en le regardant respirer par les tubes qui lui sortaient du nez. Tu as l'air merveilleux, tu es très beau. Il faudra peut-être que je te coiffe un peu. Adam s'en sort bien aussi, mais il a l'air tout de même moins en forme que toi. Il est en train de dormir. Ah, oui ! Je suis sûre que tu seras heureux d'apprendre que nous allons nous marier. Mais tu ne seras pas surpris, n'est-ce pas ?

Des bandages blancs couvraient la poitrine de Thomas. Des tubes parcouraient son corps, et comme pour Adam, des aiguilles étaient plantées dans ses bras. Il demeurait immobile et respirait régulièrement, d'un souffle calme et profond.

— Maintenant, je vais t'expliquer ce qui s'est passé. La balle t'a atteint à la poitrine, et cela a provoqué la rétraction d'un poumon. Ils t'ont fait ce qu'on appelle une thoracotomie. Ils t'ont ouvert la poitrine pour stopper l'hémorragie et installer un tube entre les côtes, pour aspirer le sang. C'est un appareil qu'ils appellent un drain pleural et c'est pour ça que tu entends peut-être un bruit de bulles en arrière-fond. Lorsque tu te réveilleras, le tube te fera peut-être un peu mal. Ils ont installé deux goutte-à-goutte et il faudra que tu gardes ce tube à oxygène dans le nez un peu plus longtemps. Sinon, tout va bien.

La respiration de Thomas était lente et douce. Les bulles bouillonnaient.

— La maison est détruite et j'en suis vraiment navrée, poursuivit Becca. Ils n'ont rien pu sauver. Je suis désolée, papa, mais nous sommes vivants, et c'est cela qui compte. J'ai songé que tout n'avait pas disparu, d'ailleurs. Après la mort de maman, j'ai fait déménager toutes ses affaires dans un garde-meubles du Bronx. Il y a des photos, et beaucoup d'objets qui lui appartenaient. Peut-être même des lettres. Je n'en sais rien, parce que je n'ai pas eu le temps de regarder ses papiers en détail. Nous aurons cela, en tout cas. C'est un début.

La respiration de Thomas venait-elle de s'accélérer un tout petit peu ?

Becca n'en était pas sûre.

L'important, c'était qu'il soit en vie. Il allait guérir.

Elle posa la joue contre son épaule et demeura ainsi un long moment à écouter le battement régulier du cœur de son père.

L'appel téléphonique lui fut transmis à l'hôpital à huit heures ce soir-là. Elle venait de quitter Thomas et allait rejoindre Adam au rez-de-chaussée lorsqu'une infirmière l'interpella.

— Mademoiselle Matlock, un appel pour vous !

Elle en éprouva une certaine surprise. C'était son premier coup de fil depuis qu'elle était là, ou du moins le premier qu'on lui transmette.

C'était Tyler, et il parlait déjà avant même que Becca ait eu le temps de le saluer.

— Tu vas bien. Dieu soit loué, tout est terminé, Becca. Seigneur, j'étais fou ! Ils ont passé des séquences sur l'incendie de la maison de ton père, avec cet énorme filet de sécurité sur le devant. Ils ont dit que tu avais failli mourir, là-haut, avec ce maniaque, mais que tu avais fini par l'abattre. Tout va bien, vraiment ?

— Tout va bien, Tyler, ne t'inquiète pas. Je passe presque tout mon temps à l'hôpital. Mon père et Adam ont été blessés, mais ils s'en tireront. Les journalistes sont dehors, ils attendent, mais ils ont intérêt à prendre leur mal en patience ! Sherlock se charge de m'apporter des vêtements et tout ce dont je peux avoir besoin, si bien que je n'ai pas à me faufiler en cachette hors d'ici, au risque d'être surprise par les médias.

— Tu manques terriblement à Sam, reprit Tyler après un instant de silence. Il est vraiment tranquille, il ne dit pas un mot. Je me fais du souci, Becca, beaucoup de souci. J'essaye sans arrêt de le faire parler de l'homme qui l'a kidnappé, pour qu'il me raconte ce qu'il lui a dit, mais il se contente de secouer la tête. Il ne dit pas un mot. Au JT, on a raconté que cet homme était mort, qu'il s'était précipité sur toi après avoir mis le feu à ses vêtements. C'est vrai ?

— Tout à fait vrai. Je pense que tu devrais emmener Sam chez un pédopsychiatre, Tyler.

— Ces espèces de vampires, ces charlatans ? Ils vont commencer par me psychanalyser, puis prétendre que je ne suis pas un bon père ; ils vont me dire qu'il faut que je m'étende sur leur divan pendant au moins six ans en leur refilant des paquets de dollars. Pas question, Becca. Non, il veut seulement te voir.

— Je suis désolée, mais il faut que je reste ici pendant au moins une semaine.

Soudain, elle entendit le cri d'un petit garçon à l'autre bout de la ligne.

— Becca !

C'était Sam et, d'après le son de sa voix, il paraissait être dans un triste état. Becca ne savait que faire. Si Sam avait des problèmes, elle en était responsable, totalement responsable.

— Passe-le-moi, Tyler. Laisse-moi lui parler.

Tyler obtempéra, mais Becca n'entendit rien au bout de la ligne. Sam refusait de dire un mot.

— Ça va mal, Becca, vraiment mal, reprit Tyler au bout d'un moment.

— Je t'en prie, Tyler, emmène-le voir un psy pour enfants. Tu as besoin d'aide.

— Reviens, Becca. Tu le dois.

— Dès que je pourrai, je viendrai, promit-elle avant de raccrocher.

— Un problème ? demanda une infirmière.

— On dirait qu'il n'y a que cela, répondit Becca en effleurant du doigt son bras droit.

Les brûlures étaient presque guéries et commençaient à la démanger.

— C'est toujours comme ça avec les problèmes, commenta l'infirmière. On en est submergé comme s'il en pleuvait, et, tout d'un coup, c'est un jour ensoleillé, et ils se sont évaporés.

— J'espère que vous avez raison.

Le lendemain, Adam se sentait beaucoup mieux, et réussit même à plaisanter avec son infirmière. Thomas en revanche contracta une pneumonie et faillit en mourir.

— C'est absurde, dit Becca à l'agent Austin. Il survit à une balle en pleine poitrine et il attrape une pneumonie !

— Il y a sûrement une ironie quelconque là-dedans, répondit Austin, mais ça fait tout de même mal au cœur.

— Il s'en sortira, ne cessait de répéter le médecin à Becca en prenant ses mains dans les siennes.

Peut-être le brave médecin n'appréciait-il pas non plus l'ironie, songea Becca en touchant doucement l'épaule de son père. C'était étrange, lorsqu'elle le touchait – lorsqu'elle posait la main sur son bras, recouvrait sa main de la sienne ou touchait légèrement son épaule –, sa respiration se calmait, son corps tout entier semblait se détendre.

Quand il fut enfin réveillé, l'esprit clair, quand elle le toucha, il lui sourit, et elle lut le plaisir dans ses yeux, profond et durable. Elle murmura :

— Je t'aime, papa.

Il ferma brièvement les yeux, et elle comprit qu'il ne voulait pas qu'elle voie ses larmes.

— Je t'aime, répéta-t-elle en lui embrassant la joue. Nous sommes ensemble, désormais. Je sais que tu aimes Adam comme un fils, mais je suis très contente qu'il ne soit pas ton fils. Si c'était le cas, je ne pourrais pas l'épouser. En tout cas, tu pourras en profiter aussi.

— Si jamais il te fait pleurer, je le tuerai, dit Thomas.

— Mais non, je le tuerai moi-même.

— Becca, je te remercie de m'avoir parlé des affaires de ta mère que tu as placées au garde-meubles de New York.

Ainsi, il l'avait entendue, vraiment entendue, lorsqu'elle lui avait parlé ! Et si son père l'avait entendue, alors peut-être sa mère aussi avait pu l'entendre. Peut-être avaient-elles eu une dernière forme de communication entre elles.

— Je t'en prie. Comme je te le disais alors, c'est un début.

— Oui, répondit Thomas en souriant à sa fille. C'est un très bon début.

Adam arpentait le couloir, maussade, le dos et les bras palpitant de douleur ; il se sentait tellement inutile, impuissant, que cela le mettait hors de lui. En tout cas, il s'était enfin débarrassé de ce maudit cathéter.

Il maugréait en maudissant la terre entière lorsque Becca arriva. Elle se moqua de lui en riant.

— Tu vois, tu as fini par me chasser. Mon père va bien, sa pneumonie est guérie, et je vais voir Sam à Riptide.

— Non, dit-il, adossé au mur, consterné.

Il aurait voulu l'attraper et la cacher sous son bras. Après un instant de réflexion, il ajouta :

— Je ne veux pas que tu y ailles seule. Je n'ai pas confiance en ce McBride. Je ne veux pas que tu t'éloignes de moi. Ce que j'aimerais vraiment, c'est que tu dormes dans mon lit pour que je puisse me cramponner à toi toute la nuit.

— Il n'y a pas de danger, le rassura-t-elle en songeant que la perspective évoquée par Adam n'était pas pour lui déplaire. Que pourrais-je risquer ? Je ne vais pas voir Tyler, je vais m'occuper de Sam. N'oublie pas que c'est ma faute si Krimakov l'a kidnappé, et s'il est maintenant traumatisé. Je dois faire quelque chose. Tyler n'a rien à voir avec tout cela.

— Bon Dieu, toute cette histoire, c'est la faute de Krimakov, pas la tienne. Attends encore deux jours, Becca, et je pourrai t'accompagner.

— Adam, tu peux à peine aller à la salle de bains tout seul. Tu resteras ici et tu te concentreras sur ta guérison. Passe un peu de temps avec mon père. Tu pourrais peut-être aussi t'intéresser à toutes ces histoires de dates et d'églises. Il semble que personne de ta famille n'arrive à se mettre d'accord.

— Tu veux encore te marier avec moi ?

— C'est ta dernière offre ?

Adam parut à la fois furieux et peiné, puis il éclata de rire.

— Je te jure que je changerai ce carrelage vert. Cela ne te fait rien de quitter New York ? Nous serons vraiment proches de ton père. Va-t-il faire reconstruire la maison ?

— Nous n'en avons pas encore parlé. Oui, Adam, je vais t'épouser, surtout si tu changes ce carrelage. Considère que c'est une affaire réglée. Rien ne me retient sérieusement à Albany. Et puis il y a tellement de gens par ici qui ont besoin de quelqu'un de compétent pour rédiger leurs discours ! Je vais gagner une fortune. Seulement, il n'est plus question de flirter avec le personnel de l'hôpital, c'est compris ? J'estime que nous sommes désormais officiellement fiancés...

Elle s'interrompit pour s'exclamer gaiement :

— Ah, tiens ! Voici Hatch ! Est-ce que vous ne sentez pas un peu le tabac, Hatch ? Adam ne va pas aimer ça du tout. Il va probablement vous arracher la peau, ou peut-être vous frapper à coups de béquille.

Becca observa en souriant les deux hommes qui se chamaillaient amicalement. Sherlock arriva sur ces entrefaites et commenta la scène :

— Je vois que tout est redevenu normal. Et si nous regardions CNN ? Gaylan Woodhouse doit intervenir d'une minute à l'autre. Il va parler au nom du Président. Vous allez adorer son baratin.

Bon sang, songea Becca quelques minutes plus tard devant le poste télévision, elle était devenue une héroïne. Quelqu'un, elle ignorait qui, s'était arrangé pour prendre une photo, un peu trop granuleuse d'ailleurs, la montrant en face de Krimakov sur le toit en feu de la maison, sa chemise de nuit volant autour de ses jambes, tenant son Coonan à deux mains, braqué droit sur le jeune homme. Gaylan Woodhouse, le patron de la CIA, n'en finissait plus de parler.

— Oh, mon Dieu ! soupira Becca. Oh, mon Dieu !

— Ce fut un long voyage, et tu t'en es sortie, dit Sherlock en la serrant dans ses bras. Je suis vraiment heureuse de t'avoir rencontrée, Becca Matlock, et je suis contente que tu sois devenue une héroïne. J'ai le pressentiment que toi, Adam, et ton père, vous allez souvent venir chez nous pour des barbecues, dès que ces deux-là sortiront de l'hôpital. Je t'ai dit que Savich était végétarien ? Quand nous faisons des barbecues, il mange des épis de maïs grillés. Pour l'instant, nous ne connaissons pas encore les préférences de Sean en la matière. Vous êtes-vous mis d'accord tous les deux sur la date et sur cette merveilleuse église presbytérienne dont ta belle-famille est membre depuis tant d'années ?

— Pas encore, dit Becca. Je suis si célèbre, maintenant, que je me demande si les églises ne vont pas mettre la cérémonie aux enchères !

— Toi qui écris, tu pourrais pondre un bouquin et gagner des millions de dollars !

— Dans ce cas, il faudra faire vite, intervint Savich, qui venait d'arriver, en attirant sa femme contre lui. La renommée est éphémère, de nos jours. D'ici une semaine, Becca, il ne restera de ton histoire qu'une « brève » en bas de page dans *People Magazine*.

Le lendemain, Becca s'envola pour Portland, Maine, où elle loua une Ford Escort et se mit en route pour Riptide. Le temps était plus frais que lors de sa dernière visite, et une brise cinglante soufflait de l'océan. La première personne qu'elle rencontra fut le shérif Gaffney. Il fronça les sourcils, les pouces fichés dans sa large ceinture de cuir.

— Mademoiselle Matlock, lança-t-il, pensif, en la dévisageant de son regard de flic le plus intimidant.

— Bonjour, shérif, répondit-elle dans un sourire en se hissant sur la pointe des pieds pour lui déposer un baiser affectueux sur la joue. Je suis célèbre, au moins pour une semaine, c'est ce que l'on m'a dit. Soyez gentil avec moi.

Malgré tous ses efforts, le shérif ne trouva rien d'autre à répondre que :

— Hum... Je voulais vous parler de ce squelette, reprit-il alors que Becca s'éloignait. Je passerai à la Maison Marley ce soir. Vous y serez ?

— Certainement, shérif, vous pouvez compter sur moi.

Elle tomba ensuite sur Bernie Bradstreet, le propriétaire du *Riptide Independent*, qui paraissait très fatigué, comme s'il se relevait d'une maladie.

— Ma femme a été souffrante, lui dit-il en tentant de lui sourire. Au moins, vos ennuis à vous sont terminés, mademoiselle Matlock.

Il ne mentionna pas le fait qu'elle lui avait menti en cette nuit si lointaine où Tyler l'avait emmenée dîner. *Cet homme est la bonté même, que Dieu le garde*, se dit-elle.

Le soleil se couchait lorsqu'elle frappa à la porte de Tyler. Les insectes entonnaient leur chant vespéral. Becca entendit un chien aboyer un peu plus bas dans Gum Shoe Lane. Elle aurait dû prendre un pull, songea-t-elle en frissonnant. Elle appuya sur la sonnette.

La voiture de Tyler n'était pas dans l'allée.

Où était-il ? Où était Sam ?

La jeune femme ne comprenait pas. Elle lui avait dit à quelle heure elle comptait arriver et elle n'avait que dix minutes de retard. Elle reprit sa voiture de location et emprunta le chemin de la Maison Marley en coupant par Belladona. Le loyer étant payé jusqu'à la fin du mois, la maison était encore à elle. Becca prévoyait d'en profiter pour empaqueter le reste de ses affaires, faire nettoyer l'intérieur et rendre les clés à Rachel Ryan. Sans doute Rachel passait-elle beaucoup de temps avec Sam, afin d'essayer de lui venir en aide. Elle espérait que Rachel tentait aussi de convaincre Tyler d'emmener Sam chez un pédopsychiatre.

Elle tourna la clé dans la serrure et poussa la porte.

— Bonsoir, Becca !

C'était Tyler, juste devant elle, Sam dans ses bras, un immense sourire sur le visage.

— Nous avons décidé de t'attendre ici. J'ai laissé la voiture un peu plus bas. Nous voulions te faire une surprise. J'ai du champagne pour nous et de la limonade pour Sam. J'ai même acheté un gâteau aux carottes. Je me suis souvenu que tu aimais ça. Entre !

Il posa Sam, qui resta immobile à la contempler.

Tyler s'avança vers elle et lui passa les bras autour de la taille. Il l'embrassa sur le sommet de la tête.

— J'aime tes cheveux. Ils ont retrouvé leur aspect naturel. Mon Dieu, comme tu es belle, Becca !

Il l'embrassa une fois de plus, et la maintint encore plus serrée contre lui.

— Je te trouvais déjà très belle à la fac, mais tu es encore plus belle maintenant.

Becca tenta de se dégager, mais Tyler ne la laissa pas faire.

Il souleva doucement son menton avec son pouce et l'embrassa. C'était un baiser profond, et il en voulait plus, il voulait que Becca ouvre la bouche. Sam ne disait rien et se contentait de les regarder.

— Non, Tyler, je t'en prie.

Elle le repoussa avec force et il recula vivement.

Il souriait toujours, le souffle court, les yeux brillants d'excitation, de désir lubrique.

— Tu as raison. Sam est avec nous. Il a quatre ans, ce n'est plus un bébé, et nous ne devrions pas faire cela devant lui, dit-il en se tournant pour sourire à son fils. Eh bien, Sam, voici Becca. Qu'est-ce qu'on dit à Becca ?

Sam n'avait rien à dire. Il se tenait simplement là, son petit visage vide de toute expression. Becca sentit son sang se glacer dans ses veines. Elle s'approcha lentement et s'agenouilla près de lui.

— Salut, Sam ! dit-elle en lui caressant doucement la joue du bout des doigts. Comment vas-tu, mon chéri ? Et maintenant, je veux que tu m'écoutes. Tu peux me croire, parce que je ne te mentirais jamais. Ce méchant monsieur qui t'a kidnappé, qui t'a ligoté et caché à la cave, je te jure qu'il est parti, et parti pour toujours. Il ne reviendra jamais, jamais, je te le promets. Je m'en suis occupée.

Sam ne dit toujours rien et se contenta de se laisser caresser la joue. Lentement, Becca attira contre elle son petit corps raide et contracté.

— Tu m'as manqué, Sam. J'aurais dû venir plus tôt, mais mon père et Adam – tu te souviens d'Adam ? – étaient tous deux blessés et il a fallu que je reste avec eux à l'hôpital. Mais maintenant, je suis là.

— Adam.

Un mot, mais c'était déjà bien.

— Oui, dit-elle, ravie. Adam.

Elle tourna la tête lorsqu'elle entendit Tyler marmonner des paroles incompréhensibles, mais il se contenta de déclarer :

— Sam va bien, Becca. J'ai pris des grillades au Errol Flynn's Barbecue pour le dîner, avec toutes les garnitures. Vous voulez manger maintenant ?

Dans la cuisine de la vieille demeure, Tyler et Becca sablèrent le champagne, Sam but sa limonade, et tout le monde se régala de travers de porc grillés, de haricots et de salade de chou. Le gâteau aux carottes de chez Myrtle's Sweet Tooth, sur Venus Fly Trap Boulevard, trônait sur le comptoir de la cuisine.

— Et cette histoire de squelette, Tyler ? demanda Becca après avoir répondu à d'innombrables questions sur Krimakov. Les résultats des tests ADN sont arrivés ? Il s'agissait bien de Melissa Katzen ?

— Je n'ai reçu aucune nouvelle, répondit Tyler en haussant les épaules. Tout le monde croit que c'est elle. Mais ce qui compte, c'est nous. Quand comptes-tu venir t'installer ici, Becca ?

La jeune femme était en train de tendre un travers de porc à Sam. Sa main se figea.

— M'installer ici ? Non, Tyler. Je suis venue pour voir Sam et empaqueter mes affaires.

Tyler hocha la tête et, arrachant un morceau de viande à l'os qu'il tenait à la main, il se mit à mastiquer rageusement.

— Oh, oui, je comprends bien, finit-il par dire. Tu viens de retrouver ton père, tu as besoin d'être rassurée sur son état de santé, d'apprendre à le connaître et tout ça, mais il faut que nous fixions une date pour notre mariage avant que tu repartes là-bas. Tu crois qu'il souhaiterait déménager pour être plus près d'ici ?

Becca posa sa fourchette près de la salade de chou. Quelque chose clochait. S'il fallait mettre les points sur les *i*, elle les mettrait. Elle parla lentement, avec calme, consciente du fait que Sam était à nouveau immobile, et qu'il écoutait de toutes ses petites oreilles, mais elle n'avait pas le choix.

— Je suis vraiment navrée si tu m'as mal comprise, Tyler. Toi et Sam, vous êtes pour moi des amis très chers. Vous comptez beaucoup pour moi. J'ai apprécié tout ce que tu as fait pour moi, Tyler, le soutien que tu m'as apporté, la confiance que tu m'as accordée, mais je ne peux pas être ta femme. Je suis vraiment désolée, mais les sentiments que j'éprouve pour toi ne sont pas ceux que tu souhaiterais.

Sam restait toujours assis sur ses deux épais annuaires, immobile et silencieux, le travers de porc à moitié mâché dans la main.

— Nous pourrions peut-être en parler lorsque Sam sera couché, suggéra-t-elle avec un sourire forcé. Qu'en penses-tu ?

— Mais pourquoi ? Tout cela le concerne. C'est toi qu'il veut comme mère, Becca. Je lui ai expliqué que c'était pour cette raison que tu revenais ici. Je lui ai dit que tu allais tout organiser et que tu serais ici pour lui, pour toujours.

— Nous devrions parler de cela plus tard, Tyler. Cela doit rester entre nous. Je t'en prie.

Sam baissa les yeux sur son assiette. Son petit visage était tout tiré, et pâle, dans la faible lumière de la cuisine.

— Très bien, opina Tyler. Je vais installer Sam dans le salon, avec une couverture, sur le canapé qui est si confortable. Qu'en penses-tu, Sam ?

Mais Sam ne disait jamais ce qu'il pensait.

— Je reviens tout de suite, Becca, lança Tyler.

Il souleva Sam et l'emporta hors de la cuisine. Becca eut un frisson. La grande baraque lui paraissait glaciale tout d'un coup, et la jeune femme se sentait envahie d'un curieux malaise. Elle espérait que Sam aurait assez chaud avec une seule couverture. Avait-il assez mangé, au moins ? Et Tyler aurait dû lui essuyer les doigts avant de l'emmener.

Qu'allait-elle faire ? Était-ce elle qui ne tournait pas rond ? Avait-elle fait quelque chose pour induire Tyler en erreur ? Elle savait déjà qu'il était jaloux d'Adam, et, lorsqu'elle s'en était rendu compte, elle s'était éloignée de lui. D'ailleurs, depuis lors, leur relation amicale était plus fraîche. Et pourtant, Tyler n'avait toujours pas l'air de comprendre. Il en était venu à croire qu'elle voulait devenir sa femme ! Comment était-ce possible ? Elle n'avait pourtant rien dit, rien fait, pour lui donner une telle impression. Qui plus est, il se servait de Sam, ce qui était plutôt méprisable de sa part.

Sam. Qu'allait-elle faire à son sujet ? Quelque chose n'allait pas, un problème déclenché, supposait-elle, par son enlèvement... Elle entendit Tyler revenir vers la cuisine. Il fallait mettre les choses au clair, vite et bien. Elle devait aussi trouver le moyen d'aider Sam.

Sherlock lui avait donné les coordonnées d'une excellente spécialiste en psychologie enfantine. C'était un bon point de départ. Elle allait amorcer la discussion à partir de là.

Mais elle n'eut pas l'occasion d'amorcer la moindre discussion, car Tyler apparut dans l'embrasure de la porte et lui annonça :

— Je t'aime, Becca.

32

— Non, Tyler, non.

Tyler se contenta de lui sourire, un sourire plein d'intimité qui glaça Becca jusqu'aux os.

— Je t'aime depuis la première fois où je t'ai croisée dans le dortoir des étudiants de première année. Tu avais l'air perdue, tu te demandais où trouver une salle de bains.

Becca sourit, incapable de se souvenir de la scène.

— Tu ne m'aimais pas, Tyler. Tu sortais avec des tas de filles de l'université. Tu as épousé Ann, la mère de Sam. Tu l'aimais, elle.

Tyler entra dans la cuisine et vint s'asseoir en face d'elle.

— Bien sûr, je l'ai aimée un moment, mais elle m'a quitté. Elle m'a quitté sans intention de retour. Elle voulait même prendre Sam, mais je ne l'ai pas laissée faire.

De quoi parlait-il ? Bien sûr, ce ne devait pas être le paradis entre eux, puisque Ann avait fini par le quitter. S'étaient-ils durement affrontés à ce sujet ? D'ailleurs, cela ne la concernait pas.

— Je suis désolée si tu t'es fait une idée fausse de la situation, Tyler. Je te supplie de me croire. Je suis ton amie et j'espère que je le serai toujours. J'aimerais voir grandir Sam.

— Bien sûr que tu vas le voir grandir, puisque tu vas devenir sa mère. Grâce à toi, il se sentira à nouveau tout à fait bien, Becca. Il est trop silencieux et trop réservé depuis que sa maman est partie.

— Tu veux du café ?

— Avec plaisir, si tu en prépares.

Il ne la quitta pas des yeux un instant pendant qu'elle mesurait la dose de café, la mettait dans la machine, versait l'eau et appuyait sur le bouton. Le témoin lumineux passa au rouge.

— Parle-moi d'Ann, demanda Becca.

Elle aurait voulu le distraire de sa présence en le forçant à se souvenir de la femme qu'il avait aimée. Pourquoi Ann l'avait-elle quitté ? Pour suivre un autre homme ? Pourquoi ne pas emmener Sam ? Tyler s'était-il battu pour obtenir la garde ? Sam était son fils à elle, pas celui de Tyler. Pourtant, elle s'était enfuie sans lui.

Tyler contemplait toujours le percolateur. Elle l'observa tandis qu'il humait les arômes de café.

— Elle était belle, dit-il enfin. Elle avait été mariée à un type qui avait tourné les talons dès qu'il s'était aperçu qu'elle était enceinte. Nous nous sommes connus presque par hasard. Elle ne parvenait pas à dévisser le bouchon de son réservoir d'essence. Je l'ai aidée, puis nous sommes allés au restaurant, chez Pollyanna... Nous nous sommes mariés deux mois plus tard.

— Que s'est-il passé ?

Un long silence s'installa.

— Le café est prêt, articula-t-il enfin.

Becca leur en versa à chacun une tasse. Tyler en but une gorgée, puis haussa les épaules.

— Elle était heureuse, et puis d'un seul coup, ça s'est terminé. Elle est partie. Rien de plus. Écoute, je te jure qu'avec moi tu connaîtras le bonheur. Tu ne voudras jamais me quitter. Nous pouvons avoir des enfants ensemble. D'ailleurs, Sam était l'enfant d'Ann.

— Je vais me marier avec Adam.

Contre toute attente, Tyler lui lança son café au visage. Il bondit sur ses pieds, et jeta sa chaise violemment contre le mur.

— Non, hurla-t-il, tu n'épouseras pas ce salaud ! Tu es à moi, tu m'entends ? Tu es à moi, espèce de garce !

Le café n'était plus brûlant, mais c'était tout de même douloureux. Le liquide dégoulina sur le cou de Becca, sur le devant de son chemisier.

Tyler se rua sur elle, les mains en avant.

— Non, Tyler !

Elle se mit à courir, mais il bloquait tout accès à la porte de derrière. Il n'y avait aucun endroit où se réfugier, à part la cave. Mais elle y serait piégée. Non, attends, se dit-elle, il existe une autre petite entrée à l'extrémité du sous-sol, là où les Marley entreposaient leur bois pour l'hiver. Elle vit tout cela en un éclair, et courut vers la porte de la cave, l'ouvrit en toute hâte, et la claqua derrière elle. Elle tourna la clé dans la serrure, alluma la lumière, avisa l'ampoule nue qui pendait au bout de son mince fil électrique, alors que Tyler tirait comme un forcené sur la poignée de l'autre côté de la porte, vociférait, la traitait de noms d'oiseaux, lui criait qu'il l'aurait, qu'elle ne le quitterait jamais, plus jamais...

Becca descendit en courant les marches de bois. Elle examina le mur où elle avait trouvé Sam ligoté et bâillonné, puis l'autre mur, encore en partie ouvert depuis la découverte du squelette après la tempête.

La jeune femme entendit la porte se briser en éclats et soudain, il fut là, dans l'escalier. Elle tira de toutes ses forces sur le loquet rouillé qui maintenait la petite trappe fermée. Le loquet était à la hauteur de sa poitrine. *Bouge, bouge !* Que diable se passait-il dans l'esprit de Tyler ? Tout était arrivé si vite ! Il s'était énervé, voilà tout, et puis, tout d'un coup, il s'était transformé en véritable sauvage. Oh oui, en dément...

Elle perçut le bruit de ses pas au bas de l'escalier. Le loquet ne cédait pas. Elle était prise au piège. Elle se retourna et vit Tyler s'élancer sur le sol en ciment. Il s'arrêta soudain, haletant. Puis il lui sourit.

— J'ai cloué la trappe la semaine dernière. C'était dangereux. J'ai pensé qu'il ne fallait pas risquer qu'un enfant puisse l'ouvrir et passer à travers. Se blesser peut-être. Ou même se tuer.

Reste calme, s'enjoignit Becca, *reste calme.*

— Tyler, que se passe-t-il ici ? Pourquoi agis-tu ainsi ? Pourquoi cette fureur ? Contre moi ? Pourquoi ?

— Tu es comme les autres, Becca, répondit-il d'un ton calme et grave, en agitant un doigt dans sa direction à la façon d'un professeur devant sa classe. J'espérais que tu serais différente, j'aurais tout parié là-dessus, que tu n'étais pas comme Ann, cette salope qui voulait me quitter, me prendre Sam et partir loin de moi.

— Pourquoi voulait-elle te quitter, Tyler ?

— Elle pensait que je l'étouffais, mais tout ça, c'était dans sa tête, bien sûr. Je l'aimais, je voulais les rendre heureux, elle et Sam, mais elle a commencé à me fuir. Elle n'avait pas besoin de tous ses autres amis, ils lui faisaient juste perdre son temps, ils l'éloignaient de moi. Et puis, cette nuit-là, elle m'a dit qu'il fallait qu'elle me quitte, qu'elle ne pouvait pas en supporter davantage.

— Supporter quoi ?

— Je ne sais pas. J'ai essayé de lui donner tout ce qu'elle pouvait désirer, pour elle et pour Sam. Je la voulais simplement pour moi, je voulais qu'elle se consacre entièrement à moi. Tout ce que je lui demandais, c'était de rester à mes côtés, de s'occuper de tout pour moi. C'est ce qu'elle a fait pendant un moment, et puis elle n'a plus voulu.

— Et elle est partie ?

Becca comprit alors qu'Ann McBride n'était jamais partie nulle part. Elle se trouvait toujours à Riptide.

— Où l'as-tu enterrée, Tyler ?

— Dans le jardin de Jacob Marley, derrière la maison, juste sous ce vieil orme qui était déjà là avant la guerre de 14. Je l'ai enterrée profond, pour qu'aucun animal ne puisse la déterrer. Je lui ai même offert une belle cérémonie. Elle ne méritait rien, mais elle a eu droit à toute la pompe religieuse, à des douces paroles pleines d'espoir. Après tout, c'était ma femme.

Il se mit à rire au souvenir de cette scène, puis il poursuivit avec un sourire fat :

— Il a fallu que je maintienne Jacob à l'écart pendant un moment, alors j'ai saboté sa vieille guimbarde. Il a dû aller chercher un mécanicien, et cela m'a laissé tout le temps dont j'avais besoin.

Après un nouvel accès de rire, Tyler précisa :

— Il y a longtemps que j'ai tué ce vieux cabot qui lui appartenait... Miranda. Cette sale bête ne m'aimait pas, elle grognait toujours lorsque j'approchais. Le vieux n'a jamais su, jamais.

Becca se souvint d'avoir entendu le shérif Gaffney raconter à quel point Jacob Marley aimait son chien, combien il avait été affecté par la mort brutale de son compagnon à quatre pattes.

Son cœur battait lentement, douloureusement. Il fallait trouver un moyen d'atteindre Tyler, de le toucher. Il fallait essayer.

— Écoute-moi, Tyler. Je ne t'ai pas trahi. Jamais je ne te trahirais. Je suis venue ici à Riptide à cause de ce que tu m'en avais dit. J'étais ici pour me cacher. Pour moi, c'était un sanctuaire. Tu m'as aidée, vraiment beaucoup. Tu ne peux pas savoir à quel point je te suis reconnaissante.

Son regard était-il devenu un peu plus calme ? Peut-être, mais il fronçait les sourcils et Becca s'efforçait de maîtriser sa peur.

— Ce fou, ajouta-t-elle très vite, voulait nous tuer, moi et mon père. Tomber amoureuse était bien la dernière chose à laquelle je pensais. Je n'ai jamais voulu te laisser croire qu'il y avait entre nous plus que de l'amitié.

Les yeux de Tyler étaient plus sombres, trahissant une sauvagerie à fleur de peau qui la fit tressaillir de terreur.

— Tu ne *voulais* pas tomber amoureuse, Becca ? lui

demanda-t-il d'un ton sarcastique. Alors pourquoi veux-tu te marier avec ce salaud de Carruthers ?

L'espace d'un instant, le cerveau de Becca refusa de fonctionner. Il avait raison, oh mon Dieu oui, cent fois raison. Il fallait réfléchir, trouver une issue. Elle était seule dans cette cave de malheur avec un malade mental qui avait assassiné sa femme avant de l'enterrer dans le jardin de Jacob Marley. Le shérif Gaffney était certain de la culpabilité de Tyler. Tout le monde croyait que le squelette qui était tombé du mur était celui d'Ann McBride. Pourtant, ce n'était pas le sien.

C'était insupportable. Elle devait en savoir plus. Il fallait qu'elle sache. Tout.

— Tyler, la fille emmurée, c'était Melissa Katzen ?

— Bien sûr que c'était elle, répondit Tyler d'une voix indifférente, ennuyée.

— Mais elle était jeune, pas plus de dix-huit ans lorsqu'elle a été tuée. Cela fait plus de douze ans. Tu l'as tuée, Tyler ?

— Encore une garce, cette petite Melissa, lâcha-t-il en haussant les épaules. Tout le monde la trouvait si douce, si généreuse, si accommodante ! Et elle l'était avec moi, au début, c'est vrai. Je me suis montré attentionné avec elle, je lui ai offert des petits cadeaux – tous intelligents, pleins d'imagination. Je lui ai dit à quel point elle était jolie, et elle a tout accepté jusqu'au jour où elle a refusé mon dernier cadeau. C'était une poupée Barbie, tout habillée pour partir en voyage, prête à être enlevée.

« Elle ne voulait parler à personne de nous, et cela ne me dérangeait pas. Je me serais payé un bon fou rire le jour où nous serions revenus mariés ! Elle m'a appelé cette nuit-là, elle a demandé à me voir. Elle m'a rendu la poupée et m'a dit qu'elle ne voulait plus partir avec moi. Elle gémissait parce qu'elle se trouvait trop jeune, elle prétendait que ses parents auraient de la peine si elle disparaissait avec moi. Je lui ai dit qu'elle devait m'épouser, que personne d'autre ne le ferait, que j'étais le seul à l'aimer.

Tyler fronça les sourcils à l'évocation d'un souvenir précis.

— Elle a commencé à avoir peur de moi, poursuivit-il lentement. Elle a tenté de me fuir, mais je l'ai rattrapée.

Becca imaginait Tyler en compagnie de Melissa, vêtue de son jean blanc Calvin Klein et de son mignon petit débardeur rose, elle le voyait, elle l'entendait tenter de la convaincre, avant de se mettre à hurler, puis de la tuer. Elle savait qu'elle devait forcer Tyler à continuer à parler. Lorsqu'il se tairait, il la tuerait. Becca ne voulait pas mourir. Elle se souvint alors que le shérif devait passer ; c'était du moins ce qu'il lui avait dit. À un moment quelconque de la soirée. Mais bon Dieu, c'était déjà la soirée, le milieu de la soirée. Où était-il ? Et s'il partait en constatant que personne ne venait lui ouvrir la porte ? Elle était si terrifiée qu'elle commençait à bafouiller.

— Mais... Jacob Marley... était là, n'est-ce pas ?

— C'est vrai. Je l'ai enfermée dans la remise à l'arrière de la maison, et puis, le lendemain, je me suis débarrassé de Jacob grâce à un coup de téléphone. Il avait une sœur très âgée qui vivait à Bangor. J'ai appelé et je lui ai dit qu'elle était mourante et réclamait sa présence, le suppliait de venir la voir. Ce vieux con est parti, j'ai creusé le mur et j'ai caché Melissa derrière. Ensuite, j'ai remonté le mur. Mon père travaillait dans le bâtiment. Avant de tomber d'un immeuble en construction, il m'a appris beaucoup de choses. Je connais bien la maçonnerie. Et puis je suis parti. Et tu veux que je te dise quelque chose de marrant ? La sœur de Marley a effectivement clamsé le jour de sa visite à Bangor. Il ne s'est jamais rendu compte qu'il s'agissait d'un faux appel téléphonique !

— Tyler, pourquoi as-tu caché Melissa dans le mur du sous-sol ? Et pourquoi dans la maison de Jacob ?

Tyler partit d'un rire qui glaça Becca.

— Je pensais que peut-être je pouvais essayer une dénonciation anonyme, laisser croire que quelqu'un avait vu ce fou de Jacob tuer Melissa et transporter du ciment et des briques un peu plus tard.

— Mais tu ne l'as pas fait...

— Non. Peut-être avais-je laissé des empreintes digitales sur elle. Je ne pouvais pas prendre un tel risque.

Il gifla soudain l'air d'un geste violent. Sa voix baissa d'un ton, ses yeux s'assombrirent, aussi intenses que ceux d'un prédicateur dément.

— Je voulais que tu m'épouses, Becca. J'aurais pris soin de toi toute ma vie. Je t'aurais aimée, protégée, gardée près de moi. Tu aurais pu être la mère de Sam. Mais, une fois que nous aurions été ensemble, tu n'aurais pas passé tant de temps que cela avec lui. Sam aurait compris que tu étais d'abord à moi, qu'il n'avait aucun véritable droit sur toi, pas comme moi.

Becca se sentait froide, si froide qu'elle se dit qu'elle n'allait pas tarder à claquer des dents. Cet homme adorable qui lui paraissait autrefois si gentil, si doux était un psychopathe depuis toujours.

— Melissa n'avait que dix-huit ans, Tyler. Vous étiez tous les deux trop jeunes pour vous enfuir.

— Non. J'étais prêt. Je croyais qu'elle l'était aussi. Mais elle m'aurait quitté, comme Ann.

Combien d'autres femmes Tyler avait-il traitées de garces ? Combien d'autres avait-il tuées avant de cacher leurs corps ? Becca jeta un regard autour d'elle, en quête d'une arme, de quelque chose, mais il n'y avait rien. Seules une demi-douzaine de briques étaient empilées contre le mur béant, à quatre ou cinq pas d'elle.

Elle fit un pas de côté.

— Je pense que je t'enterrerai près d'Ann, poursuivait Tyler d'un air pensif. Là-bas, sous cet orme. Mais tu ne mérites pas un beau service, comme celui que j'ai célébré pour Ann. Elle était la mère de Sam, après tout.

— Je ne veux pas être enterrée ici, affirma Becca en effectuant un deuxième pas. Je ne veux pas mourir,

Tyler. Je ne t'ai rien fait. Je suis venue ici pour être en sécurité, mais je ne l'ai jamais été, n'est-ce pas ? Tout n'était qu'illusion. Tu attendais, tu attendais une autre femme à aimer, à posséder, à emprisonner, afin qu'elle cherche à fuir et que tu puisses la tuer, et puis recommencer, recommencer sans fin. Tu as besoin d'aide, Tyler. Je vais appeler quelqu'un.

Elle était tout près du tas de briques. Tyler commença à s'approcher.

— J'aurais dû te garder plus près de moi, Becca. Si seulement...

Becca entendit le bruit d'une voiture qui s'arrêtait devant la maison.

— Le shérif est là, dit-elle précipitamment. Écoute, Tyler. C'est terminé. Le shérif ne te laissera pas me faire du mal.

Elle fit un pas encore, vite. Il ne restait plus qu'un pas, un seul. Tyler leva les yeux et fronça les sourcils en entendant claquer une portière de voiture. Alors, sa bouche déversant un torrent d'insultes, il courut vers Becca, les mains tendues vers elle, les doigts recourbés vers l'intérieur.

Becca fit un bond vers le tas de briques, se laissa tomber sur les genoux et en saisit une au hasard. Tyler était déjà sur elle, les mains autour de son cou, et elle abattit la brique sur son épaule. Les doigts de Tyler se resserrèrent, se raidirent, et son visage devint flou au-dessus d'elle. Elle souleva la brique, la leva lentement, et Tyler pivota soudain. La brique le heurta en plein visage ; il hurla de douleur, et la pression de ses doigts se relâcha un court instant. Becca aspira une goulée d'air et frappa encore. Tyler lui envoya son poing au visage, et elle aperçut d'aveuglants éclairs de lumière, sentit la douleur s'infiltrer dans sa tête ; elle savait qu'elle ne pouvait plus tenir. Elle était en train de perdre et elle allait mourir parce qu'elle n'était pas assez forte.

Elle tenta de lever la brique encore une fois, mais elle en était incapable.

— Garce... tu es comme les autres !

Ses doigts recommençaient à serrer son cou.

— Lâche-la, Tyler, lâche-la ! hurla soudain la voix du shérif.

Tyler serrait, ses doigts étaient puissants, il serrait de plus en plus fort et Becca savait qu'elle allait mourir.

Il y eut un coup de feu. Tyler fit un bond sur elle. Ses mains l'abandonnèrent. Becca cligna des yeux et le vit tourner lentement la tête vers le shérif, lequel, dans la parfaite position du flic, tenait son Ruger P85 solidement calé entre ses deux mains.

— Éloigne-toi d'elle, Tyler. Vite ! BOUGE !

— Non, grogna Tyler.

Et il se pressa brutalement contre Becca. Une nouvelle détonation retentit. Tyler tomba sur elle, le visage à côté du sien. Un poids mort... C'était maintenant un poids mort...

— J'arrive, dit la voix du shérif. Je vais vous débarrasser de lui.

Gaffney tira Tyler en arrière. Il l'avait atteint d'une balle dans la tête et d'une seconde dans le dos. Il tendit la main à Becca pour l'aider à se relever.

— Ça va aller ?

Becca tremblait, ses dents claquaient, sa gorge la brûlait. Elle était trempée du sang de Tyler et sa brûlure au bras la taraudait sans pitié. Elle leva la tête en souriant vers le policier.

— Je crois que vous êtes l'homme le plus merveilleux au monde ! dit-elle. Merci d'être venu. J'ai prié, vraiment prié pour que vous voyiez les lumières et que vous entriez.

— J'ai entendu pleurer le petit Sam, expliqua le shérif.

— Coucou !

Une petite voix, fluette. C'était Sam, en haut de l'escalier.

— Oh, non ! s'écria Becca. Oh, non !

— Je lui avais dit de m'attendre dans la cuisine...

Bien. Je vais demander à Rachel de venir. Vous n'allez pas nous faire une crise d'hystérie, hein, mademoiselle ? Nous allons monter et vous vous occuperez de Sam jusqu'à l'arrivée de Rachel. Il adore Rachel, vous verrez. Contentez-vous de rester dans les parages. Seigneur, je savais que Tyler avait tué sa femme, je le savais au plus profond de mon âme de flic ! Mais il a tué aussi la pauvre petite Melissa il y a douze ans. Je me demande combien d'autres innocentes il a tuées... des malheureuses qui ne voulaient pas de lui.

Becca, quant à elle, ne tenait pas à le savoir.

Adam restait étendu sur le canapé, dans son salon, un oreiller moelleux sous la tête, un plaid léger tiré sur sa poitrine ; il était heureux de savoir Becca saine et sauve. Et puis elle était là, chez lui ; ses affaires disséminées un peu partout témoignaient de sa présence. Il sourit. Il ne voulait plus la quitter, plus jamais. Il l'entendit s'affairer dans sa superbe cuisine équipée d'appareils professionnels ; elle préparait un bon casse-croûte, avait-elle dit.

La maison était fraîche, car il avait eu le bon sens d'y installer un système de climatisation central. Bientôt, songea-t-il, il débarrasserait la salle de bains du premier étage de cet odieux carrelage vert. Encore quatre jours, le temps de récupérer toute son énergie, et il allait se précipiter au magasin choisir de nouveaux carreaux. La chambre à coucher était elle aussi un peu terne, avec ce lit en bois laqué et son armoire assortie, deux fauteuils confortables noir et blanc, plus un placard de bonne taille, assez grand pour que l'on puisse y entrer, et assez de place pour leur double garde-robe.

Quant au lit, il avait eu de grands projets la nuit précédente, à peu près deux heures après que Becca fut revenue de Riptide, et même s'il ne pouvait quasiment pas bouger, si sa souplesse musculaire était proche de zéro, et si ses gémissements devaient plus à la douleur qu'à la jouissance, ces petits inconvénients n'avaient guère compté. Becca avait pris toutes les initiatives.

Adam faillit arracher son plaid en se souvenant de la vision de Becca le chevauchant, la tête rejetée en arrière au moment où elle criait son nom. Quand elle était retombée sur lui, la douleur l'avait presque fait hurler. Mais il était resté étendu, en silence, la tenant contre lui du mieux qu'il le pouvait, caressant la douce peau de son dos, et elle s'était lentement redressée, avant de froncer les sourcils à la vue de sa côte blessée qui prenait des teintes vertes et jaunes.

— Je t'ai presque tué, on dirait ? avait-elle murmuré. Je suis désolée.

— Tue-moi encore.

Elle s'était mise à rire et à l'embrasser, à l'embrasser éperdument et à l'aimer jusqu'à ce qu'il crie à nouveau, un cri qui, cette fois, ne devait rien à la douleur de ces maudites côtes.

Il se sentait bien. Pour ce qui était du lit, il avait de nouveaux projets... pour dans une heure. Il se sentait de plus en plus fort, et avec un peu de chance, il serait un peu plus mobile. La veille, il n'avait pu placer ses mains et sa bouche là où il l'aurait voulu, mais aujourd'hui... Ses doigts le démangeaient, l'eau lui venait à la bouche. Et le lendemain ? Et les jours suivants ? Peut-être allait-il garder Becca dans la chambre jusqu'au jour du mariage, pour d'ailleurs l'y ramener ensuite aussitôt. Un programme parfait. Il se demanda ce que Becca penserait s'il lui proposait de disposer des miroirs partout dans la chambre.

La jeune femme lui apporta du thé glacé et une assiette de céleris fourrés au fromage frais. Puis elle s'installa à côté de lui.

Peu à peu, alors qu'elle le nourrissait entre deux baisers, il se rendit compte qu'il y avait quelque chose de différent en elle. Il s'était produit chez elle un changement indéfinissable. Et, tout d'un coup, la lumière se fit : elle lui cachait quelque chose ! Ses yeux n'avaient plus la même expression, ce qui pouvait s'expliquer par l'état de choc. En effet, il était sans doute normal que le fait de se retrouver avec un fou sur la toiture en feu de la maison de son père puisse laisser des marques. De même que le fait de s'apercevoir qu'un homme qu'elle aimait beaucoup était en réalité un psychopathe dangereux. À moins, songea-t-il en serrant les dents de rage à cette pensée, à moins que ce malade de Tyler McBride n'ait abusé d'elle ou tenté de le faire. Après tout, il était possible qu'elle n'ait pas osé le lui avouer.

Il mangea un autre bâtonnet de céleri tout en l'observant.

— Tu peux jurer que tu m'as tout dit ? demanda-t-il d'un ton méfiant, les sourcils froncés. Sur tes ennuis à Riptide ?

Becca lui caressa la joue du bout des doigts. Elle ne se lassait pas de le toucher. En particulier quand il était nu. Elle se pencha et l'embrassa sur la bouche, puis elle se redressa pour lui rétorquer d'un ton étrangement badin :

— Oh, ce n'était pas si terrible. Sam va bien. Rachel est absolument merveilleuse avec lui. Je savais qu'ils étaient proches, mais, lorsqu'elle est arrivée, Sam m'a plantée là pour se jeter dans ses bras. J'ai cru qu'elle allait craquer, mais elle était tellement soulagée de voir qu'il était sain et sauf... D'après le shérif Gaffney, comme Sam n'a pas d'autre parent, Rachel et son mari pourront l'adopter. J'ai appelé ce matin... et elle a déjà pris rendez-vous chez le psychologue de Bangor recommandé par Sherlock. Oh, et puis j'ai dit aussi à Rachel qu'elle était sans doute un agent immobilier tout à fait consciencieux, mais que jamais plus je ne lui louerai une maison.

La plaisanterie ne dérida pas Adam. Il la regarda d'un air sévère.

— Alors, Rachel a éclaté de rire.

Cette fois, Adam eut un mince sourire.

— Oh oui, je suis moi aussi rassuré au sujet de Sam, dit-il, mais attends une minute, Becca. Tu es sûre que

McBride ne t'a pas fait de mal lorsque tu lui as dit que tu ne l'aimais pas ?

Becca lui fourra un bâtonnet de céleri dans la bouche et déposa une pluie de baisers sur son visage pendant qu'il mâchait.

— Tu n'as aucune raison de t'inquiéter, lui répondit-elle avant qu'il puisse poursuivre. Tout est fini. Terminé. Alors, comment trouves-tu mes bâtonnets de céleri ?

— Délicieux. Tu m'as vraiment gavé, au moins trois douzaines ! Maintenant, dis-moi pourquoi le shérif a dû abattre Tyler lorsqu'il a compris que le squelette était celui de Melissa Katzen. Je ne suis pas certain d'avoir tout saisi. Je veux que tu me racontes tout en détail. Non, je ne veux plus de céleri. D'accord pour un baiser, mais attends un peu. Je veux qu'on parle.

Becca continua pourtant à l'embrasser jusqu'à ce qu'il tombe presque du canapé.

— J'utilise toujours de la crème allégée, lui murmura-t-elle à l'oreille. C'est meilleur pour tes artères.

— Becca, insista-t-il en empoignant une mèche de ses cheveux et en l'attirant tout près de son visage. Dis-moi la vérité. Que diable s'est-il passé là-bas ?

— Il ne s'est rien passé de terrible, Adam. Rien qui mérite d'être signalé, sinon que le shérif a tout résolu. C'est lui le héros de l'histoire. J'ai sans doute oublié un tas de détails, parce qu'ils ne présentaient pas un grand intérêt. Vraiment, le shérif a bien contrôlé la situation. Je ne comptais même pas. Je n'étais pas importante du tout. Je t'en prie, cesse de t'inquiéter, oublie tout cela. Je suis à la maison, maintenant.

Adam sentit la main de Becca sur son ventre et il fut un instant au bord d'abandonner la partie. Il la laissa faire, mais son froncement de sourcils s'accentua. Avant qu'il puisse prononcer le moindre mot, Becca se leva du canapé.

— Oh, mon Dieu, regarde l'heure ! Je n'ai plus assez de temps pour m'occuper de toi comme je l'aimerais, mais il me reste quand même deux minutes. Que dirais-tu d'un bon massage avant que je parte voir papa à l'hôpital ?

Adam songea à la main de Becca sur son ventre, se dirigeant droit au sud, et il en ressentit une émotion bien visible.

— Non, répondit-il dans un grand soupir, mais pourquoi pas une pomme ? J'adore les pommes.

Becca savait exactement ce qu'il avait en tête.

— Je t'aime, Adam. Quand je reviendrai de l'hôpital, nous pourrons peut-être faire une partie de Monopoly ? En attendant, tu dois te reposer. Assieds-toi bien confortablement et je t'apporte une pomme.

Le téléphone sonna. Adam regarda Becca, puis il décrocha.

— Allô ?

— Monsieur Carruthers ?

— Carruthers à l'appareil.

— Shérif Gaffney, de Riptide.

— Bonjour, shérif. Que puis-je faire pour vous ?

— Je voulais juste parler à Mlle Matlock, pour m'assurer que tout va bien.

— Vous savez, répondit lentement Adam en regardant du côté de la porte, elle est encore un peu sous le choc, après tout ce qui s'est passé.

— Pauvre jeune femme, soupira le shérif, c'est compréhensible, bien sûr. Vous ne m'en voudrez pas de vous avouer que la situation ici était plutôt effrayante, pendant un moment. Vous avez dû blêmir lorsqu'elle vous a raconté la scène à la cave, avec ce dingue de McBride qui l'écrasait de tout son poids et l'étranglait à mort. Elle le frappait avec une brique, mais ça ne suffisait pas. Elle s'affaiblissait de plus en plus. Ce type était costaud, vraiment costaud. Comme vous le savez, j'ai dû l'abattre, mais ça n'a même pas suffi... Il avait pété les plombs, comme dit mon garnement de fils, tout ce qu'il voulait, c'était la tuer. Il a fallu que je tire une deuxième fois, et McBride lui est tombé dessus et l'a couverte de sang. Mais c'est fini, maintenant. Tout est clair. Mlle Matlock n'a pas sombré dans l'hystérie,

Dieu soit loué. Elle est forte. En tant que représentant des forces de l'ordre, et conscient de mon devoir, c'est une chose que j'ai appréciée. Enfin, elle est rentrée, et on me dit que vous allez vous marier. Vous êtes un sacré veinard.

— Oui, shérif. Merci.

— Peut-être à bientôt. Bon, transmettez mes hommages à Mlle Matlock.

— Comptez sur moi, shérif.

Adam entendit la respiration de Becca. Elle avait décroché le combiné de la cuisine. Elle avait écouté, tout entendu, sans dire un mot. Les battements du cœur d'Adam étaient lents et lourds. Il était tellement furieux qu'il ne trouvait rien à dire. Il ouvrit enfin la bouche et hurla dans le combiné, du plus profond de ses poumons :

— BECCA !

Dans la cuisine, elle s'éclaircit la voix.

— Oh, Adam, il faut que je file à l'hôpital.

Adam respira profondément, et réussit à grand-peine à se contrôler.

— Pas tout de suite. Apporte-moi une pomme. Je vais même en croquer un morceau avant de te laver la bouche au savon pour m'avoir raconté toutes ces salades.

— Je suis désolée, Adam, les pommes ne sont pas assez mûres. Tu connais le shérif Gaffney, il exagère toujours, il...

— Une fois que je t'aurai lavé la bouche au savon, je crois que je vais te raser la tête. Et si je suis encore en rogne, je te ferai changer le carrelage vert dans la salle de bains, et ensuite...

— Il faut que j'y aille, Adam. Je t'aime. Et, euh... J'en profiterai pour acheter des pommes mûres.

Elle raccrocha.

— BECCA !

Découvrez les prochaines nouveautés de la collection

Amour et Destin

Des histoires d'amour riches en émotions déclinées en trois genres :

Intrigue ***Romance d'aujourd'hui*** ***Comédie***

Le 3 janvier *Intrigue*

Surveillance rapprochée de Meryl Sawyer (n° 6416)

Alyssa et Clay sortaient ensemble. Ils s'aimaient. Pourtant, Clay a finalement épousé Phoebe, la riche cousine d'Alyssa, qui était enceinte. Peu après l'accouchement, le bébé disparaît et Alyssa est accusée d'enlèvement mais relâchée faute de preuve. Souillée moralement par cette accusation, elle s'exile en Italie. Dix ans plus tard, rattrapée par son passé, elle apprend que l'infirmière présente lors de l'accouchement de Phoebe dix ans auparavant vient d'être assassinée. Alyssa et son nouveau patron, Jake, mènent l'enquête...

Le 10 janvier *Romance d'aujourd'hui*

Les rivages de l'amour de Nora Roberts (n° 6444)

Après avoir vécu quelque temps en Europe, Seth revient sur l'île du Maryland où il a grandi. Il y retrouve avec plaisir ses trois frères adoptifs, et fait la connaissance de Dru, une jolie fleuriste. Mais cette nouvelle plénitude est bientôt troublée par sa mère. Sa mère qui n'avait pas hésité à le vendre lorsqu'il n'était qu'un enfant à une famille adoptive. Et qui aujourd'hui encore va mettre en péril l'existence tranquille qu'il espère vivre auprès de Dru...

Le 24 janvier *Comédie*

Accords et désaccords de Sue Haasler (n° 6445)

Anna Anderson travaille dans une agence d'intérim médical auprès de sa meilleure amie Laura. Elle aime sortir, s'amuser et porter des bottes sexy. Un beau jour, elle rencontre l'homme de sa vie dans un grand magasin : Michael Taylor, beau, musclé, l'imper au vent. Le seul hic, c'est qu'il a un accessoire encombrant : une adorable petite fille d'un an, Lily...